JAMES PATTERSON UND DAVID ELLIS

Stadt der Vergeltung

GOLDMANN

Buch

Detective Billy Harney hat über die Jahre viele harte Fälle aufgeklärt. Doch als in einem heruntergekommenen Viertel von Chicago mehrere Menschen erschossen werden, darunter ein vierjähriges Mädchen, ist selbst der hartgesottene Polizist schockiert. Alles deutet auf Gangkriminalität hin, und als Proteste laut werden, drängen die Behörden auf schnelle Aufklärung. Harney aber gibt sich nicht mit einfachen Antworten ab und gräbt weiter nach der Wahrheit. Damit macht er sich in einer Stadt wie Chicago, in der Waffengewalt und Korruption allgegenwärtig sind, mächtige Feinde …

Weitere Informationen zu James Patterson
sowie zu lieferbaren Titeln des Autors
finden Sie am Ende des Buches.

James Patterson
und
David Ellis

Stadt der Vergeltung

Thriller

Aus dem Amerikanischen
von Peter Beyer

GOLDMANN

Die amerikanische Originalausgabe erschien 2021 unter dem Titel »The Red Book« bei Little, Brown and Company, a division of Hachette Book Group, Inc., New York.

FSC www.fsc.org
MIX
Papier | Fördert gute Waldnutzung
FSC® C014496

Penguin Random House Verlagsgruppe FSC® N001967

1. Auflage
Deutsche Erstveröffentlichung Februar 2023

Umschlaggestaltung: UNO Werbeagentur, München
Umschlagmotive: Mark Owen / Trevillion Images;
FinePic®, München
Redaktion: Viola Eigenberz
KS · Herstellung: ik
Satz: Buch-Werkstatt GmbH, Bad Aibling
Druck und Bindung: GGP Media GmbH, Pößneck
Printed in Germany
ISBN: 978-3-442-49314-2

www.goldmann-verlag.de

Für Sue, Jack und Red
– JP

Für Abigail, Julia und Jonathan Ellis
– DE

Buch I

1

Licht, Kamera, Action.

Das hier könnte Lathams Leben verändern. Es könnte sein Ticket hier raus bedeuten.

Aber es könnte ihn auch vernichten. Er könnte deswegen hinter Gitter kommen.

Oder Schlimmeres. Es ist das »Schlimmere«, das ihn mitten in der Nacht aus dem Schlaf hochschrecken lässt, mit heftig schlagendem Herzen und in schweißgetränkten Laken.

Falls Shiv es jemals spitzkriegen sollte. Shiv war niemand, der verzieh. Shiv hatte keinerlei Sinn für Humor.

Da brauchte man bloß »Joker« Jay zu fragen, der letzten Sommer eines Tages den Fehler beging, ein bisschen zu lange mit Shivs Frau rumzuschäkern. Man fand Jay neben dem Umkleidehäuschen im Clark Park in einer Blutlache, beide Mundwinkel aufgeschlitzt.

Seitdem schäkert Jay nicht mehr viel rum.

Und das bloß, weil er Shivs Tussi zu nahe gekommen war. Wer würde da wagen, Shiv geschäftlich zu nahe zu treten?

Falls irgendwer spitzkriegt, was Latham hier treibt, ist er ein toter Mann. Shiv würde ein Exempel an ihm statuieren, ihn zusammenschlagen, foltern, seine blutige Leiche für alle sichtbar liegen lassen. Das ist es, was passiert, wenn man

Shiv in die Quere kommt. Wenn man den K Street Hustlers bei ihren Geschäften in die Quere kommt.

Licht: Ausreichend, das Sonnenlicht des späten Nachmittags fällt durch Lathams Schlafzimmerfenster im dritten Obergeschoss des Mehrfamilienhauses.

Kamera: Im Gehäuse der Klimaanlage versteckt, die ein Stück aus seinem Fenster ragt, so kann er die Straße Richtung Süden überblicken.

Action: Eine silberne BMW-Limousine wird an der Kreuzung langsamer, biegt dann links ab und fährt auf der Kilbourn nach Norden, auf Lathams Standort zu.

Ein BMW-Fahrer, denkt Latham. *Vielversprechend.*

Mit dem Kippschalter zoomt er auf das Nummernschild, geht dann auf Weitwinkel und erfasst die Straßenschilder der Kreuzung, Kilbourn und Van Buren.

Dann richtet er den Fokus wieder auf die Straße. Der BMW fährt im Schneckentempo die Kilbourn entlang, bevor er links am Straßenrand hält, genau an der Stelle, die Latham vorausgesehen hat, vor einem zweigeschossigen Backsteinhaus nur vier Häuser von Lathams Wohnung und seiner versteckten Kamera entfernt.

Ein junger Afroamerikaner in einem übergroßen Bears-Trikot und zerschlissenen Jeans – er heißt Frisk – schlendert vorbei, mustert die zum Stehen gekommene Limousine und schaut dann zu Leuten hinüber, die auf der Veranda des Backsteingebäudes sitzen. Latham macht sich nicht die Mühe, die Kamera dorthin zu schwenken. Er weiß, worum es geht. Frisk wartet auf grünes Licht von Shiv, der dort auf der Veranda sitzt.

Shiv muss ihm sein Okay gegeben haben, denn nun schlendert Frisk wieder zu der Limousine zurück und lehnt sich gegen die Fahrertür. Die Scheibe gleitet herunter. Latham stellt das Objektiv scharf. Der Fahrer ist ein Weißer, wahrscheinlich Mitte dreißig, und trägt Anzug und Krawatte. Er unterhält sich etwa eine Minute mit Frisk, bevor er ihm ein Bündel zusammengerollter Geldscheine reicht. Frisk, immer noch an den Wagen gelehnt, nimmt das Geld routiniert entgegen und deutet die Straße hinunter zu der Stelle, wo der Fahrer die gewünschten Drogen in Empfang nehmen kann. Heroin, vermutlich; in der Stadt ist es billiger als in den Vororten.

Der Wagen setzt sich wieder in Bewegung. Latham stoppt die Aufnahme und lädt das kurze Video auf seinen Laptop.

Dann nimmt er sein Handy und ruft seinen Cousin Renfro an, der seit seinem Highschool-Abschluss vor über zwei Jahren in der Kraftfahrzeugbehörde arbeitet. Latham gibt ihm das Kennzeichen durch.

»Zugelassen auf einen Richard Dempsey«, sagt Fro. »Aus River Forest. Das bringt Cash, Bruder. Und dann noch ein BMW?«

Latham stimmt zu: Das könnte eine schöne Stange Geld einbringen. Ein Typ wie dieser, angezogen wie ein Großkotz, in einer schicken Karre aus einem schicken Vorort, wahrscheinlich Arzt oder Rechtsanwalt oder ein Finanzfuzzi. Ein Kerl, dem es schwerfallen würde, dieses Video seinen Bossen oder seiner Frau zu erklären.

Er wird diesen Richard Dempsey überprüfen, wird sich im Netz sein Haus anschauen, seinen Beruf herausfinden, die sozialen Medien nach ihm durchforsten. Allerdings darf man nicht zu gierig sein. Was man einfordert, müssen sich die Leute auch leisten können.

Aber stimmt schon, Latham hat Dollarzeichen in den Augen. Zehntausend? Ein Kerl wie dieser, der sein kleines, schmutziges Geheimnis hüten will? So viel würde der vielleicht rausrücken.

Scheiße, zehntausend Dollar – das ist mehr als die Hälfte der Studiengebühren für die Filmschule. Mehr, als Latham in sechs Monaten bei Best Buy verdient.

»Peace.« Latham beendet das Gespräch und malt sich aus, was er mit dem Geld machen wird.

Denkt an die Filmschule.

Ich möchte der Akademie danken, wird er eines Tages verkünden, während er seinen Oscar für die beste Regie in den Händen hält, *und vor allem möchte ich den Männern und Frauen danken, die all dies möglich gemacht haben, indem sie den Heroin-Highway entlanggefahren sind.*

2

Heute ist der Tag der Tage. Ich hoffe, dass das Grummeln in meinem Magen Aufregung bedeutet, nicht Angst.

Ich öffne die Augen und erblicke den feuchten Fleck an der Zimmerdecke, die abblätternde Farbe. Das könnte ein Sinnbild für etwas sein, obwohl ich nicht so recht schlau daraus werde, für was. Momentan gibt es nicht viel, woraus ich schlau werde. In meinem Schädel dröhnt es wie nach einem Gongschlag, meine Zunge fühlt sich an wie ein Zottelteppich, mein Magen rumort wie ein Vulkan kurz vor der Eruption. Gestern Abend, als mir der dritte Bourbon über den Bartresen zugeschoben wurde, hatte ich mich noch ermahnt. Beim sechsten Glas war ich mir ziemlich sicher, dass dieser Vormittag eine Herausforderung werden würde.

Sie vermeiden, würde mein Seelenklempner sagen, der Typ, den ich auf Veranlassung des Departments während meines »Urlaubs« konsultiert habe – bezahlter Urlaub, während sich das Department von dem Skandal, den Anklagen, den Forderungen nach Reformen und den Versetzungen erholte. Ich spielte sowohl den Helden als auch den Schurken in der Geschichte, je nach Sichtweise, auch wenn mich die meisten meiner Kollegen der zweiten Kategorie zuordnen. Feuern konnten sie mich nicht, nachdem ich den ganzen Polizeiapparat mit meiner Ein-Mann-Abrissbirne dermaßen zugerichtet hatte, dass dagegen die Schlacht von Atlanta daherkommt wie eine Sightseeingtour. Ich verkörpere jetzt das Gesicht der Reform!

»Wohl eher das Gesicht des Todes«, murmele ich, während ich mich im Badezimmerspiegel betrachte. Zu Berge stehende Haare, dunkle Augenringe, blasse Gesichtsfarbe. Ich habe noch – wie viel? – zwanzig Minuten, um mich vorzeigbar herzurichten. Aber wie vorzeigbar muss ich schon aussehen, wenn ich hinter irgendeinem Schreibtisch hocke oder zur Verkehrspolizei abkommandiert werde? Wer weiß, was der Polizeipräsident mit mir vorhat? Ich werde in seinem Büro ungefähr so willkommen sein wie der Steuerprüfer.

»Du musst nicht unbedingt zurück in den Dienst«, sage ich zu meinem Spiegelbild. »Aber – was willst du sonst machen? Für eine private Sicherheitsfirma arbeiten? Als Schafhirte durch die Welt ziehen?«

Ich bin mir nicht sicher, welche Seite in meinem inneren Konflikt den Sieg davongetragen hat, aber als ich zwanzig Minuten später zum Präsidium an der Ecke von 35th und Michigan Avenue fahre, denke ich immer noch über diese Hirtensache nach. Gibt's nicht auch irgendeine Möglichkeit ohne Schafe?

Das Polizeipräsidium befindet sich in einem langgezogenen Flachbau, der aussieht wie eine Highschool. Gar nicht so abwegig, denn dieses verordnete Treffen fühlt sich an, als würde man als Pennäler ins Büro des Schuldirektors gerufen werden, bloß um einiges unangenehmer. Lieber würde ich meinen Proktologen aufsuchen, und der ist vorbestraft.

Die meisten Leute nehmen mich nicht wahr, als ich in Sportjackett und Bluejeans durch die Flure gehe, meine Marke am Hemd. Für sie bin ich bloß ein weiterer Cop, nicht derjenige, der die Kellertür geöffnet und die Leichen des Departments ans Licht gezerrt hat. Nicht derjenige, der eine Kugel in den Kopf verpasst bekam und für seine Anstrengungen eine Mordanklage am Hals hatte. Mein größtes Vergehen? Dass ich das alles überstanden habe. Ich hätte abhauen sollen, aufgeben, aber stattdessen habe ich zurückgeschlagen und gewonnen – falls die Rückkehr zu einem Job, bei dem man Persona non grata ist, als Sieg gewertet werden kann. Wie gut, dass ich kein bisschen verbittert bin.

»Detective Billy Harney für den Polizeipräsidenten«, melde ich mich bei der Empfangsdame an, als ich das berühmt-berüchtigte Vorzimmer des obersten Cops von Chicago betrete. Möglicherweise ist er auch der oberste Arschkriecher von Chicago, obwohl sich eine Menge Leute um diese Auszeichnung bewerben.

Ich schaue auf die Uhr, um sicherzugehen, dass ich nicht zu spät dran bin. Ich bin zwei Minuten zu spät. Klasse.

»Sie kommen zu spät«, begrüßt mich der Präsi, noch bevor ich einen Schritt in sein Büro gemacht habe. Er thront hinter seinem Schreibtisch und ist allein im Raum. Das ergibt Sinn – keine Augenzeugen.

Ich glaube, Hirte kann man auch ohne Schafe sein. Man trägt dann einfach wallende Gewänder und seilt hin und wieder tiefsinnige Sprüche ab. *Fürchte nicht, was du nicht weißt, sondern das, was du nicht zu wissen versuchst.* Dieser Spruch ist gar nicht so schlecht, und dabei habe ich mir den gerade erst aus den Rippen geleiert.

»Setzen Sie sich, Detective.« Obwohl er heute Morgen als Top-Cop in voller Montur auftritt, ist Polizeipräsident Tristan Driscoll kein Cop im eigentlichen Sinne. Er ist Politiker.

Es ist ihm irgendwie gelungen, das Tohuwabohu zu überleben, das ich angerichtet habe und das auch jene Person zu Fall brachte, die ihn ernannt hatte, nämlich den Bürgermeister von Chicago. Ganz zu schweigen vom obersten Ankläger der Stadt, dem Staatsanwalt von Cook County. Ich hatte eine große Abrissbirne.

Aber Tristan – er muss sadistische Eltern gehabt haben, wenn sie ihm diesen Namen verpassten – gelang es, auch die Gunst des neuen Bürgermeisters zu erlangen und selbst nicht auf dem Hackblock zu enden. Und das alles, während Chicago sich einen Namen als Mordhauptstadt der freien Welt macht – Beirut am See. Der Mann muss wundgescheuerte Knie haben: Die Wände um uns sind gesäumt mit gerahmten Fotos, auf denen er neben Leuten posiert, denen er in den Arsch gekrochen ist.

»Wir können auf Nettigkeiten verzichten«, eröffnet er das Gespräch.

»Das macht es leichter«, erwidere ich. »Mir wären auch keine eingefallen.«

Sein Mund verzieht sich zu einem spöttischen Lächeln. »Immer noch die große Klappe, Harney.« Er schaut in eine Akte auf seinem Schreibtisch. »Aus Ihrem psychologischen Gutachten geht hervor, dass Sie imstande sind, in den Polizeidienst zurückzukehren.«

»Dazu war ich immer imstande. Ich wurde ja nicht beurlaubt, weil ich nicht hätte arbeiten können. Ich wurde beurlaubt, damit Sie sich derweil überlegen können, wie Sie mich loswerden. Dann wurde Ihnen klar, dass das unmöglich ist, weil es wie ein Racheakt gegen den Reformer aussähe. Die Medien hätten Sie zum Frühstück verspeist.«

Zögere nie, das Wahre zu sagen statt das Bequeme, aber Unwahre. Scheiße, so langsam habe ich echt den Dreh raus. Wo kriege ich bloß wallende Gewänder her?

Driscoll grinst, lehnt sich zurück und schaukelt in seinem Ledersessel mit der hohen Rückenlehne. »Sie unterstehen mir, Harney. Ich kann Sie zur Verkehrspolizei verfrachten. Ich kann Sie zum Freund und Helfer machen, der jeden Morgen Highschool-Schüler abtastet und an Fußgängerüberwegen Streife schiebt.«

Er zuckt mit den Schultern. »Alles, was ich dafür tun muss, ist zu behaupten, Sie seien psychisch angeknackst. Dass die Gewerkschaft dagegen Klage einreicht, können Sie sich von der Backe schmieren. Niemand schlägt sich auf Ihre Seite. Niemand würde sich mir in den Weg stellen. Solange ich Sie nicht feuere – damit die Medien mich nicht ›zum Frühstück verspeisen‹.« Er malt mit den Fingern Gänsefüßchen in die Luft, schmettert mir meine eigenen Worte zurück in mein Feld. »Ich kann Ihr Leben zu einem Alptraum machen. Und das werde ich auch.«

Meine Hände ballen sich zu Fäusten, Blut schießt mir in den Kopf. Kopfschmerzen hatte ich schon vorher, nun ist es, als würde mir gleich die Birne platzen.

»Also, was sagen Sie, Harney? Sie gehen in Ruhestand, beziehen die volle Pension, und ich muss mich mit Ihrem Scheißdreck keinen! – einzigen! – Tag! – mehr rumplagen.«

Während er dies vorschlägt, gelingt es ihm tatsächlich, sein Lächeln die ganze Zeit beizubehalten.

Was am meisten schmerzt: Er liegt damit nicht völlig daneben. Will ich wirklich wieder einsteigen? Auf einer beschissenen Position und angesichts der Tatsache, dass niemand mit mir zusammenarbeiten will? Die Beamtenpension ist gar nicht so übel, und ich bin erst Mitte dreißig – ich könnte mir noch etwas einfallen lassen. Einen Neustart.

Aber vielleicht brauchte es diesen Moment, diese Chance, mich mit einer sauberen Gesundheitsbescheinigung und Geld in der Tasche davonzumachen, um es zu kapieren: Ich will immer noch als Cop arbeiten. Hätte ich etwas falsch gemacht und verdiente es, entlassen zu werden, würde ich mich dazu bekennen. Aber das habe ich nicht. Ich habe nur meinen Job gemacht. Warum sollte *ich* gehen?

Und was diese wallenden Gewänder betrifft? Ich wette, die wären teuflisch schwer sauber zu halten.

»Kein Deal«, erwidere ich. »Stecken Sie mich hin, wo Sie mich hinstecken wollen.«

Nun kommt Driscoll sein schmieriges Lächeln abhanden. Er fegt eine Akte über den Schreibtisch. Sie landet auf meinem Schoß, und ich schlage sie auf. Ich lese. Lese noch einmal.

Dann platze ich heraus: »Sie wollen mich wohl verarschen!«

3

Ich starre auf meine Versetzungspapiere, kann es immer noch nicht glauben, überprüfe zum wiederholten Mal, ob wirklich mein Name und meine Dienstnummer oben auf der Seite stehen, ob da nicht irgendeine Verwechslung vorliegt.

»Glauben Sie mir, Harney«, erklärt Driscoll, »meine Idee war das nicht.«

Die Special Operations Section, die Abteilung für Sondereinsätze. Ich wurde der SOS zugeteilt.

»Wie Sie bestimmt wissen, haben wir das Projekt erst letzten Monat der Öffentlichkeit vorgestellt«, sagt Driscoll.

Ich hatte die Pressekonferenz mitverfolgt, in der Polizeipräsident Driscoll mit dem Bürgermeister an seiner Seite die Ankündigung machte. Die SOS ist eine »Elite-Einsatzgruppe«, die sich mit Schwerverbrechen im gesamten Stadtgebiet beschäftigen wird. Ihr Schwerpunkt soll aber in der West Side liegen, in der oft wilde Schießereien stattfinden, was Chicago landesweit ein übles Image verschafft und eine Menge Lokalpolitiker nervös gemacht hat.

Ah, der neue Bürgermeister. Er muss derjenige sein, dem ich meine Versetzung zu verdanken habe. Begegnet bin ich dem Kerl nie, aber sicher hat er gesagt: *Hey, dieser Harney, stecken wir den doch mal in diese Einheit, damit alle sehen, wie sehr ich mich für Reformen starkmache.* Ganz der Schleimer, der er nun mal ist, dürfte Driscoll diese Idee vehement unterstützt haben. Wahrscheinlich hat er dem Bürgermeister sogar die Hand geschüttelt und ihm gratuliert. Gerade eben noch hat er versucht, mir die Kündigung schmackhaft zu machen, aber ich habe den Köder nicht geschluckt. Also muss er jetzt in den sauren Apfel beißen und mich auf einen der begehrtesten Posten im ganzen Polizeiapparat befördern. Das muss ihn mordsmäßig wurmen.

»Sie stehen im Rampenlicht, Harney. Genau dort also, wo es Ihnen gefällt.«

Ich schaue zu ihm hoch. Ich bin immer noch geschockt – das war das Allerletzte, womit ich gerechnet habe –, und mir fällt jetzt keiner meiner typischen Einzeiler ein. »Ich wollte nie im Rampenlicht stehen. Ich habe nur meinen Job gemacht.«

»Tja, Sie standen trotzdem drin, Liebling der Medien. Aber wissen Sie, was es mit Rampenlicht so auf sich hat? Es kann warm und behaglich sein, wenn man gute Arbeit leistet. Und es kann grell und unbarmherzig sein, wenn man Scheiße baut.«

Mir das zu sagen, war überflüssig.

»Nichts liebt die Presse mehr als einen Absturz«, sagt er. »Einen heldenhaften Cop, der sich als Niete entpuppt.«

Wieder etwas, das ich schon wusste.

»Diese Beamtenpension steht immer noch zur Debatte«, lockt er. »Ziehen Sie mit ein paar Dollar in der Tasche von dannen und leben Sie Ihr Leben weiter.«

»Und gehen Sie mir aus dem Weg«, ergänze ich für ihn.

»Das auch.«

Klar doch. Driscoll ist der Typ, der, ohne mit der Wimper zu zucken, Ballast über Bord wirft. Er würde die erstbeste

Gelegenheit nutzen, um mich reinzulegen, wenn es ihm in den Kram passt. Und soweit ich weiß, geht es hier genau darum – ich soll scheitern.

Also muss ich einfach sicherstellen, dass ich nicht scheitere.

Ich schenke ihm ein breites Grinsen. »Ich nehme den Posten an, Mr Polizeipräsident, Sir. Eure Exzellenz.«

Er wirft mir einen Blick aus den Augenwinkeln zu. »Oh, mit dieser Einstellung werden Sie *wirklich* lange durchhalten, Sie Teufelskerl. Ihr Boss wird Sie *lieben* dafür.«

Dass die SOS gegründet wurde, wusste ich. Aber mir war noch nicht zu Ohren gekommen, wer sie leiten sollte.

»Wer ist mein Boss?«, frage ich.

4

Ich treffe mich mit meinem neuen Boss. Es ist derselbe wie der alte.

»Schauen Sie nicht so glücklich drein, mich zu sehen, Harney«, sagt Lieutenant Paul Wizniewski, während er auf dem nicht angezündeten Zigarrenstummel in seinem Mundwinkel herumkaut. Wiz' Gesicht ähnelt einer Melone und wird von einem graumelierten Schnurrbart geziert. Was die Politik im Department angeht, hält er immer einen Finger in den Wind. Er hat ein Händchen dafür, scharfe Kurven im Straßenverlauf vorauszusehen, und achtet stets darauf, auf der richtigen Spur unterwegs zu sein. Das war immer ein Problem zwischen uns beiden, als ich unter ihm arbeitete. Ich neigte dazu, auf Risiko zu gehen, er wollte immer wissen, wessen Fell gerade geteilt wurde, bevor er eine Entscheidung traf.

Außerdem hat er mich mal wegen Mordes verhaftet. So viel dazu.

»Ich bin sprachlos«, sage ich ausdruckslos.

»Das wäre das erste Mal. Hören Sie«, sagt er, lehnt sich in seinem Stuhl zurück und schaut mich über seinen chaotischen Schreibtisch hinweg an – er sitzt kaum eine Woche auf diesem Posten, in diesem funkelnagelneuen Büro an der Ecke von North und Pulaski, und schon stapeln sich die Akten so hoch, dass sie sich aufeinander zuneigen. »Es war todsicher nicht meine Idee, Sie zu uns zu holen.«

»Das höre ich heute nicht zum ersten Mal.«

»Tja, Sie werden es noch häufiger hören. Wenn Sie so viel Grips haben, wie ich denke, dann ist Ihnen das längst klar.«

»Ich glaube, das war jetzt ein Kompliment.«

Er kratzt sich am Bauch, etwas, das mitanzusehen ich niemandem empfehlen würde. »Hören Sie, was geschehen ist, ist geschehen. Für Sie war ich Abschaum. Ich weiß, dass es so ist, und das ist okay.«

»Ich hatte nicht vor, es abzustreiten.«

Er gluckst und schüttelt den Kopf. »Harney, meinen Sie etwa, weil man Ihnen in den Kopf geschossen und Ihnen einen Mord zur Last gelegt hat …«

»*Sie* haben das getan«, werfe ich ein.

Diese Bemerkung lässt ihn innehalten. »Tja, in den Kopf geschossen habe ich Sie nicht.«

Das stimmt. Bloß des Mordes beschuldigt.

»Okay«, räume ich ein. »Tja, dann mal danke, dass Sie mir nicht in den Kopf geschossen haben.«

»Gern geschehen.« Er beugt sich vor, stützt sich mit den Ellbogen auf dem Schreibtisch ab und stößt dabei um ein Haar einen Styroporbecher mit Kaffee um. »Ich weiß, dass Sie ein guter Cop sind, Harney. Mag sein, dass ich mal einen Verdacht gegen Sie hegte, und mag sein, dass er falsch war …«

»*Mag sein*, dass er falsch war?«

Verärgert blickt er zur Decke. »Ich versuche gerade, Sie wissen schon, Frieden zu schließen in dieser Sache.«

»Eine neue Seite aufzuschlagen?«

»Ja.«

»Ein neues Kapitel?«

»Genau. Denn die Sache ist die, mein Freund: Wissen Sie, wofür die SOS steht?«

»Ja, Lew, das weiß ich«, antworte ich und benutze dabei den Spitznamen, dem wir ihm alle verpasst haben. »Sie steht für keine Scheiße bauen.«

Er zeigt mit dem Finger auf mich. »Genau dafür steht sie. Der Präsi ist kurz davor, wegen dieser Schießereien in der West Side seinen Job zu verlieren. Die Schwarzen dort draußen heulen rum, und unser neuer Bürgermeister ist ein großes Sensibelchen. Die SOS soll Fälle lösen, und zwar zackig. Und vor mir steht gerade ein Cop, der, unter normalen Umständen, genau der Richtige für diese Aufgabe wäre. Einer der Ersten, die ich auswählen würde, wenn ich ehrlich bin.«

»Aber die Umstände sind nicht normal«, wende ich ein.

»Richtig. Sie sind hier ein Parasit.«

»Ich glaube, das Wort, das Sie verwenden wollen, lautet *Paria*.«

Er starrt mich an, erlaubt sich sogar ein Lächeln. »Das ist es, ja. Okay, Mr Wort des Tages, dann hören Sie mir mal gut zu. Ich habe hier ein gutes Team. Einige der Besten der ganzen Stadt. Jeder von denen schaut Sie an und fragt sich dabei, ob Sie es wohl vermasseln werden. Also tun Sie's nicht.«

»Werde ich nicht, Lew.«

Er nimmt die Zigarre aus dem Mund, was normalerweise bedeutet, dass er im Begriff ist, etwas Ernstes von sich zu geben. »Der einzige Weg, wie wir das Gemetzel da draußen stoppen können, besteht darin, die Morde aufzuklären.

Wenn wir die Morde aufklären, dann glauben die Gangmitglieder nicht länger, sie könnten sich alles erlauben. Zeugen werden wieder anfangen, mit uns zu reden. Diese ganze Scheiße in der West Side wird aufhören. Weil diese Sondereinheit dafür sorgen wird, dass sie aufhört. Verstehen Sie, was ich sage?«

Er wartet vermutlich auf eine weitere witzige Bemerkung. Aber diese abgedroschenen Sprüche, diese Sprüche, wir wären hier, um die Guten zu beschützen, die einfach nur sichere Straßen wollen, die machen mich jedes Mal fertig. An jedem einzelnen Tag, an dem ich in bezahltem Urlaub war, auf meine Marke starrte und mich fragte, ob es sich lohnen würde, mit all der Last, die ich mit mir herumschleppe, in den Dienst zurückzukehren – jedes einzelne Mal musste ich nur daran denken, warum ich seit dem Tag, an dem ich laufen lernte, Cop werden wollte.

»Ich verstehe, was Sie sagen, Lew. Ich werde Sie nicht enttäuschen.«

Er starrt mich so lange an, bis er davon überzeugt ist, dass ich es ernst meine. »Okay, Harney, gut. Dann wollen wir mal.« Er schaut auf seinen Schreibtisch und findet auf wundersame Weise die Akte wieder, die ihn beschäftigt hat, bevor ich hereinkam. »Oh, und, äh …« Abwesend und ohne aufzuschauen, wedelt er mit der Hand herum. »Ich entschuldige mich im Voraus für die Wahl Ihres Partners.«

5

Der SUV parkt am Bordstein der Cicero Avenue gleich nördlich der Schnellstraße, in der Nähe eines langgezogenen Backsteingebäudes, über dessen Fenstern das Wort MÖBEL prangt. Der Laden ist mit Brettern vernagelt und verrammelt. »Macht diese Scheiße aus«, raunt Disco, der allein auf der Rückbank sitzt, den Männern vorne zu, die unerträgliche Tanzmusik laufen lassen. »Oder ... lasst sie nur bei euch auf den Boxen laufen.«

»Ich weiß nicht, wie man sie nach vorne verlegt.« Die beiden Männer auf der Vorderbank, wie Disco in abgerissenen Klamotten und mit Baseballmützen, fummeln an den Knöpfen der Stereoanlage herum, bemüht, herauszufinden, wie man die Musik im hinteren Bereich des Autos stumm schaltet.

»Dann stellt sie eben ganz ab!«, blafft Disco sie an, neigt den Kopf und tippt mit dem Finger auf seinen Ohrhörer.

»Der letzte Kunde ist gerade weggefahren«, sagt die Stimme in sein Ohr. *»War viel los heute Morgen. Vor einer Stunde standen noch sechs Autos Schlange.«*

»Und alle sind draußen?«

»Ja. Shiv sitzt mit dem Mädchen auf der Veranda.«

»Und du bist bereit für die Absicherung?«, fragt er.

»Bereit.«

Disco mustert die Männer auf der vorderen Sitzbank. *Sehen wir aus wie drei Junkies?* Nah dran, vermutet er – drei weiße Typen in Freizeitklamotten. Heutzutage gibt es sie in allen Formen und Größen. Süchtige tragen Geschäftsanzüge, Rollkragenpullover, trendige Klamotten, zerrissene Hemden, Jogginghosen. Sie arbeiten als Anwälte oder Wirtschaftsprüfer, sind Hausfrauen, Studenten oder Obdachlose.

Sehen sie zu sehr danach aus, als wollten sie wie Junkies aussehen? Was Disco angeht, so trägt er ein Sweatshirt, das er sich gestern in einem Sportartikelgeschäft gekauft und in dem er die letzte Nacht verbracht hat, damit es nicht zu frisch wirkt.

Er streckt die Arme aus und schüttelt sich die Nervosität vom Leib. »Okay, los geht's.«

Die Männer vorn richten sich auf und überprüfen ihre Waffen. Einer der beiden schaltet die Musik ab. Der SUV – ein acht Jahre altes Modell mit verbeultem Kotflügel – fährt los und biegt in die Van Buren Street ab, vorbei an einem Mini-Markt, der mit Graffiti besprüht ist. Auf den Schildern wird für Zweiliterflaschen Limonade für neunundneunzig Cent, Lottoscheine, Marlboro und einen Geldautomaten geworben.

»Die haben Beobachtungsposten hinter der Gasse an der Kilpatrick, Nordseite.«

»Okay, Jungs«, verkündet Disco, »redet miteinander und lacht dabei. Macht den Eindruck, als wärt ihr unbesorgt.«

Disco lehnt sich zurück und mimt den Gelassenen. Er sieht drei afroamerikanische Mädchen, die auf dem Bürgersteig Seil springen und den SUV beäugen, als dieser vorbeifährt. Davon abgesehen liegt die Van Buren um diese Tageszeit still in der nachmittäglichen Sonne, erscheint geradezu friedlich trotz der verfallenen Häuser und den mit Abfall übersäten unbebauten Grundstücken.

Seine Partner vorn im Wagen tun, was er ihnen aufgetragen hat. Sie flachsen herum, versuchen zu grinsen – was ihnen besser gelingt, als er erwartet hätte –, während der SUV in die Kilbourn einbiegt.

»Absicherung bereit?«, flüstert Disco in seine Sprechmuschel.

»Bereit.«

Und los geht's.

Disco nimmt seine Ohrhörer ab und wirft sie auf den Boden im Fond des Wagens.

Der SUV rollt auf der Kilbourn Richtung Norden. Die Männer vor ihm verstummen. Discos Puls hämmert wie eine Basstrommel. Sie passieren eine Gasse, eine Reihe Backsteinhäuser, einen Müllcontainer. Das Fahrzeug hält an der linken Straßenseite an, ganz in der Nähe des zweistöckigen Backsteinhauses, auf dessen Veranda Shiv mit dem Mädchen hockt. Auf dem Bürgersteig lungert ein Mann in einem schlabberigen Trikot der Chicago Bears herum beziehungsweise tut so, als lungerte er herum. Er schaut zur Veranda hoch, zu Shiv, der sein Nicken erwidert. Dann schlendert er zum SUV hinüber.

»Lass die Scheibe runter«, weist Disco den Fahrer an und wappnet sich.

»Was geht ab, Jungs?«, sagt der Mann, der knapp einen Meter entfernt stehen bleibt, leicht heruntergebeugt.

Disco dreht den Kopf langsam in Richtung der Veranda. Shiv, der ein enganliegendes schwarzes Hemd trägt, lange

Basketballshorts und High-Top-Sneaker, sitzt auf einer Stufe zur Veranda. Das Mädchen, das ein zu langes und eine Schulter entblößendes T-Shirt anhat, sitzt neben ihm, die Arme um die Knie geschlungen.

Warte, bis das Geld den Besitzer wechselt.

Der Fahrer händigt Geldscheine aus. Der Mann streicht sie ein, steckt sie sich in die Tasche und wendet sich dann zur Seite, um ihnen zu zeigen, wohin sie fahren sollen, um das Heroin abzuholen: die Straße hoch und um die Ecke.

Die Bargeldtransaktion ist abgeschlossen, und während der Mann noch die Straße hinaufweist, hebt Disco den rechten Fuß und mit ihm die AR-15 in seinen Händen. Ohne Kopf oder Schultern zu bewegen und damit einen warnenden Hinweis zu liefern, klemmt er seinen Finger hinter den Abzug.

Er lässt die Scheibe hinuntergleiten, schiebt den Lauf aus der Öffnung und fängt an zu feuern.

Die Kugeln durchschlagen die Veranda, zersplittern das Holz und zerreißen Shiv und dem Mädchen die Brust, bevor die beiden reagieren können. Sie lassen die Fensterscheibe hinter ihnen zerbersten und durchlöchern die Hauswand.

»Los, los!«, hört er sich selbst rufen, als der SUV auch schon ausschert und Richtung Norden davonrast.

6

Ich bahne mir meinen Weg durch den Teamraum. Er ist schön hell, hat hohe Decken, auf jedem Arbeitsplatz steht ein brandneuer Laptop, einer für jeden der Detectives, die im letzten Monat aus unseren fünfundzwanzig Bezirken hierherbeordert wurden. Während ich mich umschaue und ein paar bekannte Gesichter ausmache, komme ich mir ein bisschen vor wie an meinem ersten Schultag. Einige nicken mir zu, machen aber keine Anstalten, mehr als das zu tun. Andere wenden ihren Blick ab. Ein paar schürzen die Lippen oder ziehen die Augenbrauen hoch.

Nicht gerade der herzlichste Empfang, aber ich habe auch nichts anderes erwartet. Ich bin ein Cop, der andere Cops zur Strecke gebracht und einen Skandal aufgedeckt hat. Cops sind im Allgemeinen ein eingeschworener Haufen mit einem Wir-gegen-sie-Korpsgeist, der noch nie so spürbar war wie jetzt, da die Presse routinemäßig unsere Praktiken infrage stellt, Bürger mit Handys versuchen, uns zu einer Dummheit für das YouTube-Publikum zu provozieren, und wir gezwungen sind, jedes Mal Berge von Papierkram auszufüllen, wenn wir jemanden gefilzt oder die Dienstwaffe aus dem Holster gezogen haben. Es ist schon schlimm genug, wenn so eine Scheiße von außerhalb unseres eingeschworenen Vereins von Brüdern und Schwestern kommt. Aber wenn der Schaden von einem von uns – von mir – angerichtet wird, will man instinktiv den Judas aus den eigenen Reihen vertreiben.

Wie dem auch sei, mein Motto lautete immer: *Mach einfach deinen Job.*

»Entschuldigen Sie, Sir, hier haben nur Polizisten Zutritt!«

Ich habe schon ein Grinsen im Gesicht, bevor ich mich umdrehe und Detective Lanny Soscia mir seinen kräftigen Arm um den Hals legt, um mich in den Schwitzkasten zu nehmen. Ich kenne Sosh, seit wir zusammen als Kadetten auf der Akademie waren. Wir fuhren zusammen Streife, bekamen zeitgleich und in derselben Abteilung unseren ersten Posten als Detectives. Er war an meiner Seite, als mir der Boden unter den Füßen weggerissen wurde. Beide Male, genau genommen: zuerst, als vor vier Jahren meine Frau und meine Tochter starben, dann erneut im vergangenen Jahr, als ich mich wie in einem Spinnennetz verfing – fast durch einen Kopfschuss umkam, dann wegen Mordes angeklagt wurde und schließlich meinetwegen hochrangige Beamte umfielen wie die Dominosteine.

»Nun schau sich mal einer diesen Detective in unserer neuen Eliteeinheit an«, sagt er, nachdem er mich wieder losgelassen hat. »Damit meine ich natürlich mich selbst. Wie bist *du* bloß hier hereingekommen?«

»Dafür muss ich dem Präsi einmal die Woche die Schuhe polieren«, erwidere ich.

»Und das ist alles, was du ihm polierst?«

Jemand ruft Soshs Namen. Er verpasst mir einen Schlag auf die Brust und weist dann mit dem Finger auf mich. »Halte hier mal ein Weilchen das Tempolimit ein, ja?«

Ich nicke. Das ist ein guter Rat. Ich werde mich vorsichtig verhalten, bis ich die Lage gepeilt habe.

Ich erspähe meinen Schreibtisch weiter hinten und komme auf dem Weg dorthin an Kollegen vorbei, die mich beäugen, bevor sie plötzlich in ein Gespräch vertieft scheinen oder von ihrem Telefon fasziniert sind. Die Frau, die auf dem Schreibtisch neben meinem eine Kiste abstellt, ist ungefähr in meinem Alter. Mitte dreißig, fast schulterlanges krauses braunes Haar, dunkelhäutig und mit Sommersprossen auf den Wangen. Gemischtrassig, denke ich. Oder Latina? Auf gar keinen Fall werde ich sie danach fragen.

»Detective Harney«, sagt sie und wendet sich mir zu.

»Hey, so heiße ich auch!«

Blinzelnd schmettert sie den harmlosen Witz ab. Kein Lächeln. »Detective Griffin«, stellt sie sich vor, nüchtern wie eine Bestatterin. »Carla Griffin.«

Ich schüttele ihre Hand. »Ich habe bloß … herumgealbert. Kannst Billy zu mir sagen.«

»Gut«, erwidert sie.

Und ich kann Carla zu dir sagen? Nein? Nichts dergleichen?

»Ich freue mich darauf, mit dir zusammenzuarbeiten«, sagt sie mit einem Grad von Begeisterung, der mir verrät, dass sie sich auf eine Wurzelbehandlung mehr freuen würde. Ich habe schon Statuen gesehen, die lebendiger wirkten.

»Ich auch. Also … woher kommst du?«

»Aus dem Zweiten«, antwortet sie. »Wentworth.«

»Schön.« Als ich merke, dass sie ihrerseits keine Informationen von mir haben will – wahrscheinlich, weil sie schon alles weiß –, klatsche ich in die Hände. »Tja, dann lass uns mal das Beste aus der Sache machen. Ich glaube, wir können da draußen echt etwas bewirken.«

»Das ist mein Plan«, bestätigt sie. »Und auch deiner, hoffe ich.«

Sie hält ihren Blick auf mich gerichtet.

»Ist es«, antworte ich. »Das sagte ich gerade.«

»Aber ich hoffe, du meinst es auch so.«

»Hast du Grund zu der Annahme, dass es nicht so ist?«

Komm wieder runter, Junge. Du wusstest, dass die Reaktion so ausfallen könnte.

Sie geht zurück zu ihrer Kiste, zieht gerahmte Fotos und Arbeitsmaterialien heraus und verteilt alles sorgfältig auf ihrem Schreibtisch. Unter den Fotos sticht das eines kleinen Jungen hervor. Ein Mann ist allerdings nicht dabei. Vielleicht hat sie es nicht mit Männern. Wieder etwas, wonach ich sie auf keinen Fall fragen werde.

»Lass uns einfach … versuchen, so gut wir können, damit umzugehen«, sagt sie.

Oh-kay.

Ich habe keine Kiste mit Sachen bei mir. Ich wusste nicht, wohin ich versetzt werden würde. Eigentlich dachte ich, um diese Zeit würde ich auf einem Pferd hocken oder mit einer Trillerpfeife im Mund an der Ecke von Clark und Huron herumstehen oder hinter einer Käfigtür Beweismaterial inventarisieren.

Alles, was ich dabeihabe, ist ein Fläschchen Ibuprofen. Ich leide oft unter Kopfschmerzen, nachdem man mir die Kugel verpasst hat. Anfälle habe ich bisher keine, auch wenn sie mir in Aussicht gestellt wurden – *es könnte noch ein Jahr später dazu kommen, das weiß man nie* –, aber fast jeden Tag Kopfschmerzen schon.

Sie platziert alles nacheinander auf ihrem Schreibtisch. Bei jedem Gegenstand, den sie abstellt, entsteht ein kleines, dumpfes Geräusch, das ihren Gemütszustand deutlich macht.

»Kann ich dich was fragen?«, sage ich. »Wie oft hast du das hier abgelehnt? Ich meine, mein Partner zu werden?«

Sie schüttelt den Kopf. Sie hat ein Grinsen aufgesetzt, schaut mich aber nicht an. »Niemand hat mich nach meiner Meinung gefragt.«

»Aber gesagt hast du sie trotzdem«, erwidere ich. »Wie oft?«

Sie schiebt die Schublade krachend zu, dreht sich um und schaut mich an. Ihr Gesichtsausdruck spiegelt ihren Unmut wider.

»Harney! Griffin!« Lieutenant Wizniewski steht in seiner Bürotür und winkt uns heran.

Ich blicke mich zu meiner neuen Partnerin um. Wir eilen zu Wiz' Büro.

»Dreimal«, sagt sie zu mir, bevor wir eintreten.

»Eine Schießerei in K-Town«, sagt Wizniewski. »Vier Opfer. Ihr beide werdet den Fall übernehmen. Harney ist der Vorgesetzte.«

»Alles klar, Lew«, sagt Griffin.

»Üble Geschichte«, sagt er. »Diese Sache wird richtig übel werden.«

7

Wir rasen über die mit Schlaglöchern übersäten Straßen der West Side zum Tatort. Die breiten Boulevards, an denen früher der Handel florierte, sind heute gesäumt von Gebäuden, die mit Brettern vernagelt wurden, Kleinkredit- und Ramschläden, Schnellimbissen, Spirituosenmärkten und Tankstellen. Keine Kaufhäuser, nichts Anspruchsvolles. Die West Side war einmal eine Enklave der Wohlhabenden – dann kamen die Einwanderer, dann die Migration der Schwarzen aus dem Süden –, bevor sie im Lauf der Jahrzehnte von einem wirtschaftlichen Abschwung nach dem anderen heimgesucht wurde. Fachkräfte und Akademiker verzogen sich und hinterließen ein Skelett aus Armut und Verzweiflung, Kriminalität und Arbeitslosigkeit.

K-Town ist eines der Viertel mit den meisten Gewaltverbrechen der West Side. Hier kreisen die Gangs wie die Aasgeier, hier geht es in Sommernächten zu wie bei einer Schießbudenveranstaltung.

Allerdings fand diese Schießerei am helllichten Tag statt.

Wir parken auf der Van Buren gleich östlich der Kilbourn Avenue und kurz vor der Polizeiabsperrung. Schon jetzt geht es hier zu wie im Zoo, die Anwohner strömen aus ihren Häusern, um sich das Spektakel anzusehen, und ein paar Reporter, die ich wiedererkenne, sind auch schon vor Ort. *Okay,* werden sich diese Medienheinis bald sagen, *dann schauen wir uns doch mal an, wie gut diese SOS-Einheit wirklich ist.*

Nicht, dass wir noch mehr Feuer unter dem Arsch bräuchten – hier dürften an die dreißig Grad herrschen, und die nachmittägliche Sonne lässt alle schlappmachen. Unter anderen Umständen würde ich mein Sportsakko wohl ablegen.

Eine Beamtin aus dem Streifendienst, eine Frau namens Bryant, schnappt sich uns, als wir die Absperrung erreichen.

»Hey, Billy!«, begrüßt sie mich.

»Hey, Mary. Detective Carla Griffin, Mary Bryant«, stelle ich die beiden einander vor.

In diesem Moment trifft die Spurensicherung ein, um Beweismarkierungen aufzustellen.

»Es war eine Schießerei im Vorbeifahren«, konstatiert Bryant.

So ist es. Also werden wir an diesem Tatort außer Kugeln und Patronenhülsen nicht viel an Beweismaterial finden. Wir treten in den Schatten eines Baumes auf der östlichen Seite der Kilbourn, überqueren die Straße und erreichen das Haus, wo es passiert ist, ein zweigeschossiges Backsteingebäude. Wir ducken uns unter dem gelben Absperrband hindurch und bleiben stehen, um uns ein Bild vom großen Ganzen zu machen.

Ein Afroamerikaner mit Dreadlocks in einem Trikot der Bears und langen Shorts liegt bäuchlings in einer Blutlache auf dem Bürgersteig; sein lebloser Blick nimmt die Fliegen nicht wahr, die um ihn herumschwirren. Er trägt die Rückennummer 22, die unser alter Runningback Matt Forte getragen hat, aber die Kugeln haben mindestens ein halbes Dutzend Löcher in das Trikot gerissen. Am Nacken lugt das Tattoo einer Schlange hervor, die sich um eine Machete windet.

»Ein Hustler«, sage ich.

»Mit Namen Stanley Wilson«, erklärt Bryant. »Nannte sich Frisk. Ja, er war ein Hustler. Untere Ebene. Beobachtungsposten, Strohmann, Kurier, jemand, der Befehle entgegennahm.«

»Hat er sich dem Wagen genähert?«, fragt Carla. »Sollte das hier ein Drogenkauf werden?«

»Wahrscheinlich«, sagt Bryant. »Drogen hatte er keine bei sich, aber in seiner Tasche steckten ein paar Zehner und Zwanziger. Also war er das Zahlfenster.«

»Und wo ist das Abholfenster?«, will Carla wissen.

Bryant erlaubt sich ein grimmiges Lächeln. »Ich bin mir ziemlich sicher, dass sie ihre Siebensachen für heute zusammengepackt haben. Aber ihr wisst ja, wie das läuft. Es war vermutlich um die Ecke, auf der Strecke zurück zur 290. Ich habe mir erlaubt, Officers die Kilbourn und die Van Buren rauf und runter zu schicken – ich gehe davon aus, das war in eurem Sinn.«

»Ja, klar, Mary, danke«, sage ich, bevor Carla irgendetwas von wegen Befehlskette einwenden kann.

Das wäre also das erste Opfer. Es gibt noch drei weitere.

Vorsichtig umgehen wir die Leiche im Bears-Trikot und treten näher an die Veranda. Auf der rechten Seite, von uns aus betrachtet, ist das dunkle Holz gesplittert, übersät mit Einschusslöchern und Blutspritzern. Auf der obersten Stufe befindet sich eine große Blutlache.

»Der Mann, der auf der Verandatreppe saß, war Dwayne Sears«, informiert uns Bryant. »Nannte sich Shiv. Er liegt im OP des Loretto. Mehrere Schusswunden in der Brust. Keine

Ahnung, wie seine Chancen stehen. Er war Leutnant bei den Hustlers. Er war derjenige, welcher.«

Und er war wahrscheinlich der Grund für den Überfall. Wer immer das hier getan hat, hat es nicht wegen des Kuriers auf dem Bürgersteig getan. Shiv muss das Ziel gewesen sein. Und doch ist er der Einzige, der überlebt hat, bis jetzt jedenfalls.

Das dritte Opfer liegt mit unnatürlich gespreizten Gliedmaßen neben ihm, eine junge Weiße. Ihre blonden Haare sind immer noch zu einer Art modischer Hochsteckfrisur drapiert, während ihr Kopf auf der obersten Stufe ruht, ihre toten Augen ins Jenseits blicken und ihre Lippen ein kleines O formen. Sie trägt ein weißes T-Shirt in Übergröße, das ihr bis zu den Oberschenkeln herabfällt.

Wir beugen uns über sie. Sie ist jung, spätes Teenageralter oder Anfang zwanzig, und unnatürlich dünn, was auf Unterernährung hinweist. Vier blutige, klaffende Wunden dort, wo die Kugeln ihre Brust zerfetzt haben. Einstichstellen auf ihren dürren Armen. Um ihren Hals hängt eine Kette, an der ein Amulett baumelt, das wie eine Art Schäferhund aussieht. Eine vergoldete Uhr mit der Aufschrift CHANEL auf dem Ziffernblatt, sicher ein Imitat, das sie für ein Hundertstel des Original-Ladenpreises auf der Straße erworben hat. Und über ihrem Fußknöchel prangt das kleine Tattoo einer schwarzen Blume.

Ich unterdrücke den Drang, sie zu bedecken, die summenden Fliegen zu verscheuchen.

»Sie hat keine Ausweispapiere bei sich«, informiert uns Bryant. »Jemand glaubt, sie hieß Evie, ist sich aber nicht sicher.«

Nach der Richtung der Einschusslöcher in der Veranda zu urteilen, saß das Mädchen vermutlich neben Shiv, als der Schütze vorbeifuhr. Und nach ihrer Position zu urteilen, dürfte sie kaum eine Chance gehabt haben, sich wegzubewegen, bevor die Kugeln ihren Körper durchsiebten. Sie war tot, bevor sie wusste, was geschah.

Aus dem Haus dringt das gequälte Heulen einer Frau.

Carla und ich schauen einander an. »Bereit?«, frage ich.

Sie geht voran, während wir uns wappnen, das vierte Opfer zu inspizieren.

8

Wir betreten das Haus: knarrender Massivholzboden, nicht zueinander passende, angeschlagene Möbel.

Eine Afroamerikanerin Anfang zwanzig, Janiece Moreland. Ihr rinnen Tränen über die Wangen, während sie ihr Töchterchen in den Armen wiegt, als wäre es ein Neugeborenes und keine Vierjährige. Der Kopf des kleinen Mädchens – LaTisha, sagt man mir –, ruht im Schoß ihrer Mutter. Ihr Haar ist zu Zöpfen geflochten, sie ist pausbäckig und trägt ein rotes T-Shirt, auf dessen Vorderseite so etwas wie ein großes Eichhörnchen abgebildet zu sein scheint. Ihre Augen sind friedlich geschlossen, ihre Lippen geschürzt, so als ob sie jemandem einen Luftkuss zuwerfen wollte. Sie sähe aus wie ein Kind, das auf dem Schoß seiner Mutter schläft, wäre da nicht die dunkle, breiige Wunde in ihrem Kopf, dort, wo die Kugel eingedrungen ist. Die weiße Wand hinter den beiden ist mit Blut und kleinen Stückchen Gehirns der kleinen LaTisha bespritzt.

Ich öffne den Mund, bekomme aber nichts über die Lippen.

»Ms Moreland«, spricht Carla sie an. »Ich bin Detective Griffin, und das ist …«

Ein verzerrter Schrei der Mutter, neuerliche Tränen. »Sie werden mir mein Baby nicht wegnehmen! Niemand nimmt mir mein Baby weg!« Sie lässt ihre Wange auf die ihrer toten Tochter sinken, auf dieses engelhafte Gesicht.

Erst spüre ich es in meiner Brust, die zu glühen scheint, dann ist da ein dumpfes Pochen zwischen meinen Ohren, Schweiß bricht mir aus jeder Pore, in meinem Kopf tauchen die Bilder auf ...

Die Erinnerungen an das Geschehen vor vier Jahren:

Im Krankenhaus riecht es nach Jod und Bleiche. Das leise Piepen, Rauschen und Gurgeln der Maschinen, die sie am Leben erhalten.

Ihre Hand, die in der meinen verschwindet. Mein gemurmeltes Flüstern: *Komm schon, du kannst es schaffen, wach auf, Schätzchen, bitte wach auf.*

Wissend, dass sie nie mehr aufwachen wird.

Ich flehte Gott an, sie mir zurückzubringen. Bettelte und flehte und feilschte mit Ihm. *Nimm mich an ihrer Stelle.* Beschimpfte und bedrohte Ihn. *Wie konntest du meine dreijährige Tochter sterben lassen?*

Ein Ellbogen stößt gegen meinen Arm. Das Gesicht meiner Tochter löst sich in der Vergangenheit auf. Wie aus einem Traum hochgeschreckt, wende ich mich Mary Bryant zu. Sie hat besorgt die Stirn in Falten gelegt, nickt mir kurz zu, wie um zu sagen *Nimm dich zusammen.*

Ich reiße mich zusammen, erwidere das Nicken und hole tief Luft. Ich bin in die Vergangenheit und wieder zurück gereist, aber mein Körper steht nach wie vor dort, neben Carla, die in die Hocke gegangen ist und in gedämpftem Ton auf die Mutter einredet, die Mühe hat, inmitten erstickter Atemzüge Antwort zu geben.

Ich wische mir mit dem Arm über die schweißnasse Stirn,

nutzlos und auf wackeligen Beinen, ein Zuschauer bei meinen eigenen Ermittlungen. Ich nehme erst spät an der Befragung teil, bekomme aber das Wesentliche aus der Erzählung der Mutter mit. Sie war bei der Arbeit, ließ LaTisha hier bei Shiv zurück, ihrem Freund. Bekam einen Anruf, dass sie nach Hause kommen solle, und hat ihre Tochter seitdem nicht mehr losgelassen.

Ich folge Carla und Mary nach draußen. An der frischen Luft fühle ich mich besser, ganz gleich, wie schwül und feucht sie ist. Ich hoffe, dass mein neuer Partner nicht bemerkt hat, dass ich da drinnen von meinen Erinnerungen übermannt wurde. Die Meinung, die sie von mir hat, ist jetzt schon schlecht genug.

»Arme Frau«, kommentiert Bryant. »Keiner hat es übers Herz gebracht, ihr das tote Kind aus den Armen zu nehmen.«

Ich sehe Detective Soscia und seinen neuen Partner unter dem gelben Band durchschlüpfen und auf unseren Tatort zusteuern. Das ist gut. Ich könnte bei diesem Fall ein weiteres freundliches Gesicht brauchen.

»Der einzige Augenzeuge liegt also im OP und ringt mit dem Tod«, fasse ich zusammen.

Bryant nickt. »Wir können nur hoffen, dass einer der Nachbarn etwas gesehen hat. Nimmt jemand Wetten an?«

Ihre Skepsis ist nicht von der Hand zu weisen – wir werden jede Menge *Hab nix gesehen* bei unseren Befragungen zu hören bekommen. Aber es gibt auch Leute hier draußen, die nicht inmitten dieser Gewalt leben wollen und sich aus dem Fenster lehnen werden, auch wenn sie das selbst in Gefahr bringt. Wir müssen sie bloß ausfindig machen.

»Haltet uns auf dem Laufenden, was die Befragungen ergeben«, sage ich zu Mary. »Ein paar werden wir selbst vornehmen.«

»Wird gemacht.« Mary geht vorsichtig die Verandastufen hinunter.

Ich schaue Carla an, die gerade Tränen wegblinzelt. Also war ich wenigstens nicht der Einzige, dem das hier an die Nieren ging. »Beide Mädchen waren Kollateralschäden«, konstatiert sie, räuspert sich und weist mit dem Kopf auf die junge Frau, die auf den Verandastufen liegt. »Und der Kurier war sicher auch nicht das Ziel. Es muss ein Anschlag auf Shiv gewesen sein.«

»Sieht so aus, ja. Warum also einen Leutnant der K Street Hustlers ermorden?«

Sie zuckt mit den Schultern und schaut auf die Straße. »Wir können nur hoffen, dass er jemandem Geld schuldete oder die Braut ausgespannt hat.«

Das würde es leichter machen, wenn dieser ganzen Nummer hier persönliche Gründe zugrunde lägen. Vielleicht war LaTishas Mutter ja früher mit einem anderen Kerl zusammen gewesen, der nicht besonders erfreut war, als Shiv sie ihm ausgespannt hat.

Aber Carla glaubt das nicht. Und ich auch nicht.

Nein, es scheint bei dem Anschlag nicht um etwas Persönliches zu gehen. Das sieht nach etwas Geschäftsmäßigem aus.

Wenn aber die Gangs dahinterstecken und um ein Revier kämpfen, ist das hier bloß der erste Schuss in einer lange währenden, blutigen Schlacht.

9

Dieser Fall ist anders, das merken wir sofort.

Es gibt jede Woche Dutzende von Schießereien in der Stadt, jeden Montagmorgen ähnliche Schlagzeilen – *19 TOTE AM BLUTIGEN WOCHENENDE* – neben Konterfeis von Bürgermeister und Polizeipräsident, die grimmig dreinblicken. Wir seufzen auf vor Verzweiflung und nuscheln vor uns hin, jemand müsse wirklich mal was unternehmen, bevor wir uns die zweite Tasse Kaffee einschenken. Am nächsten Wochenende dasselbe in Grün. Keine Namen, keine Gesichter. Bloß ein Haufen toter Schwarzer in der West Side.

Aber das hier ist eine andere Hausnummer. Innerhalb einer Stunde ist die Menschenmenge angeschwollen, füllt jetzt die Straßen eines ganzen Blocks in alle Himmelsrichtungen. Megafone und Sprechchöre: *Gerechtigkeit für LaTisha!* Übertragungswagen stehen an jeder Absperrung, TV-Helikopter schwirren am Himmel über uns.

Denn dieses Mal hat es ein pausbäckiges kleines Mädchen erwischt. Perfekt für die Medien. Jemand hat bereits ein Foto von LaTisha organisiert, in gerüschtem Chiffon-Kleid, mit Zöpfen und einem strahlenden Lächeln, das jetzt überall auf den Handydisplays zu sehen ist.

Rund um den Tatort ist es brechend voll. Wir versuchen, Ordnung zu schaffen, herauszufinden, ob irgendwer irgendwas gesehen hat. Aber es ist, als versuchte man, auf einer überfüllten, klebrigen Tanzfläche einen verlorenen Penny zu ertasten. Unsere Officers gehen für die Befragung von Haus zu Haus, aber sie treffen niemanden an, alle haben sich der Menge draußen angeschlossen.

Niemand hat etwas gesehen. Beziehungsweise alle wollen alles gesehen haben.

Es waren die K Street Hustler. Die Jungs vom Clark Park. Die Kerle, die für ihr Dope aus den Vorstädten herkommen. Jemand will einen roten Sportwagen gesehen haben. Ein anderer einen blauen SUV. Es waren drei Mexikaner. Sie waren Afroamerikaner. Es waren zwei weiße Typen. Wahrscheinlich waren's die Cannibals oder die Jackson Street Crew oder die Nation oder die Disciples oder irgendwelche korrupten Cops, die sauer waren, weil sie letzte Woche ihr Schmiergeld nicht bekommen haben.

Eine Frau zetert herum wegen des Einbruchs in ihrem Haus vor zwei Wochen, als die Cops mehr als eine Stunde brauchten, um aufzukreuzen. Ein alter Mann sagt mir, wir sollten Sackgassen anlegen, wie es in der South Side geschieht, um Schießereien aus fahrenden Autos heraus zu erschweren.

Carla beendet gerade eine Befragung. Ich schaue zu ihr hinüber, als sie eine Hand in ihre Hosentasche gleiten lässt. Sie kommt als Faust wieder heraus, die sie sich zum Mund führt, so als ob sie husten würde, doch stattdessen schiebt sie sich etwas zwischen die Lippen, bevor sie die Hand wieder zur Tasche hinabgleiten lässt. Sie blickt sich um, fängt meinen Blick auf, wirkt, als hätte ich sie bei etwas erwischt. Aber bei was? Was hat sie sich da in den Mund gesteckt?

Ein Hustenbonbon? Ein Aspirin? Mein Gott, sag mir bloß nicht, Carla ist tablettenabhängig. Hat Wizniewski das gemeint, als er sagte, er entschuldige sich im Voraus für meinen Partner?

Was wollen wir?

Gerechtigkeit für LaTisha!

Wann wollen wir sie?

Jetzt!

Mir brummt der Schädel, was es mir dank gleißendem Sonnenschein und ein paar Hundert Menschen, die skandieren und schreien, nicht leichter macht, Zeugenaussagen aufzunehmen.

Detective Soscia, rot im Gesicht und verschwitzt, packt mich am Arm. »Wir haben Bilder von den Überwachungskameras«, brüllt er mir ins Ohr. Er meint die Verkehrsüberwachungsanlagen überall in der Stadt. »Eine ist auf der Kilpatrick nördlich von hier beim Park. Eine bessere in der Nähe von Kolmar und Van Buren. Direkt um die Ecke.«

Das könnte eine Spur sein. Von diesen Leuten hier kriegen wir nichts. Wir können von Glück reden, wenn ihre ganze Wut und Frustration nicht zu Ausschreitungen führt.

»Schauen wir uns das mal an!«, brülle ich zurück.

»Wir stehen verdammt unter Druck bei diesem Fall, Billyboy«, erklärt Sosh. »Wir müssen ihn bis gestern gelöst haben.«

10

»Wenn ihr Informanten habt, knöpft sie euch vor«, weise ich die Detectives und Uniformierten im Raum an. »Wenn ihr neue Informanten braucht, dann nehmt irgendwen hoch wegen was auch immer und dreht ihn um. Sagt ihnen, das Chicago Police Department veranstaltet einen Ramschverkauf, 99 Prozent Rabatt auf die zu erwartende Strafe für Informationen, die zu einer Festnahme führen. Leitet alle Informationen an Soscia oder Officer Bostwick weiter. Und steckt den Leuten auch die Nummer der Hotline.«

»Bandenkriminalität«, sage ich. »Haben wir einen verdeckten Ermittler bei den K Street Hustlers?«

Keiner weiß es. Die SOS ist eine neu geschaffene Einheit, gerade erst gegründet, nicht lokal. Aber wahrscheinlich haben die Cops im Elften einen verdeckten Ermittler in der Gang.

Ein Typ namens Jimenez ruft: »Von Verdeckten weiß ich nichts, aber ich kriege es heraus.«

»Super – machen Sie das«, sporne ich ihn an. Keiner sollte eine bessere Idee davon haben, wer die Hustlers angegriffen hat, als die Hustlers selbst.

Ich schaue auf meine Uhr. Es ist fast fünf.

»Morgen früh Punkt acht Uhr treffen wir uns wieder hier im Raum. Von acht bis fünf, jeden Tag, bis wir den Fall aufgeklärt haben. Aber die Sache hier haben wir morgen vom

Tisch, oder?« Tja, wohl kaum, aber nicht, weil wir es nicht versucht hätten.

Lieutenant Wizniewski tritt vor und stellt sich in die Mitte des Raums. »Genau deswegen seid ihr hier«, verkündet er an alle gerichtet. »Dieser Fall ist der Grund, warum wir die SOS gegründet haben. Die Anwohner haben bereits eine Protestkundgebung geplant, übermorgen auf der Daley Plaza. Pater Pfleger wird sprechen, Jesse Jackson – sogar Reverend Ali fliegt extra dafür ein. Also sollten wir den Fall bis dahin gelöst haben, Ladys und Gentlemen.«

Die Versammlung zerstreut sich. Wiz nimmt mich ins Visier. »Klären Sie den Fall auf, Detective.«

»Klar, werden wir, Lew.«

Das rede ich mir ständig ein. Ich war lange raus aus dem Geschäft nach der Schießerei, der Genesung und schließlich der klitzekleinen Mordanklage gegen mich. Ich habe Rost angesetzt. Ich glaube zwar, ich habe es noch drauf, aber man kann nie wissen. Bis du wieder voll drinsteckst, kannst du dir nicht wirklich sicher sein.

Die Ärzte schwören mir hoch und heilig, dass ich von der Schießerei keine bleibenden Schäden davongetragen habe. Stimmt wohl auch, von den Kopfschmerzen mal abgesehen. Zumindest keine sichtbaren. Arme und Beine funktionieren gut, die Reflexe scheinen in Ordnung zu sein. Ich kann mit meiner Glock immer noch ein Ziel treffen. Ich spreche nicht undeutlich, mir hängt keine Gesichtshälfte schlaff herunter. Aber ich bin ein generalüberholtes Modell, und ich habe noch nie ein Autowrack gesehen, das nach dem Flottmachen wieder wie neu war. Das hier ist ein super Fall für meine erste Testfahrt.

Aber ich werde mir meine Befürchtungen nicht anmerken lassen. Das darf ich nicht. Zeigt man Angst, Zweifel, Unsicherheit, dann ist man ein Niemand auf der Straße oder hier in diesem Haus.

Mein Telefon summt in meiner Tasche. Eine neue SMS:

Spann mich nicht auf die Folter!

Sie stammt von meiner Schwester, Patti, ebenfalls Detective beim CPD. Ich hatte versprochen, ihr Bescheid zu geben, wenn ich meinen neuen Posten antrete. Ich hatte noch keine Gelegenheit, mich bei ihr zu melden. Sie bombardiert mich schon den ganzen Tag mit Textnachrichten. Wie heißt dein Pferdchen? Sag einfach Nein zum illegalen Linksabbiegen. Schülerlotsen sind auch nur Menschen! Echt Mut machende Sprüche.

Du wirst es nicht glauben, simse ich zurück. SOS.

Nie im Leben, antwortet sie.

Ja, so habe ich auch reagiert.

Die Mitglieder der leitenden Teams – Carla und ich, Soscia und sein Partner Mateo Rodriguez – gehen Richtung Mats Schreibtisch, wo er auf seinem Computer das Videomaterial der Überwachungskameras abspielt.

»Shiv ist tot«, informiert uns Mat. »Hat die OP nicht überlebt.«

Na toll. Noch ein Todesopfer. Noch eine potenzielle Spur verloren.

Als wir vor seinem Schreibtisch stehen, zeigt Sosh uns, was er gefunden hat. »Das muss er sein«, sagt er. »Das muss der Wagen sein.«

Sosh und Mat sind die Videoaufnahmen durchgegangen. Eine Kamera an der Ecke Cicero und Van Buren, eine auf der Van Buren in der Nähe der Kilbourn. Was Besseres werden wir nicht zu sehen bekommen.

Höchstwahrscheinlich sind die Schützen von der Cicero Avenue gekommen, auf der Van Buren Richtung Osten gefahren und links in die Kilbourn abgebogen. Auf diese Weise kaufen die Vorstädter ihr Heroin, um keine Aufmerksamkeit zu erregen. Der Heroin-Highway ist ein florierendes Geschäft.

Die Aufnahmen der Überwachungskameras sind schwarzweiß, ruckelig – die Kamera ändert alle drei Sekunden ihre Ausrichtung – und körnig. Wir können also Fahrzeuge sehen, nicht aber deren Farbe erkennen. Wir sehen bestenfalls Ausschnitte der Nummernschilder. Und in der Regel sind auch die Insassen der Fahrzeuge nicht zu erkennen.

Trotzdem nehmen wir fünf Wagen in die nähere Auswahl. Sosh glaubt, es ist der letzte der fünf, aufgenommen von der Van-Buren-Überwachungskamera, nur vier Minuten bevor bei uns der erste Notruf wegen der Schießerei einging. Wahrscheinlich hat er recht.

»Das ist ziemlich sicher ein Toyota 4Runner«, mutmaßt Rodriguez. Wie ich stammt auch Detective Mateo Rodriguez aus einer Polizistenfamilie. Bis heute bin ich ihm weder begegnet oder habe von ihm gehört, aber Sosh meint, Mat komme aus gutem Haus, und Sosh hat überall seine Quellen.

Was mich betrifft, gebe ich anderen normalerweise einen Vertrauensvorschuss und denke das Beste von ihnen, bis sie mir einen Grund geben, es nicht zu tun, was normalerweise etwa zehn Minuten dauert.

»Lass uns das mit gestohlenen Fahrzeugen und Zulassungsbescheinigungen abgleichen.«

»Puh, wieso bin ich da bloß nicht selbst drauf gekommen?« Sosh grinst. »Ich warte schon auf den Rückruf.«

»Und wir müssen das tote Mädchen auf der Veranda identifizieren. Mat, hast du die DNA-Probe an die Forensik geschickt?«

»Erledigt.«

Sosh nimmt einen Anruf auf seinem Handy entgegen und verzieht das Gesicht. »Der 4Runner«, sagt er. »Wurde gestern Abend in Melrose Park als gestohlen gemeldet.«

Das muss der Wagen sein.

»Mein Cousin ist Deputy Chief dort draußen«, fährt er fort. »Wir fahren sofort hin.«

Mat greift nach seinem Handy. »Lass mich mal kurz meiner Frau eine SMS senden.«

Sosh legt Mat eine Hand auf die Schulter. »Detective Rodriguez, lassen Sie sich eines gesagt sein: Es ist besser, um Vergebung zu bitten als um Erlaubnis.«

»Eheliche Ratschläge von einem Kerl, der zwei Scheidungen hinter sich hat«, sage ich. »Du solltest ein Aufnahmegerät mit dir führen, damit du all diese Perlen der Weisheit für die Nachwelt aufzeichnen kannst.«

»Ich brauche nicht die Erlaubnis meiner Frau«, beharrt Mat.

»Natürlich brauchst du die nicht.« Soscia zwinkert mir zu und schnappt sich sein Sportsakko. »Komm, Rodriguez, wir besorgen uns ein Rindfleischsandwich bei Johnnie's in der North Avenue. Geht auf mich.«

»Lass dir das schriftlich geben«, rate ich ihm. »Wenn die Rechnung kommt, weiß er von nichts mehr.«

Sie ziehen los und lassen mich und Carla zurück. Sie ist

drüben an ihrem Schreibtisch, schiebt ein paar Papiere hin und her und steckt sich mit dem Rücken zu mir eine weitere Tablette in den Mund.

Mein Gott, ich hoffe, es ist Aspirin. Oder ein Vitaminpräparat.

»Alles okay?«, frage ich, ohne sie anzuschauen.

»Diese Frage wollte ich dir auch gerade stellen«, sagt sie. »Als wir in diesem Haus waren, hast du ein bisschen mitgenommen ausgesehen.«

Nettes Ablenkungsmanöver. Sie ist clever.

Ich werfe einen Blick in ihre Richtung. »Echt jetzt?«

»Ich meine, ich verstehe das, bei deiner Geschichte, das mit deiner Tochter und so weiter. Das würde jeder verstehen.«

Ich werfe mir mein Sportsakko über. »Detective, die Uhr läuft. Wenn es etwas zu sagen gibt, dann raus damit.«

»Ich will nur sicherstellen, dass uns nichts ausbremst. Diese Sache ist zu wichtig.«

Ich wende mich ihr zu. Sie sieht mich direkt an.

»Bremse ich dich bis jetzt aus?«, frage ich.

»Hey.« Sie macht eine beschwichtigende Geste. »Ich meine ja nur. Das ist ein Sprung ins kalte Wasser, Harney.«

»Ich habe das Schwimmen nicht verlernt, aber danke für deine Anteilnahme.« Ich schnappe mir meine Schlüssel vom Schreibtisch. »Komm mit.«

»Wohin?«

»Wirst du schon sehen«, sage ich. »Wenn du das Tempo halten kannst.«

11

Disco fährt sein Cabrio an den Straßenrand und stellt den Wählhebel auf P. »Mach den Mund nur auf, wenn du angesprochen wirst«, sagt er zu Nadia. »Das hier ist eines der exklusivsten Restaurants von ganz Chicago.«

»Ich weiß.« Ihr enganliegendes purpurrotes Kleid ist schulterfrei, die Haare sind zu einem Dutt hochgesteckt.

»Was weißt du schon von exklusiven Restaurants?« Nichts, gar nichts weiß sie davon.

Er dreht den Rückspiegel so, dass er sich selbst darin sehen kann. Er hat sich das Haar gegelt und frisiert, einen Dreitagebart stehen lassen, eine kleine, runde Brille aufgesetzt. Bingo.

Er zieht den Bauch ein und geht auf die schlichte schwarze Tür des »Domaine« zu – der Name des Restaurants steht dort in modisch minimalistischen Kleinbuchstaben. Dieses Lokal ist tatsächlich eines der exklusivsten der Stadt, wenn man *Time Out Chicago* Glauben schenkt, aber Disco ist kein großer Feinschmecker. Es gefällt ihm bloß, in diesem Restaurant gesehen zu werden.

Das Geschäft kommt immer zuerst, immer, sagte der General vor Jahren. *Aber man muss sich auch die Zeit nehmen, die Annehmlichkeiten des Lebens zu genießen.*

Außerdem könnte er eines Tages mehr als nur Chicago

leiten. Er könnte den gesamten Mittleren Westen zugeteilt bekommen. Dann würden Millionen fließen. Also kann er sich ruhig schon mal daran gewöhnen, mit der Oberschicht zu verkehren.

Drinnen tauchen tiefhängende Lampen die schlichten Holztische in ein schummriges, orangefarbenes Licht. Die lässig-coolen Gäste sitzen auf schwarz lackierten Stühlen und lauschen der Retro-Musik, die aus dem Soundsystem an der Decke erklingt. Die meisten Männer tragen ein Jackett über dem T-Shirt oder ein Hemd mit offenem Kragen, einige tragen Jeans.

Disco runzelt die Stirn. Er ist zu schick angezogen. Aber er sieht trotzdem gut aus, und es drehen sich so viele Köpfe nach Nadia und ihrer schlanken Figur um, dass er sich besser fühlt und den Kopf oben behält. Sie war die richtige Wahl als Begleiterin. Nadia ist wahrscheinlich sein heißestes Mädchen, mit Sicherheit eines der beliebtesten.

Und außerdem: Scheiß doch auf all diese Leute und ihr Geglotze. Wie viele von denen haben wohl wie er ihr Heimatland verlassen, in den Staaten von Grund auf ein Unternehmen hochgezogen und wie er einen Jura-Abschluss erworben, obwohl Englisch nur seine zweite Sprache war?

Keiner von denen.

Wie viele haben achtzehn Menschen getötet, darunter allein drei an diesem Morgen?

Null. Genauso viele sind es. Er hat mehr Mumm in den Knochen als diese ganzen Treuhandfonds-Püppchen und Tech-Millionäre zusammen.

Er hatte einen Allemand Cornas Jahrgang 2006 vorbestellt, aus dem Online-Menü ausgewählt, nachdem er Bewertungen in *Wine Enthusiast, Wine Spectator* und einigen Weinverkostungs-Blogs gelesen hatte. Der Sommelier schenkt ihm den ersten Schluck ein und wartet.

Er trinkt ihn so, wie man ihn trinken sollte. Wie er gesehen hat, dass der General Wein kostet. Den Inhalt des Glases zu würdigen wissen. Das Glas gegen das Licht halten. Es zur Seite neigen. Den Wein schlürfen. Wein einsaugen und im Mund hin und her schwenken.

Disco schluckt den Wein herunter, schaut den Sommelier an. »Er muss noch atmen«, sagt er.

Das hat er den General sagen hören.

»Ja, Sir. Soll ich ihn dekantieren?«

Das bringt Disco aus dem Takt. Dekantieren? Doch er sagt rasch und beiläufig: »Machen Sie das.«

Der Kellner geht mit der Flasche weg.

Nadia versteht nur Bahnhof. Wie auch anders. Sie ist wunderschön und sexy, wenn sie aufgetakelt ist, aber genau wie alle anderen ist sie strohdumm. Gut für eine Sache und nur für diese eine. »Schau in die Speisekarte«, trägt er ihr auf – als ob sie in der Lage wäre, sie zu lesen. Sie ist seit vier Jahren in den Staaten und hat nur ein paar Brocken Englisch aufgeschnappt, das, was man ihr befohlen hat sich zu merken, und das, was sie beim Fernsehen im Keller mitbekommen hat.

Disco beschäftigt sich gerade unter dem Tisch mit seinem Handy, um das Wort *dekantieren* nachzuschlagen, als es summt.

Sein anderes Telefon. Sein Wegwerfhandy. Das Telefon, dessen Rufnummer nur drei Menschen kennen.

Wahrscheinlich ist es Nicolas, der sich immer noch Sorgen wegen heute macht. *Du hast zu wild rumgeballert*, beschwerte er sich, nachdem sie davongerast waren. *Du hast zu viele Leute abgeknallt.*

Er musste Nicolas eine Ohrfeige verpassen, um ihn wieder auf die Spur zu bringen. *Kein Mensch schert sich um ein paar schwarze Drogendealer*, erklärte er ihm. *Die erschießen sich ständig gegenseitig.*

Aber es ist nicht Nicolas, der ihm simst. Es ist Augustina, die ihm einen Link zu einem Artikel in der Online-Ausgabe der *Sun-Times* sendet.

Ihm stockt der Atem. Schon die Schlagzeile sagt ihm alles. Er dachte, er hätte heute drei Menschen in K-Town getötet. Doch das hat er nicht. Er hat vier getötet.

Er öffnet den Link: VIERJÄHRIGE UNTER OPFERN DER SCHIESSEREI IN WEST SIDE. Die Story ist der Aufmacher. Das Foto eines afroamerikanischen Kinds mit Zöpfen, in einem schicken Kleidchen und mit einem strahlenden, unschuldigen Lächeln.

Oh nein. Aber es muss wohl stimmen, es war der 300er Block in South Kilbourn.

Er klickt sich weiter zur Website der *Tribune*. Gleicher Aufmacher, gleiches Foto. Die vierjährige LaTisha Moreland unter den Opfern einer Schießerei im Vorbeifahren, die womöglich im Zusammenhang mit Drogen steht. Für übermorgen ist eine Protestkundgebung am Daley Plaza geplant. Der Bürgermeister ruft dazu auf, Ruhe zu bewahren. Der Polizeipräsident gelobt, die Mörder zur Rechenschaft zu ziehen.

Mit zitternden Händen wählt er auf dem Wegwerfhandy Augustinas Nummer. Er kauert sich zusammen und wölbt seine freie Hand vor dem Mund. »Sie war nicht vor dem Haus«, beteuert er, als Augustina den Anruf annimmt, und bemerkt dabei das Zittern in seiner Stimme. »Ich habe kein kleines Mädchen dort draußen gesehen.«

»*Sie war drinnen*«, sagt Augustina. »*Du musst sie erschossen haben durch das Fenster.*«

Er schließt die Augen. Ausgerechnet. In der West Side gibt es ständig Schießereien, aber wenn *er* es war, der geschossen hat, wird es zur Titelgeschichte?

»*Ich rufen Boho an.*«

»Nein!«, zischt er und registriert dabei die Härte, die Angst in seiner Stimme. »Nicht den General anrufen. Ich werde das regeln. Kapiert?«

Er beendet das Gespräch, richtet sich auf und fährt sich mit zitteriger Hand über die Stoppeln auf seiner Wange. Was soll er jetzt tun?

Der Sommelier stellt ein hohes, mit Rotwein gefülltes Glasgefäß mit Schwanenhals auf den Tisch.

»Was ist das?«, blafft Disco ihn an. »Das will ich nicht. Nehmen Sie das weg.«

»Tut mir leid, Sir, Sie wollten doch, dass er atm…«

Disco holt aus und fegt die Karaffe mit dem Handrücken vom Tisch. Wein spritzt auf Nadia, Glas zerbirst auf dem Boden. Der Geräuschteppich der Gespräche erstirbt schlagartig.

»So, jetzt atmet er.« Disco springt auf und bringt dabei den Tisch zum Wackeln. Er zieht ein Bündel Geldscheine aus seiner Tasche, zählt zwölf Hundertdollar-Scheine ab und pfeffert sie auf die Tischplatte. Dann packt er Nadia am Arm.

»Hey, entschuldigen Sie mal!« Am Nebentisch hat sich ein Mann erhoben und wischt sich über sein enggeschnittenes Hemd. »Mann, Sie haben uns komplett mit Wein bespritzt!«

Disco dreht sich um die eigene Achse, starrt den Mann an, packt seinen dünnen Bizeps und drückt zu. Seine Hand wirkt wie eine Schraubzwinge. Die Entrüstung des Mannes verwandelt sich augenblicklich in Angst. »Sie sollten sich wieder hinsetzen«, zischt Disco, »bevor das hier noch sehr unangenehm für Sie wird.«

Er schubst den Mann zurück auf seinen Stuhl. Dann wendet er sich dem Kellner zu, der zurückweicht, die Hände zu einer friedfertigen Geste erhoben.

Disco richtet sich die Anzugjacke, dreht sich um und geht. Nadia folgt ihm.

Auf dem Weg nach draußen wählt er eine Nummer auf seinem Telefon. »Wir müssen uns treffen«, sagt er. »Sofort.«

12

»Sie wissen ja von der Protestkundgebung übermorgen«, informiert mich Lieutenant Wizniewski durch den Freisprecher meines Handys.

»Genau. Sie erwähnten es schon.«

»›Die Cops scheren sich nicht um schwarze Opfer.‹ ›Die Cops schützen die West Side nicht.‹ ›Gerechtigkeit für LaTisha.‹ Verstehen Sie, worauf ich hinauswill?«

»Klar und deutlich«, antworte ich.

»Der Präsi versetzt die ganze Truppe in Alarmbereitschaft. Sie wollen Gerichte und Regierungsgebäude schließen und die Innenstadt abriegeln. Ich muss Sie nicht daran erinnern, was beim letzten Mal passiert ist.«

Als das letzte Mal so etwas passierte, vor anderthalb Jahren, als ein Cop einen unbewaffneten afroamerikanischen Jungen erschossen hatte, eskalierte das, was als friedlicher Protest begonnen hatte, und wurde hässlich. Einige beschuldigten hinterher die Polizei, überreagiert zu haben. Andere gaben den Demonstranten die Schuld. So oder so ging alles den Bach runter. Das Daley Center wurde zu Kleinholz gemacht, am Old Post Office brach ein Feuer aus, Demonstranten strömten auf den Eisenhower Expressway und blockierten ihn. Es gab etliche Tote und Dutzende Verletzte, die Schäden an den Geschäften gingen in die Millionen.

»Das wird ein verdammtes Chaos, Harney. Es sei denn.«

Es sei denn, wir lösen den Fall bis morgen.

»Wir arbeiten dran, Lew.«

»Halten Sie mich auf dem Laufenden.«

»Wird gemacht.« Ich beende das Gespräch. Wir rasen durch die West Side, sind fast an unserem Ziel.

»Wir sollten vorher anrufen«, sagt Carla vom Beifahrersitz. »Sonst fangen wir uns noch ein paar Kugeln ein.«

Sie könnte recht haben. Aber das glaube ich nicht. »Andre wird uns nicht erschießen.«

Sie schaut mich von der Seite an. »Was denn, da mache ich eine Bemerkung über deine Tochter und dass du womöglich deinen Aufgaben nicht gewachsen bist, und jetzt musst du mir beweisen, was für ein harter Hund du bist?«

»Ja, Griffin, du hast es mal wieder spitzgekriegt. Du hast mich durchschaut, in Ordnung. Wir haben den größten Ermittlungsdruck seit Jahren, ein kleines Mädchen, das tot ist, in der West Side könnten Unruhen ausbrechen, Bürgermeister und Polizeipräsident sitzen uns im Nacken, aber alles, worüber ich mir Sorgen mache, ist deine Meinung über mich.«

Sie verstummt, lenkt in diesem Punkt ein. Was meine Motive angeht, liegt sie daneben, ich gebe keinen Pfifferling darauf, was sie von mir hält. Aber damit, dass ein unangekündigter Besuch bei Andre Oliver nicht die beste Idee ist, könnte sie recht haben.

»Deine Tochter war drei, als sie starb?«

»Oh, schön, dann reden wir wieder darüber.«

»Und du hast am selben Tag deine Frau verloren?«

»Mein Gott«, seufze ich. »Ja. Nur, um einen Haken dahinter zu machen: Ja, meine Frau und meine Tochter starben am selben Tag.«

Nun stößt sie einen Seufzer aus. »Das Leben kann so grausam sein.«

»Meine Güte, schon wieder eine weise Erkenntnis aus deinem Munde. Was kommt als Nächstes? Das Wetter ist unvorhersehbar?«

»Das gibt dir nicht das Recht, dich wie ein Arschloch aufzuführen, Harney.«

Ich fahre rechts ran und stelle den Wählhebel auf P. »Meine Tochter starb an einem Schlaganfall, okay. Die Chancen dafür stehen eins zu einer Million. Eine Dreijährige hatte einen verfluchten Schlaganfall. Wir hätten nichts dagegen unternehmen können. Konnten es nicht kommen sehen. So grausam kann das Leben eben sein.«

Sie nickt.

»Meine Frau war depressiv veranlagt, und dann traf uns dieser Schicksalsschlag mit unserer Tochter, und damit wurde sie nicht fertig. Und ich war zu sehr auf meine Tochter fixiert, um zu begreifen, wie sehr das meine Frau fertigmachte. Dass sie sich eine Kugel in den Kopf gejagt hat, hatte nichts mit grausamem Leben zu tun. Das hatte damit zu tun, dass ich es versaut habe, sie im Stich gelassen habe. Hast du das alles auf deiner Punktekarte notiert? Ist die Kennenlernphase nun vorbei?«

Ich bin mir nicht sicher, woher das jetzt alles kam. Die Schuldgefühle wegen Valerie lauern immer unter der Oberfläche, aber ich spreche sie nur selten laut aus. Ich weiß nicht, warum ich sie jetzt aus dem Sack gelassen habe. Liegt wohl an der späten Stunde, am Stress, daran, dass Carla mir schon den ganzen Tag mit ihrer passiv-aggressiven Art auf die Eier geht.

»Mein Vater hatte Depressionen«, sagt sie. »Ein chemisches Ungleichgewicht. Er brauchte – wir brauchten – lange Zeit, um es zu begreifen. Das ist nicht immer leicht zu erkennen.«

Vor allem, wenn man seine Frau nie sieht, weil man selber Nachtschichten schiebt, während sie tagsüber arbeitet und man abwechselnd auf das Baby aufpasst. Und dann kriegt deine Tochter einen Schlaganfall, und du wendest deine volle Aufmerksamkeit ihr zu und ignorierst deine Frau genau in der Zeit, als sich ihr Leiden exponentiell vervielfacht hat.

»Und weißt du, wie viele Morde ich aufgeklärt habe, seit das vor vier Jahren passiert ist?«, frage ich. »Ich sag's dir, denn, ja, ich zähle mit. Einunddreißig. Verdammte einunddreißig. Also, ja, heute ein totes Mädchen zu sehen hat vielleicht ein paar Erinnerungen wachgerufen, und vielleicht habe ich drei Sekunden lang weiche Knie bekommen. Aber ich werde ein großer Junge sein und auch diesen Fall lösen.«

Sie schaut zu mir herüber, bleibt aber stumm. Waffenstillstand, Entspannung.

»Lass uns Hallo zu Andre sagen«, schlägt sie vor.

Ich erinnere mich an Andre Oliver aus der Zeit, als ich noch auf die Highschool ging. Er war in meinem Alter, aber er besuchte die Simeon, wo er Power Forward spielte und die Aufmerksamkeit praktisch aller Division-I-Programme für Basketball im ganzen Land auf sich zog. Er war der kommende Magic, der kommende Jordan, anmutig und kraftvoll, mit einem unvergleichlichen Ballgefühl. Er bekam einen Studienplatz an der University of Idaho, die damals die meisten Talente aus Chicago anlockte, flog aber schon im ersten Studienjahr nach einer Anklage wegen Vergewaltigung aus dem Team, gefolgt von einem Einbruch, der damit endete, dass er den Cop zusammenschlug, der ihn verhaften wollte. Er saß eine Zeitlang ein, ging dann nach Europa, um zu spielen, versaute sich das Knie und kehrte in die Staaten zurück, immer noch eine Basketballlegende, aber mit Sternchen und Fußnote.

Heute ist er an mehreren Unternehmen beteiligt, Basketballcamps, einem Nachtclub und einem eigenen Rap-Label, aber für unsere Zwecke wichtiger ist, dass Andre Oliver unangefochtener Anführer der K Street Hustlers ist, die heute zwei ihrer Soldaten bei einer Schießerei verloren haben.

»Dann sag mir doch, warum wir ihn nicht vorher anrufen«, fordert Carla. »Andre wird heute Abend zu seinem Schutz ein ganzes Bataillon versammelt haben.«

»Wir rufen nicht vorher an, weil Cops grundsätzlich nicht vorher anrufen. Wir tauchen auf, wann wir wollen und wo wir wollen. Wir bitten nicht um Erlaubnis.«

Das hat sie auch nicht gemeint, sie versteht mich aber trotzdem. Wir müssen deutlich machen, dass wir das Sagen haben.

Ich trete auf die Bremse, als wir uns dem Haus nähern, zwei Meilen von K-Town entfernt. Auf den Straßen ist es ruhig, aber sie sind nicht menschenleer. Wir ernten viele Blicke, als wir vorbeifahren.

Von seinen Wachposten. Andre wird sie heute Abend in voller Stärke aufmarschieren lassen. Er verbarrikadiert sich, um sich vor einem Anschlag zu schützen, während er im gleichen Moment selbst einen als Vergeltung plant.

Ich halte mich ans Tempolimit und setze den Blinker, als wir abbiegen. Das Letzte, was ich will, ist, auf das Haus zuzurasen.

Ich parke den Wagen vor Andres Haus und wende mich meinem Partner zu.

»Bereit?«, frage ich sie.

13

Zu beiden Seiten der Straße parken Autos, in den meisten hocken schwer bewaffnete junge Männer, die jedem ihre Waffen vor die Nase halten würden, hätte ihnen nicht gerade jemand durchgegeben, dass ein Streifenwagen um die Ecke biegt.

Die K Street Hustlers errichten heute Abend eine Wagenburg und bereiten sich nach der Schießerei in der Kilbourn Avenue auf einen Krieg vor.

Andre Olivers Haus gibt von außen betrachtet nicht viel her. Es ist ein zweistöckiges Backsteingebäude mit einer kleinen Rasenfläche davor und einer umlaufenden Veranda. Zwei Männer auf der Veranda stehen auf, als Carla und ich aus dem Wagen steigen. Unsere Sterne baumeln uns an Bändern vor der Brust, als würde das blinkende Rotlicht auf dem Armaturenbrett und jedes andere Detail an uns nicht schon signalisieren, dass wir Cops sind.

»Wir müssen mit Andre sprechen«, eröffne ich das Gespräch, bevor die Kerle einen Ton von sich geben.

»Er ist nicht zu sprechen«, gibt der Kerl zu meiner Linken zurück, groß und breitschultrig, wahrscheinlich Anfang zwanzig. Seine Dreadlocks fallen ihm bis auf die Schultern, an seinem Hals baumelt eine Goldkette. Eine Ausbuchtung unter seinem weiten T-Shirt lässt ahnen, wo seine Handfeuerwaffe steckt. Früher einmal war so etwas hier und jetzt Grund für eine Verhaftung, aber ein Beschluss des Obersten Gerichtshofs hat alles verändert. Das Mitführen von Schusswaffen ist nun ein verfassungsmäßiges Recht.

»Heißt ›nicht zu sprechen‹, dass er hier, aber beschäftigt ist?«, hake ich nach. »Oder ist er nicht hier?«

»Er ist nicht zu sprechen, Officer.«

Ich höre, dass hinter uns Autotüren geöffnet werden. Ich schaue mich um, allerdings nur beiläufig. Die Männer stehen vor ihren Wagen und beobachten uns, automatische Waffen in Griffweite.

»Geh ihn holen«, sage ich zu dem Mann auf der Veranda. »Sag ihm, Detectives der Chicagoer Polizei wollen ihm ein paar Fragen stellen. Du hast dreißig Sekunden.«

»Haben die Officers einen Durchsuchungsbefehl?«, fragt er.

»Oh, schön, du bist zur Schule gegangen«, blaffe ich ihn an. »Das bedeutet, du kannst zählen. Wir sind jetzt runter auf zwanzig Sekunden. Rate mal, was in zwanzig Sekunden passiert, wenn Andre nicht rauskommt?«

»Mit euch beiden fangen wir an«, sagt Carla. »Dann eure Freunde dort drüben, die sich hinter ihren Autos verstecken. Habt ihr Kerle alle einen Waffenschein? Das wird unsere erste Frage sein.« Sie zuckt mit den Achseln. »Sei's drum, selbst wenn ihr alle sauber seid, werden wir euch zur Vernehmung mitnehmen. Ist es das, was Andre wollen würde? Seine halbe Mannschaft die Nacht über eingebuchtet? Sieht mir eher so aus, als wollte er seine Leute gerade schön nah bei sich haben.«

Der harte Kerl blinzelt. Seine linke Hand öffnet und schließt sich in der Nähe seiner Waffe.

»Denk nicht mal dran!«, warne ich ihn.

Der andere Kerl auf der Veranda, kleiner und schwerer, spannt sich an und spreizt die Beine.

Vielleicht hatte Carla doch recht mit dem Vorheranrufen.

»Fünf Sekunden«, sage ich und behalte dabei die linke Hand des Ersten im Auge, die nur durch einen schmalen Streifen Stoff von seiner Handfeuerwaffe getrennt ist.

Aber ein Piepen in seiner rechten Hand, in der er sein Telefon hält, nimmt ihm die Entscheidung ab. Er schaut erst auf sein Telefon, dann zur Seite. »Folgen Sie mir«, sagt er.

14

Wir sind in ein Gipfeltreffen reingeplatzt, in eine Sitzung des obersten Führungsstabs der Hustlers, einen Kriegsrat. Eine Reihe von Männern tritt aus der Kellertür, alle tragen enganliegende Hemden, unter denen sich ausgeprägte Muskeln abzeichnen, tragen dicke Goldketten und sind tätowiert. Jeder Einzelne von ihnen lässt keinen Zweifel daran, dass ihn die Gegenwart der Polizei nicht weiter beeindruckt.

Andres Haus ist, wenig überraschend, innen viel schöner, als es von außen den Anschein hat. Er hat ein paar Wände einreißen lassen und sich für einen offenen Grundriss entschieden; das Wohnzimmer ist mit einer Couchgarnitur, einem großen, an die Wand montierten Fernseher und einem exquisiten Orientteppich gemütlich eingerichtet. Überall hängen Fotos von ihm – gerahmte Bilder aus Highschool-Zeiten, die den Moment festhalten, in dem er in Richtung eines Basketballkorbs durch die Luft fliegt; Schlagzeilen, die verkünden, dass »Sir Andre« sich für die University of Idaho entschieden hat; eine riesige »Mr Basketball«-Trophäe, die er als Spieler des Jahres überreicht bekommt.

Unser Guide führt uns eine Treppe mit plüschigem, lilafarbenem Teppich hinunter in den mit gleichem Teppichboden ausgelegten Keller. In dieser Männerhöhle aller Männerhöhlen befinden sich eine voll ausgestattete Bar, ein

Basketballkorbring, zwei ausladende Großbildfernseher, Erinnerungsstücke an sportliche Ereignisse und überaus freizügige Poster.

Andre Oliver fläzt sich auf einer violetten Couch – knappe zwei Meter stramme Muskeln lang vor uns ausgestreckt –, trägt Basketballshorts und ein T-Shirt und taxiert Carla in aller Ruhe von oben bis unten, bevor er mich auch nur zur Kenntnis nimmt.

»Ist gerade kein guter Zeitpunkt«, verkündet er. »Ich habe nichts mit dem zu tun, was passiert ist.«

Nein, klar, wir haben auch nicht geglaubt, dass Andre seine eigenen Leute erschossen hat. Auf so eine Art und Weise diszipliniert ein Anführer seine Truppe nicht. Falls Shiv und Frisk eine Lektion gebraucht haben, dann hätte er sie ihnen hinter geschlossenen Türen erteilt, nicht mittels einer Schießerei im Vorbeifahren.

»Es sieht so aus, als würdest du dich verbarrikadieren und auf einen Krieg vorbereiten«, sage ich.

Er zuckt mit einer Schulter. »Hab's nicht auf Krieg abgesehen. Aber wenn mir einer erklärt wird, mache ich keinen Rückzieher. Kann ich dann ja wohl nicht mehr, oder?«

»Wer hat dir den Krieg erklärt?«, frage ich.

Das gefällt ihm. Er kichert und fährt sich mit der Zunge über die Zähne. »Was glaubt ihr denn?«

»Der King«, mutmaßt Carla.

»Schlau ist sie auch noch«, sagt er zu mir, auf Carla deutend.

Jericho Hooper ist der Anführer der derzeit größten in der Stadt aktiven Straßengang, der Imperial Gangster Nation. Er wird King Jericho genannt oder auch einfach nur King.

»Woher willst du wissen, dass Jericho dahintersteckt?«, frage ich.

»Oh, der Bruder hat mir ein volles Geständnis unterschrieben.« Andre tätschelt die Kissen um sich herum. »Muss hier irgendwo rumliegen. Er hat mir gesagt, ich soll's der Polizei geben, wenn die hier aufkreuzt.«

Er ist ganz schön zufrieden mit sich. Aber das ist alles nur Schau. Auf ihm lastet enormer Druck. Die Hustlers haben nicht die Feuerkraft, um es mit der Nation aufzunehmen. Niemand weiß das besser als Andre.

Das Problem ist nur, dass es ihn nicht davon abhalten wird, Vergeltung zu üben. Er hat keine andere Wahl. Jericho hat auf tolldreiste Art zwei seiner Männer ins Jenseits befördern lassen. Wenn Andre darauf nicht reagiert, nimmt ihn kein Mensch mehr ernst.

»Liefer uns den Schützen«, sagt Carla, »und wir bringen ihn mit Jericho in Verbindung. Setz deine Konkurrenz außer Gefecht. Ohne dass ihr Kerle euch gegenseitig abknallt.«

Andre tippt sich mit einem Finger an die Schläfe. »Also, wieso bin ich da bloß nicht selbst drauf gekommen?« Er lehnt sich auf der Couch zurück und legt die Füße auf einen Polsterschemel.

Ich trete den Schemel unter seinen Füßen weg und zwinge ihn damit, sich nach vorn zu beugen.

»Andre, setz deine grauen Zellen ein«, fordere ich ihn auf. »Wenn du gegen Jericho in den Krieg ziehst, verlierst du ihn. Dabei hättest du eine Chance zu gewinnen.«

»Wenn wir den Schützen dingfest machen«, sagt Carla, »dann drehen wir ihn vielleicht um, und er verrät Jericho.«

Andre kauft ihr das nicht ab. »Kein Mensch wird Jericho verraten.«

»Bist du sicher?«, frage ich. »Warum lässt du's nicht darauf ankommen? Wenn wir das hinkriegen, brauchst du gar nichts zu unternehmen. Wir nehmen dir die Arbeit ab. Wir bringen Jericho hinter Gitter. Und du verlierst keine weiteren Soldaten.«

Er lässt sich Zeit. Wenn, dann gibt es eine Übereinkunft zu seinen Bedingungen, nachdem er sich noch ein paarmal mit der Zunge über die Innenseite seiner Wange gefahren ist, sich einen Zahnstocher in den Mund gesteckt und damit herumgespielt hat.

»Gib uns achtundvierzig Stunden«, fordere ich. »Halt achtundvierzig Stunden die Füße still. Gib uns Zeit, den Schützen dingfest zu machen.«

Er zieht den Zahnstocher aus dem Mund und schaut zu Boden. »Vierundzwanzig«, antwortet er dann. »Danach muss ich reagieren. Ihr wisst, was ich meine?«

Ich schaue Carla an. Vierundzwanzig Stunden, bevor beide Seiten aufeinander losgehen.

»Meinst du, in der Zeit schaffen wir es, den Fall zu lösen?«, fragt mich Carla, als wir wieder im Auto sitzen.

»Ich kann mir eine Möglichkeit vorstellen«, sage ich. »Aber die ist weit hergeholt.«

Ich durchsuche die Kontaktliste auf meinem Handy nach einem Reporter der *Sun-Times*. »Sie müssen mir einen Gefallen tun«, sage ich. »Ich brauche eine Telefonnummer.«

15

Disco stellt seinen Wagen auf der Monticello Avenue in Albany Park ab, im Nordwesten der Stadt. Er steigt aus dem Auto, knöpft sich seine Anzugjacke zu und geht eine Gasse entlang. Er kommt an vier Garagen vorbei. Die fünfte steht offen, in ihr ist ein Range Rover geparkt. Er bleibt einen Moment stehen, um sicherzugehen, dass er niemanden überrascht.

Er steigt in den Wagen und wird sofort von einer Wolke Aftershave eingehüllt.

»Du hast es versaut. Du hast es so was von versaut.«

Der Vorwurf fliegt Disco um die Ohren, bevor er auch nur seinen Arsch auf den Sitz gepflanzt hat.

»Das kleine Mädchen war drinnen im Haus. Ich konnte sie nicht sehen.«

Dennis Porter trägt ein Baumwollhemd und eine dunkle Hose; unter seiner Baseballkappe lugt ein grauer Haarschopf hervor. Er saß offenbar mit seiner Familie zu Hause beim Abendessen, als Disco ihn aus dem Restaurant anrief. »Tja, nun ist die Kacke am Dampfen. Sie haben die SOS eingesetzt, ihre brandneue Spitzencrew. Lass dir lieber was einfallen, um das wieder in Ordnung zu bringen.«

»*Du* lässt dir lieber was einfallen«, kontert Disco. »Du bist der Bulle.«

Vizechef der Innenrevision, um genau zu sein, Captain Dennis Porter hat sich als nützlich und einfallsreich erwiesen. Disco wird beide dieser Eigenschaften benötigen.

Porter droht ihm mit dem Finger. »Um Wunder zu vollbringen, zahlst du mir nicht genug. Du hast ein verfluchtes *Kleinkind* getötet. Du hast mir nicht mal davon erzählt, dass du vorhattest, so eine Nummer abzuziehen.«

»Brauche ich jetzt etwa schon deine Erlaubnis?«, gibt Disco zurück. Immer dieser Streit darüber, wer das Sagen hat – der korrupte Bulle oder der Gangster, der ihn schmiert.

»Wenn du dich um so 'ne hässliche Sache kümmern musst, ja, dann steck es mir vorher. Vielleicht kann ich dir sagen, wie du es besser hinkriegst. Denn noch schlechter hättest du es gar nicht hinkriegen können.«

»Es war ein Unfall. Ein Versehen.«

»Ja, *dein* Versehen, nicht meines. Nicht mein Problem.«

Immer ganz der Verhandlungsführer, dieser Porter. Er sagt nicht wirklich, dass er nicht helfen will. Er sagt nur, dass es etwas kosten wird. Er will einen Bonus einsacken.

Disco packt Porter am Unterarm und nimmt ihn in einen Schraubstockgriff. Porter wendet sich ihm zu, zunächst mit der Empörung eines Cops, aggressiv, doch sein Ausdruck wird schnell weicher und passt sich der Realität an – nämlich, dass die Situation weit komplizierter ist als das hier.

»Mein Problem ist auch dein Problem«, sagt Disco.

»Was zum Teufel soll das?«

»Ich will hören, dass du es sagst.«

»Lass *verdammt noch mal* meinen Arm los.« Porter beißt die Zähne zusammen, seine Lippen bewegen sich kaum, seine Augen tränen.

»Erst wenn du es sagst, Denny. Sag es für Amy. Sag es für Jay und Laura.«

»Du willst mir doch nicht drohen, mein Freund.«

Porter mag hier den harten Kerl rauskehren, aber ihm ist klar, dass er Disco nur in einer Hinsicht trauen kann: nämlich dass Disco ihn mit einer hübschen Summe schmiert, solange Porter seine Geschäfte schützt. Wenn Porter diesbezüglich versagt und Disco hochgeht, warum sollte Disco sich das Leben nicht einfacher machen, einen Deal eingehen und den Cop belasten, der seine schützende Hand über ihn gehalten hat?

Das ist das Dilemma eines korrupten Bullen: Hast du dich einmal mit den bösen Jungs eingelassen, steckst du bis zum Hals mit drin.

»Ja, wir müssen das gemeinsam hinbiegen, okay. Verdammt.« Porter reißt sich los, und Disco gibt seinen Arm bereitwillig frei, für seine Verhältnisse eine vollständige Einverständniserklärung.

Erst die Peitsche, dann das Zuckerbrot. Disco überreicht ihm einen Umschlag, der prall gefüllt ist mit Geldscheinen. »Das hier ist das Doppelte des Üblichen. Wegen unserem Problem.«

Normalerweise ist Geld hilfreich, wenn es um Porters Arbeitseinstellung geht. Porter nimmt es entgegen, zählt es, bestätigt es. Widerwillig nickt er.

»Hast du jemandem in der SOS?«, fragt Disco.

Es dauert einen Moment, bis Porter seinen Stolz wiederfindet. »Ich habe überall jemanden«, tönt er. »Das ist der Vorteil meiner Position.« Die Innenrevision weiß alles, wie Porter gerne zu sagen pflegt.

»Und wer ist deine Quelle bei der SOS?«

»Meine Quelle ist meine Quelle. Du brauchst sie nicht zu kennen. Habe ich dich jemals hängen lassen?«

Nein, hat er nicht. Wenn Porters Fähigkeiten nicht schon vorher deutlich waren, dann mit Sicherheit seit dem jüngsten Skandal im Chicagoer Police Department, über den mehrere Mitglieder der Internen Abteilung stürzten.

»Ich habe eine Idee«, erklärt Porter. »Ich weiß, wie wir's hinkriegen. Aber es muss schnell gehen. Und den Hauptteil musst du erledigen.«

»Ich? Das wird nicht hinhauen.«

»Tja, es *muss* aber hinhauen, Kumpel. Das Ganze ist ein verfluchter Alptraum. Meine Leute dürfen damit nicht mal ansatzweise in Verbindung gebracht werden. Wir geben der Sache nur den letzten Schliff. Aber die Laufarbeit? Die musst du übernehmen.«

Es hat keinen Sinn, sich zu streiten. Wenn Porter sagt, es muss Disco sein, der die Laufarbeit übernimmt, dann muss es eben Disco sein.

»Und es muss heute Abend über die Bühne gehen«, sagt Porter.

16

Die Stimmung ist flau an diesem Abend, das spürt sie schon beim Hereinkommen. Das Hole in the Wall ist eine Bullenkneipe, Miteigentümer sind drei Kerle, die nach ihrer Dienstzeit bei vollen Bezügen in Pension gingen. Es gibt hier Drinks zum halben Preis für die Männer und Frauen in Blau, was auf etwa 90 Prozent der Gäste in diesem Laden zutrifft. Es handelt sich also weniger um einen Rabatt für Cops, sondern eher um den doppelten Preis für Zivilisten für das Privileg, sich unter sie mischen zu dürfen.

Normalerweise geht es hier laut und vergnügt zu. Es ist ein Ort, an dem man Dampf ablassen kann, über die Politik des Departments ablästern oder über die YouTube-Community, die es kaum erwarten kann, Polizisten in einem schlechten Moment zu erwischen, aus dem Kontext gerissen, damit sie es in den sozialen Medien posten können. Im Hole dagegen ist man unter Freunden.

Aber heute Abend herrscht Anspannung, und Detective Patricia Harney weiß auch, warum. Die Schießerei in K-Town hat jedem Politiker in Chicago einen Schrecken in die Glieder fahren lassen, und daher auch dem Department.

Patti ist nicht hier, um etwas zu trinken. Sie hatte ein paar Drinks mit zwei Freundinnen in Lincoln Park, bevor sie hier herkam, und das reicht ihr in diesen Tagen, da sie ernsthaft mit dem Marathontraining begonnen hat. Für morgen früh hat sie einen Sechs-Meilen-Lauf geplant.

Sie ist hier, um ihren Zwillingsbruder zu treffen. Aber Billy ist nicht da. Halb hatte sie damit gerechnet, ihn auf der provisorischen Bühne in der Ecke zu finden, auf der sich jeder das Mikro schnappen und ein paar Minuten Stand-up machen kann. Billy ist der Witzigste von allen. Er nimmt das Mikro und albert einfach herum, ohne Vorbereitung. Sie weiß nicht, woher er dieses Gen für Furchtlosigkeit und Schlagfertigkeit hat, jenes Gen, das an ihr gänzlich vorbeigegangen ist.

Aber Lanny Soscia ist da und hält Hof mit ein paar Jüngeren, trinkt gerade aus einem hohen Glas etwas, das wie Cola aussieht.

»Patti-Cake!«, begrüßt er sie und legt einen Arm um sie. »Dich habe ich ja seit Urzeiten nicht mehr gesehen.«

»Hast du mal einen Moment?«, fragt sie.

Sie bahnen sich ihren Weg zu einer Nische in der Ecke. »Frischlinge, macht euch mal vom Acker«, sagt Sosh, worauf die jungen Streifenpolizisten die Sitzecke räumen, einfach so. Es amüsiert Patti jedes Mal, wie die Dienstalter-Hierarchie hier funktioniert, so, als wären sie immer noch auf der Akademie. »Und ordert uns zwei Whiskys.«

Sosh lässt sich wie ein Sack Zement in die Sitzecke plumpsen. »Ich kann einen vertragen«, sagt er.

»Nur einen?« Das wäre neu bei Soscia.

»Ich komme gerade vom Revier«, berichtet er. »Diese Schießerei. Mein Gott.« Er fährt sich mit der Hand durch sein schütteres Haar.

»Und Billy ist der Leitende?«

Die Whiskys werden serviert, einer für jeden von ihnen.

»Er schlägt sich gut«, sagt Sosh. »Ich geb's zu, auch ich habe mir Sorgen gemacht. Aber er ist einfach wieder aufs Rad gestiegen und hat angefangen, in die Pedale zu treten.«

»Seid ihr beide Partner?«

»Nein. Ich hab Mat Rodriguez als Partner bekommen. Guter Stammbaum. Guter Bulle. Dein Bruder, äh …« Sosh ringt sich ein Lachen ab. »Sie ist ein echtes Prachtstück, die Kleine.«

»Sie?«

»Ja. Sie ist in etwa so lustig wie Hämorrhoiden. Viel weiß ich nicht über sie, nur dass sie heute kein einziges Mal die Mundwinkel nach oben gezogen hat.«

»Boah!«, macht Patti. »Ein Vierfachmord mit einem toten kleinen Mädchen, und sie hat keinen Grund zum Lachen gefunden? Das ist wirklich eigenartig.«

»Du weißt schon, was ich meine.«

Das weiß sie, klar. Aber äußert sich irgendwer so über einen Mann? Ein Kerl, der seine Emotionen kontrolliert, ist stoisch, vielleicht kantig. Eine Frau, die das Gleiche tut, ist eine frigide, humorlose Schlampe.

»Okay, hör zu«, sagt Sosh, nachdem er seinen Whisky hinuntergestürzt hat. »Nein, das war heute kein lustiger Anlass, aber sie hat kaum die Zähne auseinandergekriegt. Ich meine, wir sind doch ein Team, oder? Wir plaudern ein bisschen. Wir müssen, du weißt schon, Kameradschaft pflegen. Einander kennenlernen. Sie hat keinen Pieps von sich gegeben.«

»Wer ist sie?« Patti nippt an ihrem Whisky, verzieht das Gesicht und schiebt das Glas über den Tisch zu Sosh hinüber.

Der nimmt es und kippt den Drink runter. »Sie heißt Carla Griffin«, sagt er.

Patti schaut ihn ungläubig an und lässt sich auf ihrem Sitz zurückfallen. Das darf doch nicht wahr sein!

»Sie kommt vom Revier in Wentworth«, fährt er fort. »Sie war da beim Rauschgift…«

»Ich weiß, wer Carla Griffin ist«, unterbricht sie ihn und legt sich eine Hand auf die Stirn.

»Weißt du was, was ich nicht weiß?«

Das ist mal was Neues. Sosh kennt sonst alle und jeden im Department. Er ist in sämtliche Klatschgeschichten eingeweiht, kennt den Flurfunk. Er *ist* der Flurfunk. Das hier ist dann wohl die Ausnahme. Er weiß über Carla Griffin nicht Bescheid.

Aber jede Frau im Department tut das.

Billy hat die ganze Zeit vermutet, der Polizeipräsident würde versuchen, ihn zu linken. Dass er irgendeinen beschissenen Posten als Verkehrspolizist zugeteilt bekäme oder ein Schreibtischjob. Stattdessen hat er Carla Griffin bekommen.

»Scheiße«, murmelt sie vor sich hin. »Die stellen ihm eine Falle.«

17

Es ist gegen Mitternacht, und der Kirchenturm ragt mit seinen massiven Bögen und spitzen Erkern groß und stumm auf, wirkt in der South Side fast wie ein Leuchtturm.

Der riesige Parkplatz ist nicht völlig leer. In der Nähe des Eingangs parkt ein schwarzer Cadillac. Flankiert wird er auf beiden Seiten von Chevy Blazers, in denen schwerbewaffnete Männer sitzen.

Mike Spaulding, einer der besten Strafverteidiger der Stadt, der spektakuläre Auftritte bei politischen Korruptionsfällen, Mafia- und Prominentenprozessen hatte, schüttelt Carla und mir auf dem Bürgersteig vor der Kirche zur Begrüßung die Hand. Da er nach meinem Anruf bei ihm kurzfristig von der Gold Coast hergeeilt ist, trägt er legere Klamotten.

Nicht, dass ich ihm eine Wahl gelassen hätte. Entweder führen Sie Jericho Hooper binnen einer Stunde hier vor, sagte ich ihm, oder wir kommen ihn holen. Rasch stimmte er zu, dass ein heimliches Treffen aus vielerlei Gründen vorzuziehen sei.

»Wir sind uns mal vor Gericht begegnet«, begrüßt Spaulding Carla. »Sie haben im Drogendezernat gearbeitet? Die Sache in Cal City vor ein paar Jahren?«

»Erinnern Sie mich nicht daran«, antwortet sie, bemüht, es freundlich klingen zu lassen.

»Er ist drinnen.« Spaulding geht die Stufen zum Kirchenportal hinauf.

»Öffnen die jetzt schon Kirchen für ihn, ja?«, murmelt Carla mir zu.

Sieht so aus. Wir folgen Spaulding durch eine Tür aus massivem Eichenholz. Der große Innenraum ist mit rotem Teppich ausgelegt, auf dem Eichenbänke stehen, ringsum sind Buntglasfenster. Auf den ebenfalls mit Teppich ausgelegten Stufen, die zum Altar hinaufführen, sitzt King Jericho, ganz in schwarze Seide gekleidet – Hemd und Hose zueinander passend – und in Sandalen.

»Pyjama?«, flüstert Carla, ohne die Lippen zu bewegen.

»Wer weiß? Wahrscheinlich will er uns damit zeigen, wie unwichtig wir sind.«

»Dass *wir* zu *ihm* kommen, ist auch nicht gerade hilfreich«, versetzt sie.

Wohl wahr. Aber Jericho müssen wir anders behandeln als den Anführer der Hustlers. Gerade haben wir Andre Oliver um ein wenig Freiraum gebeten, bevor er zurückschlägt. Jericho werden wir um viel mehr bitten müssen als das.

Jericho steht bedächtig auf. Er ist kleiner, als ich es erwartet hatte, keinen Meter achtzig groß, und er streckt mir seine schlaksige Hand entgegen. Er bietet keinen beeindruckenden Anblick, aber alles an ihm – seine Körperhaltung, sein teilnahmsloser, berechnender Blick – strahlt Macht aus, so als wäre es ein unverwechselbares Parfüm.

»Ich habe meinem Mandanten erklärt, dass er nur hier ist, um zuzuhören«, erklärt Spaulding.

Jericho nickt. Graue Strähnen durchziehen sein Kopfhaar, und er trägt ein Unterlippenbärtchen.

Jericho Hooper beging seinen ersten Mord, als er vierzehn war, zu jung noch, um nach Erwachsenengesetz verurteilt zu werden. In der Jugendstrafanstalt lernte er rasch dazu. Eine zweite Mordanklage mit zweiundzwanzig konnte er abwenden – die Zeugen durchliefen einen plötzlichen Sinneswandel –, und danach ging er aufgrund von Verurteilungen wegen Einbruchs, schwerer Körperverletzung, Einschüchterung von Zeugen und des Besitzes größerer Mengen Heroin im Staatsgefängnis Stateville ein und aus. Aber in den letzten sieben Jahren wurde Jericho nicht mehr verhaftet. Er hält sich jetzt für unantastbar. Das FBI schätzt sein Nettovermögen auf achtzehn Millionen Dollar. Er wäscht das Geld der Gang über die üblichen Kanäle – zwei Nachtklubs, drei Mini-Märkte und eine Handvoll Waschsalons.

Zweiundvierzig Jahre alt, und dieser Junge aus Cabrini-Green ist reicher, als er es sich je hätte vorstellen können, Kopf eines Imperiums.

Ich habe nur diese eine Chance, um zu erreichen, was ich will, also muss ich die Sache gleich richtig anpacken.

18

»Ich bin nicht als Vertreter der Justiz hier«, beginne ich. »Sondern, um über Geschäftliches zu sprechen.«

Spaulding und sein Mandant Jericho verziehen keine Miene.

Ich angele ein Foto von LaTisha Moreland aus meiner Jackentasche und reiche es Jericho. »Das Foto kursiert überall«, sage ich. »In den Zeitungen. In den Lokalnachrichten. In den landesweiten Kabelsendern. Alle fordern Gerechtigkeit ein. Der Bürgermeister, der Polizeipräsident, die werden keine Ruhe geben, bis sie sie bekommen. Das ist eine politische Angelegenheit. Der Polizeipräsident wird seinen Job verlieren, wenn wir den Fall nicht lösen, und zwar schnell. Ich ebenfalls.«

»Und dann wäre da noch Andre Oliver«, sagt Carla. »Die Hustlers bereiten sich auf einen Krieg mit euch vor.«

Spaulding nickt ungeduldig. »Wollen Sie auf irgendwas hinaus?«

»Die Nation steckt dahinter«, sage ich. »Jericho will das Revier der Hustlers. Und wäre nicht ein kleines Mädchen getötet worden, wäre dieser Fall nie bei der SOS gelandet. Wahrscheinlich würde er nie aufgeklärt. Aber ihr habt ein kleines Mädchen getötet. Und jetzt *muss* der Fall aufgeklärt werden.«

Spaulding macht eine abwehrende Geste. »Falls Sie andeuten wollen, mein Mandant wäre verantwortlich für diese …«

»Ich deute es nicht an, Herr Anwalt, ich nehme es als gegeben hin. Das steht nicht zur Debatte. Die Frage ist, was wird Jericho in dieser Sache unternehmen?«

»Klingt so, als würden Sie es uns gleich sagen.«

»Das werde ich. Jericho wird uns den Schützen ausliefern, und wir werden diese Person verhaften.«

Spaulding stößt ein Kichern aus. »Das ist … Ich meine, hören Sie, Detective …«

»Hat er das bis morgen nicht getan«, unterbreche ich ihn, »halten wir eine Pressekonferenz ab. Darin werden wir bekanntgeben, wie lieb wir die Nation wegen dieser Schießerei haben. Die Revierkämpfe, alles. Das ist einfach zu verstehen für die Öffentlichkeit. Und der Bürgermeister wird verlangen, dass das Chicago Police Department der Imperial Gangster Nation den Krieg erklärt. Jerichos Name wird überall in den Zeitungen stehen. Er wird eine Berühmtheit.«

Jericho blinzelt und schaut dann weg. Wahrscheinlich appelliert das hier an sein Ego. Aber es gibt einen Grund dafür, warum Jericho schon so lange erfolgreich ist. Er ist unter dem Radar geflogen, hat sein Imperium leise, still und heimlich aufgebaut. Er will nicht, dass sein Name in aller Munde ist.

»Diese Unterhaltung ist lächerlich«, verkündet Spaulding. »Und sie ist beendet.«

»Wir sind hier, um zuzuhören. Also lassen Sie uns zuhören«, ergreift nun endlich Jericho das Wort. Es sind nur wenige Worte, aber genug, um seinen Anwalt in die Schranken zu weisen.

Spaulding versucht, ein wenig seiner Würde zurückzugewinnen, indem er sagt, so als wäre das seine Idee gewesen: »Na, dann führen Sie Ihren lächerlichen Vorschlag mal weiter aus.«

»Ich habe sämtliche Ressourcen, die ich brauche«, fahre ich fort, »bei einem Fall mit derartigem Ermittlungsdruck. Ich könnte einen Streifenwagen an jeder Ecke von jedem Block Ihres Reviers platzieren. Wir werden ein ganzes Bataillon von Officers aufmarschieren lassen, die nur darauf warten, Türen einzutreten.«

»Die Feds würden dabei ebenfalls mitspielen wollen«, fügt Carla hinzu. »Also zählen Sie noch FBI, DEA und ATF dazu. Wir werden von allen Seiten auf Sie zukommen.«

»Wir werden den Ball genauso oft verpassen, wie wir treffen, na und? Wir brauchen keinen Schlagdurchschnitt von 1000. Gott noch mal, wenn du in der Major League eine Trefferquote von 30 Prozent erreichst, geben sie dir einen Zwanzig-Millionen-Vertrag. Die Sache ist die, wir werden jeden Ihrer Schritte beobachten. Die anderen Streetgangs werden spitzkriegen, dass der Umgang mit der Nation schlecht fürs Geschäft ist. Ihre eigenen Leute werden sich früher oder später die Frage stellen, ob es das wert ist. Sie wollen Ihrem kleinen Lehnswesen neue Gebiete hinzufügen? Das ist vorbei. Und wahrscheinlich kriegen Sie es dann auch noch mit einer Meuterei zu tun.«

»Vielleicht«, sagt Jericho, nach wie vor mit unbewegter Miene. »Vielleicht auch nicht.«

»Sicher, aber Sie sind doch ein cleverer Geschäftsmann«,

sagt Carla. »Sie scheuen das Risiko. Das müssen Sie auch. Warum das alles auf sich nehmen, wenn Sie es vermeiden können, indem Sie ein paar Ihrer Männer opfern?«

»Männer, die ganz große Scheiße gebaut haben«, füge ich hinzu, »indem sie dieses unschuldige kleine Mädchen getötet und Ihnen diesen ganzen Schlamassel eingebrockt haben.«

Jericho bleibt stumm, neigt aber den Kopf und nimmt unsere Argumente in sich auf.

Was ungesagt bleibt und auch bleiben wird, ist: Wir alle wissen, welcher Anwalt auftauchen wird, um die Schützen zu vertreten, wenn wir sie verhaften: Michael Spaulding. Er wird seinen Goldesel beschützen. Er wird nicht zulassen, dass die Jungs auch nur ein Wort über Jericho ausplaudern.

Ich reiche Spaulding meine Karte. »Darauf steht eine nicht zurückzuverfolgende Nummer«, sage ich. »Niemand muss erfahren, woher ich meine Informationen bekommen habe. Niemand weiß, dass diese Unterhaltung überhaupt stattgefunden hat. Aber ich brauche sie bis morgen.«

»Wir haben übrigens Videomaterial von der Schießerei«, erklärt Carla. »Versuchen Sie also nicht, diese Sache Papst Franziskus oder Bozo dem Clown anzuhängen.«

Wir haben weder Videomaterial von den Fahrzeuginsassen noch von der Schießerei selbst. Nur vom Auto. Aber das war eine gute Improvisation von Carla. Clever. Wenn Jericho glaubt, wir hätten Gesichter auf Video, dann kann er uns nicht irgendeinen Sündenbock liefern; wir werden die tatsächlichen Schützen bekommen.

Falls wir überhaupt irgendwas bekommen.

»Ich brauche die Info bis morgen«, sage ich. »Treffen Sie eine kluge Geschäftsentscheidung, Jericho.«

19

Während er im Wagen sitzt, zündet sich Disco eine Zigarette an. Er hatte sich geschworen, aufzuhören. Seit drei Wochen hat er sich keine mehr angesteckt. Aber das alles hat sich verändert, seit Augustina ihm am Telefon vom Tod des vierjährigen Mädchens mit den Zöpfen erzählt hatte. Jetzt ist nicht der richtige Zeitpunkt.

Es gibt nie einen schlechten Zeitpunkt zum Aufhören. Klar doch, aber wer immer das gesagt hat, dem war nicht das gesamte Chicago Police Department auf den Fersen.

Er reibt sich mit den Fingerknöcheln die Augen. Er hat gar nicht erst versucht zu schlafen. Keine Chance. Egal, er musste um drei Uhr aufstehen, jetzt, um Viertel nach drei, holt er Nicolas und Trev ab, dann fahren sie zum Übergabepunkt. Sie müssen um vier am Ort des Geschehens sein, solange es noch dunkel ist.

Nicolas kommt aus dem Gebäude. Lang und schlaksig, platte Nase und eiskalter Blick, die Haare stoppelig kurz, dunkle Ringe unter den Augen zu dieser Tageszeit. Wie Disco wurde auch Nicolas aus den Berkut-Einheiten rekrutiert, der ukrainischen Geheimpolizei, die vor allem verdeckte Missionen zur Unterdrückung der politischen Opposition durchführte, von Überwachung und nachrichtendienstlichen Informationen bis hin zu Attentaten und Folter. Nicolas kam erst Jahre nach Disco in die Staaten, doch beide wurden von General Boholyubov ausgewählt, der die Berkut-Einheiten bis zu ihrer Auflösung leitete. Nicolas hatten es die Vergewaltigungsräume der Berkut besonders angetan, was der Grund dafür sein dürfte, weshalb Boho ihn hierhergeholt hat.

Niemand jagt den Mädchen mehr Angst und Schrecken ein als Nicolas.

»Wie geht's Trev?«, fragt Disco in ihrer Muttersprache. Normalerweise gilt bei Disco die Regel, dass sie untereinander Englisch sprechen, aber unter den gegebenen Umständen macht er auch hier eine Ausnahme.

»Dem steckt der Schrecken noch in den Gliedern«, erwidert Nicolas, ebenfalls auf Ukrainisch. »Er sieht sich die Nachrichten an, liest alles darüber im Internet. Er glaubt, wir wandern alle hinter Gitter.«

Trev könnte ein Problem werden. Anders als Disco und Nicolas war er nicht in der Berkut, hat keine Spezialausbildung erhalten. Er kam direkt aus der ukrainischen Armee. Körperlich fähig und moralisch flexibel. Aber ihm fehlt die Furchtlosigkeit. Oder, genauer gesagt, ihm fehlt die Fähigkeit, sich Furcht zunutze zu machen.

Fünf Minuten später holen sie Trev ab. Er ist kleiner, dunkler, jungenhaft, sieht aber abgekämpft aus, deutlich älter als seine sechsundzwanzig Jahre. »Es läuft überall im Fernsehen«, sagt Trev. »Es ist überall im Internet.«

»Dann lass den Fernseher aus«, erwidert Disco. »Hör auf, im Internet zu surfen.«

Disco fährt zur nordwestlichen Seite des Gebäudes, stößt auf die Gasse und parkt am Straßenrand. Weder Nicolas noch Trev haben den verabredeten Treffpunkt je gesehen. Disco behält manches gern für sich.

Auch Dennis Porter haben sie noch nie getroffen. Sein Kontaktmann bei der Internen wird außer Disco selbst niemand treffen.

Wie dem auch sei, Porter wird gar nicht hier sein. Sie wollen hier bloß etwas abholen.

Jedenfalls ist das der Plan. Sicher kann man sich da nie sein. Die Schießerei in K-Town hat alle aufgerüttelt, auch Porter. Aus strategischer Sicht wäre es unlogisch, dass Porter ihm hier auflauert, um ihn zu töten. Aber wenn es eines gibt, was Disco gelernt hat, dann, dass man die Motive seiner »Freunde« nie ganz verstehen kann.

Disco zieht seine Ruger und hält sie an seiner Seite, während er sich der Gasse nähert. Er bleibt stehen und lauscht, vernimmt jedoch lediglich das leise Geräusch von fahrenden Zügen und sporadisches Vogelgezwitscher.

Disco geht die Gasse entlang und steuert dieselbe Garage wie zuvor an, die fünfte in der Reihe. Dieses Mal ist das Garagentor unten, aber es ist nicht verschlossen, und die automatische Verriegelung wurde deaktiviert. Er reißt das Tor hoch, springt zurück und kauert sich nieder, den Lauf seiner Waffe in das Innere gerichtet.

Drinnen ist niemand. Sein Adrenalinspiegel sinkt.

An der Decke, in der Mitte der Garage, befindet sich ein Kunststoffgehäuse, das die Steuerung für die Türöffnung verdeckt. Er nimmt sich eine Leiter, klettert hinauf, langt nach oben, hebt das Gehäuse vorsichtig an und hakt es aus seiner Verankerung. Mit der anderen Hand greift er hinein und zieht die schwere Papiertüte herunter.

Er schließt das Gehäuse wieder, stellt die Leiter beiseite und schaut in die Tüte hinein.

Eine SIG Sauer. Ein Schalldämpfer. Und ein zerdrückter Zigarettenstummel in einer Plastiktüte.

Erleichtert atmet er auf. Porter hat geliefert.

20

Das Haus steht in Englewood in der Union Avenue, südlich der Marquette Road, einer mehr als rauen Gegend. Es ist ein Nurdachhaus mit Aluminiumverkleidung; auf der einen Seite führt eine schmale Straße daran entlang, auf der anderen liegt ein unbebautes Grundstück, auf dem früher mal ein Haus stand. Disco hat es heute Abend ausgekundschaftet, nach seinem Treffen mit Porter.

Sie entscheiden sich für die Hintertür. Disco ist der Experte in Sachen Schlösser, da er sich in seiner Zeit bei der Berkut mehr auf verdeckte Arbeit konzentriert hatte als Nicolas, dessen Neigung zur Brutalität ihn für Verhöre und Folter besser geeignet machte.

Hinter ihm stehen Nicolas und Trev, stumm und angespannt, die Waffen im Anschlag. Wie Disco tragen auch sie Gummihandschuhe.

Disco hebelt den Schließriegel auf, dreht den Knauf und öffnet die Tür einen Spalt, ohne dabei den Knauf loszulassen, damit der Riegel nicht zurückschnappen kann. Er wartet ab, ob ein Alarm losplärrt.

Kein Alarm.

Allerdings ist die Tür mit einer Kette gesichert. Disco könnte die Tür eintreten, wie er es oft genug in der Ukraine getan hat, um sich kühn Geltung zu verschaffen.

Aber so etwas tut man in Amerika nicht, es sei denn, man ist Cop.

Er benutzt einen Bolzenschneider, um die Kette zu knacken. Hält inne. Lauscht. Vernimmt keine Geräusche aus der drinnen herrschenden Dunkelheit.

Er dreht sich um und nickt seinen Männern zu.

Dann stößt er die Tür auf und geht rasch durch eine kleine Küche, deren Spüle voller Geschirr steht. Er vernimmt das schwache Geräusch von Konservengelächter aus einer TV-Show und geht auf das Geräusch zu.

Das Schlafzimmer. Ein Mann und eine Frau schlafen, beleuchtet vom Flimmern des Fernsehers.

Der Mann ist in den Zwanzigern. Afroamerikaner, mit dicht am Kopf anliegenden, leuchtend rot gefärbten Zöpfen. Die Frau ist – tja, wer weiß? Wen kümmert's?

Der Mann schreckt aus dem Schlaf hoch, als Disco ihm die SIG Sauer mit aufmontiertem Schalldämpfer ins Gesicht drückt, einen Zopf packt und den Mann nach unten presst.

»Hallo, Junior«, sagt er, damit der Mann, der voller Schreck die Augen aufreißt, begreift, dass Disco seinen Namen kennt, zumindest seinen Spitznamen.

Nicolas packt die Frau, hält ihr mit einer behandschuhten Hand den Mund zu, drückt sie nach unten und schaut Disco erwartungsvoll an.

»Wo sind deine Autoschlüssel, Junior?«, fragt Disco.

Junior deutet mit dem Kopf nach rechts.

»Ah, sieh mal an, gleich hier auf dem Nachttisch.«

»Lass es mich tun«, sagt Nicolas auf Ukrainisch zu Disco, während er die Frau festhält. »Wenigstens ein paar Minuten.«

Eigentlich haben sie keine Zeit für Vergnügungen, aber jetzt, da Disco darüber nachdenkt, könnte es nützlich dafür sein, ein Bild zu zeichnen. »Dann mal los«, sagt er auf Ukrainisch zu Nicolas. »Aber behalt die Hose an. Benutz nur deine Hände. Und lass auch die Handschuhe an.«

Mit anderen Worten: Hinterlasse keine DNA.

Disco wendet sich dem Mann zu, Junior. »Wenn du still bist, bleibst du am Leben«, sagt er.

Junior, schweißüberströmt und atemlos, nickt kurz.

Disco stopft Junior ein Taschentuch in den Mund. Dann schießt er ihm in die Schulter. Das Geräusch selbst wird vom Schalldämpfer gedämpft, Juniors Schreie von dem Stoff in seinem Mund, während der Mann sich sträubt und windet. Disco schießt ihm in die andere Schulter und setzt damit seinen Oberkörper außer Gefecht.

Mit seiner freien Hand versetzt Nicolas der Frau einen wuchtigen Schlag ins Gesicht. Man hört das Geräusch brechender Knochen; dann wechselt er die Hand, hält ihren Kopf mit seiner Rechten unten, während er mit der Linken die Bettdecke herunterzieht. Die Frau strampelt herum, während Nicolas ihr seine Hand zwischen die Beine steckt.

Für Nicolas ist jetzt schon Weihnachtsbescherung. Ein unerwartetes Extrageschenk.

»Mein Freund wird sich ein wenig mit deiner Freundin vergnügen«, sagt Disco. »Was sagst du dazu, Junior?«

Junior steht kurz vor einem Schock; seine Augen werden glasig, während er durch das Taschentuch kehlige Laute ausstößt.

Disco schießt ihm erst in den rechten Oberschenkel, dann in den linken. Junior macht den Mund auf, stößt einen weiteren Schrei aus, würgt an dem Taschentuch, das ihm immer tiefer in die Kehle rutscht.

Trev steht im Hintergrund und behält die Szene im Auge.

Nicolas gelingt es recht gut, die Schreie der Frau mit seiner Hand zu dämpfen, aber irgendwann wird es zu viel. Sie haben ihren Standpunkt deutlich gemacht.

»Es reicht!« Disco richtet sich auf, hält Junior die Spitze des Schalldämpfers seiner SIG an den Kopf und schaltet ihn endgültig aus.

»Nur noch ein paar Minuten«, sagt Nicolas, der sich amüsiert.

»Nein.« Disco richtet den Lauf der Pistole auf die Frau. »Nein.«

Mit wild blickenden Augen und hechelnd wie ein Tier steigt Nicolas vom Bett. Disco jagt der Frau eine Kugel in die Schläfe.

»Lass uns gehen«, sagt er. »Wir müssen uns beeilen.«

Als sie wieder draußen sind, zieht Disco die Papiertüte aus seiner Tasche, in der sich immer noch der Zigarettenstummel befindet, der ihm überlassen wurde. Er wirft die Kippe auf die hintere Veranda. Juniors Auto, eine alte, schrottreife Ford-Limousine, steht im hinteren Teil des Grundstücks geparkt. Disco benutzt die Autoschlüssel, um den Kofferraum zu öffnen. Er entfernt die Bodenplatte und legt die Stelle frei, an der sich normalerweise das Reserverad befinden würde.

Nicolas, der zu ihrem eigenen Wagen zurückgegangen war, kommt jetzt mit der AR-15 zurück, die Disco bei der Schießerei in K-Town benutzt hatte. Disco wirft das Sturmgewehr in den Kofferraum, deckt es mit der Bodenplatte ab, schließt den Deckel und legt die Autoschlüssel wieder ins Schlafzimmer.

Dann machen sie, dass sie wegkommen. Schweigend fahren sie zurück in den nordwestlichen Bereich der Stadt. Disco fährt in dieselbe Gasse zurück, geht in dieselbe Garage, legt die SIG und den Schalldämpfer zurück in die Papiertüte und steckt diese wieder ins Gehäuse des Garagentüröffners, genau dorthin, wo er sie gefunden hatte.

So, denkt er bei sich. *Ab jetzt kann Porter übernehmen. Hoffentlich ist dieser Scheiß damit vorbei.*

21

VALERIE?

Du rufst ihren Namen, deine Stimme bebt, die Emotionen schnüren dir die Kehle zu. Gerade hast du zum letzten Mal dein kleines Engelchen geküsst, deine Tochter Janey, und dich im Krankenhaus von ihr verabschiedet.

Und ihre Mutter war nicht da.

Irgendwie wird sie schon damit fertig, redest du dir ein. Sie wird damit auf ihre eigene Art und Weise fertig.

Aber hätte sie denn nicht da sein können? Hätte sie nicht auf deine Anrufe reagieren können?

Diese Gedanken hast du, während du die Treppe eures Hauses hinaufgehst und erneut ihren Namen rufst.

Valerie. Valerie.

Du öffnest die Schlafzimmertür. Hier ist sie nicht. Im Bad ist das Licht an.

Valerie, flüsterst du.

Irgendwie weißt du es schon, bevor du an der Badezimmertür angelangt bist, bevor du ihre Beine siehst. Ihr Körper ist unnatürlich zur Seite gedreht. An den Wänden sind Blutspritzer.

Die Waffe, deine Dienstwaffe, liegt in ihrer erschlafften Hand.

Ich schnappe nach Luft, meine Augen quellen hervor, brennen vor Schweiß. Ich stoße mich vom feuchten Kissen ab, richte mich zitternd auf und schaue auf die Uhr auf dem Display meines Handys. Mein Wecker hätte ohnehin gleich losgeplärrt, also haben zumindest meine Alpträume in diesen Tagen ein gutes Timing.

Ich gehe ins Bad und drehe das Wasser in der Dusche auf. Mein Körper riecht nach klebrigem Schweiß, mein Mund ist so trocken wie die Sahara. Allmählich verlangsamt sich mein Herzschlag, und meine Atmung wird gleichmäßiger, während ich mein Gesicht unter den Wasserstrahl halte und alles von mir abspüle.

Sie sind seit vier Jahren tot. *Du hattest vier Jahre Zeit, um darüber hinwegzukommen.*

Und seitdem ist so viel geschehen. Ich bin in den Job zurückgekehrt, habe mich sogar in eine andere Frau verliebt, wäre beinahe getötet worden, stand wegen Mordes vor Gericht, habe einen Skandal aufgedeckt, der alle möglichen wichtigen Akteure zu Fall brachte. Warum habe ich jetzt wieder Alpträume, in denen Valerie vorkommt? Ich habe zwar nie aufgehört, an sie zu denken, kein Tag ist vergangen, an dem ich es nicht getan habe. Aber es ist, als stünde ihr Tod aus irgendeinem Grund wieder ganz im Vordergrund. Wieso? Die ganze verdammte Stadt sitzt mir im Nacken, damit ich diesen Mordfall aufkläre, und ich träume wieder von Valerie.

»Warum jetzt?«, flüstere ich. »Warum bist du wieder da?«

22

Heute ist der Tag der Wahrheit. Die vierundzwanzigstündige Waffenruhe, die uns Andre Oliver zugesagt hat, ist schon zum großen Teil verstrichen. Und die Protestkundgebung, auf die sich die Bewohner der Stadt vorbereiten, findet morgen statt.

Ich hoffe inständig, dass mein Treffen mit Jericho Hooper Früchte tragen wird.

Der Himmel leuchtet orangefarben, als ich kurz vor sechs am Morgen zum Revier fahre und nach nicht mehr als drei Stunden Schlaf einen großen schwarzen Kaffee schlürfe.

Auf den Titelseiten von *Trib* und *Sun-Times* dreht sich alles um LaTisha, die Brutalität der Gangs, die neue Special Operations Section und darüber, dass Schwarze in drogenverseuchten, von Gewalt regierten Vierteln leben müssen und Cops nur Lippenbekenntnisse zu ihren Problemen abgeben.

Ich kenne keinen einzigen Cop, dem das, was in der West Side passiert, am Arsch vorbeigeht. Wir sehen die Opfer, und das schmerzt. Wir verfolgen die Täter, und ja, manchmal schießen wir übers Ziel hinaus, vielleicht, weil uns die Bilder von toten Kindern oder von drogenabhängigen Erwachsenen, die an ihrem eigenen Erbrochenen erstickt sind, nicht aus dem Kopf gehen. Manchmal überschreiten wir Grenzen.

Dafür bezahlen wir. Gerichte schmettern Beweismaterial ab. Leute halten ihre Smartphones hoch und drehen ein Video von uns. Wenn wir die Fälle deshalb nicht aufklären können, versagen uns Leute ihre Hilfe. Sie denken sich: *Warum sollten wir denn, wenn es ja doch umsonst ist? Warum sich aus dem Fenster lehnen, unser Leben mit einer Zeugenaussage gegen Kriminelle riskieren, die dann doch nicht hinter Gitter kommen?*

Noch ist kaum jemand auf dem Revier. Die SOS verfügt nicht über ein typisches Bezirksrevier mit herkömmlicher Nachtschicht. Aber Carla sitzt bereits an ihrem Schreibtisch. Und – was zur Hölle? – sie steckt sich gerade schon wieder etwas in den Mund.

Ich komme just in dem Moment rein, als sie den Kopf zurückwirft und etwas herunterschluckt. Als sie mich sieht, schraubt sie hektisch den Deckel auf die Flasche und wirft sie in ihre Arbeitstasche, und dies mit einer einzigen fließenden Bewegung, die lässig daherkommen soll, beiläufig, keine große Sache, hier gibt es nichts zu sehen.

Ich spreche das Gebet noch einmal: *Bitte lass mich keine Tablettenabhängige als Partner haben. Bitte lass es Vitaminpräparate oder Ibuprofen sein.*

Sie nickt mir zu. Sie sieht ausgelaugt aus – mager, zu mager, und hat dunkle Ringe unter den blutunterlaufenen Augen. Sie sieht eher so aus, als würde sie gleich kotzen, statt einen Fall zu lösen. Aber was soll's, sie hat letzte Nacht nicht mehr Schlaf bekommen als ich, also steht Quietschvergnügtsein heute auch nicht auf dem Programm.

Wie auch immer, für all das habe ich jetzt keine Zeit.

Um sechs kommen Sosh und Mat Rodriguez. In zwei

Stunden werden wir uns mit der ganzen Truppe treffen, aber ich erstatte dem Polizeipräsidenten und meinem Lieutenant in einer Stunde Bericht und will wissen, was wir bis jetzt haben.

»Die Tox-Screens der Opfer liegen vor«, berichtet Rodriguez.

Der tote Kurier, Stanley Wilson – Frisk – wurde positiv auf Cannabis getestet. Gleiches gilt für das vermeintliche Ziel der Schießerei, Dwayne Sears – Shiv. Das noch nicht identifizierte tote Mädchen auf der Veranda hatte Heroin im Blut.

»Der gestohlene 4Runner in Melrose Park ist bislang eine Sackgasse«, informiert Sosh mich. »Die Familie, der er gehört, sagt, der Wagen war da, als sie zu Bett gingen, und war weg, als sie aufstanden. In Melrose Park gibt es einen Scheiß an Überwachungskameras, zumindest in den Wohnstraßen. Automatische Kennzeichenerfassung und die Aufzeichnungen der Überwachungskameras in der Eisenhower sichten wir noch.«

»Alles klar. Also, wo ist Ronnie Lester?«, frage ich.

Wie auf Kommando schlendert Lester herein. Ronnie ist verdeckter Ermittler im Fünfzehnten – dem Stadtviertel Austin – im Herzen des Reviers der Nation. Er muss mindestens Mitte zwanzig sein, wenn nicht dreißig, aber ich schwöre, er könnte als Teenager durchgehen. Klein und drahtig, mit krausem Haar, das ihm wie Wasser aus einem Springbrunnen vom Kopf bis zu den Schultern fällt; er trägt ein schwarzes Trikot der White Sox, zerschlissene Jeans und High-Tops. Ohne die um den Hals getragene Kordel, an der sein Stern über einer Reihe von Goldketten hängt, würde man ihn für den Drogendealer der Imperial Gangster Nation halten, der er vorgibt zu sein.

»Griffin, Scheiße, dich kenne ich doch.« Ronnie begrüßt Carla mit einer Ghettofaust. Wir anderen stellen uns vor.

»Ich habe fünf Minuten«, sagt er, ohne sich zu setzen. »Falls ihr was über den Schützen erfahren wollt, ich habe nichts.«

»Niemand redet?«, fragt Sosh.

»Scheiße, *reden* tun alle. Aber keiner *weiß* was.«

»Aber Jericho will K-Town«, sagt Carla. »Stimmt's?«

Lester verzieht das Gesicht, als hätte sie gerade das Offenkundigste auf der Welt ausgesprochen. »Jeri-Curl will die ganze verdammte Stadt, Mädchen. Früher oder später kriegt er sie wahrscheinlich auch.« Er inspiziert den Teamraum, neu und glänzend, ein so ganz anderer Arbeitsplatz als der, den er im Alltag auf den Straßen von Austin hat. »Was immer passiert ist, Mann, wir machen uns gerade bereit.«

Wir. Er ist schon lange als Verdeckter unterwegs. Da ist es schwer, die Rolle abzulegen. Tatsächlich ist es besser, dass er es nicht tut. Also sagt er nicht *die*, sondern *wir*.

»Bereit für die Hustlers«, stelle ich klar.

Er hebt eine Schulter, um es zu bestätigen. »Alle hängen es uns an, also will Jericho, dass wir uns vorbereiten. Das wird echt heftig.« Das letzte Wort zieht er in die Länge.

»Angenommen, wir kriegen die Schützen«, sage ich. »Wie stehen die Chancen, dass wir sie dazu bringen, über Jericho zu plaudern? Haben wir überhaupt eine Chance?«

Ronnie lächelt mich an, als wäre ich ein Idiot.

»Also keine Chance«, sage ich.

»Erinnert ihr euch noch an Stevie Lewis? Stevie, der

Schürzenjäger?« Er sieht uns an, dass wir es nicht tun. »Er tötet einen Jünger Christi in Harvey. Wir nehmen ihn hoch, erwischen ihn auf frischer Tat. Er sagt, er sei bereit, Jericho als Auftraggeber zu verraten. Im Bezirksgefängnis rennt seine Kehle dann versehentlich in ein Messer. Aber damit hört Jericho nicht auf. Sie erschießen Stevies Bruder, als er aus einem Schnapsladen kommt. Sie richten sein Gesicht so zu, dass wir DNA brauchen, um ihn zu identifizieren. Sie machen Stevies Mutter ausfindig, vergewaltigen sie zigmal – eine sechzigjährige Frau –, erwürgen sie dann und lassen ihre unbekleidete Leiche mitten auf dem Augusta Boulevard liegen. Und dann, falls es irgendwer noch immer nicht kapiert haben sollte, legen sie auch noch das Haus von dem Wichser in Schutt und Asche.«

Also plaudert kein Mensch.

Ronnie zeigt mit dem Finger auf uns. »Ihr kriegt diese Schützen nur, wenn Jericho sie euch gibt.«

Dass wir daran bereits arbeiten, weiß er nicht, und ich werde es ihm auch nicht stecken. Zu seiner eigenen Sicherheit.

»Meinst du, das macht er?«, frage ich.

Er zuckt erneut mit den Schultern. »Bei diesem Druck vielleicht. Damit, dass ein süßes kleines Babylein umkommt, hat er nicht gerechnet.« Er schaut auf sein Handy. »Ich muss los. Ich glaube nicht, dass ich was für euch haben werde, aber wenn doch, melde ich mich.«

Er schaut wieder Griffin an. »SOS, hm?« Er zeigt ihr die Siegerfaust.

»Ich bringe ihn raus«, sagt sie, als er auf halbem Weg zur Tür ist. »Vielleicht erzählt er mir noch was.«

»Warum sollte er?«

»Weil ich auch Verdeckte war.«

Sie tut so, als wären verdeckte Ermittler alle in einer Burschenschaft. Carla springt von ihrem Stuhl auf. Dabei dreht er sich. Auf der Sitzfläche liegt eine der Pillen, die sie schluckt. Sie muss heruntergefallen sein, als Carla bei meinem Reinkommen hastig versuchte, die Dinger verschwinden zu lassen.

Wir unterbrechen unsere Besprechung. Ich gehe hinüber zu ihrem Stuhl, nehme die Pille an mich und stecke sie mir in die Tasche.

Ich habe ein Recht darauf, es zu wissen.

In diesem Moment stürmt ein Streifenpolizist, Officer Bostwick, in den Einsatzraum.

»Detective Harney«, sagt er, »ich glaube, unser Hinweistelefon hat etwas gebracht.«

23

Damien Peppers alias Junior starrt mit leblosen Augen an die Decke, auf der Stirn eine Schusswunde mit Tüpfelung, was darauf hindeutet, dass er aus nächster Nähe erschossen wurde. Na klar aus nächster Nähe. Er wurde exekutiert.

Aber vorher wurde er noch gefoltert, einmal in jede Schulter geschossen, einmal in jeden Oberschenkel.

»Aber wieso?«, fragt Carla. »Wegen Informationen oder als Bestrafung?«

Noch weiß das keiner von uns. Wir wissen nicht einmal, ob Junior für die Schießerei in K-Town verantwortlich war. Wir wissen, dass er durch und durch Mitglied der Nation war, einer von Jerichos »Top-Soldaten«. Ein Todesschütze.

Hut ab vor Officer Joe Bostwick, der für das Hinweistelefon zuständig ist und einer Frau zuhörte, die kurz vor sechs heute Morgen anonym angerufen hat. Sie nannte den Namen, er checkte sein Merkblatt und stellte fest, dass etwas dran sein konnte. Dann gab er den Namen an mich weiter. Unser Team – Carla, Sosh und ich – machte sich gleich auf den Weg dorthin, während Mat Rodriguez zum Notrichter eilte, um einen Durchsuchungsbefehl zu bekommen, nur für den Fall, dass wir ihn brauchten.

Im Haus reagierte niemand auf unser Klopfen. Carla stellte sich auf eine Kiste, spähte durch ein Fenster hinein und sah Blutspritzer und leere Patronenhülsen auf dem Teppich. Gefahr im Verzug. Wir marschierten etwa zur gleichen Zeit durch die Eingangstür, als der Richter den Durchsuchungsbefehl unterzeichnete.

Sie haben ihn nicht bloß erschossen. Sie ließen ihn vorher noch leiden. Auch mit seiner Freundin haben sie eine Nummer abgezogen. Hinweise auf sexuelle Penetration, vaginales Trauma, sagt der Gerichtsmediziner am Tatort, bevor sie auch ihr eine Kugel in den Kopf jagten. Nun also zu Carlas Frage: Warum?

Es könnte sein, dass dies das Werk der Hustlers war. Andre Oliver ist dahintergekommen, dass Junior einer der Schützen war, oder vermutete es vielleicht auch nur. Er schickte ein paar Jungs rüber, um Vergeltung zu üben und Informationen aus ihm herauszupressen – Informationen wie die, wer in K-Town mit Junior im Auto saß.

Vielleicht. Aber das glaube ich nicht. Es würde bedeuten, dass »Sir Andre« sein Versprechen, eine vierundzwanzigstündige Feuerpause einzuhalten, gebrochen hätte. Nicht, dass ich annehmen würde, er wäre eine ehrliche Haut. Aber dass er clever ist, glaube ich schon. Ich sehe nicht, wie es ihm helfen sollte, die Special Operations Section zu verärgern. Er hätte zwölf Stunden warten können, bevor er das tut.

Aber wer weiß schon, wie Leute ticken? Vielleicht denkt Andre wider jede Vernunft, er habe keine andere Wahl, als Vergeltung zu üben, und er wollte nicht, dass Junior geschnappt wird – er wollte ihn tot sehen.

»Nein, das war Jericho, der seinen eigenen Schlamassel beseitigt«, sagt Carla. »Diese zusätzlichen Schüsse und das, was sie seiner Freundin angetan haben, sollte Junior klarmachen, was man davon hat, wenn man es versaut und eine Vierjährige umlegt.«

Darauf würde auch ich wetten.

Die Techniker sind jetzt am Tatort zugange, nehmen Abdrücke, sichern Faserspuren, machen Fotos und untersuchen die Opfer. Ich werfe noch mal einen Blick auf die Hintertür, durch die sich die Täter Einlass verschafft haben. Sie haben das Schloss geknackt und die Kette durchgeschnitten.

Wir treten auf die Hintertreppe hinaus, wo jemand eine zerdrückte Zigarettenkippe neben der Tür markiert hat.

»Hast du da drinnen Zigarettenrauch gerochen?«

Carla schüttelt den Kopf. »Schwacher Geruch von Joints, wenn überhaupt. Zigarettenschachteln habe ich keine gesehen.«

»Westbrook!«, rufe ich.

Diane Westbrook von der Forensik kommt aus dem Haus.

»Diane, tüte mal diese Kippe hier ein und check sie sofort. Lade eine DNA-Probe in die Datenbank hoch. Vielleicht haben wir Glück, und es findet sich eine Übereinstimmung.«

»Alles klar«, bestätigt sie.

»Diane«, sage ich und vergewissere mich, dass keiner sonst mithört. »Das hier hat oberste Priorität. Sollte irgendwer irgendwelche Zweifel daran anmelden, ruf mich an. Dann werde ich binnen Minuten den Präsi in die Leitung holen. Oberste Priorität, Diane. Ich habe diese Ergebnisse heute Mittag, sonst verliert jemand seinen Job.«

»Verstanden«, antwortet sie. »Ob du's glaubst oder nicht, ich kann manchmal ein Miststück sein.«

»Du, Diane? Niemals.«

Soscia steht neben der Limousine, die hinter dem Haus geparkt ist. An seinem Zeigefinger baumelt Juniors Schlüsselbund. Er hat bereits in den Innenraum gespäht und nichts entdeckt. Er klappt den Kofferraumdeckel hoch. Zunächst nichts Interessantes – Einschlagpapier, eine Decke, ein Überbrückungskabel.

Aber in der Reserveradmulde liegt eine AR-15.

Soscia hebt sie aus dem Auto, als hielte er den Heiligen Gral in der Hand. Das gute Dutzend Cops, Detectives, Officers und die Techniker hier draußen – alle wollten dabei sein –, bricht geradezu in Applaus aus.

»Das werde ich höchstpersönlich zur Ballistik bringen«, verkündet er.

Carla und ich schauen zu, wie Sosh mit seiner Beute davonfährt.

»Menschenskind, Harney«, sagt sie. »Deine kleine Nummer bei Jericho hat vielleicht echt hingehauen.«

24

Als wir wieder in den Räumen der SOS sind, hat die Neuigkeit schon die Runde gemacht, und es geht zu wie in einem Bienenstock. Allerdings geben wir noch nichts Offizielles heraus. Alle glauben, dass mehr als nur eine Person an der Schießerei in K-Town beteiligt war. So etwas allein durchzuziehen wäre schwer.

Was bedeutet, dass mindestens noch ein weiterer Mann auf freiem Fuß ist.

Mat Rodriguez druckt Informationen aus der Datenbank aus. Die Liste der bekannten Kontakte von Junior Peppers bringt es auf eine zweistellige Zahl. Wir beginnen mit Querverweisen, stellen Adressen zusammen und organisieren Streifenfahrten.

Und wir bereiten auch eine eidesstattliche Erklärung für einen Haftbefehl vor. Wir brauchen nur noch den Namen einzutragen.

Polizeipräsident Tristan Driscoll hat seine Zelte in Wizniewskis Büro aufgeschlagen und arbeitet an einer offiziellen Erklärung, in der er vermutlich den ganzen Ruhm für die Aufklärung dieses Falles einheimst, falls wir ihn denn aufklären.

Die Reporter campieren ihrerseits unten auf der Straße, nachdem sie Gerüchte aufgeschnappt haben, wir hätten einen Verdächtigen in Gewahrsam genommen.

Sosh meldet sich um zehn Uhr. »Scheiße noch mal, die Ballistik stimmt überein!«, jubelt er förmlich.

»Treffer!«, forme ich Carla gegenüber mit dem Mund. Sie klatscht mich ab, was die größte Gefühlsregung ist, die sie bislang gezeigt hat. Also war die AR-15, die wir in Juniors Auto gefunden haben, diejenige, die bei der Schießerei in K-Town benutzt wurde.

Ein Täter wurde ausgeschaltet, mindestens einer läuft noch frei herum.

»Super. Und jetzt beweg deinen Arsch wieder hierher«, sage ich zu Sosh.

Carla und ich überbringen die Nachricht Lieutenant Wizniewski und unserem Lieblings-Polizeipräsidenten Tristan Driscoll.

»Und Sie sind sicher, dass es noch einen zweiten Täter gibt?«, fragt der Präsi.

Carla meldet sich zu Wort. »Schwer vorstellbar, dass eine Person vorfährt und gleichzeitig das Feuer eröffnet«, sagt sie. »Wahrscheinlicher ist, dass es neben dem Fahrer noch eine weitere Person auf dem Rücksitz gab.«

Driscoll nickt. »Und wie weit sind die Ermittlungen dabei?«

»Wir hoffen auf eine DNA-Übereinstimmung«, sage ich. Ich berichte ihm von dem weggeworfenen Zigarettenstummel. »Er sah frisch aus, und weder Junior noch seine Freundin schienen Raucher zu sein.«

»Eine vollständige DNA-Analyse könnte eine Weile dauern«, fügt Carla hinzu. »Aber eine Probe an eine Datenbank zu übermitteln, um nach einer Übereinstimmung zu suchen, zumindest einer vorläufigen – da sollten wir bald ein Ergebnis vorliegen haben. Zumindest würde es für einen Haftbefehl reichen.«

»Also, wann kann ich eine Erklärung abgeben?«, fragt Driscoll, was offenbar das Einzige ist, was ihn zu interessieren scheint. Wie schnell kann er den Ruhm für sich in Anspruch nehmen?

»Besser, Sie warten damit noch«, erkläre ich. »Es wäre uns lieber, wenn unser Mann erst informiert wird, wenn wir an seine Tür klopfen.«

»Lange kann ich mit der Bekanntgabe nicht warten.« Er lehnt sich in seinem Stuhl zurück. »Die Presse munkelt schon, wir hätten einen Tatverdächtigen in Gewahrsam.«

»Halten Sie die Information so lange zurück, wie Sie können«, sage ich. »Und geben Sie mir Bescheid, bevor Sie es bekanntgeben.«

Er zieht eine Augenbraue hoch. »Nehme ich jetzt Anweisungen von Ihnen entgegen, Detective?«

»Ach bitte, bitte, bitte!«, sage ich.

»Was Detective Harney sagen will«, schaltet sich Wizniewski ein, heute in Anzug und Krawatte, wie ich bemerke, »ist, dass er eine Vorwarnung zu schätzen wüsste, Sir.«

Ich deute mit dem Finger auf Wiz. »Genau das habe ich gemeint.«

Aus dem Augenwinkel sehe ich Diane Westbrook in den Teamraum stürmen.

»Entschuldigen Sie mich«, sage ich.

Wir hasten aus Wizniewskis Büro. Diane ist außer Atem.

»Wir haben eine vorläufige Übereinstimmung«, sagt sie. Sie schaut auf den Ausdruck in ihrer Hand. »Prince Valentine.«

»Ist das ein Pseudonym?«

»Das ist sein richtiger Name. Prince Allan Valentine. Hat ein kilometerlanges Vorstrafenregister, darunter einen Mord in der Jugendstrafanstalt, gefährliche Körperverletzung, Drogendelikte. Angeblich Mitglied der Imperial Gangster Nation.« Stolz auf sich, singt sie die letzten Worte förmlich.

»Diane, ich könnte dich abknutschen.« Ich nicke Carla zu und fange den Blick von Rodriguez auf. »Mat, bring die eidesstattliche Erklärung zu Richter Peters. Das hier versauen wir nicht wegen eines Formfehlers.«

Diane geht rüber und berät sich mit Mat, während wir das Vorstrafenregister durchgehen. Diane hat recht. Gewalt und Gangkriminalität vom Allerfeinsten. Das ist unser Mann.

»Macht euch bereit«, ordne ich an. »Lasst uns einen Haken hinter dem Fall machen.«

25

Prince Valentine wohnt ganz am Rand der West Side, im zweiten Obergeschoss eines gelben Backsteinhauses in der Mitte eines Wohnblocks, an dessen nördlicher Seite eine Gasse entlangführt. Ich mag keine Gassen. Gassen verursachen Probleme. Deswegen haben wir veranlasst, dass ein Streifenwagen – gefahren von Officer Bostwick, der es verdient hat, mit von der Partie zu sein, zusammen mit drei seiner Kollegen – die Gasse ein Stück weiter entfernt blockiert, außer Sichtweite der Fenster, die von Prince' Wohnung zur Gasse hinausgehen, aber nahe genug, um nötigenfalls binnen Sekunden eingreifen zu können.

Carla, Soscia, Rodriguez und ich sitzen in dem Taurus, der ein Stück die Straße hinunter geparkt steht, und warten. Jemand könnte uns bereits erkannt haben. Unsere »nicht gekennzeichneten« Fahrzeuge täuschen niemanden, der sein Handwerk versteht, und dieses Viertel war schon Schauplatz vieler Verbrechen. Ich bin mir ziemlich sicher, dass wir auf der Fahrt hierher einen Drogendeal zum Platzen gebracht haben, bei dem vier Kerle auf dem Bürgersteig herumlungerten und sich zerstreuten, als wir vorbeifuhren.

»Kein Zugang zum Dach«, konstatiert Sosh. »Von der Feuerleiter befindet sich nur noch die Hälfte am Gebäude, und sie baumelt nur noch an einem Scharnier.«

Mat hat den Haftbefehl. Meinem Gespür nach hätten wir auch ohne reingehen können, aber es ist besser, vorsichtig zu sein, bei so einem Fall und angesichts der ganzen Aufmerksamkeit, die ihm zuteilwerden wird. Und die Zeit, die wir abgewartet haben, hat uns nichts gekostet. Binnen fünf Minuten nachdem wir die DNA-Resultate von der Forensik bekamen, haben wir Streifenbeamte das Haus observieren lassen.

»Klopf nicht und kündige dich nicht an«, sagt Sosh.

»Wir werden klopfen und uns ankündigen«, sage ich.

»Überraschen wir ihn lieber.«

»Klar doch, du spazierst ja auch als Letzter durch die Tür. Wie wär's denn, wenn du als Erster gehst, Captain Courage?«

»Gut«, erwidert Sosh. »Willst du Betsy benutzen? Dann geh ich verflucht noch mal als Erster rein.«

»*Mierda*, das ist hier ja, als hätte ich noch zwei Bälger«, unterbricht uns Carla. »Harney leitet den Einsatz, also klopfen wir und kündigen uns an. Nächstes Mal tun wir, was du anordnest, Soscia, versprochen.«

»Also«, sage ich. »Auf geht's.« Wir steigen aus, treten in die glühende Mittagshitze und eilen den Bürgersteig entlang, als gerade eine Frau aus der Eingangstür des Wohnhauses tritt. »Entschuldigen Sie, Ma'am«, begrüße ich sie, als sie die Verandastufen herunterkommt. Meine Marke baumelt mir bereits an einer Kordel am Hals, aber ich halte sie hoch und zeige sie ihr. »Würden Sie uns bitte die Vordertür aufschließen?«

Die Frau mittleren Alters trägt ein Kellnerinnen-Outfit und sieht müde aus. Sie schaut von ihrer Handtasche auf und mustert uns mit hochgezogenen Brauen. »Wird es Ärger geben?«, fragt sie.

»Nein, Ma'am. Nur eine Routinekontrolle. Nicht in Ihrer Wohnung, natürlich.«

»Mm-hmmm.« Sie beäugt den Rammbock, den Sosh an seiner Seite trägt und dem er den Namen seiner ersten Frau Betsy verpasst hat. Sie geht die Stufen wieder hinauf, angelt sich den richtigen Schlüssel von einem beeindruckenden Schlüsselring und lässt uns durch die Eingangstür hinein.

Carla weist Bostwick über Funk an, die Gasse im Auge zu behalten. Wir steigen die Stufen so leise hoch, wie vier Personen das bei Holzstufen schaffen, die bei jedem Schritt knarzen und ächzen. Als wir im zweiten Obergeschoss ankommen, hören wir Musik, irgendeinen poppigen Tanzkram.

»Prince Valentine? Chicago Police Detectives!« Ich trete beiseite und hämmere gegen die Tür.

Schritte im Inneren der Wohnung. Laut Unterlagen des Bewährungshelfers wohnt Prince allein. Keine Kinder, keine Braut.

»Ich möchte Ihnen nur ein paar Fragen stellen, Prince!«

Meine drei Partner haben ihre Pistolen gezogen, jedoch nicht im Anschlag, während ich an der Tür stehe.

»Moment!«, ruft er aus der Wohnung und übertönt dabei die Musik.

Dann erklingt ein weiteres Geräusch, eine Art Quietschen, dann das Krachen von Holz auf Holz, schließlich stampfende Schritte. Aber nicht auf dem Fußboden.

Ich ziehe meine Waffe und gebe Sosh ein Zeichen, der Betsy bereits hochwuchtet.

»Ich hab's dir ja gesagt, verflucht«, murrt er.

26

Sosh rammt Betsy gegen die Tür. Die splittert, doch der Schlag landete nicht im rechten Winkel, sodass nur das Holz kaputtgeht, nicht aber das Schloss zerbricht. Sosh flucht, nimmt Schwung und stößt den Rammbock erneut gegen die Tür, dieses Mal heftiger; er trifft das Ziel, und die Tür schwingt auf.

Ich gehe als Erster rein und rufe »Polizei!« in die Wohnung. Ich wende mich nach rechts, zum Schlafzimmerfenster, das geschlossen und verriegelt ist. Zu meiner Linken steht eine Leiter, die bis zur Decke hinaufreicht. Der Mann hat direkt von der Wohnung Zugang zum Dach. Und jetzt einen Vorsprung.

»Er ist auf dem Dach!«, funkt Carla Bostwick an.

Ich haste die Leiter hoch, halte kurz inne, bevor ich den Kopf durch das offene Oberlicht stecke, und spähe dann hinaus. Ja, er hat einen großen Vorsprung.

Ich springe auf das Kiesdach.

»Er hat eine Waffe!«, informiert uns Carla. Einer unserer Leute muss das von unten gesehen haben.

Prince Valentine sprintet in vollem Tempo Richtung Süden auf das andere Ende des Gebäudes zu. Ich rufe erneut laut »Polizei!«, als wäre das nicht genau der Grund, weshalb er wegrennt. »Wir wollen bloß mit Ihnen reden!«, schreie ich, während ich den Lauf meiner Waffe nach unten halte und so schnell renne, wie ich kann, was nicht so schnell ist, wie Prince rennen kann.

Ohne aus dem Tritt zu geraten, stürmt er auf das andere Ende des Daches zu. Was hat er vor? Er wird jeden Moment anhalten müssen und sich umdrehen, sein Verstand wird sich gegen seinen Instinkt durchsetzen, und er wird erkennen, dass er nirgendwo hinkann. Wenn ihm das aufgeht, muss ich bereit sein.

Aber er bleibt nicht stehen. Er springt vom Sims, beschreibt dabei wie ein Weitspringer mit Armen und Beinen weite Kreise und verschwindet aus meinem Blickfeld.

Was zum …

Ich renne weiter, und dann sehe ich ihn. Er ist auf das Dach des Nachbarhauses gesprungen, ein zweistöckiges Gebäude. Er rappelt sich nach seiner Landung gerade wieder auf, kommt auf die Füße und rennt erneut los.

Ich denke nicht nach, bleibe nicht stehen. Ich weiß, dass es womöglich das Dümmste ist, was ich je getan habe. Ich stecke meine Waffe ins Halfter, beschleunige mein Tempo, renne, so schnell mich meine Beine tragen, setze einen Fuß auf den Sims und segele durch die Luft, unter mir die schmale Gasse. Es ist ein grässliches Gefühl, durch die Luft zu fliegen, während drei Stockwerke unter mir nichts als steinhartes Pflaster ist. Ich komme unsanft auf dem gegenüberliegenden Dach auf, vier, fünf Meter tiefer. Mein Gewicht lässt mich nach vorn stürzen, meine Hände schrammen über den Teerbelag und eine dünne Schicht Kieselsteine. Schließlich liege ich flach auf dem Bauch, völlig außer Atem. Als ich hochschaue, sehe ich, dass der Verdächtige langsamer wird, sich um die eigene Achse dreht und nach links rennt, vorbei am Kondensator einer Klimaanlage und in Richtung eines kleinen, überdachten Bereichs.

Er hatte seine Flucht vorbereitet. Er wird gleich durch eine Tür in das Gebäude und dann nach unten gelangen.

Ich richte mich auf, ziehe meine Waffe und laufe hinter ihm her. Ich beschreibe einen weiten Kreis, um mich ihm aus einer anderen Richtung zu nähern, hebe dabei den Lauf meiner Waffe, nur für den Fall, dass …

Er taucht hinter dem Kondensator auf, hat seine Waffe in der Hand und zielt damit dorthin, wo er mich erwartet hat, zu meiner Linken. Er reagiert rasch und richtet sie neu aus, doch das gibt mir den Bruchteil einer Sekunde, um …

Ein Blitz zuckt aus dem Lauf seiner Waffe, während ich einmal, zweimal, dreimal feuere. Etwas schlägt mir so heftig gegen den Oberkörper, dass ich nach hinten geschleudert werde und auf den Rücken falle. Blauer Himmel, das Sonnenlicht blendet mich.

Hinter mir ertönt ein Geräusch, als jemand landet und sich aufrappelt. »Harney! Alles in Ordnung?« Carla fegt an mir vorbei, die Waffe nach vorn gerichtet. »Bist du okay?«

Ich antworte nicht. Das kann ich nicht. Ich rolle mich auf die Seite, sehe, wie Carla sich dem Verdächtigen nähert, der reglos auf dem Boden liegt. Vorsichtig nähert sie sich ihm, kickt die Waffe weg von seinem Körper, langt nach unten und fühlt nach seinem Puls.

Erneut landet jemand auf dem Dach hinter mir. »Verdächtiger am Boden!«, ruft Rodriguez. »Officer am Boden!«

27

Bis ich es geschafft habe, mich aufzusetzen und die Beine vor mir auszustrecken, wimmelt es auf dem Dach des Gebäudes unterhalb von dem, in dem sich die Wohnung von Prince Valentine befindet, nur so von uniformierten Officers. Carla hat ihre Waffe wieder ins Halfter gesteckt und kommt zu mir herüber. »Wir müssen dich in die Notaufnahme bringen«, sagt sie.

Ich schüttele den Kopf. Mir geht es gut. Ich habe Prince drei Kugeln in die Brust gejagt, er hat mir einmal in die Rippen geschossen. Ich trage eine kugelsichere Weste, er nicht. Ich lebe, er ist tot.

»Tut irgendwas weh?«, erkundigt sie sich.

»Nur wenn ich atme.« Der Witz hat schon einen Bart, aber ich scherze nicht. Gebrochen sind die Rippen nicht, aber sie schmerzen. Außerdem habe ich mir bei dem Sturz heftig den Kopf gestoßen und eine prächtige Beule davongetragen.

Nun setzt das Nachbeben ein, der Adrenalinstoß, als mir noch einmal durch den Kopf geht, was da vorhin so schnell passiert ist.

Von Anfang an: Hätten wir ihn überrascht und die Tür aufgerammt, ohne uns vorher anzukündigen, würde Prince Valentine jetzt wahrscheinlich noch unter den Lebenden weilen.

Als Letzter unseres vierköpfigen Teams taucht Soscia auf dem Dach auf. Er wischt sich mit dem Ärmel die Stirn ab. Erst jetzt wird mir die sengende Hitze bewusst, die Sonne, die mir ins Gesicht knallt.

Er kommt herüber, bleibt stehen, begutachtet mich und nickt. »Willkommen zurück bei der Truppe, Detective Harney.«

»Du hast die Treppe genommen, wie ich sehe.«

»Ich will mich nicht übernehmen«, kommentiert er. »Der Arzt meinte, ich soll nicht mehr so viel auf Dächern herumspringen.«

Sosh war der Letzte, der durch Prince' Wohnungstür ging – ohne gezogene Waffe, weil er den Rammbock geführt hatte –, und der Letzte, der reinkommt, sichert die Wohnung. Nicht, dass Sosh überhaupt in der Lage gewesen wäre, die Kluft über der Gasse zwischen den beiden Gebäuden zu überspringen. Hätte er es versucht, hätten wir jetzt zwei Officers am Boden, einen davon auf dem Bürgersteig unten in der Gasse.

Sosh geht in die Hocke, schaut mir in die Augen und legt mir eine Hand um den Nacken. Ich könnte schwören, er hat feuchte Augen. Der Kerl ist im Herzen ein Teddybär.

»Das hast du gut gemacht, Billy. Echt gut.«

Ob das stimmt, weiß ich nicht so recht. »Hätten wir ihn überrascht, wie du es vorgeschlagen hattest …«

»Du weißt nicht, was dann passiert wäre.« Er schüttelt eindringlich den Kopf. »Der Kerl hätte die Waffe in der Hand haben können. Hatte er wahrscheinlich auch. Wir überraschen ihn, er fängt an, in der winzigen Wohnung auf uns zu ballern. Stattdessen hast du ihm Zeit gegeben wegzulaufen. Scheiße, der Kerl war wahrscheinlich sowieso auf Droge, nachdem die Schießerei so viel Aufmerksamkeit auf sich gezogen hat.«

»Falls er der Schütze war«, sage ich.

Sosh zwinkert mir zu. »Rate mal, was wir in einem Zwischenboden in seinem Wandschrank gefunden haben?«

»Raus damit.«

»Heroin«, sagt er. »Etwa fünfzig Tütchen.«

Ich nicke. Es ist nicht das, was ich erhofft hatte. »Vielleicht ist er deshalb abgehauen.«

»Kann sein«, sagt Sosh und unterdrückt ein Grinsen. »Vielleicht ist er aber auch wegen der SIG-Pistole mit Schalldämpfer abgehauen, die wir unter seiner Matratze entdeckt haben.«

28

Das Leben ist wieder schön. Disco saugt jedes Wort auf seinem Handydisplay auf.

Die *Sun-Times* schreibt in ihrer Onlineausgabe: POLIZEI SCHNAPPT TODESSCHÜTZEN.

Die *Tribune* titelt: MÖRDER VON LATISHA MORELAND GESTELLT UND GETÖTET.

Die Story: Damien »Junior« Peppers und Prince Valentine, berüchtigte Vollstrecker der Imperial Gangster Nation, steckten hinter der Schießerei in K-Town, die LaTisha Moreland und drei weiteren Menschen das Leben kostete. Wegen der intensiven Fahndungsmaßnahmen der Polizei besorgt und aus Angst, Junior könnte ihn belasten, tötete Prince seinen Komplizen. Die Polizei stürmte Prince' Wohnung, wo dieser nach einer Schießerei mit der Polizei seinen Verletzungen erlag.

Perfekt. Genau, wie Porter es im Sinn hatte, abgesehen vom letzten Teil. Es war bloß ein dummer, glücklicher Zufall, dass dieser Prince bei der Schießerei mit der Polizei umkam. Trotzdem hat Porter die Sache perfekt inszeniert.

Discos Rolle war aber auch nicht schlecht, wenn er jetzt so darüber nachdenkt. Zutiefst erleichtert, legt er sein Handy beiseite und biegt von der 122nd Street in ein altes Gewerbegebiet ab. Früher, in den 1950ern, war hier mal eine Autoteilefirma ansässig, ein ganzer Block aus Fabriken und Gebäuden, die durch einen unterirdischen Tunnel miteinander verbunden waren. Der General hat hier über eine Scheinfirma den Strom angemeldet, für die Gelegenheiten, bei denen Disco welchen braucht.

Wie heute Abend. Mit einem Neuankömmling.

An der massiven Tür begrüßt ihn Augustina. Sie ist mittleren Alter und kräftig gebaut, hat ganz kleine Augen und Pausbacken wie kleine Ballons. Ihr Haar hat sie sich feuerrot gefärbt und straff zurückgebunden. Sie kaut auf dem Strohhalm eines McDonald's-Kaffees herum und hat eine dünne Aktenmappe aus braunem Karton in der Hand.

Er öffnet die Mappe und liest. Das Mädchen ist vierzehn Jahre alt und stammt aus einem Waisenhaus im Nordosten von Moldawien. Sie hat einen zwei Jahre jüngeren Bruder, der immer noch dort ist. Auf dem Foto sieht sie vielversprechend aus. »Wann ist sie angekommen?«, will er wissen. Jetzt wieder auf Englisch, jetzt, da sich die Dinge normalisiert haben, gelten wieder die alten Regeln.

»Vor drei Stunden.«

»Hat Nicolas sie schon gesehen?«

»Nein, er auf Sie warten.«

»Gut.« Er schiebt sich an Augustina vorbei in das Hinterzimmer und entriegelt die Tür. Als er sie öffnet, schreckt eine junge Frau auf, die auf einer umgedrehten Kiste sitzt. Sie trägt einen zerfledderten Mantel, der bis zum Hals zugeknöpft ist, und neben ihr steht ein gleichfalls zerfledderter Koffer.

Sie sieht jünger aus als vierzehn. Die meisten von ihnen sehen älter aus, wenn sie rüberkommen, vernarbt und gezeichnet von einem schwierigen Leben. Es ist schön, wenn man sie kriegen kann, bevor das Leben an ihrem Gesicht Spuren hinterlassen hat. Sie sind viel mehr wert, wenn sie jung und unschuldig aussehen.

Sie zittert trotz des Mantels und der stickigen Luft in diesem engen, einst dem Personal vorbehaltenen Raum. Ihre großen, durchdringend blickenden Augen schauen zu gleichen Teilen besorgt und hoffnungsvoll zu Disco auf.

Viel von ihrem Körper kann er noch nicht sehen, nur dieses engelhafte Gesicht und einen schönen Schwanenhals.

In dieses Gesicht werden sich Männer verlieben. Sie werden sie beschützen wollen. Sie werden ein hübsches Sümmchen bezahlen. Fünfzehnhundert die Nacht? Durchaus möglich, aber im Hotel kann er sie nicht einsetzen, nicht ein so offenkundig junges Mädchen. Das Apartmenthaus, das eher die nicht so großzügig zahlende Klientel anzieht oder diejenigen, die auf Minderjährige stehen, wird dafür geeignet sein.

»Spricht sie Englisch?«, fragt er Augustina, die zu ihm tritt.

»Nur ein bisschen.«

»Sag ihr, sie soll sich ausziehen.«

Augustina spricht das Mädchen auf Rumänisch an. Das Mädchen scheint nicht so überrascht zu sein, wie Disco es womöglich erwartet hat, doch sie schüttelt den Kopf; weniger aus Trotz, sondern so, als ob hier ein Missverständnis vorliege. Sie antwortet auf Rumänisch, um dann ein Wort auf Englisch hinzuzufügen: »Haus…hälterin?«

Nur mit Mühe kann Disco ein Lachen unterdrücken. »Sag es ihr noch einmal«, befiehlt er.

Augustina und das Mädchen reden erneut miteinander. Dem Mädchen steigen Tränen in die Augen.

Disco geht zu ihr hinüber und tritt gegen die Kiste, auf der sie hockt. Das Mädchen ist gezwungen, aufzustehen. Disco macht eine auffordernde Geste. »Ausziehen«, befiehlt er.

Sie sagt »Bitte« auf Englisch.

Er packt sie am Mantel und fängt an, ihn aufzuknöpfen. Sie wehrt sich nicht, starrt in die Ferne, während ihr eine einzelne Träne die Wange hinabrinnt.

Er zieht ihr den Mantel aus. Darunter trägt sie ein langärmeliges, graues Hemd. Er greift danach und zieht es ihr hoch. Daraufhin versteift sie sich, wehrt sich jedoch erneut nicht und hebt letztendlich sogar die Arme, damit er es ihr ausziehen kann. Das hier kann nicht ihr erstes Mal sein, nicht, wenn sie in diesem Waisenhaus aufgewachsen ist.

Jetzt trägt sie nur noch ihren BH und die Jeans. Disco tritt zurück. Ihre Brüste sind unterentwickelt, aber das geht schon in Ordnung.

Er hatte vorgehabt, sie Cassandra zu nennen. Aber so, wie er sie jetzt vor sich stehen sieht, funktioniert das nicht. Es klingt zu sinnenfreudig. Von Nahem sieht sie noch viel eher aus wie das junge Mädchen, das sie ist, statt wie ein nuttiger Vamp. Was wäre ein guter Name?

»Sag ihr … ihr Name ist Katie«, beschließt er.

Augustina tut es. Das Mädchen nennt ihren richtigen Namen. In ihrer Stimme schwingt jetzt mehr als nur ein Beben mit, eher Panik.

Disco nimmt ihr Gesicht in die Hand und kneift ihr in beide Wangen wie ein aufgebrachter Elternteil, der sein Kind ausschimpft. »Katie«, wiederholt er. »Katie. Ja?«

Eine ihrer Tränen tropft ihm auf den Finger. Er stößt sie zurück und wischt sich den Finger an seiner Anzugjacke ab.

»Sag ihr, sie schuldet uns fünfundzwanzigtausend Dollar dafür, dass wir sie aus Soroca herausgeholt und hergebracht haben, dazu kommen Unterbringung und andere Ausgaben. Sag ihr, dass sie die Schulden zurückzahlen muss. Sag ihr, die Arbeit als Haushälterin kommt später – nachdem sie ihre Schulden abbezahlt hat.«

Augustina übersetzt für das Mädchen, das jetzt in sich zusammengesunken ist, leicht vornübergebeugt, bemüht, die Brüste hinter den Händen zu verbergen. Aber sie antwortet Augustina. Disco spricht nicht viel Rumänisch, schnappt aber ein paar Brocken auf, hauptsächlich über einen Bruder.

»Sag ihr, wir holen ihren Bruder nach, sobald sie ihre Schulden bezahlt hat«, sagt er.

Augustina tut es. Das Mädchen bricht in Tränen aus, stößt in schriller Tonlage flehende Worte aus. Augustina beginnt zu übersetzen. »Sie sagt, sie hatte eine Abmachung …«

»Was schert es mich, was *sie* sagt?« Er geht zur Tür, während das Mädchen mit hängenden Schultern zu Boden sinkt und so heftig weint, dass ihr die Luft wegbleibt.

»Nicolas sollen jetzt reinkommen?«

Wenn Nicolas sie einarbeitet, wird sie ihren neuen Arbeitsbereich verstehen. Ihre Kunden werden im Vergleich zu ihm nett wirken. Binnen zwei Wochen wird sie abhängig sein, wenn nicht sogar früher, und dann wird sie für neuen Stoff alles tun, was sie von ihr verlangen. Innerhalb eines Monats wird sie ihnen gutes Geld in die Kasse spülen.

»Ja, schick Nicolas herein«, sagt er. »Aber sag ihm, er soll ihr Gesicht nicht anrühren.«

29

Nach den Befragungen, die grundsätzlich anstehen, wenn ein Officer in eine Schießerei verwickelt war, und einer vorsorglichen Fahrt in die Notaufnahme eines Krankenhauses in Oak Park kehre ich erst gegen siebzehn Uhr ins Revier zurück.

Als ich reinkomme, sitzt Wizniewski nicht in seinem Büro, sondern im Teamraum. Er schiebt sich seine nicht angezündete Zigarre zwischen die Zähne und fängt an, in die Hände zu klatschen. Ehe ich michs versehe, brechen alle im Raum in Applaus aus. Wizniewski legt mir strahlend eine Hand auf die Schulter. So glücklich habe ich ihn nicht mehr gesehen, seit er mich mal wegen Mordes verhaftet hat.

Jetzt klatschen die Leute sich ab, ich versuche ein wenig von mir abzulenken und spreche von Teamarbeit. Es fühlt sich aber gut an, das kann ich nicht leugnen. Vor einer Woche war ich mir nicht sicher, ob ich überhaupt jemals wieder als Cop würde arbeiten können. Ich war mir nicht sicher, ob ich immer noch das Zeug dazu hätte. Und ich wusste nicht, ob meine Brüder und Schwestern in der Truppe mich jemals wieder willkommen heißen würden.

Spule ein paar Tage im Schnelllauf vor, und schon schüttelt mir jeder im Teamraum die Hand, strahlt mich an, spendet mir Beifall. Das hier war mein Fall. Ich war der Teamleiter. Sie haben mir den Fall aller Fälle, der jede Menge öffentliche Aufmerksamkeit bekommt, in die Hände gelegt. Und wir haben ihn in nicht einmal zwei Tagen gelöst.

»Die Ballistiker haben die SIG in Prince' Wohnung untersucht«, sagt Wiz. »Es handelt sich um die Tatwaffe, die beim Mord an Junior benutzt wurde.«

Soscia legt mir einen Arm um den Hals. Mir tut der ganze Körper weh, aber in diesem Moment spüre ich es nicht. Es gibt kein wirksameres Schmerzmittel als das hier, diese Beweihräucherung, dieses greifbare Gefühl der Erleichterung, dieses Gefühl, dass ich wirklich wieder in jeder Beziehung ein Cop bin.

Daher spüre ich jetzt das Stechen in meinen Rippen nicht, den Schmerz, der mir den Rücken hinabschießt. Ich höre das Klingeln in meinen Ohren nicht.

Und noch spüre ich dieses Jucken nicht, das ich nicht so einfach wegkratzen kann, dieses Gefühl, dass sich hier irgendetwas nicht richtig anfühlt.

30

Ich sinke in meinem Stuhl zusammen, mir ist schwindelig, alle sind trunken vor Erleichterung, während ich mich plötzlich erschöpft fühle. Heute Abend muss ich erst noch Papierkram erledigen, später steht dann sicher eine Feier im Hole an.

Eine Flasche Maker's Mark wird herumgereicht, was wahrscheinlich nicht die beste Idee ist. Soscia reicht sie Carla, die eine abwehrende Geste macht und sich abwendet. »Ich trinke nicht«, erklärt sie.

»Du *trinkst* nicht?«

Offenbar nicht. Sie sieht aus, als müsste sie sich gleich übergeben.

Was mich an etwas erinnert. An die Pille, die ich heute Morgen auf Carlas Stuhl gefunden und an mich genommen habe, bevor alles passierte. Jetzt fühlt es sich so an, als wäre es schon eine Ewigkeit her.

Ich gehe rüber in die Kaffeeküche, um mir ein wenig Freiraum zu verschaffen, und hole die Tablette hervor. Es ist eine ovale Gelkapsel, auf die VIT-A-GIN aufgedruckt ist.

Ich stecke sie mir wieder in die Tasche und recherchiere auf meinem Smartphone. Vit-a-gin ist ein Präparat mit gereinigtem Ingwerwurzelextrakt.

Erleichtert atme ich auf. Ich lag völlig daneben. Ich hatte befürchtet, sie wäre auf Oxy oder so etwas. Aber sie ist keine

Süchtige. Sie nimmt Ingwertabletten. Meine Frau nahm Ingwer, um etwas gegen die Übelkeit zu tun, als …

Oh-oh.

Das erklärt die Übelkeit, den erschöpften Gesichtsausdruck, das Nicht-Trinken, sogar ihr Verhalten. Es ist schwer, gut gelaunt zu sein, wenn man unter morgendlicher Übelkeit leidet.

Mein Partner ist schwanger.

31

Drinks im Hole. Wir haben wohl so gegen sieben damit angefangen, gleich nachdem wir von der Pressekonferenz im Rathaus kamen, in der wir die Aufklärung des Falls bekanntgaben. Die Kneipe ist brechend voll mit Cops. Alle wollen ein Stück vom Kuchen abbekommen. Wir alle haben es verdient, sosehr man auch auf uns scheißt.

Sogar Polizeipräsident Tristan Driscoll schüttelte mir während der Pressekonferenz die Hand und sagte: »Gut gemacht, Detective«, bevor er vor dem Knäuel an Mikrofonen den Ruhm für sich selbst einheimste.

Ich habe heute Abend mehr Kurze abgelehnt, als ich getrunken habe, aber getrunken habe ich reichlich. Warum auch nicht? Als ich das letzte Mal hier war, drehte mir die Hälfte der Polizisten den Rücken zu oder nuschelte etwas vor sich hin. Heute bin ich der Mann der Stunde. Das ist in Ordnung. Es macht den Job wesentlich leichter, wenn man mit anderen Cops auf gutem Fuße steht. Aber ich werde nicht vergessen, wer meine Freunde sind, diejenigen, die auch in schwierigen Zeiten für mich da waren.

Ich erspähe Carla, die mehr oder weniger allein herumsteht. Sie trinkt nicht (natürlich nicht) und ist nicht wirklich gesellig. Sie sieht aus, als hätte sie das Gefühl, hier sein zu müssen, während sie nicht wirklich hier sein möchte. Valerie zog sich während ihrer Schwangerschaft auch immer früh zurück und schlief nur sporadisch.

Vielleicht werde ich aus Carla Griffin nie schlau. Aber immerhin habe ich jetzt einen Einblick in ihr Leben bekommen, ob ich nun sollte oder nicht. Und wenn ich daran denke, wie sie hinter mir her auf das Dach heruntergesprungen ist, um ihren Job zu machen, obwohl sie ein Kind austrägt und sich beschissen fühlt – ich muss viel nachsichtiger mit ihr umgehen.

Ich klopfe ihr auf die Schulter. Sie dreht sich um und versucht zu lächeln. Aber das hier ist nicht wirklich ihr Ding. »Gute Arbeit heute!«, ruft sie mir zu, weil wir uns nur laut verständigen können. »Falls ich es noch nicht gesagt habe. Super Arbeit, um genau zu sein.« Aber sie schaut mir nicht in die Augen dabei. Das zu sagen, muss sie viel Überwindung gekostet haben.

»Danke gleichfalls«, gebe ich zurück. »Es war eine gute Teamleistung.«

Sie nickt, hat aber noch irgendwas auf dem Herzen. Sie schaut zu Boden. »Ich … also manchmal … brauche ich ein Weilchen, um …«

In diesem Moment fallen alle über mich her, heben mich in die Luft und tragen mich weg, während im Raum Sprechchöre angestimmt werden, *Har-ney!, Har-ney!* Und plötzlich stehe ich auf der Bühne in der Ecke, und jemand drückt mir das Mikro in die Hand wie in den alten Zeiten. Billy Harney vor Publikum.

Die Menge verstummt. Mir ist nicht wirklich danach zumute, aber was soll's.

»Zunächst einmal möchte ich mich beim ganzen Team bedanken, das dies möglich gemacht hat«, spreche ich ins Mikro. »Lanny Soscia – wo bist du, Sosh? Da ist er ja.« Sosh erhebt sein Glas. »Ich möchte Soscia dafür danken, dass er uns mit einem Rammbock durch diese Tür gebracht hat. Er hat dafür auch bloß sechs oder sieben Anläufe gebraucht.«

Das scheint bei allen gut anzukommen.

»Ich will damit nicht sagen, wir hätten das Überraschungsmoment verloren. Aber der Täter hat noch geduscht, einen Koffer gepackt und seine Steuererklärung ausgefüllt, bevor wir reinkamen.«

Ich warte, bis das Gelächter verklungen ist. »Das soll nicht heißen, Sosh wäre nicht in Form. Aber der Kerl bricht schon in Schweiß aus, wenn er eilige Schlüsse zieht. Ich habe schon wendigere Schildkröten gesehen.

Ist Rodriguez noch hier? Mat?« Rodriguez meldet sich aus der Menge heraus, formt dabei mit der Hand einen Trichter vor dem Mund. »Da ist er. Hat dir deine Frau heute Abend Ausgang gewährt?« Er winkt mir grinsend zu. Die Menge hat ihren Spaß daran.

»Ich will damit nicht sagen, Mat stünde unter dem Pantoffel. Neulich abends sagte ihm seine Frau, er solle um acht zu Hause sein. Aber *von ihr* lässt er sich bestimmt nicht vorschreiben, was er zu tun hat. Nein, Sir. Er war um *sieben* zu Hause.

Jetzt mal ernsthaft«, fahre ich nach der Lachsalve fort. »Mat ist ein durchsetzungsfähiger Typ. Er nimmt kein Blatt vor den Mund und sagt genau, was seine Frau will, dass er denkt.« Jemand nimmt Mat in den Schwitzkasten. Ich bin nicht der Erste, der diese Beobachtung gemacht hat. »Aber auch wenn er sich mal mit seiner Frau streitet, Mat hat immer, *immer* das letzte Wort.« Ich lasse das Mikro sinken, nicke Rodriguez zu und hebe es dann wieder an. »Dieses Wort lautet *Entschuldigung!*. Wisst ihr, warum Mat zu einer Zahnärzt*in* geht? Es ist eine schöne Abwechslung, wenn ihm mal eine Frau sagt, er soll den Mund aufmachen, statt ihn zu halten.«

Ich versuche, mich zu verbeugen, was mir jedoch nicht so recht gelingt. Ich konnte auf einem Hüpfstab schon besser mein Gleichgewicht halten. Jemand schnallt, dass es nun an der Zeit ist, mich von der Bühne zu holen. Vielleicht ein guter Zeitpunkt an diesem Abend, den Alkoholkonsum herunterzufahren.

Um zweiundzwanzig Uhr machen alle *Psst!*, als die Lokalnachrichten beginnen. Die hinreißende Moderatorin bringt atemlos die »Eilmeldung«, während neben ihr ein Foto der kleinen LaTisha aufpoppt. Binnen weniger Sekunden erfolgt ein Schnitt auf die Pressekonferenz von heute – der Bürgermeister und der Polizeipräsident, führende Vertreter der afroamerikanischen Gemeinde und dahinter unser Team: Wiz, Carla, Rodriguez und die beiden blassen weißen Jungs, Sosh und ich, rechts und links als Buchstützen.

Jubel bricht aus, es gibt Triumphgesten in meine Richtung. Sosh zetert lauthals, die Kamera würde ihm zehn zusätzliche Pfunde Hüftgold verleihen. Jemand fragt, ob mir mein Kamm abhandengekommen sei. Dann bringen sie ein paar Clips von der Pressekonferenz, der Bürgermeister lässt sich die Gründung der Special Operations Section als Verdienst anrechnen und sagt, es sei jetzt »an der Zeit, die Wunden heilen zu lassen«. Ein Minister sagt, »es gibt noch viel zu tun«. Dann spricht die Moderatorin erneut, während sie

Aufnahmen von Polizeipräsident Driscoll vor dem Mikro ohne Ton laufen lassen.

Sosh lässt sich die Gelegenheit nicht entgehen, den Präsi mit seiner scheinheiligsten Streber-Stimme nachzuahmen: »Ich möchte hier nur alle wissen lassen, dass ich absolut nichts mit der Aufklärung dieses Verbrechens zu tun hatte und dass ich gerade Damenunterwäsche trage.«

Im Kreis der Feiernden erspähe ich Joe Bostwick, der gerade mit den Jungs ein Bierchen zischt. Ich fasse ihn am Arm. »Zuallererst«, sage ich, »erstklassige Arbeit heute, Joe.«

Er schüttelt meine Hand. »Ich habe heute eine Menge von Ihnen gelernt, Detective. Es war mir eine Ehre.«

»Morgen in aller Frühe«, füge ich hinzu, »überprüfen wir noch mal alles.«

»Echt jetzt?« Normalerweise stellen Streifenpolizisten Anweisungen nicht infrage. Er scheint zu merken, dass er eine Grenze überschritten hat. »Ich meine, wir haben unseren …«

»Es könnten auch mehr als zwei Personen im Auto gesessen haben«, sage ich. »Wahrscheinlich sogar.«

»Aber wir haben mit praktisch jeder Person in der Nachbarschaft gesprochen.«

»Ist *praktisch* jede Person dasselbe wie jede Person?«

Nächste Story in den Nachrichten: PROTESTKUNDGEBUNG ABGESAGT. Offenbar hat die Aufklärung des Falls die Gemeinde dazu veranlasst, aus der Protestdemo in der Innenstadt eine »Mahnwache« vor einer Kirche in der South Side zu machen.

Du meine Güte, das nennt man dann wohl ein Happy End.

Klar doch.

Vielleicht.

32

Latham Jackson hat die Augen schon auf, bevor sein Wecker an diesem Freitagmorgen klingelt. Es kommt ihm so vor, als hätte er kaum ein Auge zugemacht. Noch immer dreht sich ihm der Magen um, und das nicht vor Hunger oder von den zwei, drei Bissen der Hamburger-Pizza seiner Mutter, die er am Abend hinuntergewürgt hat.

Nein, er hat kaum gegessen und geschlafen, seit er vor zwei Tagen die Schießerei vor Shivs Haus beobachtet hat.

Er hatte angenommen, es handele sich um einen dieser stinknormalen Drogenkäufe. Er hat die Sache gehandhabt wie immer. Er ließ die Kamera laufen, als das Fahrzeug von der Van Buren auf die Kilbourn abbog, und er benutzte die Umschalttaste auf seiner Computertastatur, um seine in der Klimaanlage verborgene Kamera zu schwenken. So behielt er den Wagen im Fokus, bis dieser vor Shivs Haus anhielt, wo Frisk sich lässig dem Fahrzeug näherte, um die Bestellung des Kunden entgegenzunehmen.

Dann zoomte er auf das Nummernschild. Dann weiter hoch, durch die Scheibe ins Innere des Wagens, auf die beiden Typen auf der Vorderbank.

Die Fensterscheiben waren teilweise getönt, was bedeutete, dass eine kleinere, nicht so hochauflösende Kamera die beiden nicht hätte erfassen können. Aber Latham hat die beste Ausrüstung, einer der Vorteile, wenn man bei Best Buy arbeitet. Er konnte die zwei gut genug sehen.

Die Kerle vorn im Wagen waren Weiße. Sie trugen Baseballkappen und hielten die Köpfe gesenkt, aber sie waren weiß.

Er erinnert sich noch an den kleinen Adrenalinstoß, als er die Linse scharfstellte. Weiße. Damit war die Wahrscheinlichkeit größer, dass sie Kohle hatten. Getönte Scheiben bedeutete, dass ihnen besonders viel daran lag, nicht erkannt zu werden. Latham hatte Dollarzeichen in den Augen. Diese Leute, davon war er überzeugt, würden eine Menge Schotter dafür hinblättern, dass dieses Video geheim gehalten würde.

Und dann ging alles schief. Da die Kamera ganz nah auf die Insassen des Wagens gerichtet war, konnte er die Situation zuerst nicht begreifen, hörte jedoch draußen vor seinem Fenster das unverkennbare Rattern einer automatischen Waffe.

Instinktiv betätigte er die Umschalttaste, vergrößerte den Bildausschnitt und sah, wie aus dem hinteren Fenster des Wagens Mündungsfeuer aufblitzte. Die Leute auf der Veranda – Shiv und ein weißes Mädchen – wurden von Kugeln durchsiebt, das Holz der Wand hinter ihnen zersplitterte. Frisk, der Kurier im Trikot der Bears, war einen Moment wie erstarrt, drehte sich dann um und rannte los. Kugeln trafen ihn, sein Rücken wölbte sich durch den Einschlag der Geschosse, und er fiel mit dem Gesicht nach unten auf den Bürgersteig.

Alles passierte rasend schnell. Bevor Latham verarbeiten konnte, was er gesehen hatte, war der Wagen verschwunden. Und er hatte auf seinem Laptop einen dreißigsekündigen Horrorfilm festgehalten.

Er war Zeuge eines Verbrechens geworden. Er hatte einen Beweis, ein Video. Und jetzt?

Natürlich war sein erster Instinkt, das Video der Polizei zu übergeben. Aber die würden sich fragen, warum er einen Drogendeal gefilmt hatte. Was würde er dann sagen? Dass er einen Dokumentarfilm drehte? Das würde ihm kein Mensch abkaufen. Die Cops würden im Nu schnallen, dass Latham Drogenabhängige aus den Vororten erpresste. Dafür konnte er ins Gefängnis wandern.

Und selbst wenn die Cops seinen Plan nicht durchschauten oder es ihnen egal wäre: Latham wäre immer noch ein Zeuge. Er würde vor Gericht aussagen müssen. Er wäre in Gefahr. Seine Mutter ebenfalls. *Der größte Lump im ganzen Land ist und bleibt der Denunziant*, schon klar, und diese Typen mit ihren automatischen Waffen waren nicht zu Späßen aufgelegt. Die würden ihm eine Kugel in den Kopf jagen.

Er könnte das Video der Polizei anonym schicken, aber angesichts des Kamerawinkels würde jeder halbwegs helle Cop dahinterkommen, dass von seinem Fenster aus gefilmt worden war.

Die gute Nachricht – das Einzige, was ihn in den letzten beiden Tagen aufrecht gehalten hat – war, dass er es immer noch tun könnte. Er konnte abwarten. Vielleicht lösten die Cops den Fall ohne ihn. Dieser Fall war eine große Nummer, sie dürften eine Menge Ressourcen hineinstecken. Ja, sagte er sich, dieses Video ist vielleicht gar nicht nötig.

Und siehe da: Binnen vierundzwanzig Stunden identifizierte das Chicago Police Department das Fahrzeug, das bei der Schießerei benutzt wurde. Das stand in den Zeitungsartikeln, die Latham aufmerksam verfolgt hat. Wenn sie also das Auto schon kannten, musste ihnen das meiste von dem, was er ihnen zeigen konnte, bereits bekannt sein, oder?

Genau. So oder so ähnlich schwankte er zwischen den Möglichkeiten hin und her: Sie würden es rausbekommen, sie brauchten das Video gar nicht. Und doch würde das Video helfen – vielleicht konnten sie es durch die Gesichtserkennung laufen lassen. Aber das war schließlich nicht Lathams Problem. Er war kein Cop, kein Superheld auf Rachefeldzug.

Und dann, gestern Abend, kam endlich die Nachricht, dass sie den Schützen geschnappt haben.

Latham steigt aus dem Bett, zieht sich T-Shirt und Jeans an und fährt seinen Laptop hoch. Vor sich hat er das vergrößerte Foto aus den Zeitungen, die Polizeifotos der beiden jungen Männer, Prince Valentine und Damien »Junior« Peppers. Zwei junge *Schwarze.*

Möglich ist das, sagt er sich. Nur weil die Kerle vorne Weiße waren, könnten die im Fond nicht erkennbaren Typen trotzdem Gangmitglieder der Nation gewesen sein. Wer sagt denn, Schwarze und Weiße könnten nicht zusammen in einem Auto fahren?

Aber auch, wenn es anders ist – wenn die Cops sich da *wirklich* geirrt haben –, ist es ja nicht so, als könnte Latham mit seiner Aussage Peppers und Valentine wieder zum Leben erwecken. Was würde ihnen eine Entlastung jetzt noch bringen?

Die Chicagoer Polizei glaubt, sie hätte den Fall gelöst. Warum sollte er ihnen etwas anderes erzählen?

Ja, rede dir das nur weiter ein, denkt er, während er durch die Diele in die Küche geht. Dieses ganze Hin und Her kann das flaue Gefühl in seinem Magen nicht beseitigen. Und er weiß auch, warum. Es hat nichts mit Prince Valentine oder Junior Peppers zu tun.

Es hat mit diesem unschuldigen kleinen Mädchen zu tun. Hat sie etwa keine Gerechtigkeit verdient?

Er schüttet Cornflakes in eine Schüssel und starrt darauf. Er weiß, dass er etwas essen muss. Aber er kann sich nicht vorstellen, es zu tun.

Da hört er ein Klopfen an einer Tür. Nicht an seiner Tür, sondern an der Tür einer anderen Wohnung den Flur hinunter. In diesem Gebäude mit seinen hauchdünnen Wänden kann man praktisch die Flöhe husten hören. Sitzt man nach zehn Uhr abends im Wohnzimmer, kriegt man mit, wie die Nachbarn gleich nebenan im Schlafzimmer loslegen, hört, wie der Bettpfosten gegen die Wand knallt.

Da hört er ein Wort, das ihm einen Schauer über den Rücken jagt. »Polizei.«

Seit der Schießerei treiben sich die Cops überall hier im Viertel herum. Latham ist es bisher gelungen, ihnen aus dem Weg zu gehen. Seine Mutter war bei der Arbeit, als die Schießerei passierte, und erzählt das den Officers auch seitdem. Latham war nie zu Hause, wenn sie vorbeigekommen sind. Am Tag der Schießerei ist er durch die Gasse entwischt und zur Arbeit gefahren, obwohl er erst ein paar Stunden später hätte dort sein müssen. Seiner Mutter hat er erzählt, er sei zum Zeitpunkt der Schießerei schon aus dem Haus gewesen. Sie führt nicht Buch über seine ständig wechselnden Arbeitszeiten.

Sein Herz beginnt zu hämmern. Er denkt an dieses kleine Mädchen. An seine Magenschmerzen, die einfach nicht weggehen wollen.

Er öffnet die Tür und späht in den Gang. Ein Streifenpolizist, weiß, groß und breitschultrig, steht vor einer Tür und macht sich eine Notiz auf einem Klemmbrett.

»Entschuldigen Sie, Officer!«, ruft er. Und merkt, dass er gerade den Punkt erreicht hat, an dem es kein Zurück mehr gibt.

33

»Ach, du heilige Scheiße!«, murmelt der Officer, der am Küchentisch sitzt und sich das Video auf Lathams Laptop schon zweimal angeschaut hat.

»Den Schützen auf dem Rücksitz kann man nicht erkennen.« Latham spricht das Offenkundige aus. »Und bei den Typen auf der vorderen Sitzbank … Ich bin mir nicht sicher, ob Sie die identifizieren können.«

»Vielleicht …« Der Officer schaut mit zusammengekniffenen Augen auf den Laptop-Bildschirm und schüttelt den Kopf. »Und wie, sagten Sie, sind Sie an das Video gekommen?«

»Ich … Wie gesagt, ich habe mir diesen Camcorder zugelegt.« Er hält einen Camcorder hoch, nicht seinen neuen, um genau zu sein, sondern seinen alten. »Ich habe ihn ausprobiert.«

Das ist natürlich eine Lüge, aber der Cop – er wirkt jung, vor allem jetzt im Moment, scheinbar überwältigt von dem Video, das er gerade angesehen hat – achtet nicht auf die Details von Lathams Erklärung. »Ich … muss den leitenden Detective anrufen«, sagt er.

Und nervös klingt er, der Cop. Er muss neu sein. Da Latham wohnt, wo er wohnt, ist Latham für die Polizei kein Unbekannter. Er ist zwar nie in echte Schwierigkeiten geraten – ein Verdienst seiner Mutter, die er mehr fürchtet als jeden Cop –, aber er wurde schon von Cops befragt und hat sich im Laufe der Jahre viele kühle Blicke von ihnen eingehandelt. Die jüngeren machen ihn nervöser als die alten. Sie sind angespannter, weniger selbstsicher. Der Cop geht die Diele entlang in Lathams Schlafzimmer. Dort zieht er ein Handy aus der Tasche und redet so leise, dass Latham nichts verstehen kann.

Latham atmet tief durch. Keine Frage, er ist verängstigt, vor allem aber erleichtert. Und überzeugt davon, das Richtige getan zu haben.

Aber in Bezug darauf, warum er dieses Video gedreht hat, hat er gelogen. Er hatte eigentlich vorgehabt, seiner ursprünglichen Version treu zu bleiben, er drehe einen Dokumentarfilm. Aber er wollte nicht, dass die Chicagoer Polizei seinen neuen Camcorder oder seinen Laptop in die Finger bekam. Sie würden beides als Beweismittel konfiszieren. Und wer weiß, ob sie nicht hinter sein Erpressungsvorhaben kommen und auch *ihn* in Schwierigkeiten bringen würden?

Also hat er kurzentschlossen eine Anpassung vorgenommen und behauptet, er habe seinen »neuen« Camcorder genau in dem Moment ausprobiert, als zufällig gerade eine Schießerei stattfand. Im Nachhinein begreift er, wie praktisch – und wie lächerlich – das klingt.

Ein paar Minuten später kommt der Officer zurück, schaut auf sein Klemmbrett und drückt sich dabei das Handy gegen die Brust. »Ihre Mutter hat uns gesagt, Sie waren bei der Arbeit, als es passierte.«

In seiner Stimme schwingt ein wenig Schärfe mit, mehr

Misstrauen. Der anfängliche Schock hat sich gelegt. Vielleicht liegt das an dem, was ihm der Detective am Telefon gesagt hat.

»Das habe ich meiner Mutter gesagt«, beeilt sich Latham klarzustellen. »Sie wusste nichts von diesem Video. Ich wollte sie da nicht mit hineinziehen. Ich war, na ja, verängstigt …«

»Können wir mit Ihrer Mom sprechen?«

»Sie könnten Sie bei der Arbeit anrufen, wenn Sie wollen. Sie kommt erst um sechs, halb sieben heute Abend zurück.«

Der Officer hält sich das Handy wieder ans Ohr und zieht sich in Lathams Schlafzimmer zurück.

Latham trommelt mit den Fingern auf den Küchentisch. Hat er jetzt seine *Mutter* in Schwierigkeiten gebracht? »Meine Mom hat nicht gelogen oder so«, sagt er zu dem Cop, als der in die Küche zurückkommt.

»Ja, ja, das habe ich verstanden, das habe ich verstanden.« Der Cop, auf dessen Namensschild am Hemd BOSTWICK steht, holt einen Notizblock hervor. »Okay, wer hat eine Kopie dieses Videos?«

»Niemand«, sagt er.

»Wer weiß noch davon? Gibt es jemand, mit dem wir reden können?«

»Keiner sonst weiß davon«, beteuert er.

Bostwick starrt ihn an, legt dabei den Kopf schief.

»Niemand«, beharrt Latham.

Der Cop nickt. »Okay. Sie haben es auf Ihrem Camcorder und auf dem Datenträger, der in Ihrem Laptop steckt.«

»Ja.«

»Nirgends sonst? Sind Sie sicher?«

»Ich bin völlig sicher.« Eine Lüge zieht die nächste nach sich und diese eine weitere.

»In Ordnung. Ich werde das hier alles mitnehmen müssen.«

Das hat sich Latham schon gedacht. Das war der einzige Grund dafür, dass er dem Cop erzählt hat, er habe den alten Camcorder benutzt, nicht seinen neuen, versteckten. Er ging davon aus, dass er ihn womöglich nie wiedersehen würde, jedenfalls für eine lange Zeit nicht.

»Können Sie ... Kann mein Name aus der Sache rausgehalten werden?«, fragt er.

Der Officer seufzt. »Wir werden es versuchen. Der Detective sagte mir, dieses Videomaterial spricht für sich. Wer es aufgenommen hat, spielt eigentlich keine Rolle. Aber wirklich, es liegt an Ihnen, Latham. Sind Sie sicher, dass Sie keinem sonst davon erzählt haben?«

»Ich bin sicher, ja«, erwidert er.

»Okay. Sie müssen dann mit mir in die Innenstadt kommen.« Bostwick macht eine beschwichtigende Geste. »Keine Sorge, die wollen Sie nur befragen. Sie können mit dem eigenen Wagen fahren, wenn Sie nicht in einem Streifenwagen gesehen werden wollen. Also räumen Sie auf, packen Sie Ihre Sachen zusammen. Ich kann warten.«

Latham seufzt. Er nimmt seine Müslischüssel und stellt sie in die Spüle. So weit, so gut, denkt er sich. Was der Cop gesagt hat, leuchtet ihm ein. Das Video zeigt, was es zeigt. Wer es aufgenommen hat, spielt keine Rolle. Er schnappt sich eine Plastiktüte unter der Spüle und steckt den Camcorder und die Minidisk hinein.

Er schaut sich um. Wo ist der Officer?

»Latham!«, ruft Bostwick. *Scheiße.* Er steht in Lathams Schlafzimmer. »Sie haben da ja eine Menge Kameras und Ausrüstung.«

Scheiße!

»Ja, ist hauptsächlich alter Kram«, sagt er rasch und huscht in Richtung Schlafzimmer. Er hat eine Erklärung vorbereitet, als er dort eintritt.

Nicht vorbereitet ist er auf Officer Bostwick, der eine Handfeuerwaffe in der Hand hält, verlängert mit einem Schalldämpfer.

»Tut mir leid«, sagt Bostwick, bevor er mit zitternder Hand den Abzug betätigt.

34

Das erste Mal begegnete ich ihr vor Gericht.

Ich musste in einem Drogenfall aussagen. Ich war im zweiten Dienstjahr und so grün hinter den Ohren, dass ich das alles aufregend fand. Vor allem, als der Staatsanwalt, der mich vorbereitete, mir mitteilte, die Strafverteidigerin in diesem Fall sei eine der besten am ganzen Gericht.

Ich nahm meinen Platz ein und wurde vereidigt. Als die Verteidigerin sich hinter dem Anwaltstisch erhob, vergaß ich alles über den Fall. Ich brachte kaum ein Wort heraus, und mich überlief es heiß. Mit einem Mal wünschte ich mir, ich hätte mein Erscheinungsbild im Spiegel kontrolliert, bevor ich hereinkam, hätte mir wenigstens die Haare mit den Fingern durchgekämmt.

Ihr marineblaues Kostüm, ihre athletische Figur, ihr blondes Haar, das zurückgebunden war, in dem sich jedoch einige Strähnen weigerten, sich zu fügen, und ihr ins Gesicht fielen. Bei einer Frau ihres Aussehens wäre es normalerweise mein erster Impuls gewesen, sie mir nackt vorzustellen. Aber bei ihr war das keine Fleischeslust. Die Wärme in ihrem Blick, ihr offenes Lächeln, ihre Zuversicht, die ruhig und nicht bedrohlich wirkte. Ich wusste es sofort. Sie war nett. Sie hatte Herz. Und falls ich mich widersetzte, würde sie mich im Zeugenstand wie einen Fisch filetieren.

Ihren Nachnamen bekam ich nicht mit, aber ihr Vorname war Valerie.

***

»Hey, Kumpel.« Sosh schnippt mit den Fingern. »Nickst du uns hier ein?«

»Papierkram mag vielleicht langweilig sein«, bläst Rodriguez ins selbe Horn, »aber er ist ein wichtiger Bestandteil unserer Arbeit, Detective Harney.«

Ich reiße mich aus meinem Trancezustand. Ist wahrscheinlich bloß Schlafentzug. Oder ein zu fettiges Mittagessen, das gegen den Kater helfen sollte. Oder das Treffen mit meinem Gewerkschaftsvertreter wegen der Schießerei unter Beteiligung eines Officers.

»Noch nichts gehört von der erneuten Nachbarschaftsbefragung?«, frage ich.

»Bisher nicht«, erwidert Carla.

»Ich hab keine Ahnung, warum wir überhaupt eine neue Befragung durchführen«, schaltet sich Sosh ein. »Du musst mal die Wendung *Fall gelöst* im Wörterbuch nachschlagen.«

»Da findet sich auch was, das man *unbeantwortete Fragen* nennt«, entgegne ich ihm.

Er schneidet eine Grimasse. »Ich hätte da ein paar unbeantwortete Fragen in Bezug auf meine zweite Ehe«, sagt er. »Aber du siehst mich nicht bei meiner Ex anrufen, um mit ihr zu plaudern.«

»Ich weiß. Es ist ein echtes Mysterium, warum sie nicht bei einem Hauptgewinn wie dir geblieben ist.«

»Detective Harney?«

Als ich die Stimme einer Frau höre, drehe ich mich um. Das muss die FBI-Agentin sein, die sich vor einer Stunde gemeldet hat. Special Agent Clara Foster. Ich quäle mich mit meinen müden Knochen vom Stuhl hoch und schüttele ihr die Hand.

»Schön, Sie kennenzulernen«, sagt sie. Sie hat eine tiefe Stimme und einen nüchternen Gesichtsausdruck. Einige dieser FBI-Agenten sind okay, die meisten aber nehmen sich viel zu wichtig und schauen auf uns Chicagoer Polizisten herab. Agent Foster strahlt weder das eine noch das andere aus, was wahrscheinlich bedeutet, dass sie gut in ihrem Job ist.

Ich stelle sie den anderen Detectives vor. Ich biete ihr einen Stuhl an, aber sie bleibt lieber stehen.

»Wir haben die DNA-Probe und die Fingerabdrücke Ihrer Unbekannten«, berichtet sie. »Dazu die Fotos. Keine Treffer bei den Abdrücken oder der DNA. Das Beste, was uns die DNA liefert, ist, dass sie aus Osteuropa stammt.«

Von der Optik her ist es überraschend schwer, die Nationalität von Toten zu bestimmen, selbst wenn sie erst kürzlich verstorben sind. Es ist, als ob damit verbundene Merkmale mit ihrem Tod fast augenblicklich dahinschwinden. Die junge Weiße auf der Veranda stammte aus Osteuropa? Das könnte hinhauen, ja.

»Wieso interessiert sich das FBI dafür?«, will Sosh wissen. FBI-Agenten sind für Lanny Soscia das, was für meinen Vater die Jungs waren, die meine Schwester Patti mit nach Hause brachte – er mag sie nicht und traut ihnen noch weniger.

»Ich arbeite mit einer Task Force im County zusammen«, sagt Foster. »Menschenhandel.«

»Menschenhandel«, wiederhole ich. »Meinen Sie, damit haben wir es hier zu tun?«

»Gut möglich«, erwidert sie. »Niemand hat die junge Frau als vermisst gemeldet?«

»Nee. Sie könnte eine Ausreißerin sein. Sie ist womöglich alt genug, um mündig zu sein.«

»Durchaus möglich«, sagt sie, doch ihr Ton verrät mir, dass ihre eigene These ihr besser gefällt. »Hübsches Mädchen. Oder?«

»Doch, würde ich schon sagen.«

»Unterernährt? Drogen im Körper? Einstichstellen an den Armen?«

»Dreimal ja«, erwidere ich.

Agent Foster grinst. Ein nettes Grinsen ist das nicht. »Klingt nach einem ›verschwundenen Mädchen‹.«

»Ein verschwundenes Mädchen.«

»Jemand, der ins Land geschmuggelt wurde. Es gibt keine Akte über sie. Sie wurde zur Prostitution gezwungen. War drogenabhängig.«

»Was hatte sie dann mit den K Street Hustlers zu tun? Stehen die auf so was?«

Sie fasst diese Frage fast als Scherz auf, obwohl keiner von uns lacht. »Menschenhandel ist weit verbreitet. Eine Straßengang aus dem Viertel würde keine Mädchen ins Land schmuggeln, wenn es das ist, was Sie meinen. Aber sie könnten den Handel schützen. Vielleicht finden sie selbst Geschmack an den Mädchen. Einige dieser Schlepper bringen sie ins Land und bieten sie an, motzen sie auf. Andere hingegen verkaufen sie, sobald sie angekommen sind.«

Agent Foster zieht ein Hochglanzfoto aus einer Aktenmappe. Es ist ein Detail vom Bein des toten Mädchens, ihr Knöchel. Gleich über dem Fußknöchel befindet sich die Tätowierung einer schwarzen Blume. Ich erinnere mich, sie am Tag der Schießerei gesehen zu haben.

»Sie wurde gebrandmarkt«, erklärt Foster.

»Kennen Sie das Brandzeichen?«, will Carla wissen.

Foster schüttelt den Kopf. »Noch nie gesehen.«

»Sieht aus wie eine Lilie«, mutmaßt Rodriguez. »Eine schwarze Lilie.«

»Alles, was wir über unsere Unbekannte wissen«, sage ich zu Foster, »ist, dass sie auf den Namen Evie hörte. Ehrlich gesagt haben wir uns nicht auf sie konzentriert. Für uns war das hier eine Gang-Schießerei und sie ein Kollateralschaden.«

Foster steckt das Foto wieder in die Mappe. »Sie haben wahrscheinlich recht. Aber wir versuchen, die Identität dieser Mädchen herauszukriegen. Danach können wir uns rückwärts vorarbeiten, herausfinden, woher sie gekommen sind, wie sie hierher geschmuggelt wurden. Um die Quelle ausfindig zu machen.«

»Wir werden versuchen, ihre Identität festzustellen«, sage ich. »Dann geben wir Ihnen Bescheid.«

»Danke.« Foster nickt. Sie hat schwere Lider. Ich habe den Eindruck, dass sie nicht viel von uns erwartet und dass viele der verschwundenen Mädchen auch verschwunden bleiben werden.

35

Es ist Freitagabend und Familientreffen. Meine Brüder Brendan und Aiden sind in die Stadt gekommen. Patti und ich treffen sie zu Hause. Mit »zu Hause« meine ich unser Elternhaus in der South Side, in dem wir aufgewachsen sind. Ein Haus, das jetzt leer steht, angesichts der Tatsache, dass unsere Mutter schon vor Jahren gestorben und der Patriarch unserer Familie, der liebe alte Pop, vor Kurzem hinter Gitter gewandert ist.

Die Sache mit meiner Abrissbirne beim Department, dem Skandal, den ich vor etwas mehr als einem Jahr aufdeckte, ist die: Einer, der ihm zum Opfer fiel, war mein Vater, der Chief of Detectives. Er wurde letztendlich wegen rund zwei Dutzend bundesstaatlicher Korruptionsanklagen zu lebenslanger Haft verurteilt. Es riss unsere Familie auseinander und hätte Patti fast zerstört.

Nach Pops Verhaftung wussten wir zunächst nicht, was wir mit dem Haus anstellen sollten. Zum Glück war die Hypothek abgetragen, sodass wir nur die Grundsteuer zahlten und jemanden einstellten, der den Rasen mähte. Patti kam im Winter vorbei, um die Wasserhähne laufen zu lassen, damit die Rohre nicht einfroren.

Keiner von uns sprach noch ein Wort mit Pop. Wir kommunizierten nur über seinen Anwalt. Pop stimmte zu, das

Haus zu verkaufen und den Erlös dafür zu verwenden, seine Anwälte zu bezahlen. Patti trieb einen Makler auf. An diesem Wochenende werden wir unsere persönlichen Sachen ausräumen, damit wir das Haus auf dem Immobilienmarkt anbieten können.

Wir heuerten Packer an, die alles in Kartons stopften. Der Preis dafür war unverschämt, aber wir teilten es durch vier, und so konnten wir es stemmen. Und es war die Sache wert. Zugeben will es keiner von uns, aber es tut weh, hier zu sein. Je kürzer die Zeit ist, die wir hier verbringen, desto besser.

Auf dem Weber-Grill im Hinterhof brutzeln wir Würstchen, so ziemlich das Einzige an Essen, was wir gut hinkriegen. Die Hitze, das Summen der Mücken, der Geruch von Holzkohle und gegrilltem Fleisch versetzt mich zurück in die Zeit, als ich sechzehn war.

Aiden, der Zweitälteste, ein Fitnessfanatiker, der Highschool-Ringer coacht und ein Fitnessstudio in Saint Louis betreibt, enthauptet mich beinahe mit einem Football, den ich nicht hab kommen sehen. Das wär's gewesen. Ich überlebe einen Kopfschuss, kriege gestern eine Kugel in die durch eine Weste geschützten Rippen und sterbe heute durch ein Leder-Ei, das mir gegen die Birne geworfen wird.

Brendan, der Älteste, der bereits den Rubikon der vierzig überschritten hat, hat am Grill das Oberkommando übernommen. Er sieht Pop ähnlicher als wir anderen. Die grauen Tupfer an den Schläfenhaaren und ein Bauchansatz, der jedes Mal, wenn ich ihn sehe, umfangreicher geworden zu sein scheint, verstärken diesen Eindruck noch. Er hat eine Frau und zwei Kinder und lebt außerhalb von Dallas, wo er als Finanzberater arbeitet. Er ist der Erwachsene von uns, aber es scheint ihm zu gefallen, hier zu sein, wo er einfach wieder unser Bruder sein kann, der trinkt und rülpst und flucht wie der Rest des Harney-Clans.

»Du bist jetzt also so etwas wie ein Held«, sagt Aiden, der wie immer Klamotten trägt, als würde er gleich Eisen stemmen, und ein T-Shirt anhat, das ihm zwei Nummern zu klein ist. Er geht in die Hocke und fuchtelt mit den Fingern vor mir herum. »Na, komm schon. Mal sehen, was du draufhast.«

»Das würde ich, wäre ich nicht in Ausübung meiner Pflichten verwundet worden«, entgegne ich und ziehe mein Hemd hoch, um ihm die Verbände auf meinen Rippen zu zeigen. »Ich würde dich schmeißen wie die dritte Stunde Französisch.«

»Aber ich werde nur die Daumen benutzen«, macht Aiden ganz auf Sean Connery in diesem Film mit Meg Ryan.

»Ich hätte da eine andere Idee, was du mit deinen Daumen anstellen könntest.«

»Also schön, ihr Wilden, lasst uns essen«, fordert Brendan uns auf.

»Für mich kein Brötchen«, verkündet Patti, das Mädchen auf kohlenhydratreduzierter Diät, und ignoriert dabei bequemerweise die Tatsache, dass sie Bier trinkt.

»Wie kann es sein, dass jemand für einen Marathon trainiert, aber keine Kohlenhydrate zu sich nehmen will?«, fragt Aiden sie.

»Vor langen Läufen nehme ich schon Kohlenhydrate zu mir.«

»Ich habe da ein Pulver, das du gut gebrauchen könntest.« Als Gewichtheber und Bodybuilder hat Aiden alle möglichen Nahrungsergänzungsmittel an der Hand, von denen die meisten eklig riechen und sogar noch schlechter schmecken.

Brendan verzieht das Gesicht und nickt mir zu. »Bin ich hier der Einzige, der in Würde fett wird?«

»Gib mir etwas Zeit«, erwidere ich, das Offenkundige anerkennend, nämlich, wie viel Gewicht ich verloren habe, allerdings nicht mit Absicht. »Ich bin ja noch nicht so steinalt wie du.«

»Wann hast du zum letzten Mal Sport gemacht, B?«, fragt Aiden Brendan.

»Als deine Freundin letzte Woche zu Besuch war.« Brendan tischt die Würstchen und Brötchen auf, stellt sie neben die riesige Schüssel mit Kartoffelchips, die ich und nur ich mir zu Gemüte führen werde. »Die ist eine richtige Wildkatze.«

»Unser Aiden hat eine Freundin?« Davon wusste Patti nichts. Ich auch nicht. Dieser Abend hat soeben eine wirklich gute Wendung genommen. Falls Aiden auch nur einen Funken Verstand hat, ich meine, wenn bei ihm auch nur die leiseste Gehirnaktivität vorliegt, dann wird er jetzt sofort die Aussage verweigern und seine Lippen so geschlossen halten, dass selbst ein Rettungsspreizer sie nicht auseinanderhebeln könnte. Aber das wird er nicht, weil er unser Aiden ist.

»Wir sehen uns ab und zu«, räumt er ein.

»Sieht sie dich auch?«, frage ich. »Oder guckst du bloß durch ihr Fenster und holst dir dabei einen runter?«

»Hey, behandele den Burschen mit Nachsicht«, eilt ihm Brendan zu Hilfe. »Durch die Fenster in der Klapse kann man kaum was erkennen.«

»War bloß ein Scherz, A«, lenke ich ein und setze mich. »Jetzt mal im Ernst, wie heißt der Glückspilz?«

Aiden spießt ein Würstchen auf und lässt es auf seinen Teller plumpsen. »*Sie* ist Lehrerin an der Highschool.«

»Was unterrichtet sie denn?«, will Patti wissen. Nun wird Aiden es uns erzählen. Das sollte er nicht. Das sollte er wirklich, wirklich nicht tun.

»Sie ist Sonderpädagogin«, berichtet er.

»Ach so«, schnappe ich mir die leichte Beute, »und du bist einer ihrer Schüler.« Patti gefällt das, sie prustet, und Bierschaum läuft ihr das Kinn herunter.

Aiden erhebt sein Bier. »Auf Pop«, sagt er. »Dafür, dass er – erst als wir schon erwachsen und aus dem Haus waren – als das korrupte Arschloch entlarvt wurde, das er war.«

Darauf stoßen wir mit unseren Bierflaschen an. Alle außer Patti, die nur den Kopf schüttelt und die Stirn in Falten legt. So einfach wird das für Patti nie sein.

»Schön und gut«, sagt Brendan zu Aiden. »Aber du wechselst jetzt nicht einfach so das Thema, Muskelprotz.«

So geht das eine Stunde lang weiter. Langsam und genüsslich extrahieren wir jedes Detail aus dem Leben von Aidens Freundin und verschlingen dabei jedes Bruchstückchen mit jeder Menge hilfreicher Kommentare. Als wir fertig sind, hat diese Frau eine Hasenscharte, männliche Genitalien, ein Vorstrafenregister, Alzheimer und einen üblen Fall von Herpes.

Es ist schön, wieder mit dieser Truppe zusammen zu sein. Zumindest lenkt es mich von Prince Valentine und Junior Peppers ab. Es lenkt mich von meiner Unbekannten auf der Veranda ab, die wahrscheinlich von Menschenhändlern verschleppt worden ist, wie das FBI sagt.

Woher und wie auch immer sie herkam, sie hat eine ordentliche Beisetzung verdient, mit ihrem Namen auf dem Grabstein, kein Armengrab.

Also beschließe ich, während ich an dem alten Tisch auf unserer alten hinteren Veranda sitze, betrunken und sentimental, dass ich ihr das ermöglichen werde.

Ich werde unserer Unbekannten einen Namen geben.

36

Als wir in den Keller hinuntergehen, kommen alle Erinnerungen aus der Kindheit wieder hoch, auch wenn unsere Eltern nach unserem Auszug die Ringermatte durch einen Teppich, die Dartscheibe durch Grafiken, Kickertisch und Hantelbank durch ein Zweiersofa und eine Couch ersetzt haben.

Erst sind wir ganz still hier unten, stärker von unseren Gefühlen überwältigt, als wir zugeben wollen. Brendan versucht es hier und da mit einer witzigen Bemerkung, der eine oder andere von uns wendet sich ab, um seine feuchten Augen zu verbergen. Wir haben eine Flasche Jameson mit heruntergebracht und teilen sie uns.

Patti trifft dies am härtesten. Sie und ich waren einander immer sehr nahe, wie das bei Zwillingen eben so ist, aber für sie stand Pop auf einem Podest. Und sie stand auf seinem Podest, sein einziges Mädchen. Wir Jungs bekamen ab und zu eine Ohrfeige verpasst, wenn wir aus der Reihe tanzten, alle Jubeljahre kriegten wir auch mal den Gürtel zu spüren, aber Patti bekam fast immer Streicheleinheiten und sanfte Ermahnungen.

Patti hat sich allerdings besser auf diesen Moment vorbereiten können. Sie hat mehr mit den Umzugsleuten zu tun gehabt als ich. Sie hat sich um das Haus gekümmert, seit

Pop weg ist. Brendan und Aiden hingegen wohnen nicht einmal mehr in Chicago, also ist es für sie etwas Besonderes, hier zu sein.

Viel Zeit verbringen wir nicht damit, die Kartons durchzuschauen. Dank Patti sind sie gut sortiert. Aiden, der größte Welpe von uns allen, lugt bloß in die Kartons hinein, um sich zu vergewissern, dass seine Sachen drin sind. Er wird »sie später durchsehen«, sagt er uns, was wahrscheinlich bedeutet, dass die Kartons das nächste Jahrzehnt über unangetastet in irgendeinem Wandschrank in seinem Haus einstauben werden.

»Scheiße, schaut euch das mal an.« Brendan zieht aus einem großen Umzugskarton ein Weihnachtsmannkostüm heraus – roter Samt, schwarz-weiße Bordüre, langer Baumwollbart.

»Mein Gott, was war ich stinksauer auf Pop«, platze ich heraus. Dazu gibt es eine Geschichte: An Heiligabend kam immer der Weihnachtsmann und hatte für jedes von uns Kindern ein Geschenk dabei, während wir stumm und ehrfürchtig dasaßen. Weihnachten war eine große Nummer bei uns, an der auch der Rest der Familie teilnahm – Onkel Mikey und seine Familie aus Bridgeport, Tante Marcy und ihre Sippe aus der North Side, Cubs-Fans, ansonsten aber famose Typen.

Jedenfalls bin ich sechs, und wir sind gerade mit dem Abendessen fertig – Mom kochte immer das Gleiche, Gänsebraten mit Salzkartoffeln, Rotkohl und Rosenkohl – und reden darüber, dass gleich der Weihnachtsmann kommt. Vier von uns kleinen Kindern meinen es ernst, wir glauben noch an den Weihnachtsmann, und die älteren spielen einfach mit.

Aus irgendeinem Grund gehe ich in die Garage, wahrscheinlich, um mir eine Pepsi zu holen, aber ich erinnere mich nicht mehr genau, warum. Und da, neben dem Chrysler, steht Pop, den einen Fuß schon im Weihnachtsmannkostüm und mit einem *Oh Scheiße*-Ausdruck auf dem Gesicht, als sich unsere Blicke begegnen.

Unnötig zu sagen, dass ich außer mir bin, durch das ganze Haus renne, alle und jeden als Lügner beschimpfe und die wenigen von uns, die es noch nicht wussten (darunter auch Patti) in dieses ungeheuerliche Geheimnis einweihe.

»Du hast ein Jahr lang nicht mehr mit Onkel Mikey geredet«, sagt Aiden.

An diesen Teil erinnere ich mich nicht. »Warum gerade mit Mikey?«, will ich wissen.

»Weil er das Weihnachtskostüm trug«, erklärt er.

»Mein Gott, es hat ihm so leidgetan«, kichert Brendan und schüttelt den Kopf. »Wisst ihr noch? Mikey wollte dir an diesem Abend weismachen, der Weihnachtsmann hätte ihn gebeten, wegen des Schneesturms einzuspringen.«

Ich schaue mich im Raum um. Alle haben ihr Vergnügen an der Erinnerung, aber … »*Pop* hatte das Kostüm an«, widerspreche ich. »Nicht Mikey.«

»Nein, das war Mikey, Dumpfbacke«, entgegnet Brendan. »Er hatte den besseren Bierbauch dafür. Zumindest damals.«

Ich wende mich Patti zu. »Es war Mikey«, bestätigt sie.

Ich stemme die Hände in die Hüften. »Wovon zum Teufel redet ihr da? Ich war derjenige, der ihn in flagranti erwischt hat. Ich war das Trauma-Opfer. Ich habe Pop direkt in die Augen gesehen. Ich sehe ihn immer noch vor mir, wie er mit einem Bein in diesem Weihnachtsmannkostüm dasteht.«

»Ja, okay«, nuschelt Brendan aus dem Mundwinkel. »Vielleicht steckte aber auch Angelina Jolie in diesem Kostüm, und du hast sie gebumst. Ich meine, wenn du dir schon so einen Quark ausdenkst, sollte es sich auch lohnen …«

»Ihr seid ja alle total krank im Kopf.« Ich gehe in den hinteren Teil des Kellers, in den Lagerraum.

»Klar, wir liegen alle ganz falsch«, ruft mir Aiden hinterher, »und du hast als Einziger recht.«

Es *war* Pop. Ich erinnere mich ganz deutlich daran. Ich meine, ich habe es so vor Augen, als wäre es gestern gewesen.

Der hintere Raum ist Lagerbereich und Hauswirtschaftsraum. Der Heizkessel muss so etwa fünfzig Jahre auf dem Buckel haben. Pop war so stolz auf dieses Ding. Er meinte, dieser Kessel würde uns alle überleben.

Daneben hängt der Warmwasserboiler, fast genauso prähistorisch, ein großes, beigefarbenes Ungetüm mit einem kleinen Schlitz auf der Rückseite, an dem man das Fach für die dicke Bedienungsanleitung öffnen kann, außer Sichtweite, aber doch griffbereit, wenn man sie braucht. Ich kenne dieses kleine Fach nur, weil ich als Teenager ein Versteck für mein *Playboy*-Magazin brauchte und mein Schlafzimmer für Mom keinerlei Geheimnis barg.

Wie groß ist die Wahrscheinlichkeit, dass es immer noch dort ist? Ich habe keinen Schimmer, ob ich es jemals rausgenommen habe. Mit ihrem Durchsuchungsbefehl durchkämmten die FBI-Agenten das Haus nach Pops Verhaftung systematisch, nahmen es förmlich auseinander.

Vielleicht haben sie dabei nicht nur belastendes Material gegen meinen Vater gefunden, sondern einer der Agenten marschierte auch noch mit einem Ausklappbild von Lexie Karlsen davon.

Was soll's. Ich steige über ein paar Kartons und lange um den Warmwasserbereiter herum. Aus der Erinnerung heraus ertaste ich den Schlitz und entriegele die Klappe. Die Tür fällt auf, und ich greife hinein.

Da ist kein Magazin, sondern irgendeine andere Art von Druckerzeugnis. Ein fester Einband. Ein Buch.

Ich trete näher heran, damit meine Hand es besser greifen kann, verkante es nach oben und ziehe es heraus.

Ja, ein Buch. Ein zentimeterdickes Buch mit rotem Einband. Eine Art Kassenbuch.

Mein Herz pocht heftig.

Ich blättere es rasch auf, vergewissere mich, dass es ist, was ich denke – eine Art Liste, die Pop über den Eingang von Schmiergeldern geführt hat. Es ist seine Handschrift. Keine Prosa, sondern Zahlenkolonnen, Codes und Wörter, mit Bleistift geschrieben. Eine Seite zieht meine Aufmerksamkeit auf sich, und ich schaue mir die ersten Einträge darauf an.

S3925P – Rio Fly – 250
S2607R – V Disc – 300
W3827K – Bobby Jay – 250

Ich klappe es zu. Ich will das nicht lesen. Dieses Kapitel ist abgeschlossen. Das FBI hat dieses Kassenbuch übersehen, dieses kleine rote Buch der Geheimnisse, aber andererseits hatten sie ohnehin genug, um ihn lebenslang einzubuchten.

Also, was macht das schon aus? Ich spiele mit dem Gedanken, es gleich wieder dorthin zu legen, wo ich es gefunden habe.

Stattdessen kehre ich in den Hauptraum des Kellers zurück, wo meine Geschwister prompt weiter über mich herziehen und immer noch Vermutungen darüber anstellen, wer nun vor dreißig Jahren dieses Weihnachtskostüm in der Garage angezogen hat.

Keiner bemerkt, dass ich das kleine rote Buch in einen meiner Kartons gleiten lasse.

37

Pavlo Demchuk war zwar ein Gangster, aber einer mit Ehrgefühl und Würde. Als ich ihm vor fast acht Jahren Handschellen anlegte, war er nicht gerade außer sich vor Freude, beschwerte sich aber auch nicht, bettelte oder flehte nicht. Er strahlte eine gewisse Resignation aus, so als hätte er gewusst, dass dieser Tag kommen würde, hätte jedoch gehofft, dass ihm bis dahin noch Zeit bliebe.

Nachdem er sich schuldig bekannt hatte, einen illegalen Glücksspielladen drüben in Portage Park betrieben zu haben, jedoch noch vor seiner Verurteilung, besuchte ich ihn in der Haftanstalt. Ich war damals echt geil darauf, es zum Detective zu bringen, und hatte es auf die Mafiosi in der Nahrungskette über ihm abgesehen. Ich dachte, Pavlo könnte sie mir liefern, weil Pavlo jeden und alle kannte. Sein Onkel war einer der führenden russischen Mafiosi in Chicago gewesen, und obwohl Pavlo nie den Ehrgeiz gehabt hatte, diese Höhen zu erreichen, hatte er seine Finger bei vielen Angelegenheiten im Spiel. Ich vermutete, dass nur sehr wenig geschah, von dem er nicht wusste.

Pavlo war ein absoluter Gentleman, lobte mich für meine Polizeiarbeit und gab bereitwillig seine eigene Beteiligung an der Straftat zu. Doch als ich ihn nach weiteren Namen fragte, lächelte er nur höflich. »Ich kann Ihre Neugierde verstehen, aber von anderen werde ich nicht sprechen«, sagte er fortwährend mit seinem schweren russischen Akzent. Ich zog bei ihm die übliche Nummer ab: Ich könnte mit den Vertretern der Anklage sprechen, wir könnten sein Strafmaß mordsmäßig reduzieren, warum Leute schützen, die nicht einmal seine Kaution hingeblättert hatten, als er verhaftet wurde – die ganze Charme-Offensive.

Bei meinen drei Besuchen in der Haftanstalt, bei denen ich jeweils mit einer Version dieser Nummer aufwartete, änderte sich Pavlos Gesichtsausdruck nie. Er nickte einfach nur, ließ mich meinen Text aufsagen und lehnte es höflich ab, sich zu äußern. Allmählich respektierte ich den Kerl, bewunderte ihn sogar – zumindest dafür, wie er mit seiner Notlage umging.

Aufgrund seiner Vorstrafen bekam er fünf Jahre aufgebrummt. Er ist jetzt draußen, allerdings noch auf Bewährung und unter Polizeiaufsicht, also wusste ich, dass die Adresse in seiner Akte aktuell sein musste. Um sicherzugehen, dass er zu Hause war, rief ich ihn vorher an.

Pavlo wohnt in einem Bungalow in Norridge, einem eindeutig von der Mittelschicht geprägten Viertel voller Nurdachhäuser und Gebäude im georgianischen Stil auf kleinen Grundstücken, nicht weit vom Harlem Irving Plaza. Pavlo erwartet mich schon an der Tür, als ich vorfahre. Es ist Jahre her, und ich weiß nicht, was ich erwartet habe, aber er ist schneller gealtert, als ich es gedacht hätte. Ich erinnere mich an seinen kahlen Schädel, aber seine Schläfen waren buschig und dunkel gewesen; jetzt sind sie schneeweiß und kurz geschnitten. Früher hing ihm der Bauch über den Gürtel, jetzt ist der Mann gertenschlank, aber auf eine unnatürliche Weise, die mich an Krankheit denken lässt.

»Mr Harney«, sagt er, immer noch mit schwerem Akzent.

»Pavlo, danke, dass Sie mich empfangen«, begrüße ich ihn.

Sein Blick gleitet zu der Tasche, die über meiner Schulter hängt. Er kann nicht geglaubt haben, dies wäre ein privater Besuch.

Wir schütteln uns die Hände. »Hier geht es nicht um Sie«, sage ich. »Ich könnte bloß Ihre Hilfe brauchen bei etwas.«

»Wie könnte es um mich gehen?« Seine Augen weiten sich, und er breitet die Hände aus. »Ich begehe keine Verbrechen.«

Ich frage mich, ob das stimmt. Nach einer Verurteilung ist es aberwitzig schwer, ordentliche Arbeit zu finden. Der Bewährungshelfer glaubt, Pavlo ist Koch in einem polnischen Restaurant in Broadview. Ich bin mir sicher, dass es sich so verhält. Ich bezweifele nur, dass dies seine einzige Einnahmequelle ist.

Er führt mich ins Wohnzimmer, dessen Wände hellgelb gestrichen und mit Familienfotos dekoriert sind, viele schwarz-weiß, die meisten aus seiner Heimat. Wenn meine Erinnerung mich nicht trügt, kam Pavlo als Teenager nach Amerika, Mitte der Siebziger.

Wir setzen uns auf zwei Stühle an einem kleinen Säulentisch am Fenster, der aussieht wie ein Relikt aus seiner Kindheit. Er hat Kaffee gekocht. Da ich das Gefühl habe, es wäre unhöflich abzulehnen, nehme ich eine Tasse, auch wenn ich schon schwitze, nachdem ich bloß zwei Minuten im Freien war.

»Ich versuche, die Identität einer jungen Frau herauszubekommen«, erkläre ich. »Spätes Teenageralter oder vielleicht Anfang zwanzig. Ihrer DNA zufolge stammt sie aus Osteuropa. Das FBI glaubt, dass sie Schleppern zum Opfer gefallen ist.«

Pavlo nickt und runzelt die Stirn, aber ich weiß nicht, wie ich seinen Gesichtsausdruck deuten soll. Ich bezweifle, dass er jemals in derartige Geschäfte verwickelt war, aber vielleicht kannte er Leute, die es waren, vor langer Zeit. Wahrscheinlich kennt er sie immer noch. Das heißt aber nicht, dass er es mir erzählen wird.

»Das hier ist alles inoffiziell, Pavlo«, versichere ich, um ihm die Befangenheit zu nehmen. Ich ziehe ein halbes Dutzend Hochglanzfotos aus einem Umschlag und reiche sie ihm, darauf hoffend, dass er plötzlich Gewissensbisse bekommt.

Ich deute mit dem Kopf auf die Fotos. »Diese Frau hat nichts Unrechtes getan. Sie ist ein unschuldiges Opfer. Sie hat eine anständige Beerdigung verdient, Pavlo.«

Sein Gesichtsausdruck entspannt sich. »Und das ist nicht alles«, sagt er.

»Wie bitte?«

»Sie wollen dieses Mädchen identifizieren, ja, aber Sie wollen mehr als das. Sie wollen herausfinden, wer sie benutzt hat.«

»Einen Menschenhändlerring auffliegen zu lassen fällt nicht in meinen Zuständigkeitsbereich«, erkläre ich, doch er wirkt nicht überzeugt. Man kann über den Kerl sagen, was man will, aber ein Dummkopf ist Pavlo nicht.

Er schaut auf das zuoberst liegende Foto, eine Nahaufnahme des Gesichts unserer Unbekannten. »Wie jung sie noch war«, murmelt er. Er blättert zum nächsten um, das von weiter weg aufgenommen wurde, eine Aufnahme von der Hüfte aufwärts und einem Teil der ramponierten Veranda. »So etwas habe ich nie getan. Mädchen, niemals.«

»Ich glaube Ihnen«, sage ich. »Aber Sie haben gute Ohren, mein Freund. Wenn Mädchen aus Osteuropa hier herkommen, reden wir von der russischen Mafia, nicht wahr?«

»Die russische Mafia.« Er spricht es aus, als handele es sich um einen Witz. »Es gibt da eine … *Organisation*, ja. Aber wissen Sie, Mr Harney, es gibt auch … Freischaffende?« Er blättert zum nächsten Foto um und verzieht das Gesicht.

Er hat recht. Es gibt nicht mehr viel organisiertes Verbrechen, nur noch vereinzelte Gruppen von Italienern und Russen, die versuchen, in ihren kleinen Revieren Beute zu machen. Aber die Geschäfte mit Mädchen und Drogen melden nie Konkurs an.

»Wenn Sie nach Namen suchen, Mr Harney, die kann ich Ihnen nicht geben.« Er blättert zum nächsten Foto. »Nicht, weil ich es nicht wollte.« Er blättert weiter. »Sondern weil ich …«

Mitten im Satz hält er inne. Sein Blick ist auf eines der Fotos geheftet. Es ist die Nahaufnahme vom Bein der jungen Frau, vom Tattoo der schwarzen Blume über ihrem Knöchel.

»Ich … kann Ihnen nicht helfen.«

»Sie erkennen diese Tätowierung«, sage ich ihm auf den Kopf zu.

»Tue ich nicht.« Er reicht mir die Fotos. Zuerst nehme ich sie nicht entgegen, doch er wedelt damit herum. »Ich kann Ihnen nicht helfen.«

»Pavlo, mein Besuch ist inoffiziell.«

Aus seinem Gesicht ist alle Farbe gewichen. Sein Blick hat eine Intensität, die ich bei ihm noch nie gesehen habe. Dieser Kerl hat fünf Jahre mit einem höflichen Lächeln abgesessen. Nach dem Ausdruck zu urteilen, der in diesem Moment auf seinem Gesicht liegt, sollte man meinen, er stünde dem Todesengel gegenüber. »Nein, ich … ich weiß nichts, was ich Ihnen sagen könnte. Bitte. Sie müssen gehen«, sagt er. »Bitte gehen Sie jetzt.«

38

»Sie finden allein hinaus«, sagt Pavlo. Er geht aus dem Zimmer. Ich folge ihm durch die Küche und die Hintertür, hinein in die schwüle Hitze.

»Niemand wird erfahren, dass ich die Information von Ihnen bekam«, beschwöre ich ihn, während ich auf seiner Veranda an einem schäbigen Gasgrill und einem abgedeckten Whirlpool vorbeigehe. »Geben Sie mir einfach einen Tipp.«

»Ich kann Ihnen keinen Tipp geben.« Er bleibt stehen, hält mit dem Rücken zu mir mitten auf der Rasenfläche inne. »Das ist die Wahrheit. Ich kenne die Namen dieser Leute nicht.«

»Aber Sie wissen etwas von ihnen«, bohre ich nach. »Die schwarze Blume. Die Lilie«, sage ich eingedenk dessen, wie Rodriguez sie bezeichnet hat.

Die Antwort lautet Ja, aber er hat es noch nicht bestätigt.

»Die brandmarken ihre Mädchen«, fahre ich fort. »Warum tun die das?«

Ich habe das Gefühl, dass ich auch die Antwort darauf bereits kenne, aber bis jetzt rückt er mir gegenüber mit rein gar nichts raus.

»Pavlo, bitte.«

Seine Schultern heben und senken sich, er steht immer noch mit dem Rücken zu mir. Schließlich dreht er den Kopf zur Seite, sodass ich ihn im Profil sehe. »Es ist die Wahrheit, wenn ich Ihnen sage, dass ich nicht weiß, wer sie sind. Ich weiß nur, dass sie organisiert sind und dass sie beschützt werden.«

Beschützt. Das kann nur eines bedeuten. Und es erklärt auch, warum sie ihre Mädchen brandmarken.

»Es sind Menschen gestorben«, fährt er fort, »als man versuchte, ihnen auf die Spur zu kommen. Sie werden töten. Sie töten, nur weil jemand Fragen stellt.«

»Ich werde es darauf ankommen lassen«, sage ich.

Nun wendet er sich mir zu. »Aber *ich* nicht.«

»Wer ist gestorben?«, frage ich. »Geben Sie mir die Namen der Leute, die Fragen gestellt haben und getötet wurden. Es muss eine Untersuchung eingeleitet werden. Ihr Name wird dabei nicht im Spiel sein. Ich werde bloß ein Cop sein, der einen ungeklärten Kriminalfall wieder aufnimmt.«

Er denkt darüber nach. Dann schüttelt er den Kopf, doch nur aus allgemeiner Besorgnis, glaube ich, denn sein Blick ist abgedriftet. Er denkt nach.

»Da gab es einen Anwalt«, sagt er.

»Ein Ankläger?«, hake ich nach. »Ein stellvertretender Staatsanwalt? Ein Bundesanwalt?«

Er zuckt mit den Schultern. »Anwalt. Mehr weiß ich nicht.«

»Und dieser Anwalt wurde ermordet«, bohre ich nach. »In Chicago?«

Pavlo schließt die Augen und nickt.

Okay, wenn ein Strafverfolger in Chicago ermordet wurde, wäre das eine große Nummer. Es wäre eine Akte angelegt worden, keine Frage.

»Können Sie mir Genaueres sagen?«, frage ich. »Seinen Namen. Irgendwelche Daten?«

Erneut schüttelt er den Kopf. »Nein, ich glaube nicht, dass es dazu irgendwelche Details gibt. Es gab keine … Ermittlungen.«

»Wieso denn nicht?«

Pavlo fährt sich mit der Hand über seinen kahlen Schädel. »Ich sagte doch, diese Leute sind organisiert. Sie sind sehr clever. Ich …« Er macht eine abwehrende Geste. »Ich habe schon zu viel gesagt.«

»Wieso gab es keine Mordermittlung, Pavlo?«

»Bitte, ich muss gehen. Ich muss zur Arbeit.« Er kehrt auf die Veranda zurück und will sich an mir vorbeischieben. »Wenn ich nicht arbeiten gehe, widerrufen sie meine Bewährung.«

Ich lege ihm meine Hand auf die Brust. »Warum hat die Polizei keine Mordermitt…«

»Weil sie nicht davon ausging, dass es Mord war«, spuckt er aus. »Und jetzt, bitte.«

Er versucht, an mir vorbeizukommen. Ich schubse ihn zurück.

»Was meinten die denn, was passiert wäre?«, frage ich.

Er seufzt, schaute beiseite. »Selbstmord«, sagt er.

Es war inszeniert als ein …

Farben tanzen vor meinen Augen. Meine Hände zittern, meine Kehle ist wie zugeschnürt, trocken wie Sand. »War es ein Anwalt oder … eine Anwältin?«

Pavlo Demchuk sieht mich an, als hätte er ein Gespenst vor Augen. Ich weiß, wie ihm zumute ist. »Sonst weiß ich nichts. Ich kenne ihren Namen nicht.«

Ihren Namen. *Ihren* Namen. Mein Herz hämmert so heftig, dass ich keine Luft bekomme.

»Das ist schon Jahre her. Ich war noch in Stateville. Ich *höre* bloß Dinge, Mr Harney. Bitte. Bitte, Mr Harney ...«

Ich packe Pavlo am Ohr. Mit meiner freien Hand ziehe ich meine Waffe und drücke ihm den Lauf auf die Stirn. »Wie war ihr Name?«, schreie ich. »Nennen Sie mir ihren verdammten Namen!«

Er duckt sich, seine Knie knicken ein. »Linder... Ich weiß es nicht. Linder-irgendwas. Linderman? Ich *weiß* es nicht, Mr Harney! Bitte, ich schwöre Ihnen, dass ich es nicht weiß ...«

Ich löse meinen Griff und stoße den Mann zurück. Er sackt auf der Veranda zusammen.

Ich stecke meinen Revolver wieder ins Halfter.

»Blinderman«, flüstere ich.

Sie war keine stellvertretende Staatsanwältin. Sie war auch keine Bundesanwältin. Sie war eine Strafverteidigerin, die ihren Geburtsnamen im Beruf beibehielt.

Valerie Blinderman war meine Frau.

BUCH II

39

Vier Jahre zuvor.

Billy saß neben ihr im Büro des Gerichtsmediziners von Cook County, bewegungs- und emotionslos, während die Bürotür auf- und wieder zuschlug.

Dr. Fernando Cruz – Doc Fern, wie die Cops ihn nannten –, der leitende Gerichtsmediziner des Countys, Trauermiene, müdes Gesicht, das graue, zurückgekämmte Haar fällt ihm bis auf den hinteren Kragen seines Laborkittels. »Billy«, sagte er. »Hier ist mein Abschlussbericht. Noch einmal, mein herzliches Beileid wegen Ihres Verlusts.«

»Wie lautet die Todesursache?«, fragte Patti und nahm Billys Hand in die ihre.

»Selbstmord«, sagte Doc Fern. »Es besteht kein Zweifel.«

Patti verdrängt diese Erinnerung und verstößt auf ihrer Fahrt gegen zehn verschiedene Verkehrsregeln. Ihr SUV rast auf Billys Einfahrt, rumpelt heftig über den Bordstein und kommt mit quietschenden Reifen nur Zentimeter vor dem Garagentor und seiner abblätternden beigen Farbe zum Stehen.

Sie hat einen Schlüssel zu seinem Stadthaus. Hatte sie schon immer.

Sie stößt die Haustür auf und will seinen Namen rufen,

hört ihren Bruder dann aber im Wohnzimmer. Sie geht hinein und sieht Billy auf dem Boden sitzen, inmitten eines ganzen Wusts von Dokumenten, die auf dem Parkettfußboden verstreut herumliegen, in Stapeln auf dem Teppich, sortiert auf Stühlen.

Er geht Vals alte Akten durch. Er sucht in ihrer Anwaltstätigkeit nach Hinweisen.

»Oh, Brüderchen!«, flüstert sie.

Er schaut zu ihr hoch. Seine kurzen Haare stehen zu Berge, so als hätte er sie sich zerzaust. Er hat dunkle Ringe unter den Augen, und sein Gesichtsausdruck …

Diesen Ausdruck auf seinem Gesicht hat sie schon früher gesehen. Sie hat ihn gesehen, als sie vor vier Jahren in eben dieses Stadthaus kam und Billy im Badezimmer saß, den Kopf seiner toten Frau auf seinen Schoß gebettet, und sie wiegte, als wäre sie ein Kind. Nie hat er jünger ausgesehen, erinnert sie sich, wenn sie an damals denkt, nie verletzlicher.

Billy blinzelt. »Denkst du, es ist …«

»Nein.«

»… wahr?«

»Nein«, wiederholt sie. »Tue ich nicht. *Natürlich* nicht. Val hat sich das Leben genommen. Sie litt unter Depressionen. Gott noch mal, sie hatte gerade Janey verloren. Sie … hat sich das selbst angetan, Billy. Das weißt du. Tief in deinem Inneren weißt du es.«

Sein Blick schweift ab. Abwesend schüttelt er den Kopf. »Tue ich das? An was erinnere ich mich? Ich … ich erinnere mich nicht einmal mehr daran. Nicht wirklich. An die Details, meine ich. Es ist … wie ein dichter Nebel.«

Und genau so musste es sich auch angefühlt haben, nachdem er Janey hatte sterben sehen und zu seiner Frau nach Hause kam. Er war nicht im Ermittlungsmodus. Er war nicht im Polizistenmodus.

Patti langt in ihre Handtasche, schlägt den endgültigen Autopsiebericht auf und starrt auf die erste Seite.

Büro des Gerichtsmediziners
County of Cook, Illinois
Obduktionsbericht

Name: *Harney, Valerie Blinderman*

Sie blättert zur letzten Seite vor.

Todesursache: *Selbst zugefügte Schusswunde*
Todesart: *Selbstmord*

Sie pfeffert den Bericht neben ihrem Bruder auf den Boden. »Doc Fern war der beste Gerichtsmediziner, den wir in Cook County jemals hatten«, erklärt sie. »Er kam zu dem Ergebnis, dass es Selbstmord war.«

Billy greift sich den Bericht und schleudert ihn zu Patti zurück. »Du brauchst mir das nicht zu zeigen.«

»Was meinst du …«

Billy springt auf und stürzt sich mit loderndem Blick und verzerrtem Gesichtsausdruck auf sie. Erschrocken weicht Patti zurück. Zum ersten Mal in ihrem Leben fürchtet sie sich vor ihrem eigenen Zwillingsbruder.

Er bleibt dicht vor ihr stehen. »Halte mir nicht diesen Bericht unter die Nase, verdammt! Wie erklärst du dir, was er mir erzählt hat?«

»Was denn, dieser Typ da, Pavlov? Irgendein Ex-Knacki, der ...«

»Pavlo«, stößt er hervor. »Pavlo Demchuk.«

»Okay, wie auch immer. Pavlo. Dieser Kerl also erzählt dir, dass das Tattoo einer schwarzen Blume das Symbol für irgendeinen russischen Sexhändlerring ist, und jetzt glaubst du, dass Val ermordet wurde? Und deine K-Town-Schießerei vielleicht nicht bloß der Revierkampf einer Straßengang war? Dein ganzes Leben gerät jetzt also aus den Fugen, bloß weil irgendein Gangster, den du mal aus dem Verkehr gezogen hast ...«

»Wie kann er das, was er mir gesagt hat, erfahren haben? Er kannte ihren Namen, verflucht noch mal. Eine Anwältin namens Blinderman, vor vier Jahren getötet und als Selbstmord dargestellt. Willst du mir weismachen, das sei ein Zufall? Hä?«

Er starrt sie an, während sich seine Brust hebt und senkt. Schweiß steht ihm auf der Stirn, und seine Augen glänzen. Es ist mehr als Wut. Ihr wird klar, dass er sie anfleht. Er *will,* dass er sich irrt. Er will, dass seine Zwillingsschwester diese Sache in Ordnung bringt, dafür sorgt, dass dies alles vorbeigeht.

Für diese Rolle ist sie nicht geschaffen. Es war immer andersherum. Billy hat immer alles für *sie* in Ordnung gebracht. »Billy«, flüstert sie.

»Nein, komm mir jetzt nicht mit *Billy.*« Er sticht mehrmals mit dem Finger in ihre Richtung. »Nenne mir auch nur eine mögliche Erklärung, warum ich nicht auf das hören sollte, was er gesagt hat. *Eine!*«

Sie spürt seinen heißen Atem auf ihrem Gesicht. Sie öffnet die Hand und verpasst ihm eine Ohrfeige.

»Hey, Bruderherz, willst du nicht mal ein, zwei Gänge runterschalten? Du willst einen Grund? Hör jetzt gefälligst auf, mich anzuschreien, und hör mir zu, ja?«

Sie schubst ihn rückwärts. Billy gerät ins Straucheln, bleibt aber auf den Beinen.

»Hör zu, was ich zu sagen habe«, fordert sie ihn auf.

40

»Na, los«, gibt Billy zurück. »Ich bin ganz Ohr.«

Patti macht eine ausladende Geste mit beiden Händen, um Zeit zu schinden, während sie sich ihre Argumente zurechtlegt. »Okay, vielleicht hat dein *superzuverlässiger* Ex-Knacki-Kumpel recht, und Val hat in einem Fall gegen russische Menschenhändler ermittelt«, sagt sie. »Also waren sie nervös. Und dann hat Val Selbstmord begangen, genau wie Doc Fern es festgestellt hat. Es war also genau das, wonach es aussah, aus dem offenkundigen Grund, dass sie wegen des Todes eurer Tochter unter Depressionen litt und verzweifelt war. Beides geschah gleichzeitig, ja. Aber das eine hatte nichts mit dem anderen zu tun.«

Billy hebt den Arm. »Und dann …«

»Halt die Klappe und lass mich ausreden«, raunzt sie ihn an. »Also diese russischen Menschenhändler, diese Typen haben einen Ruf zu wahren, oder? Sie wollen gefürchtet werden, oder? Sie wollen harte Jungs sein. Also drehen sie die Geschichte so, als hätten sie sie getötet. Und zwar nicht nur getötet, sondern sie getötet und es dann auch noch wie einen Selbstmord aussehen lassen. Damit sie skrupellos *und* brillant dastehen.«

Billy schüttelt den Kopf. »Das glaubst du doch selbst nicht.«

»Na sicher, denn es wäre ja auch das erste Mal in der Geschichte des organisierten Verbrechens, dass ein Mafioso Märchen erzählt. So etwas tun diese Typen aber. Sie lügen und betrügen und schwindeln sich durchs Leben. Sie haben Vals Tod für sich beansprucht, Billy. Das heißt nicht, dass sie sie auch wirklich getötet haben.«

»Blödsinn.« Er hat die Hände in die Hüften gestemmt und schüttelt energisch den Kopf, während die Wut in ihm rasch wieder hochkocht. Er geht im Kreis herum, holt dann aus und fegt einen Haufen Dokumente vom Couchtisch. »Das ist Blödsinn, und das weißt du auch!«

Er greift mit beiden Händen unter den Couchtisch, einen großen, runden Nussbaumtisch, und wirft ihn um. Ein Teller und ein Wasserglas zerspringen auf dem Parkettboden, und Papiere flattern in alle Richtungen. Er tritt gegen eines der zur Zimmerdecke weisenden Tischbeine und bricht es fast aus der Verankerung.

Mein Gott, so hat Patti ihn ja noch nie erlebt.

Er kauert sich nieder, holt keuchend Luft und stößt ein abgrundtiefes Stöhnen aus.

»Und wenn ich dich am Telefon richtig verstanden habe«, fährt sie mit Beklommenheit fort, weil sie fürchtet, dass es wahr sein könnte, wenn sie es ausspricht, »dann glaubst du, dieselben russischen Menschenhändler stecken auch hinter der Schießerei in K-Town? Dass es gar nicht die Imperial Gangster Nation war? Kein Revierkampf?«

Billy vergräbt das Gesicht in den Händen und gibt keinen Mucks von sich.

»Also ...« Sie schüttelt den Kopf. »Du reißt vier Jahre alte Wunden wieder auf, wahrscheinlich wegen nichts«, konstatiert sie, »und setzt *obendrein* auch noch eine Abrissbirne an der Aufklärung eines Falls an, der dich soeben zum Cop des Jahres gemacht hat und dir quasi eine Karriere bei der Polizei garantiert.«

Billy kommt aus der Hocke wieder hoch und dreht Patti den Rücken zu. »Wenn ich ihre Bekanntschaft mache, werde ich sie ganz sicher fragen, ob sie es waren, die dieses Haus in K-Town durchlöchert haben.«

»Du wirst sie gar nichts *fragen«*, sagt sie und geht auf ihn zu. Sie kann nicht fassen, dass sie im Begriff ist, diese Worte auszusprechen, aber sie war noch nie von etwas mehr überzeugt.

»Du wirst sie töten«, sagt sie.

Billy bleibt reglos und schweigt. Als er schließlich antwortet, ist seine Stimme bar jedes Tonfalls, jeder Emotion. »Du solltest jetzt gehen, Patti.«

»Billy.« Sie legt ihm eine Hand auf die Schulter. »Du könntest alles verlieren. Du hast so hart gearbeitet, um wieder auf die Beine zu kommen, und könntest alles wieder verlieren.«

Er nickt, erwidert aber nichts.

»Billy ...«

»Dann verliere ich eben alles.« Er macht eine ruckartige Bewegung mit der Schulter, um ihre Hand abzuschütteln, und schaut sie dann direkt an. »Ich werde herausfinden, was mit Valerie geschehen ist. Ist mir egal, was mich das kostet.« Er fasst sie an den Armen. »Jetzt fahr nach Hause, Patti. Und vergiss, dass diese Unterhaltung jemals stattgefunden hat. In das, was als Nächstes passiert, willst du nicht reingezogen werden.«

41

Sieben Jahre zuvor.

Sein Glücksspielproblem begann nach der Scheidung, jedenfalls behauptete er das. Er war vierundfünfzig, ihr einziger Sohn war aus dem Haus, und er fühlte sich unglaublich einsam, als seine Frau ihn verließ.

Mein Gott, erinnert sich Patti, damals gedacht zu haben. *Warum surfst du nicht einfach Pornos auf deinem Computer oder gehst in irgendeinen Chatroom für Loser?* Es ergab nie wirklich Sinn, dass ihn das Aus seiner Ehe dazu bewegte, Pokerrooms zu besuchen und sein Geld aus der Tasche gezogen zu bekommen. Aber so war es eben. Er war ein guter Mensch, ein langjähriger Staatsdiener, der einen Fehler begangen hatte. Aber dennoch einen Fehler, durch den alles aus den Fugen geriet.

»Siebenundzwanzigtausend Dollar und ein paar Zerquetschte«, schluchzte er abgehackt, den Kopf in beiden Händen verbergend. »Ich habe niemanden sonst, an den ich mich wenden kann. So viel Geld habe ich nicht. Die werden mich umbringen.«

»Ich werde Ihnen helfen«, beruhigte Patti ihn. Was das bedeuten würde, sprach sie nicht aus, weil das nicht nötig war: Er würde ihr einen Gefallen schulden.

Patti überläuft ein Schauer, während sie ihren Wagen startet und rückwärts aus Billys Einfahrt setzt. In den Straßen von Lincoln Park tummeln sich so viele Menschen, die so viel weniger auf dem Herzen haben, Leute, die jünger und glücklicher sind, unbelastet von den Dingen, die sie, Patti, jeden Tag bei der Arbeit zu sehen bekommt – die Babys voller Brandwunden und die blutverschmierten, grün und blau geschlagenen Ehefrauen, die verzweifelten, wütenden Jugendlichen, die Gangmitglieder, die sie anspucken. Menschen, die sich nicht fragen müssen, was sie hinter jeder Tür erwartet, durch die sie gehen, in jedem Fahrzeug, dem sie sich nähern.

Sie erreicht ihr Wohnhaus und parkt auf dem ihr zugewiesenen Stellplatz. Es ist eine Wohnung, die sie sich nicht würde leisten können, wäre da nicht die Tatsache, dass der Vermieter gern einen Cop im Gebäude hat.

Während der Motor noch läuft, schaltet sie die Innenbeleuchtung ein, holt den Autopsiebericht des Gerichtsmediziners heraus und liest noch einmal die Schlussfolgerung.

Todesursache: *Selbst zugefügte Schusswunde*
Todesart: *Selbstmord*

»Fick dich, Val«, flüstert sie. Billy mag sich Ausreden für sie ausgedacht haben, doch Patti will davon nichts wissen. Wie konnte Val auch nur eine einzige Minute nicht in diesem Krankenhauszimmer verbringen, während ihre Tochter im Koma lag? Während auch Billy litt?

Okay, sicher, vielleicht hatte Val Probleme mit Depressionen. Sie alle hatten das mitbekommen. Aber was hätte Billy denn noch tun können? Er übernahm die Nachtschicht, damit Val tagsüber weiter als Strafverteidigerin arbeiten konnte, während er sich um ihr kleines Mädchen kümmerte. Billy und Val sahen einander kaum. Er zog eine knallharte Nachtschicht nach der anderen durch und hütete Janey während des Tages. Er schlief zwei, drei Stunden von vierundzwanzig. Und als Janey den Schlaganfall erlitt, ging er in Familienpflegezeit, gab seinen Job ganz auf – weit mehr, als Val von sich hätte behaupten können. Was denn, war ihr Job etwa wichtiger als der seine?

Nein, Billy hatte mehr als genug getan. Nichts von alldem war seine Schuld.

Und jetzt muss er die ganze Sache noch einmal durchleben? Wegen irgendeines dummen Hirngespinstes von einem russischen Menschenhändlerring? Wie zur Hölle ist er bloß *darauf* gekommen?

Sie steigt aus dem Wagen, schließt die Hintertür des viergeschossigen Wohnhauses auf, ignoriert den Geruch von Cannabis, der aus der Erdgeschosswohnung dringt, von ihrem kiffenden Nachbarn Jamie und seinen Kumpels. Sie steigt hinauf ins erste Obergeschoss, betritt ihre einsame Wohnung und geht ins Schlafzimmer.

Vier Jahre zuvor.

»Der Tatort war unberührt«, erklärte Patti Dr. Fernando Cruz. Mit dem Fall der toten Ehefrau eines Cops wurde natürlich der leitende Gerichtsmediziner in Cook County betraut.

»Sie haben die Fotos gesehen«, sagte sie ihm. »Kein Feuergefecht. Kein gewaltsames Eindringen. Keine Hinweise auf einen Kampf.«

Doc Fern nahm seine Brille ab und kniff sich in den Nasenrücken. »Der Winkel ...«, begann er.

Doch sie unterbrach ihn. »Winkelpinkel. Es gibt keine Dienstvorschrift dafür, wie man sich erschießen sollte.«

»Und die Schmauchspuren«, wandte Doc Fern ein.

»Blödsinn, und das wissen Sie auch«, sagte Patti. »Billy wiegte sie in den Armen, als er sie fand. Er packte sie, umarmte sie, hielt sie fest. Das könnte leicht die Rückstände beseitigt haben. Und vergessen Sie nicht, dass Val unter Depressionen litt, Fern. Die sind dokumentiert. Und um Himmels willen, sie hatte gerade ihre Tochter verloren. *Natürlich* handelt es sich um Selbstmord.«

In ihrem Schlafzimmer öffnet Patti den Wandschrank und schaltet das Licht darin an. Sie hangelt aus dem obersten Regal eine Plastikbox herunter. Sie öffnet die Box, hebt die obersten Dokumente an – ihre Geburtsurkunde, einen Sparbrief von Tante Marcy, ein dünnes Familienalbum –, und zieht von ganz unten einen Ordner hervor.

Sie nimmt das Dokument aus der Mappe: die gleichen vierzehn Seiten, die gleiche Überschrift (BÜRO DES GERICHTSMEDIZINERS), der gleiche Titel (AUTOPSIEBERICHT), der gleiche Betreff (HARNEY, VALERIE BLINDERMAN). Aber es ist nicht dasselbe Dokument.

Nein, auf dieser Version prangt ein roter Stempelabdruck in der Ecke, ein einziges Wort: **VORLÄUFIG.**

Und das ist nicht der einzige Unterschied. Auch die letzte Seite ist anders, die Schlussfolgerung.

Todesursache: *Schusswunde*
Todesart: *Unbestimmt*

Unbestimmt. Dieses grausame, hässliche Wort, das bedeutet: Wir können nicht sicher sein, Billy, sie könnte ermordet worden sein, Billy, weitere Untersuchungen sind erforderlich, Billy.

Stelle sich das mal einer vor, denkt sie, wenn Billy jemals diese vorläufige Version des gerichtsmedizinischen Berichts zu sehen bekommen hätte.

Stelle sich das mal einer vor, wenn Doc Fern ein paar Jahre zuvor nicht dieses Problem mit den Spielschulden gehabt hätte, die Patti dann mithilfe ihrer Marke von siebenundzwanzigtausend Dollar auf sechstausend heruntergeschraubt hatte, ohne irgendwelche Wucherzinsen und mit einem angemessenen Rückzahlungsplan.

Stelle sich das mal einer vor, wenn Patti drei Jahre später von Doc Fern nicht diesen Gefallen eingefordert hätte.

Patti nimmt den vorläufigen Bericht, dessen letzte Seite immer noch aufgeschlagen ist, und geht damit ins Badezimmer. Sie nimmt das Bic-Feuerzeug in die Hand, das hinter einer Duftkerze auf dem Regal liegt, und hält es an den Bericht, sodass die Flammen die Worte beleuchten:

Winkel der Schusswunde und sporadisches Vorhandensein von Schmauchspuren an Hand und Unterarm der Verstorbenen deuten nicht zwingend auf Selbstmord hin und könnten zu dem begründeten Schluss führen, dass es sich um ein Tötungsdelikt handelt.

Das Papier kräuselt sich, die Flamme breitet sich aus und verwandelt diese Worte zu Asche. Sie hält das Dokument so lange fest, wie sie kann, bis die Flammen fast an ihren Fingern lecken, mit denen sie eine Ecke des Dokuments festhält, bevor sie es schließlich in ihren metallenen Mülleimer wirft und zusieht, wie es sich weiter kräuselt und zu unidentifizierbarer schwarzer Asche zerbröselt.

Die letzte verbliebene Kopie dieses »vorläufigen« Berichts, der nie veröffentlicht wurde.

Wenn Billy nicht länger an die Schlussfolgerung auf Selbstmord glauben will, sollte sie ihn vielleicht dabei unterstützen, es diesen russischen Menschenhändlern anzuhängen, wer immer die sind. Wenigstens würde dies Billy helfen, einen Schlussstrich zu ziehen.

Aber er darf niemals erfahren, was wirklich geschehen ist.

42

»Du gehst?«, fragte ich Valerie, als sie ihre Hand aus Janeys löste.

Valerie hatte schwere Lider, und ihr Nacken schmerzte, nachdem sie die Nacht neben Janeys Bett auf der Intensivstation verbracht hatte. »Ich gehe zur Arbeit«, erwiderte sie.

Ich wollte mich nicht im Krankenzimmer mit ihr streiten und folgte Valerie daher hinaus in den Flur. »Du willst jetzt arbeiten gehen? In deinem Büro haben sie gesagt, du sollst dir alle Zeit nehmen, die du brauchst.«

»Diese Kids brauchen mich«, erwiderte sie.

»Janey braucht dich«, beharrte ich.

Ein Uhr nachts. Ich fahre mit meinem Privatwagen Richtung Westen. Ich drehe das Radio laut auf, um die ständig wiederkehrenden düsteren Gedanken zu vertreiben.

Ich überquere den nördlichen Arm des Chicago River und fahre ein paar Blocks weiter, bevor ich anhalte. Es wird nicht lange dauern. Tagsüber ist das hier eine anständige Gegend, Gewerbe, Arbeiterklasse. Nachts ist es einer der Orte, die man ansteuert, wenn man die Dienste weißer Mädchen in Anspruch nehmen will.

Das erste Mädchen, das vorbeischlendert, sieht asiatisch aus. Vielleicht sind meine Informationen veraltet, mein kurzer Einsatz bei der Sitte endete schon vor Jahren. Die Frau bleibt stehen, beugt sich herunter und späht ins Auto. Ich schüttele verneinend den Kopf.

»Und was ist, wenn sie heute aufwacht?«, fragte ich. »Und du dann nicht hier bei ihr bist?«

Valerie ließ den Kopf hängen. »Wir wissen beide, dass dieser Fall nicht eintreten wird.«

Wut und Verbitterung, die während dieser ganzen Tortur ständig dicht unter der Oberfläche brodelten, ergriffen Besitz von mir. »Dann geh eben«, fauchte ich. »Weil diese Kids dich ja brauchen. Die Vergewaltiger und Mörder und Drogendealer – sie brauchen dich.«

»So einfach ist das nicht«, wandte Val ein. »Ich bin da an etwas dran, Billy. Da gibt es Mädchen – Mädchen, denen ich vielleicht helfen kann …«

»Und was ist mit dem Mädchen, das zufälligerweise deine Tochter ist? Wie wäre es damit, ihr zu helfen?«

Ihre Augen schwammen in Tränen. »Wir können sie nicht retten, Billy. Tu nicht so, als könnten wir es. Das ist grausam …«

»Schön – dann geh eben. Geh und rette diese anderen Mädchen. Wenn du nichts dagegen hast, werde ich gleich nach dem kleinen Mädchen sehen, das genau jetzt seine Eltern braucht.«

Ich kehrte Valerie den Rücken und ging zurück ins Krankenzimmer.

Das dritte Mädchen, das vorbeischlendert, passt ins Schema. Blondes, hochgestecktes Haar, aufreizendes Outfit, das ihre

Beine zur Geltung bringt. Nachdem wir Blickkontakt aufgenommen haben, stöckelt sie linkisch auf ihren hohen, klobigen Absätzen auf meinen Wagen zu.

Ich lasse die Scheibe des Beifahrerfensters heruntergleiten.

»Hallo, mein Hübscher«, säuselt sie. Falls Nase und Wangenknochen es noch nicht verrieten, tut es ihr Akzent. Osteuropäisch. »Möchtest du ein bisschen Gesellschaft?«

Ich nicke. Sie macht die Tür auf und steigt ein.

Ihren Namen nennt sie mir nicht. Und ich ihr nicht den meinen. Es bringt nichts, einander anzulügen.

Sie fährt mir mit der Hand den Oberschenkel hinauf, kratzt mit ihren langen, violett lackierten Fingernägeln über den Jeansstoff. »Was möchtest du gerne mit mir anstellen, mein Hübscher?« Ihre Stimme klingt verführerisch, vertraulich, als wäre ich der Mann, von dem sie immer schon geträumt hat, als könnte sie ihr Glück nicht fassen, mir begegnet zu sein.

»Ich habe fünfzig Dollar«, sage ich.

Sie erklärt mir, was ich dafür bekommen kann. Dann sagt sie, ich solle losfahren und an der nächsten Ecke rechts abbiegen. Nach drei Straßenzügen befinden wir uns auf einem verwaisten Parkplatz vor einer stillgelegten Fabrik.

Ich stelle den Wählhebel auf P und schalte die Innenbeleuchtung an, was sie überrascht.

»Lass mich deine Füße betrachten«, sage ich.

Sie zieht kurz die Augenbrauen hoch, mehr aber auch nicht. Dieses arme Kind hat wahrscheinlich schon alles miterlebt, Fetischismus jeder Art. »Du willst meine Füße sehen.«

»Ich mag Füße«, erkläre ich. »Und Absätze.«

Also lehnt sie sich mit dem Rücken gegen die Beifahrertür, streckt mir ihre spindeldürren Beine entgegen und legt mir ihre Füße samt Schuhen mit hohen Absätzen vor dem Lenkrad auf den Schoß. Ich tue so, als bewunderte ich sie, streichele sie, drehe sie von einer Seite auf die andere, so als wäre ich ein Liebhaber der schönen Künste.

Nada. Über ihrem Fußknöchel ist keine schwarze Blume eintätowiert. Keine schwarze Lilie.

»Okay«, sage ich.

»Du bist ja lustig«, bemerkt sie.

Ich zeige ihr meine Marke. Das findet sie nicht mehr so lustig.

Augenblicklich verschwindet ihr ganzes »Verliebt-in-dich«-Getue, und ein trotziger Ausdruck auf dem Gesicht, ein Augenrollen tritt an seine Stelle. »Oh, nun komm schon, Bulle«, sagt sie. »Ich mach's dir auch umsonst.«

Ich schüttele den Kopf. »Wie heißt du?«

»Ich heiße ... Cherie.«

Klar doch, und ich heiße Leopold. »Cherie, ich kann dich wegen Prostitution drankriegen. Aber wenn du mir ein paar Fragen beantwortest, lasse ich dich vom Haken. Andernfalls nehme ich dich fest, finde heraus, wie du wirklich heißt, und du bekommst eine kostenlose Übernachtung im Knast, vielleicht auch ein paar mehr, je nach Länge deines Vorstrafenregisters. Was darf es sein?«

Sie gibt keine Antwort. Aber keine Antwort ist auch eine Antwort. Ich greife hinunter in den Fußraum, nehme den Ordner und ziehe das Foto vom Fußknöchel meiner Unbekannten heraus. »Kennst du diese Tätowierung?«

Sie nimmt das Foto und schaut es sich an.

»Sagt dir das irgendwas?«

»Nein.« Sie schüttelt den Kopf und zuckt mit den Achseln. Sie sagt die Wahrheit. In ihren Augen ist keine Angst, nicht die Angst, die sie zeigen würde, wenn sie diese Blume wiedererkannt hätte.

»Schon mal einem Mädchen mit so einer Tätowierung begegnet?«

»Nein.«

»Schon mal was von ›Schwarze-Lilien-Mädchen‹ oder so ähnlich gehört?«

Erneut schüttelt sie den Kopf und reicht mir das Foto zurück. Besorgnis ist auf ihrem Gesicht abzulesen. Es ist ziemlich offensichtlich, dass es sich um das Foto von einem Tatort handelt, das Foto eines Opfers. Prostituierte bekommen eine Menge perverser und schmutziger Dinge zu sehen, und Gewalt ist ihnen nicht fremd.

»Ich habe noch eine letzte Frage«, sage ich.

Ich stelle sie. Sie will es mir nicht verraten. Ihre Augen füllen sich mit Tränen. Aber schlussendlich verrät sie es mir doch, nachdem sie mir das Versprechen abgenommen hat, dass es nicht auf sie zurückfallen wird.

Ich fahre sie zurück an ihren Stammplatz auf der West Armitage Avenue und gebe ihr hundert Dollar, alles, was ich bei mir habe. Sie nimmt drei der Zwanzigdollarscheine und steckt sie sich in den Rockbund. Dann nimmt sie die beiden anderen und schiebt sie sich in den Schuh, eingeklemmt unter ihren Fuß. Scheine, die ihr Zuhälter nie zu Gesicht bekommen wird. Darauf sollte sie lieber hoffen.

Dann schaut sie zu mir hoch und wirkt dabei etliche Jahre jünger als vorhin, während sie auf meinen Wagen zugeschlendert kam. Jetzt sieht sie aus wie ein verängstigtes junges Mädchen.

»Gibt es etwas anderes, was du arbeiten könntest?«, frage ich. »Einen anderen Ort, wo du hingehen könntest? Familie, Freunde oder irgendwas?«

Das scheint sie fast zu amüsieren. »Wollen Sie mich retten, Mr Police Officer?«

»Ich frage ja bloß ...«

»Ich kann nirgendwo anders hin.« Sie macht die Tür auf und steigt aus, bevor ich noch ein Wort hinzufügen kann.

Ich schaue ihr hinterher, bis sie in der Dunkelheit verschwindet. Dann stelle ich den Wählhebel auf D und fahre weiter.

43

Josef wirft seine Kippe auf den Bürgersteig und tritt sie aus. Während er mit geschürzten Lippen den Rauch ausstößt, zählt er die Scheine. »Vierzig? Nur vierzig?« Er wedelt mit den Scheinen in seiner Hand herum. »Für eine Stunde?«

»Mehr hat er mir nicht gegeben, Yo.«

Die Frau, die auf der Straße den Namen Martina benutzt, trägt ihre rot-blau gefärbten Haare in einem Dutt. Unsicher tritt sie von einem Fuß auf den anderen.

»Du sollst das Geld im Voraus kassieren«, blafft er sie an. »Ich sage euch doch immer, dass ihr das machen sollt.« Er stößt Martina nach hinten. Sie fällt beinahe hin, auf ihren hohen Absätzen hat sie ohnehin schon reichlich Mühe, das Gleichgewicht zu bewahren.

»Das habe ich doch«, erklärt sie ihm. »Ich habe ihm gesagt, er hat eine halbe Stunde. Aber dann hat er mich gezwungen, länger bei ihm zu bleiben.«

»Er hat dich gezwungen zu bleiben. Hat er das.« Josef deutet auf den Wagen. »Rein da. Sofort.«

»Yo, ich habe ihm gesagt …«

»Steig *sofort* in den Wagen.«

Sie stakst an ihm vorbei, schlägt dabei einen großen Bogen um ihn und wirft ihm einen ängstlichen Blick zu, aber er fasst sie nicht an. Noch nicht.

»Auf den Rücksitz!«, befiehlt er ihr, als sie die Beifahrertür öffnen will.

»Yo, bitte …«

»Mach, dass du auf den Rücksitz kommst.« Mit geballter Faust täuscht er einen Schlag an. Hastig nimmt sie auf dem Rücksitz Platz und zieht die Tür zu.

Er geht um die Seite des Autos herum, holt den Lederriemen hervor, der hinten in seiner Hose steckt, und steigt ein.

»Yo, bitte«, fleht sie, bevor er ihren Haarknoten packt und ihr Gesicht gegen den Beifahrersitz drückt. Während er sie mit der linken Hand so festhält, greift er mit der rechten nach dem Lederriemen und nimmt beide Enden in eine Faust. Eine improvisierte Peitsche.

Immer auf den Rücken, wo es den Männern nicht auffällt. Und nie auf die nackte Haut, da sie sonst leicht aufreißt. Beim ersten Schlag zwischen ihre Schulterblätter ertönt ein leises Zischen, beim zweiten ein lautes Wimmern, beim dritten …

Mit einem Mal schirmt ein Schatten das Licht der Straßenlaterne ab, es wird dunkel im Wagen.

Ein Mann steht vor dem Fenster.

44

Ich schlage mit meiner Maglite gegen die Heckscheibe, worauf das Glas zerbirst. Dann lasse ich die Taschenlampe fallen und greife durch das Fenster ins Wageninnere, während der Mann mit dem Gürtel in der Hand sich in meine Richtung umdreht.

Mit einer Hand packe ich seine schmierigen Haare, mit der anderen lange ich unter sein Kinn und ziehe ihn weg von dem Mädchen, das er gerade geschlagen hat. Ich trete einen Schritt zurück, setze mein ganzes Gewicht ein und zerre mit aller Kraft, die ich aufbringen kann. Es ist eine Art Tauziehen, ich zerre seinen Kopf auf das zerborstene Heckfenster zu. Ich ziehe immer kräftiger, lasse dem Dreckskerl die Wahl zwischen einem gebrochenen Genick und widerwilligem Nachgeben.

Verzweifelt greift er nach mir, doch die Hebelkraft wirkt zu meinen Gunsten. Da ich ihm den Mund zuhalte, kann er vor Schmerz und Überraschung nur ein Grunzen ausstoßen. Einer meiner Unterarme schrammt über die Glasreste im Fensterrahmen, während ich mit aller Macht weiter an ihm ziehe, sodass er keine Wahl hat.

Er versucht, einen Arm freizubekommen, doch ich zerre seine Schultern durch die Fensteröffnung, auch wenn sie nur knapp hindurchpassen. Mittlerweile hängt das obere Drittel seines Körpers heraus, das Gesicht zum dunklen Himmel gerichtet, während sich nacktes Entsetzen darauf widerspiegelt.

Er versucht sich auf die Situation einzustellen, schaut mich kopfüber an. Ich lasse meine Faust auf seinen Mund herunterfahren, worauf ein hässliches Knacken zu vernehmen ist, als ihm Zähne ausbrechen und der Kiefer ausrenkt. Da er keine Ausweichmöglichkeit hat, um den Hieb abzufedern, erwischt es ihn übel, seine Pupillen rollen nach hinten, und sein Kopf hängt baumelnd herab.

Schließlich zerre ich ihn endgültig aus dem Wagen. Sein Körper ist schlaff, seine Füße schleifen über den Boden, und ich werfe ihn mit dem Gesicht nach unten auf die Straße. Beim Aufprall entweicht die Luft hörbar aus seiner Lunge. Hinten in seinem Hosenbund steckt eine Glock. Ich nehme sie heraus und schiebe sie in den meinen. Auch seine Brieftasche nehme ich an mich und schaue mir seinen Ausweis an.

Josef Alexander Sablotny.

Ich drehe den Kerl um, worauf er einen abgehackten Schrei ausstößt. Er riecht nach Schweiß, Tabak und frischem Blut. Sein Kopf pendelt von einer Seite auf die andere; die Augen hat er vor Schmerz geschlossen, sein Kiefer ist aus den Angeln geraten wie bei einer zerbrochenen Puppe. Sein Mund ist blutverschmiert. Wenn man selbst der Gejagte, nicht der Jäger ist, dann ist das nicht so lustig.

Ich lasse mich auf Josef fallen. Erneut gibt er ein schmerzverzerrtes Grunzen von sich; er bemüht sich, seinen Blick auf mich zu fokussieren, während ich auf seinem Oberkörper sitze und ihm mit den Knien die Arme herunterdrücke.

»Ich habe Fragen, Josef. Wenn du sie mir beantwortest, bleibst du am Leben.«

Josefs Kopf rollt zur Seite. Er will Blut ausspucken, doch da er seinen Kiefer nicht richtig bewegen kann, läuft ihm das meiste am Kinn hinab.

»Fick … dich«, zischt er, wobei er noch mehr Blut verspritzt.

»Du bist ein zäher Bursche, klar doch. Vor allem, wenn du wehrlose Mädchen zusammenschlägst.« Ich ertaste die Maglite neben mir und schlage sie ihm gegen das Kinn, genau an die Stelle, wo es am meisten schmerzen muss.

Ich stehe auf, packe seine Arme und zerre ihn in eine sitzende Position. Wahrscheinlich fehlt ihm im Moment die Kraft, sich zur Wehr zu setzen. Aber ich hoffe, er wird es noch versuchen. Stattdessen gerät sein Oberkörper ins Schwanken, er verliert kurzzeitig die Besinnung und erbricht sich dann auf seinen Schoß.

Ich greife in meine Tasche und ziehe das Foto vom Fußknöchel meiner Unbekannten heraus, dasselbe, das ich vor einer Stunde einer anderen Nutte gezeigt habe, Cherie. »Sag mir, was du hier siehst«, fordere ich ihn auf, während ich ihm das Foto vor die Nase halte.

Er braucht ein Weilchen. Er atmet durch, wischt sich versuchsweise den Mund ab und konzentriert sich schließlich. Ich beobachte sein Gesicht. Er reagiert auf das Foto, sein Gesichtsausdruck verändert sich.

»Du kennst es«, sage ich ihm auf den Kopf zu.

Er schließt die Augen und nickt.

»Für wen arbeiten diese Mädchen?«

»Weiß … nicht. Ich weiß es nicht, wirklich nicht.« Er hebt eine Hand. »Ich … schwöre.« Er spricht, ohne den Kiefer zu bewegen.

»Natürlich tust du das, Josef. Es sind schließlich deine Konkurrenten.«

»Nein.« Er sagt das nicht so, als wolle er es verzweifelt abstreiten, sondern als stelle er eine gesicherte Tatsache fest. »Nicht meine Kon…kurrenz. Sie arbeiten nicht … auf der Straße.«

»Was denn, bringen sie mehr Geld ein? Sind es Callgirls? Edelnutten?«

Er nickt, holt rasselnd Luft.

»Wo arbeiten sie? Wo wohnen sie? *Wer lässt sie für sich arbeiten?«*

»Ich …« Er schüttelt den Kopf. »Ich kann nicht – bitte …«

Da gibt es Mädchen – Mädchen, denen ich vielleicht helfen kann.

Diese Kids brauchen mich.

»Bitte?«, wiederhole ich. »*Bitte?* Du willst Gnade von *mir?*«

Ich taumele zurück und versetze ihm einen Tritt in die Rippen. Es knackt hörbar. Josef krümmt sich vor Schmerz, seine Gesichtszüge sind verzerrt, und er rollt sich wie ein Fötus zusammen.

»Meinst du vielleicht, ich würde dich nicht töten?«, schreie ich ihn von oben an. »Meinst du, ich tue das nicht?«

»Niemand … weiß es«, stammelt Josef. »Geht mich … nichts an.«

»Blödsinn. Blödsinn!« Ich ziehe Josefs Glock aus meinem Hosenbund, beuge mich über ihn und drücke ihm den Lauf der Waffe in die linke Augenhöhle. »Du kennst einen Namen. Oder einen Club. Oder ein Hotel. Irgendwas. Ich zähle bis drei, dann jage ich dir eine Kugel in den Schädel.«

Er stöhnt auf, sei es aus Protest oder vor Schmerzen.

»Eins«, fange ich an. Hinter mir ist das Brummen eines Motors zu vernehmen. Ein rotes Licht blinkt. Mit seinem rechten Auge sieht Josef die Lichter hinter uns.

»Die werden dich nicht retten«, sage ich. »Zwei.«

Ein Wagen kommt mit quietschenden Reifen zum Stehen. Das blinkende Licht taucht uns nun in Rot, färbt Josefs Gesicht. Eine Tür schlägt auf. »Polizei!« Schritte, die näher kommen. »Waffe fallen lassen!«

»Nein! Misch dich hier nicht ein!«, gebe ich schreiend zurück und drücke die Waffe noch fester gegen sein linkes Auge. »Du kleines Stück Scheiße! Sag's mir! *Sag's mir!*«

»Lass die Waffe fallen! Sofort!«

Ich zittere am ganzen Körper. Mit zusammengebissenen Zähnen zische ich: »*Sag es … mir.*«

Josef schreit auf, spuckt wieder Blut, hustet.

Ich lasse die Waffe über die Straße schlittern und nehme Josefs Kiefer in beide Hände. »Sag mir, was du weißt!«, übertöne ich sein schrilles Schmerzensgeheul. »Sag mir, was …«

Ein Arm legt sich mir im Würgegriff um den Hals. Der andere schiebt sich unter meine Achselhöhle.

»Nein!«, schreie ich, doch ich habe keinen Hebel, werde rückwärts aus meiner hockenden Position gezerrt, nach hinten niedergerungen, sodass ich meine Füße nicht auf den Boden bekomme. »Nein! Lass mich los!«

Schließlich werde ich gegen die Stoßstange des Fahrzeugs mit dem Blinklicht gestoßen.

»Was zur Hölle soll das!«, speie ich hervor.

Patti beugt sich zu mir herunter und schaut mir in die Augen. »Bist du völlig *verrückt* geworden?«

45

Patti schaltet das blinkende Rotlicht ab, das auf ihrem Armaturenbrett haftet, und pfeffert es auf den Rücksitz. Wir fahren in ihrem Wagen los.

»Du musst dich zusammenreißen, kleiner Bruder«, blafft sie mich an. »Hast du überhaupt eine Vorstellung, wie groß die Gefahr war, dass es hätte schiefgehen können? Weißt du, wie viel Glück du hattest?«

»Der Einzige, der Glück hatte, ist Josef.«

»Ach, ja? Also, wie sieht der Plan aus, Wyatt Earp? Jeden Zuhälter in Chicago umlegen?«

Im Nachklang des Geschehens lässt das Adrenalin meinen Körper zittern. Ich wünschte immer noch, ich hätte den Kerl in den Händen. »Ich habe Josef nicht umgelegt.«

»Hättest du es getan, wenn ich nicht aufgekreuzt wäre?« Sie wendet sich mir zu. Auf ihrem Gesicht lese ich eher Besorgnis als Wut, und ihr stehen Tränen in den Augen.

Wüsste ich die Antwort auf diese Frage, würde ich sie ihr geben. »Ich sagte dir doch, du sollst dich nicht einmischen«, erwidere ich.

»Tja, ich habe mir mit dir den Platz im Bauch deiner Mutter geteilt, also macht mich das wohl zu einer Beteiligten.«

Ich boxe gegen die Wagentür. Schlage noch einmal zu.

Ich reibe mir die Hand. Erst jetzt bemerke ich, dass ich

mir den Unterarm an der zerborstenen Scheibe von Josefs Wagen aufgerissen habe. Auch meine Hände sind blutig, allerdings ist es nicht mein Blut.

»Würde Val …« Patti schnürt es die Kehle zu. Ein gedämpfter Schluchzer. »Würde Val das hier wollen?«, stößt sie schließlich hervor. »Dass du deswegen dein Leben wegwirfst?«

Da gibt es Mädchen – Mädchen, denen ich vielleicht helfen kann.

Diese Kids brauchen mich.

»Sie würde wollen, dass ich diese Dreckskerle finde und aufhalte.«

Patti reißt das Steuer herum, fährt an den Straßenrand und tritt abrupt auf die Bremse. Der Sicherheitsgurt verhindert, dass ich nach vorn katapultiert werde.

Sie schiebt den Wählhebel auf P und wendet sich mir zu. Tränen laufen ihr die Wangen herab, aber in ihrem Gesichtsausdruck liegt keine Trauer. Sie wirkt entschlossen, bestimmt.

»Dann lass uns sie finden und aufhalten«, sagt sie. »Aber auf die clevere Art. Behalte dein Ziel im Auge. Benimm dich nicht wie ein Elefant im Porzellanladen. Spiele nicht Charles Bronson. Lass uns einen Plan schmieden.«

46

»Eines musst du dir klarmachen«, redet mir Patti ins Gewissen, nachdem sie gewendet hat, um mich zu meinem Wagen zurückzubringen. »Die Polizei wird dir bei dieser Sache nicht den Rücken stärken. Wenn die auch nur einen einzigen Hinweis darauf bekommen, dass du die Aufklärung der K-Town-Schießerei infrage stellst, werden die dich ungespitzt in den Boden rammen.«

Allmählich verebbt das Adrenalin in meinem Körper. Patti hat recht, ich kann mir in dieser Angelegenheit nicht den Weg freischießen. Ich muss clever vorgehen. Trotzdem wäre ich hier und jetzt willens und in der Lage, mit Josef, dem Zuhälter, in die zweite Runde zu gehen.

»Ich habe das im Griff«, beruhige ich sie. »Die Story ist die, dass ich versuche, das unbekannte Opfer der Schießerei zu identifizieren. Das verschafft mir einen Vorwand, um nach diesen Typen zu suchen. Diese ganze Schwarze-Lilien-Tattoo-Nummer.«

»Mit dieser Story wirst du nicht lange durchkommen.«

»Vielleicht brauche ich auch nicht lange. Vielleicht kauft mir mein Partner meinen Plan ab.«

»Dein Partner«, wiederholt Patti. »Carla Griffin?«

»Genau. Wir hatten keinen so guten Start, aber ich glaube, sie ist okay.«

Patti wirft mir einen verstohlenen Blick zu. »Carla Griffin ist *nicht* okay. Sie ist eine tickende Zeitbombe.«

»Sagt wer?«

»Sagen viele Leute.«

Ich schaue zu ihr hinüber. »Erzähl mir jetzt nicht, sie ist bei der Internen.«

»Nein, nichts dergleichen.«

Gott sei Dank. Mehr muss ich im Moment gar nicht wissen. Ich bin mir nicht sicher, wie ich herausfinden werde, wer Valerie getötet hat, aber ich weiß sehr wohl, dass ich dabei ein paar Gesetze brechen und ein paar Regeln so verbiegen werde, dass sie danach als Brezeln daherkommen. Dabei muss mir nicht auch noch die Interne Abteilung mit ihrer langen, haarigen Schnauze über die Schulter lugen.

»Sie hat einen Lieutenant in Wentworth verheizt«, berichtet Patti. »Einen Kerl namens Franco. Hast du davon nicht gehört?«

Habe ich nicht. Ich bin schon ein Weilchen nicht mehr auf dem Laufenden, was die Gerüchteküche angeht. Teufel noch mal, ich war diesbezüglich nie so recht auf dem Laufenden. Aber bei Patti ist das was anderes. Die Frauen in den Reihen der Polizei halten in der Regel zusammen, da sie mit so viel Doppelmoral und Frauenfeindlichkeit zu kämpfen haben.

»Lieutenant Ron Franco«, erklärt Patti. »Verheiratet, Kinder. Jedenfalls ist Carla mit ihm in die Kiste gesprungen. Er hat Schluss gemacht, ihr hat das nicht gefallen. Also beschuldigt sie ihn der sexuellen Belästigung. Er hat es abgestritten und gesagt, der Sex sei einvernehmlich gewesen. Aber das Department, tja, das scheut öffentliche Aufmerksamkeit wie der Teufel das Weihwasser. Franco auch, denn er wollte ja nicht, dass seine Frau Wind davon bekommt. Also ließ er sich in den Vorruhestand versetzen. Und Carla, voilà, wird zur SOS befördert.«

»Klingt nach *Er sagte so, sie sagte so*.«

»Das ist es ja gerade«, erklärt Patti und hält an einer roten Ampel an. »Es war *Die sagten so, sie sagte so*. Die Hälfte der Polizisten im Zweiten wusste von der Affäre. Ein Detective, der mal mein Partner war – erinnerst du dich an Gunner? –, meinte, das sei allgemein bekannt gewesen. Und sie haben sich alle für Franco eingesetzt. Aber das spielte keine Rolle. Sie schreit ›Sexuelle Belästigung!‹, und alle ziehen den Kopf ein. Sie hatte ihn an den Eiern, und sie hat fest zugedrückt.«

»Also haben wir jetzt Mitleid mit einem Kerl, der seine Frau betrogen hat?«

Sie verzieht das Gesicht. »Scheiß auf Franco. Ich scheiß auf diesen Arsch.«

»Und die MeToo-Bewegung?«, frage ich. »Wo ist diese Feministin, die sich den Platz im Bauch ihrer Mutter mit mir geteilt hat?«

»Siehst du, das ist es ja gerade«, versetzt Patti. »Sexuelle Belästigung passiert ständig bei der Polizei. Offenkundig, subtil – das passiert in allen Formen und Ausmaßen.«

»Dir gegenüber etwa auch?«, will ich wissen. »Davon hast du mir nie was erzählt.« Hier und da hat sie mal was angedeutet, aber nicht so, als passierte es ständig.

Sie verdreht die Augen. »Billy Boy, wenn ich dir jedes Mal davon erzählen würde, dass jemand einen Kommentar zu meinem Arsch abgegeben oder mich ›zufällig‹ berührt oder ein Captain mir auf die Titten gestarrt hat, sich an meinen Schultern gerieben hat oder von mir wissen wollte, ob ich schon mal was mit einer Frau hatte, dann würden wir über nichts anderes mehr reden.«

»Na schön. Und warum hast du dann ein Problem mit Carla?«

Sie entdeckt mein Auto am Straßenrand und hält daneben an. »Weil«, sagt sie, jetzt in schärferem Tonfall, »wenn jemand wie Carla daherkommt und eine offenkundig falsche Anschuldigung macht, dann schadet das allen anderen. Es wird dann schwieriger, sich über etwas Reales zu beschweren.«

»Okay, gut. Ich weiß aber nicht, was ich damit zu tun habe. Hört sich so an, als ginge es mich nichts an.«

»Es geht dich sehr wohl etwas an«, sagt sie. »Es betrifft dich insoweit, als du genau aufpassen musst, was du tust. Hör zu, Billy, es ist doch kaum ein Zufall, dass man dir Carla Griffin als Partner zugeteilt hat.«

Ich entschuldige mich im Voraus für die Wahl Ihres Partners, hatte Wizniewski zu mir gesagt.

»Unser guter alter Polizeipräsident Driscoll hat es darauf abgesehen, dich durch den Fleischwolf zu drehen. Und sie ist seine Handlangerin, Brüderchen. Liefere ihr keinen Vorwand.«

»Schon möglich.« Ich kann den Zweifel in meiner Stimme nicht verbergen.

Sie schiebt den Wählhebel mit Karacho auf P und wendet sich mir zu. »Dein Plan, diese russischen Schlepper ausfindig zu machen?«, sagt sie. »Du kannst keinem davon erzählen. Du kannst deinem Partner nicht vertrauen und auch niemand anderem in der ganzen Truppe. Keinem einzigen.«

Ich nicke und greife nach dem Türgriff.

»Außer mir, natürlich«, fügt sie hinzu.

47

Antoine Stonewald.

Ich brauche den Rest des Abends, eine Kanne Kaffee, stundenlanges Durchforsten von Valeries alten Arbeitsunterlagen sowie die Morgendämmerung, die erste Strahlen Sonnenlicht durch mein Wohnzimmerfenster einfallen lässt, aber schlussendlich werde ich fündig.

Antoine Stonewald.

Angeklagt wegen Mordes in Zusammenhang mit einer weiteren Straftat, ein bewaffneter Raubüberfall, der aus dem Ruder lief. In einem Parkhaus in der Innenstadt von Chicago tötete er Nathan Stofer, einen fünfundvierzig Jahre alten Projektentwickler, der gegen zehn Uhr abends zu seinem Wagen ging. Valerie hatte sich mit Vollgas auf den Fall gestürzt, da nur noch drei Wochen bis zur Verhandlung blieben. Es gibt eine ganze Fächermappe voll mit Dokumenten, mehr, als Valerie normalerweise zu Hause aufbewahrt hätte – aber damals war das Leben nicht normal, sie verbrachte die Hälfte ihrer Zeit bei Janey im Krankenhaus und bemühte sich, ihrer Arbeit nicht nur im Büro, sondern auch zu Hause nachzukommen.

Ein Rohentwurf für einen Antrag auf Vertagung, halb fertig. Valerie wollte den Richter bitten, die Verhandlung zu verschieben, um ihr mehr Zeit zu gewähren. Eine Erwähnung der »kleinen Tochter der unterzeichnenden Anwältin«, die auf der »Intensivstation« behandelt wird, was ich überfliege, weil ich darüber jetzt nicht nachdenken will – ich kann es einfach noch nicht.

Ein Ordner mit dem Titel »Anwalt. Notizen«. Unsortierte Bemerkungen. Valeries Handschrift. Das Papier riecht nach Valerie. Ich schließe die Augen, nehme den Geruch in mich auf, denke an ihren Nacken, ihre Wimpern, das leise Seufzen, wenn ich sie berührte …

Nein, das kann ich nicht. Nicht jetzt.

Ihre Notizen. Konzentriere dich auf ihre Worte, ihre Gedanken, Dinge, die niemand jemals zu Gesicht bekommen würde, vertrauliche Arbeitsergebnisse.

AS streitet Beteiligung ab. Mit AS muss Antoine Stonewald gemeint sein, ihr Mandant. Nicht gerade ein Wunder, dass er das Verbrechen leugnete. Aber Valerie war Profi.

Verließ Arbeitsplatz um 21:30 Uhr und ging ins Parkhaus. Hörte Schuss ein Stockwerk tiefer. Ging runter, fand Opfer tot vor. Rannte weg. Hatte Angst. Ein Schwarzer, der sich über einen weißen Anzugträger beugt.

Cassietta sagt, AS rief an und wollte auf Heimweg Essen besorgen. Klang nicht nervös oder aufgeregt. Kein Motiv, sagt sie. Besaß keine Waffe, sagt sie.

Cassietta muss die Freundin oder Ehefrau sein.

Motiv, Motiv, Motiv???

Und darunter:

Stratton?

Boho?

Diverse Seiten Prozessvorbereitung, Anfänge einer schriftlichen Befragung von Antoine Stonewald, einige Punkte zum

Kreuzverhör des Polizisten, der als Erster am Tatort war, Teil eines Schlussplädoyers (ein guter Strafverteidiger schreibt das Schlussplädoyer zuerst, sagte sie mir immer, und arbeitet sich dann rückwärts vor, um sicherzugehen, dass er seine Argumente durch die Beweise untermauern kann).

Ich blättere weiter zu einem ganzseitigen Farbfoto, wahrscheinlich ein Ausdruck von einer Aufnahme mit ihrer Handykamera. Ein Blick in eine Gasse. Ein Lincoln Town Car. Ein schwarz gekleideter Mann, der Sonnenbrille und Chauffeurmütze trägt. Die hintere Wagentür steht offen. Eine Frau in einem enganliegenden Kleid, das Haar zu einer modischen Frisur hochgesteckt, steht vor einer Tür und scheint im Begriff, in den Town Car zu steigen. Datum und Zeit in Valeries Handschrift notiert: **5.5., 19 Uhr.**

Gleiches auf der nächsten Seite, hier aber eine andere Frau, wieder ein Lincoln Town Car, vielleicht derselbe – das Foto ist zu körnig, als dass man das Nummernschild erkennen könnte, das ganze Bild ist dunkler, später am Abend aufgenommen. Das Kleid der Frau ist schulterfrei, das Haar zurückgebunden. Es ist eine andere Frau, die jedoch aus demselben Haus in der Gasse kommt und in einen schwarzen Town Car einsteigt. Valerie notierte erneut Datum und Uhrzeit, wieder mit Filzstift: **5.5., 20:30 Uhr.**

Es folgen zwölf weitere solcher Seiten mit jeweils mehreren Fotos vom 5., 6. und 7. Mai. Gleiche Einstellung – unterschiedliche Frauen, alle aufgetakelt, steigen in eine schwarze Limousine.

Valerie muss ihre Handykamera benutzt haben. Die Fotoqualität ist bescheiden. Ich kann weder Nummernschilder noch Gesichter erkennen, weder ein Straßenschild noch irgendwelche Details im Vorder- oder Hintergrund, die helfen könnten, den Ort zu identifizieren. Bloß eine Gasse wie Tausende anderer in Chicago. Nichts, was von Bedeutung wäre. Ich kann nicht einmal das Alter der Frauen einschätzen.

Da gibt es Mädchen – Mädchen, denen ich vielleicht helfen kann.

Ich klappe den Ordner zu. Das war's. Sie bereitete Antoine Stonewalds Verteidigung vor und war dabei über einen Menschenhändlerring gestolpert. Irgendetwas auf diesen Seiten wird die Antwort ans Licht bringen.

Innerlich koche ich. Ich balle die Hände zu Fäusten, mein Puls hämmert so laut, dass er alle anderen Geräusche zu übertönen scheint. Aber ich muss meine Wut im Zaum halten. Es ist ein Glück, dass Patti mir vorhin nachgefahren ist und mich vor einer großen Dummheit bewahrt hat. Dass sie mit ihrem Super-Zwillings-Detektor tatsächlich wusste, wo sie mich finden würde. Patti hat recht. Behalte dein Ziel im Auge. Sei clever. Lass dir nicht in die Karten schauen. Verhalte dich beim Herumschnüffeln unauffällig. Mach es inoffiziell. Tu so, als wäre alles normal. Das kriegst du hin. Das hast du schon einmal getan. Sei der Witze reißende Komödiant. Sei jedermanns Kumpel. Alles ist gut. Null Problemo. Sei der Typ, der gerade den großen Fall gelöst hat, mach einen auf bescheiden, sei ganz der Teamplayer.

Aber finde diese Leute. Billy, der Witzbold, wird diese Leute finden.

Und dann wollen wir doch mal sehen, wer zuletzt lacht.

48

Am Montagmorgen sieht der Himmel aus wie ein orangefarbenes Sorbet, und die Luft ist mild.

Vor der Arbeit fahre ich zum Tatort und halte Ausschau nach Dingen, die mir durch die Lappen gegangen sein könnten, als die Schießerei in K-Town allem Anschein nach bloß ein Revierkampf zwischen Straßengangs war.

Das kann auch immer noch der Fall sein – die Schießerei hat womöglich nichts zu tun mit meiner Unbekannten und ihrem Schwarze-Lilien-Tattoo. Sollte ich etwas anderes herausfinden, dann ist das eben so, aber im Moment will ich einfach nur mehr über die Unbekannte erfahren.

Das Haus ist nach wie vor ringsum von polizeilichem Absperrband umgeben und die Tür abgeschlossen, aber ich war vorhin kurz auf dem Revier und habe mir den Schlüssel besorgt. Ich ducke mich unter dem Absperrband hindurch und stecke den Schlüssel ins Türschloss.

Drinnen riecht es nach Blut und anderen Körperflüssigkeiten, nach Tod. Ich ignoriere die Blutspritzer auf der Wand und steuere die Schlafzimmer an. Soweit wir informiert sind, war dieses Haus nicht wirklich Shivs Wohnung, sondern eher der Ort, an dem er seine Drogengeschäfte tätigte. Aber es war immerhin insofern ein Zuhause, als seine Freundin manchmal ihrer beider Tochter LaTisha hier bei ihm ließ, wenn sie zur Arbeit ging. Eine Entscheidung, die sie sich für den Rest ihres Lebens vorwerfen wird.

Die Schlafzimmer sehen mehr oder weniger aus wie normale Schlafzimmer – zwei Einzelbetten, schlichte Nachttische, Schränke, in denen Kleidung hängt, Kommoden. Wir haben die Drogen aus der Wohnung mitgenommen, aber alles andere blieb unangetastet.

Ich ziehe Handschuhe an und beginne mit dem Badezimmer. Es dauert nicht lange, bis ich gefunden habe, wonach ich suche. Tampons, eine lilafarbene Schachtel. Also hat hier eine Frau gewohnt, zumindest zeitweise.

Und Lipgloss, das in einem Arzneischränkchen liegt und ebenfalls auf eine Frau hindeutet. Ich stecke ihn für den Fall, dass ich einen DNA-Test brauche, in einen Beweismittelbeutel. Wir haben zwar bereits die DNA unserer Unbekannten sichergestellt, aber vielleicht brauche ich noch ein paar Beweise außerhalb der offiziellen Akten.

Plötzlich höre ich die Haustür knarren. Schritte. Jemand kommt herein.

Ich ziehe meine Waffe, lege sie jedoch nicht an. »Police Officer!«, rufe ich. »Wer ist da?« Langsam gehe ich die Diele entlang und luge um die Ecke.

Es ist eine junge Afroamerikanerin, in den Zwanzigern, geflochtenes Haar. Ich brauche einen Moment, erkenne dann jedoch LaTishas Mutter wieder, Janiece Moreland. Sie starrt auf den Blutfleck an der Wand und beachtet mich nicht einmal, als ich um die Ecke biege und meine Waffe wieder ins Halfter stecke.

In der vergangenen Woche hat sie die Hölle durchgemacht. Sie hat ihre Tochter beerdigt und sicher viel über ihre Entscheidung nachgegrübelt, ihren Drogendealerfreund als Tagesmutter einzusetzen.

»Ms Moreland«, spreche ich sie an.

Sie nickt abwesend, starrt immer noch auf die fleckige Wand. »Ich habe Sie reinkommen sehen.«

»Sie haben draußen geparkt? Gibt es einen bestimmten Grund dafür?«

Sie holt tief Luft. »Ich komme jeden Tag hierher. Es ist das erste Mal, dass die Tür offen ist.« Langsam dreht sie den Kopf in meine Richtung. Ihre schweren dunkelvioletten Tränensäcke könnten beinahe als Blutergüsse durchgehen. »Sie sind derjenige, der den Schützen geschnappt hat. Der ihn erschossen hat.«

»Das bin ich, ja. Ich hatte gehofft, ihn festnehmen zu können, ihn zu befragen, um herauszufinden …«

»Ich bin froh, dass Sie ihn getötet haben.« Sie denkt noch einmal über das nach, was sie gerade gesagt hat, und stößt dann ein bitteres Lachen aus. »So was darf man nicht sagen, oder? Man soll nicht *auf Gewalt mit Gewalt reagieren*«, sagt sie, so als hätte ihr das irgendwer eingetrichtert. »Aber versuch das mal, wenn du deine kleine Tochter verloren hast.«

»Ich verstehe. Wäre es okay, wenn ich Ihnen ein paar Fragen stelle?«

Sie gibt keine Antwort. Ihr Körper bebt, eine Träne rinnt ihr die Wange hinab. Sie trägt eine blaue Uniform, ist wohl auf dem Weg zur Arbeit, nicht einmal eine Woche nachdem ihre Tochter getötet wurde. Sie hat noch drei andere Kinder, die älter sind als LaTisha, und sie muss für sie sorgen.

»Die junge Frau, die auf der Veranda erschossen wurde«, sage ich. »Können Sie mir irgendwas über sie berichten?«

Eine Zeitlang denke ich, dass sie auch darauf nicht antworten wird, denn sie starrt bloß vor sich hin. Es muss eine Qual sein, wieder hier zu sein und Blut und Hirnmasse ihrer Tochter auf einer Wand und einer Couch verspritzt zu sehen. Aber es gibt keine Anleitung dafür, wie man mit Leid umgehen sollte. Wir quälen uns manchmal selbst.

»Evie«, sagt sie. Kurzes e, sodass es sich auf »Chevy« reimt.

»Kennen Sie noch einen anderen Namen als Evie?«

Sie schüttelt den Kopf. »Nur Evie«, wiederholt sie.

»Hat Evie hier gewohnt?«

»Seit ner Woche ungefähr, ja.« Sie hat immer noch diesen abwesenden Ausdruck im Gesicht und die Augenbrauen hochgezogen.

»Wer war sie? Was hat sie gemacht? Woher kam sie?«

»Scheiße, wenn ich das wüsste. Dwayne sagte, er wolle ihr helfen, ihr für ein paar Tage ein Dach über dem Kopf geben. Meinte, sie ist vor irgendwas Üblem weggelaufen.« Sie wendet sich wieder mir zu. »Ein Blick auf sie, und man hat kapiert, was sie war.«

»Eine Prostituierte«, sage ich.

»Und ein Junkie.«

»Stimmt, aber … Wissen Sie sonst noch was? Wir versuchen sie zu identifizieren. Wir wissen nichts über sie.«

»Ich auch nicht, Mister. Und Dwayne auch nicht. Ich dachte, er hat sie aufgenommen, damit sie Miete zahlt. Sie wissen, was ich meine?« Sie schüttelt den Kopf. »Aber Dwayne meinte, so wäre das nicht. Er beteuerte, er habe sie nicht angefasst. Meinte, sie täte ihm einfach leid.«

»Also war sie vor irgendwas auf der Flucht. Etwas Üblem.«

»Das hat sie gesagt, Mister. Das macht es nicht wahr.« Sie wischt sich über das Gesicht. »Ich muss zur Arbeit.«

»Natürlich, Ms Moreland.« Ich stecke ihr eine meiner Karten zu. »Wenn Ihnen noch etwas einfällt, lassen Sie es mich bitte wissen.«

Sie nickt und geht. Sie ist apathisch, und ihre Haltung ist gebeugt, sie trägt eine Bürde, die wahrscheinlich nie mehr von ihr genommen wird.

Ich schließe die Haustür hinter ihr und fange damit an, das erste Schlafzimmer zu durchkämmen. Mir läuft die Zeit davon, denn meine offizielle Arbeit beginnt schon bald.

Nach zehn Minuten summt mein Telefon. Die Anrufer-ID verrät mir, dass es Carla ist.

»Hey«, begrüße ich sie, als ich das Gespräch annehme, ganz der zufriedene, lockere, Witze reißende Partner, hier ist alles in Butter, jawohl.

»Lew sagt, er hat da was für uns«, sagt sie. *»Bist du in der Nähe?«*

»Eine halbe Stunde brauche ich etwa noch«, erkläre ich. »Tut mir leid, hab verschlafen. Willst du den Auftrag annehmen, und ich stoße dann dazu?«

»Nein, ich werde warten. Bist du unterwegs oder noch zu Hause?«

Ich schiebe die Schublade der Kommode zu, die ich soeben durchsucht habe, und gehe zur Tür. Fortsetzung folgt.

»Ich breche gerade auf«, sage ich. »Gehe in diesem Moment zur Tür raus.«

Was eigentlich ja auch stimmt. Ich ziehe die Vordertür auf und trete auf die Veranda hinaus. Und dort auf dem Bürgersteig, das Handy ans Ohr gepresst, steht Carla.

49

Und was jetzt, Schlauberger?

»Hey.« Ich nicke ihr lässig zu, als hätte sie mich nicht auf frischer Tat bei einer Lüge ertappt. »Was machst du denn hier?«

»Ich? Ich bin bloß auf der Suche nach meinem Partner. Was machst *du* hier?«

Ich gehe die Stufen hinunter. »Ich versuche, Anhaltspunkte zu finden, um unsere Unbekannte zu identifizieren«, antworte ich. »Wir haben das Innere des Hauses nie so richtig abgecheckt. Ich dachte, ich fange mal damit an.«

Sie starrt mich an, will mehr hören, erwartet mehr.

»Ich dachte, ich mach's in meiner freien Zeit«, füge ich noch hinzu. »Die Dienstzeit ist für die neuen Jobs da. Hat uns Wiz einen neuen Auftrag zugeschustert?«

Sie grinst. *Netter Versuch*, sagt sie damit, ohne es auszusprechen. Aber ich gehe nicht darauf ein. »Was ist da in dem Beweismittelbeutel?«, fragt sie und deutet mit dem Kopf auf meine Hand. Sie treibt mich vor sich her wie ein Kätzchen ein Wollknäuel. Ich habe hier nichts von Bedeutung. Aber ich versuche trotzdem, etwas daraus zu machen.

»Lipgloss«, erwidere ich. »Schätze, es ist ihrer. Shiv wird es wohl kaum benutzt haben.«

»Wir haben ihre DNA schon«, wendet Carla ein. »Brauchst du eine zweite Probe?«

»Ja, gutes Argument.«

Scheiße, allmählich wird es lächerlich.

»Du kontrollierst mich also«, sage ich.

»Du lügst mich also an.« Das Grinsen auf ihrem Gesicht ist verflogen. »Warum wolltest du nicht, dass ich weiß, dass du hier bist?«

Ich zucke mit den Schultern. »Warum regst du dich denn so auf? Ich habe ein bisschen Überstunden geschoben, um dieses Mädchen zu identifizieren. Sie tut mir leid. Ist das ein Vergehen?«

»Kein Vergehen«, räumt sie ein. »Ich rege mich nicht auf. Mir tut sie auch leid. Warum also lügen deswegen?«

»Scheiße, Carla – lass es gut sein, okay?« Ich gehe an ihr vorbei auf meinen Wagen zu.

»Du verheimlichst mir etwas, Harney. Das schmeckt mir nicht.«

»Ja, es ist echt scheiße, wenn ein Cop etwas vor seinem Partner verheimlicht. Mit so was kennst du dich ja gar nicht aus, oder?«

»Was zur Hölle soll *das* jetzt bedeuten?«

Ich drehe mich zu ihr um und hebe einen Finger, besinne mich dann aber eines Besseren. »Nichts«, sage ich. »Es bedeutet absolut nichts.«

Sie kommt auf mich zu. »Ich will wissen, was du damit gemeint hast.«

»Nein, willst du nicht. Weißt du was?« Ich klopfe mir auf die Brust, Wut steigt in mir hoch, und der lockere, gutmütige Partner zieht sich in den letzten Winkel zurück. »Du kannst über mich sagen, was du willst, aber ich bin ein offenes Buch. Meine Vergangenheit beim Department? Jeder kennt sie. Mein korrupter Scheißkerl von Vater, mein ehemaliger Partner, über all das wurde lang und breit in den Medien berichtet. Und du hast *mehr* als deutlich gemacht, dass ich mich mit dir von Anfang an auf dünnem Eis bewege, dass du dich lieber teeren und federn lässt, als mein Partner zu werden. Tu doch nicht so, als wäre deine Akte makellos.«

»Meine Akte? Was *ist* mit meiner Akte?«

»Steig einfach mal von deinem verdammt hohen Ross herunter, Carla, okay? Tu nicht so, als würde deine Scheiße nicht auch stinken.«

Ich lasse sie erneut stehen und gehe weiter auf meinen Wagen zu. Dabei höre ich, wie sie hinter mir herhastet. »Harney, ich schwöre bei Gott, wenn du weiter vor mir wegläufst, ziehe ich meine Waffe.«

»Hauptsache, du beschuldigst mich nicht der sexuellen Belästigung.«

Abrupt verhallen die Schritte hinter mir. Ich kann nicht fassen, dass ich das jetzt gerade gesagt habe. Aber ich bin zu aufgewühlt vor Wut und Frustration. Mein Verstand sagt mir, ich soll stehen bleiben, mich umdrehen und mich bei ihr entschuldigen, sie wissen lassen, dass Gerüchte nur Gerüchte sind, dass ich nicht alles glaube, was ich zu hören bekomme. Aber alles, was ich in diesem Moment will, ist, ihr einen Dämpfer zu verpassen, was ich, wie es scheint, auch richtig gut hinbekommen habe.

Ich steige in meinen Wagen und fahre zum Revier. Dabei komme ich mir vor wie ein Arschloch.

50

Das Viertel liegt ganz im Südosten von Chicago, in der Nähe des Skyway. Es ist zum größten Teil Gewerbegebiet – genauer gesagt war hier *früher mal* Gewerbe, das während der diversen wirtschaftlichen Abschwünge im vergangenen Jahrhundert nach und nach aufgegeben wurde. Die wenigen Straßenzüge der eigentlichen Wohngegend werden zu etwa zwei Dritteln von Schwarzen und zu einem Drittel von Latinos bewohnt. Die weiße Bevölkerung ist mittlerweile fast vollständig weggezogen.

Ich biege von der 95th ab und fahre ein paar Blocks Richtung Süden. Die Straße wird von Bäumen gesäumt, und an beiden Seiten stehen einstöckige Häuser auf kleinen Grundstücken. Im gleißenden Licht der nachmittäglichen Sonne kneife ich die Augen zusammen, um das richtige Haus ausfindig zu machen. Es wurde aus gelbem Backstein errichtet, der zum Teil mit Aluminium verkleidet ist; der winzige Vorgarten wird von einem Gehweg geteilt, der zu einer Veranda führt.

»Sind Sie Mr Harney?«

Im Vorgarten steht ein Junge, mager, vielleicht zehn, elf Jahre alt, dunkelhäutig. Er trägt ein lila T-Shirt, das an ihm herunterhängt, und Shorts, die ihm bis zu den Knien reichen. In der rechten Hand hält er einen Baseball, an der linken trägt er einen Fanghandschuh. Seine Baseballkappe ist ebenfalls lila und viel zu groß für seinen Kopf.

»Das bin ich«, erwidere ich. »Und wie heißt du?«

»Samuel«, sagt er, wirft den Baseball in die Luft und fängt ihn auf. »Wollen Sie Fangen spielen?«

»Warum nicht?« Ich halte Abstand und strecke die Arme vor. Daraufhin holt er aus, und der Ball trifft schmerzhaft meine Hände, also ziemlich genau das Ziel, das ich ihm vorgegeben habe. »Guter Wurf«, sage ich. »Die Sox suchen noch einen Middle Relief Pitcher als Verstärkung.« Ich werfe den Ball zu ihm zurück.

»Ich spiele in der Minor«, erklärt er.

»Welche Position?«

»Wir spielen alle Positionen.« Er wirft mir den Ball erneut zu.

»Halte deinen Ellbogen oben«, rate ich ihm.

Er reckt den Ellbogen hoch in die Luft wie bei einem einarmigen Ententanz. »So etwa?«

»Achte darauf, dass sich der Ball ungefähr in Höhe deiner Ohren befindet«, erkläre ich ihm. »Und dann schmetterst ihn aus dem Handgelenk heraus.« Ich mache es vor, gebe mir aber Mühe, nicht zu hart zu werfen. »Die Kraft des Wurfs kommt vor allem aus der Bewegung des Handgelenks.«

Er fängt den Ball. Seine Zunge lugt hervor, während er den Ball hebt. Den Ellbogen hochgereckt, wirft er ihn aus dem Handgelenk. Mit diesem Wurf bekommt der Ball die doppelte Geschwindigkeit, fliegt jedoch weit an mir vorbei.

»Ich hole ihn«, sagt er und rennt los.

»Nein, ich kann …«

»Ist schon okay. Ich weiß, dass ich vorher in beide Richtungen schauen muss.« Er schiebt sich an mir vorbei und jagt dem Ball auf die Straße hinterher. »Mom, können wir in den Park gehen und Fangen spielen?«

Mom? Ich drehe mich um und sehe, dass Carla auf der Veranda steht. Ich hatte nicht einmal gehört, dass die Tür aufging. Sie hat ihre Arbeitskleidung ausgezogen und trägt jetzt Tank-Top und Shorts, nachdem sie beschlossen hat, heute nicht zur Arbeit zu fahren – ein Krankheitstag, wie sie es nannte.

»Hey«, sage ich, ganz der geistreiche Gesprächspartner.

Sie erwidert mein Nicken. Ich habe einen halben Tag freigenommen und vorher angerufen, um ihr zu sagen, dass ich komme. Sie sagte nicht Ja. Sie sagte überhaupt nichts. Ein bisschen hatte ich damit gerechnet, dass sie nicht zu Hause sein würde.

»Ich hatte kein Recht, zu sagen, was ich gesagt habe. Es tut mir leid.« Das will ich loswerden, bevor Samuel mit dem Ball neben uns steht.

»Können wir, Mom? Können wir in den Park?«

»Geh schon mal vor. Mr Harney und ich kommen nach.« Sie schaut mich an. »Gehen wir eine Runde spazieren«, schlägt sie vor.

51

Carlas Sohn, Samuel, rennt die Straße hinunter. Vor uns erstreckt sich ein quadratischer Park mit einem Baseballfeld, auf dem Kinder spielen. Carla und ich gehen im Gleichschritt den Bürgersteig entlang.

»Ich hätte von mir aus damit rausrücken sollen«, sagt Carla, die Arme vor dem Oberkörper verschränkt. »Du hättest es aus meinem Mund hören sollen. Ich hätte wissen müssen, dass du es von irgendwem gesteckt kriegst. Wahrscheinlich haben es sowieso schon alle mitbekommen. So viel zur Verschwiegenheit.«

»Willkommen im CPD«, sage ich.

Sie gibt eine Mischung aus Brummen und Lachen von sich. »Also, was hast du gehört? Seine Sicht, wahrscheinlich.«

»Wahrscheinlich.«

»Lass mich raten«, sagt sie. »Ron und ich haben über einen längeren Zeitraum gebumst, haben uns einfach toll vergnügt miteinander, bei ihm, bei mir, in Hotels, auf dem Rücksitz eines Streifenwagens, wo immer wir nur die Möglichkeit hatten. Wir konnten einfach die Finger nicht voneinander lassen. Dann macht er Schluss. Ich bin am Boden zerstört, einfach absolut *niedergeschmettert*, dass ich nicht mehr die Ehre und das Privileg habe, diesen Haufen Scheiße zu vögeln. Aber er weist mich stur zurück. Also bin ich verletzt und will es ihm heimzahlen. Ich bin eine ›verschmähte Frau‹. Ich erfinde irgendeine dämliche Geschichte von wegen er hätte mich sexuell belästigt. Und das Department? Tja, heutzutage können die sich so einen Rummel nicht mehr leisten. Ob es stimmt oder nicht, spielt keine Rolle. Es spielt keine Rolle, dass ich ›unberechenbar‹ bin. Sie geben mir, was immer ich will, solange ich nur die Klappe halte. Sie schicken Franco in den vorzeitigen Ruhestand, und ich bekomme eine großartige Beförderung.« Sie schaut mich an. »Wie nah liege ich bis jetzt dran?«

»Ziemlich nah«, räume ich ein. »Wie viel davon ist wahr?«

»Das mit dem Klappehalten.«

Vor uns schließt sich Samuel einer Gruppe von Baseballspielern an. Heute könnte kein besserer Tag dafür sein. Wir stehen am Rand und schauen zu wie Eltern bei einem Little-League-Spiel.

»Ich habe Ron nie angefasst«, sagt sie zu mir. »Außer wenn ich ihn von mir weggeschubst habe. Er hat sich auf zig verschiedene Arten an mich rangemacht. Er wollte mich dauernd irgendwie dazu bewegen, Überstunden zu machen oder irgendwelche speziellen Aufgaben zu übernehmen, an denen nur er noch beteiligt war. Er hat mich beim Vorbeigehen immer gestreift und Bemerkungen abgelassen. Er hat mich zu Hause angerufen. Mit alldem konnte ich umgehen. Einiges davon musst du einfach hinnehmen, sonst verbringst du deine ganze Dienstzeit mit Herumjammern.«

Klingt nach etwas, das auch meine Schwester sagen würde.

»Wie dem auch sei, er fing dann an, energischer vorzugehen. Er sprach von den bevorstehenden Prüfungen zum Lieutenant; er könne mir dabei helfen, müsse aber wissen, ob ich ein ›Teamplayer‹ sei. Du verstehst schon, was er damit meinte. Was hätte ich tun sollen, ihm ins Gesicht spucken? Ihm das Knie in die Eier rammen? Er war mein Boss. Ich habe versucht, ihm den Wind aus den Segeln zu nehmen, ohne ihm direkt zu sagen, er soll sich hinscheren, wo der Pfeffer wächst.«

»Verstehe.«

»Also, einmal sind wir spät im Büro – er hatte mich aufgehalten. Er ruft mich zu sich rein, und ich merke sofort, dass er sich einen hinter die Binde gekippt hat. Er riecht am ganzen Körper nach Alkohol. Er sagt zu mir, ich solle mal damit aufhören, ihn heißzumachen und zu verarschen, so etwas in der Art. Dann stürzt er sich geradezu auf mich, aggressiver als je zuvor. Das war das erste Mal, dass ich wirklich Angst hatte.«

Sie klingt selbst jetzt ängstlich, bei der Erinnerung fängt ihre Stimme an zu beben.

»Du hast mir mehr als genug erzählt, Carla, ich brauche nicht …«

»Plötzlich schiebt er die Hände unter mein Hemd und reißt mich an sich, und ich denke, er wird es jetzt echt tun, hier in seinem Büro – er wird mich vergewaltigen. Also habe ich mich gewehrt. Ich bin … ich bin einfach durchgedreht.«

»Hast du ihm in die Eier getreten?«

»Nein, aber er hat eine Woche lang gehumpelt. Und er hatte ein ganz schönes Veilchen.« Sie schaut mich an und kichert nun sogar. »Ja, ich hätte ihm in die Eier treten sollen.«

»Es tut mir leid. Das alles tut mir leid. Und das, was ich vorhin ges…«

»Danach war mir klar, jeder ist sich selbst der Nächste«, fährt sie fort. »Ich musste mich über ihn beschweren, weil er im Begriff war, sich über mich zu beschweren. Also, ja, ich zeigte ihn wegen sexueller Belästigung an, und danach merkte ich, wie verschlagen er war. Er hatte schon seit Monaten Leuten erzählt, wir trieben es miteinander.« Sie schüttelt den Kopf. »Als ich dann meine Beschwerde gegen ihn einreichte, glaubten seine Kumpels alle, sie würden die Wahrheit schon kennen, ich wäre eine Lügnerin und er das Unschuldslamm. Kein Mensch glaubte mir. Keiner. Ich hatte das Spiel verloren, bevor es überhaupt begonnen hatte.«

Auf dem Baseballspielfeld fängt Samuel einen Grundball und wirft ihn auf die Art und Weise an die erste Base, wie ich es ihm erklärt hatte. Er schaut herüber und macht mir den Ententanz. Ich recke den Daumen in die Höhe.

»Wenigstens bist du da rausgekommen«, sage ich. »Und du bist in die SOS befördert worden.« Ich wende mich ihr zu. »Bloß um dort jemanden mit Burnout wie mich als Partner zu bekommen.«

Sie lacht und versetzt mir einen leichten Knuff mit dem Ellbogen. »So übel bist du gar nicht, Harney. Ich gebe zu, ich hatte mir Sorgen gemacht. Ich dachte, sie befördern und bestrafen mich in einem. Aber du scheinst jemand zu sein, der es ehrlich meint. Mehr interessiert mich gar nicht.«

Wir schauen uns eine Weile das Spiel an. Wolken ziehen auf, und kurzzeitig verschafft uns der Schatten ein wenig Kühlung. Samuel schlägt besser, als er verteidigt, jetzt treibt er den Ball zwischen Shortstop und dritte Base.

»Solange zwischen uns Friede, Freude, Eierkuchen herrscht«, sage ich. »Kann ich dir noch eine Frage stellen?«

Sie macht ein Geräusch, das ein Ja signalisieren soll.

»Bist du schwanger?«

»Schwanger?« Sie tritt einen Schritt zurück und schaut mich an, als wäre mir gerade ein zweiter Kopf gewachsen. »Wie kommst du denn da drauf?« Instinktiv schaut sie an sich hinunter, so als hätte ich gerade angedeutet, sie hätte einen Bauch. Hat sie nicht. Sie ist spindeldürr. Und auch zäh, so als würde sie trainieren.

»Also, die Sache ist die … neulich ist dir mal … eine …«

Sie macht eine Geste, damit ich es ausspucke.

Ich stoße den Atem aus. »Du hast da mal eine Tablette auf deinem Stuhl verloren. Du nimmst eine Menge Tabletten. Also, jedenfalls, ich habe sie mir angesehen, und es war eine Ingwertablette. Als meine Frau schwanger war, hat sie immer Ingwertabletten gegen ihre morgendliche Übelkeit eingenommen. Im ersten Vierteljahr. Ich habe nicht herumgeschnüffelt«, beharre ich, als ich den entsetzten Ausdruck in ihrem Gesicht sehe. »Sie ist dir bloß runtergefallen. Ich habe sie bloß angeschaut.«

Sie legt sich die Hand auf den Mund.

»Okay, vielleicht habe ich doch ein bisschen geschnüffelt«, räume ich ein.

Sie ist aschfahl und wirkt verletzt. Hätte ich doch bloß den Mund gehalten. Aber … sie ist nicht schwanger?

Schließlich schüttelt sie den Kopf. »Tja, ich schätze, zwischen uns wird es keine Geheimnisse mehr geben, Harney«, sagt sie. »Ja, es sind Ingwertabletten gegen Übelkeit. Aber ich bin nicht schwanger, vielen Dank auch.«

Geschlagen hebe ich beide Hände. »Okay, tut mir leid, ich … Tut mir leid, dass ich gefragt habe. Wirklich.«

Sie zwickt sich in den Nasenrücken. »Die Pillen gegen Übelkeit nehme ich wegen der Nebenwirkungen der Chemotherapie«, sagt sie. »Ich habe Krebs.«

52

Um halb sieben fährt Dennis Porter den North Broadway entlang, nachdem er Amy zuvor angerufen hat, um ihr mitzuteilen, dass er auch heute nicht zum Abendessen zu Hause sein wird. Dabei hat er seine Standardausrede vom Stapel gelassen, warum ein Captain der Internen Dienstaufsicht ungeregelte Arbeitszeiten hat. *Korrupte Cops nehmen sich abends auch nicht frei.* Über die Ironie, die in dieser Aussage liegt, denkt er lieber nicht nach. Außerdem ist es ja auch nicht so, als wandelten alle Cops, die *nicht* für die Interne tätig sind, auf dem Pfad der Tugend. Täten sie es, gäbe es seinen Job nicht mehr. Wenn sie auf ihre Kosten kommen, warum sollte er es dann nicht auch?

Er mag diesen Job, vom Hochsitz aus auf die Jagd zu gehen, alles zu sehen, alles zu kontrollieren. Vor allem, nachdem aufgrund des Skandals des vergangenen Jahres die meisten anderen hohen Tiere Leine ziehen mussten. Für Porter liefen die Geschäfte noch nie besser.

»Hey, Gus«, begrüßt er beim Hineingehen den Besitzer des Lokals. Gus mit seiner glänzenden Glatze und seiner schmutzigen Schürze weiß nicht viel, nur dass Porter ihm vor zwei Jahren bei einem Problem wegen seiner Schanklizenz geholfen hat, sodass Gus ihm einen Gefallen schuldet. *Ich tue was für dich, du tust was für mich.* Das beschreibt ziemlich genau Porters ganze Art, Geschäfte zu machen.

Alles, was ich von dir brauche, hat er Gus gesagt, *ist gelegentlich mal dein Büro. Aus Gründen, die du verstehen wirst, muss ich mich mit meinen Agenten hin und wieder privat treffen, inoffiziell.*

Gus deutet auf das Hinterzimmer und signalisiert ihm damit, dass der andere Teilnehmer des Treffens bereits auf ihn wartet.

Porter geht an der Küche vorbei, aus der es herrlich nach in der Pfanne brutzelndem Fleisch riecht, und öffnet die Bürotür. Officer Joe Bostwick schreckt erst zusammen und steht dann förmlich stramm. Er ist jung und sieht in Zivilkleidung sogar noch jünger aus – Baumwollhemd, Bermudashorts und Mokassins.

»Rühren«, sagt Porter und gluckst. »Na, wie geht's uns denn so, Joey?«

»Gut, D, gut.« Tatsächlich jedoch sieht er ganz und gar nicht gut aus. Er ist nervös wie eine Maus, die von einer Schlange in die Enge getrieben wurde.

Verübeln kann ihm Porter das nicht. Bostwick wurde ins kalte Wasser geworfen. Oh, für gelegentliches Abschöpfen, das Abzweigen von Drogengeldern, war er ohne Weiteres zu haben. Vergehen ohne Opfer. Er ist in einer Familie von Cops aufgewachsen. Er kannte das Spiel. Aber Latham Jackson umlegen? Das ging weit über so etwas hinaus.

Verdammt, was hat Bostwicks Stimme gebebt, als er Porter aus Lathams Wohnung anrief und ihm von dem Video erzählte, das Latham von der Schießerei in K-Town aufgenommen hatte. *Wir müssen den Jungen ausschalten,* hatte

Porter ihm gesagt. *Bist du bereit dazu, Junge? Ich brauche jetzt sofort ein Ja oder ein Nein. Es muss geschehen.*

Man muss es Joey hoch anrechnen, dass er es durchgezogen und das Richtige getan hat. Er hat dem Mann zwei Kugeln verpasst und sich dann mit einem Armvoll elektronischer Geräte aus Lathams Schlafzimmer davongeschlichen. Es sah aus wie ein aus dem Ruder gelaufener Einbruch, genau wie Porter es ihm zu arrangieren aufgetragen hatte.

»Wie geht es *uns* denn?«, fragt Joe.

»Alles in Butter«, erwidert Porter. »Für das Elfte sieht es aus wie ein stinknormaler Einbruch. Latham überraschte den Einbrecher in seinem Schlafzimmer, worauf der Täter ihn abknallte.«

Joe nickt. Doch den Vorfall vor seinem geistigen Auge noch einmal zu rekapitulieren, sorgt dafür, dass jede Farbe aus seinem Gesicht weicht. Der Junge ist noch grün hinter den Ohren. Er wird es noch lernen. »Das Elfte beschäftigt sich damit?«, fragt er. »Nicht die SOS? Obwohl die Sache doch direkt gegenüber der Schießerei passiert ist?«

»Das ist K-Town, Jungchen. Ist ja nicht so, als würde so eine Scheiße dort nicht ständig passieren. Außerdem hatte Latham seiner Mom erzählt, er wäre an diesem Tag bei der Arbeit gewesen und hätte nichts gesehen, nicht wahr?«

Joe nickt und beruhigt sich ein wenig.

»Genau, also gibt es keine Verbindung zu der Schießerei. Bloß einen Einbruch, der in die Hose ging. Das Elfte sucht nach einem jungen Schwarzen aus der Nachbarschaft. Die werden die SOS gar nicht mit einbeziehen.«

Porter greift in seine Jackentasche, eine Jacke, die er bei diesen Temperaturen eigentlich gar nicht hatte tragen wollen, und zieht einen dicken Umschlag hervor. »Das ist für deine Unannehmlichkeiten, Joey. Das sind zwanzig Riesen.«

»Wow.« Bostwick nimmt den Umschlag entgegen und betrachtet ihn.

»Ja, wow.« Porter legt dem Jüngeren eine Hand um den Nacken. »Weil du es gut hingekriegt hast. Weil du etwas getan hast, worum ich dich normalerweise nie, niemals bitten würde. Das musst du verstehen, Jungchen. So etwas verlange ich nicht alle Tage. Eigentlich so gut wie nie. Aber du hast dich der Situation gestellt. Also geh hin und lade deine Freundin, Joann…«

»Jody.«

»Lade Jody in ein nettes Restaurant mit weißen Tischtüchern ein. Aber hör mir jetzt gut zu, Junge. Ich möchte, dass du ein paar Dinge verinnerlichst. Hör mir zu.«

»Ja, D, ich höre zu.« Mein Gott, ist dieser Bursche jung.

»Zunächst einmal musst du wissen, dass dieser Latham Abschaum war. Er war ein Dealer.«

»Er sah nicht aus wie ein Dealer.«

»Tja, er war es aber.« War er natürlich nicht, aber hier ist eine gewisse Mitarbeiterführung angesagt. »Es gibt Dinge über diesen Latham, die du nicht zu wissen brauchst. Aber vertrau mir, du hast der Welt einen Gefallen erwiesen. Wirklich.«

Bostwick stößt den Atem aus. »Ja?«

»Wirklich, Joey.«

»Okay.«

»Das Zweite ist«, fährt Porter fort. »Dir ist schon klar, dass du dieses Geld nicht auf ein Bankkonto einzahlen darfst, nicht wahr?«

»Ja, ich weiß, D.«

»Bewahre es in einem Bankschließfach auf, wenn es sein muss, oder verstecke es irgendwo an einem sicheren Ort. Und keine verschwenderischen Ausgaben, mach keine überzogenen Anschaffungen. Gib es für alltägliche Aufwendungen aus.«

»Hab ich kapiert.« Diese guten Ratschläge hat Bostwick schon einmal zu hören bekommen. Es ist nicht der erste Umschlag, den er entgegengenommen hat, und es wird auch nicht der letzte gewesen sein. Bostwick scheint jetzt in Stimmung zu kommen, malt sich wahrscheinlich gerade aus, wie er diesen dicken Batzen Bargeld ausgibt. »Ich weiß das wirklich zu schätzen, D.«

Porter versetzt ihm einen sanften Klaps auf die Wange. »Du kannst ein guter Cop sein und gleichzeitig mir gegenüber loyal. Das kriegst du beides hin. Du wirst jede Menge Penner aus dem Verkehr ziehen. Du wirst dafür sorgen, dass die Straßen sicher bleiben, und wir werden uns ab und zu gegenseitig bei Sachen behilflich sein, die niemandem wehtun. Das Beste aus beiden Welten, nicht wahr, Joey? Ich sehe gerade einen zukünftigen Captain vor mir, so wahr ich hier stehe.«

Derlei Sprüche ziehen bei Bostwick immer.

Porter geht als Erster, da er schon spät dran ist für seine nächste Verabredung. Das ist das Einzige, was einem bei diesem Job auf die Eier geht – die Arbeitszeiten. Die meisten seiner Agenten sind in den unterschiedlichsten Polizeibezirken tätig, und er kann sich mit ihnen nicht während der regulären Arbeitszeit treffen. Also sind seine Abende mit Terminen vollgepackt. Er bemüht sich, alles an ein paar

Abenden in der Woche zu erledigen, um Amy bei Laune zu halten, damit er Jay und Laura ab und zu sehen kann, bevor sie erwachsen sind und aus dem Haus gehen.

Er nimmt den Lake Shore Drive. Der Verkehr ist dicht. Er könnte das Rotlicht einschalten und auf dem Seitenstreifen fahren, aber Aufmerksamkeit auf sich zu ziehen ist etwas, das Dennis Porter niemals tut.

Als er die Stevenson erreicht und die I-90 passiert hat, ist es schon fast acht Uhr. Als er in die Gasse hinter der alten Bäckerei abbiegt, ist es halb neun.

Das andere Auto steht bereits da, die Scheinwerfer sind eingeschaltet, der Motor summt im Leerlauf. Er steigt aus seinem Wagen, kneift im Licht der Scheinwerfer die Augen zusammen und steigt auf der Beifahrerseite des anderen Wagens ein.

»Sie sind spät dran«, begrüßt ihn Carla Griffin.

53

Carla Griffin hat einen Arm auf das Lenkrad gelegt und den Blick nach vorn gerichtet. Sie wirkt abgespannt und sieht mitgenommen aus. Heute ist keiner ihrer besseren Tage. Sie hat sich krankgemeldet, weiß Porter. Er hat es sich zum Prinzip gemacht, sie und alle anderen im Auge zu behalten, beschließt jedoch, ihr nicht zu sagen, dass er im Bilde ist. Sag ihnen nichts, was sie nicht unbedingt wissen müssen. Der alte Spruch: *Behandele sie alle wie Pilze – halte sie im Dunkeln und füttere sie mit Scheiße.*

So denkt er über sie: seine Pilze – die Cops, Dealer, Gauner, Gangmitglieder, Politiker in seinem Kreis. Seinem Imperium.

»Harney ist heute Morgen nach K-Town gefahren«, berichtet sie. »Noch mal an den Tatort.«

»Ja? Warum?«

»Ich bin mir nicht sicher.«

»Waren Sie nicht bei ihm? Hat er einen Alleinflug gemacht?«

»Genau. Er sagt, er will die Identität dieser Unbekannten herausfinden, der toten Junkie-Frau. Standardmäßige Nachuntersuchung. Er schien nicht daran interessiert zu sein, mich einzuweihen.«

Porter bekommt ein flaues Gefühl in der Magengegend.

Das ist nicht gut. Nein, das ist überhaupt nicht gut. Warum sollte Billy Harney ein Interesse daran haben, die Prostituierte zu identifizieren? Und bei den Ermittlungen seinen Partner nicht miteinzubeziehen?

»Der Opferhilfsdienst kann die Sache weiterverfolgen«, sagt er. Dabei hört er selbst die Schärfe, die in seiner Stimme mitschwingt, und nimmt sich zurück, da er Carla nicht mehr verraten will, als sie wissen muss. »Das ist nicht Aufgabe eines Detectives bei der SOS. Haben Sie ihm das *gesagt*?«

Ungeduldig stößt sie den Atem aus. »Es war nicht unbedingt eine geradlinige Unterhaltung, Porter, okay? Was zum Teufel kümmert *Sie* die Identität irgendeiner Unbekannten?«

Porter zögert mit der Antwort, was Carlas Aufmerksamkeit nicht entgeht. Je länger das Schweigen anhält, desto größere Bedeutung bekommt ihre Frage.

»Was geht da vor?«, will Carla wissen. Sie runzelt die Stirn. »Haben Sie bei der Sache etwa die Finger im Spiel? Bei der Schießerei in K-Town?«

»Nein, natürlich nicht«, erwidert er und spürt dabei, wie der Samen der Panik in ihm zu keimen beginnt. Scheiße. Er hat sich eine Blöße gegeben. »Was zum Teufel schert es mich, wenn Gangmitglieder sich wegen Revierkämpfen gegenseitig abknallen?«

»Genau darauf zielt meine Frage ab«, hakt Carla nach, wendet sich ihm zu und schaut ihn direkt an.

»Hören Sie«, sagt er. »Sie wissen doch, dass Harney einer Menge Leute in der Truppe ans Bein gepinkelt hat. Sie wissen, dass wegen ihm eine Menge Köpfe gerollt sind. Auch von Leuten, mit denen ich in der Internen zusammengearbeitet habe.«

»Ja, das weiß ich. Klar. Sie wollen ihn reinlegen. Ich meine, ist das nicht der Grund, weshalb Sie mich ihm zugewiesen haben?«

»Um ihn genau im Auge zu behalten, ja.«

Zumindest war es das, was er ihr erzählt hat. Und in Wahrheit? Harney geht Porter genauso am Arsch vorbei wie jeder andere Cop. Er interessiert sich nur dann für Cops, wenn sie ihm helfen, so wie Carla gerade. Oder wenn sie ihm schaden. Und dass Harney jetzt weiter wegen dieser Prostituierten ermittelt, einem von Discos Mädchen, schadet ihm enorm.

Wenn Disco untergeht, geht Porter mit ihm unter.

»Das ist es also, was ich tue«, sagt sie. »Ich habe Ihnen gesagt, was er vorhat. Ich sehe kein Verbrechen darin, wenn er versucht, die Identität eines Mordopfers herauszubekommen.«

»Aber er ist heimlichtuerisch, so klingt das jedenfalls. So, als führte er etwas anderes im Schilde.«

Das lässt Carla gelten. »Mag sein.«

»Ich will bis übermorgen einen vollständigen Bericht. Ich will, dass Sie sich ihm an die Fersen heften.«

»Okay, gut.« Carla schaut zu ihm hinüber. »Haben Sie etwas für mich?«

»Heute nicht«, antwortet Porter.

»Kommen Sie schon, Porter, jetzt …«

»Übermorgen habe ich was«, sagt er. »Nachdem Sie Ihren vollständigen Bericht abgeliefert haben.«

Porter steigt aus Carlas Wagen, kehrt zu seinem eigenen zurück und benutzt sein Wegwerfhandy, um Disco auf dessen Wegwerfhandy anzurufen.

Handys zu benutzen, und seien es auch nicht zurückverfolgbare, ist nicht gerade die Art und Weise, wie Porter normalerweise Geschäfte macht. Er bevorzugt direkte Unterhaltungen im Flüsterton. Aber Disco muss über das hier sofort informiert werden.

Disco nimmt den Anruf mit einem Grunzlaut entgegen.

»Ich bin's«, sagt Porter. »Wir haben ein Problem.«

54

»Wohin fahren wir?«, fragt Charlotte vom Rücksitz aus. Zumindest ist das der Name, den sie ihr gegeben haben. An ihren richtigen Namen kann sich Disco nicht mehr erinnern. Er weiß noch, wie sie vor sechs Jahren nach Chicago kam, aus Rumänien. Sie mussten sie aus dem Van zerren, zitternd und verängstigt, wie sie war, und dann mit Beruhigungsmitteln vollpumpen, damit sie endlich die Fresse hielt.

Achtzehn war sie damals, oder so? Jedenfalls wird sie allmählich alt.

Nicolas, der am Steuer sitzt, biegt von der 122nd Street in den alten, aufgegebenen Gewerbepark ab.

»Es handelt sich um einen persönlichen Besuch bei einem besonderen Kunden«, versichert Disco ihr. »Hier sind Wohnungen.« Er bemüht sich, gelassen zu klingen. Doch er fühlt sich nicht gelassen, nicht nach diesem Anruf von Dennis Porter.

Nicolas fährt an ihrer üblichen Stelle vorbei und hält auf der Rückseite der miteinander verbundenen Gebäude an, dem neben der alten Müllverbrennungsanlage.

Nicolas steigt aus und öffnet Charlotte die hintere Tür. Gemeinsam gehen sie zu der massiven Metalltür. Nicolas schließt sie auf, und sie gehen hinein.

Disco bleibt draußen und wählt eine Nummer auf seinem Telefon.

Aus dem Inneren des Gebäudes ist der erste heftige Schlag zu vernehmen, gefolgt von Charlottes schrillem Schmerzensschrei. Disco späht durch das kleine Fenster. Charlotte liegt am Boden, tritt mit den Füßen um sich, hält sich die Hände schützend vor das Gesicht. Nicolas steht über ihr, hat die Faust erhoben und lässt einen Schlag nach dem anderen auf sie niedergehen.

Wahrscheinlich fragt sie sich, was zum Teufel hier eigentlich los ist. Sie kennt die Testergebnisse ja nicht. Disco bekommt sie immer direkt von dem Arzt, den sie für die monatlichen Tests der Mädchen auf Geschlechtskrankheiten konsultieren. Charlottes Test erwies sich leider als positiv. Man kann kein Edelhurenbusiness betreiben, wenn die Mädchen nicht absolut sauber sind. Also muss er nicht nur Charlotte entsorgen, sondern auch ihre Kunden von der Liste streichen; es lässt sich unmöglich sagen, bei wem sie sich den Herpes eingefangen hat.

Na, ja. Sie hat gute sechs Jahre lang für ihn angeschafft. Das ist länger als bei den meisten anderen.

Ein letzter, erstickter Schrei von Charlotte. Von jetzt an wird sie ruhig sein.

Porter nimmt das Gespräch beim dritten Klingeln an. »Jetzt können wir reden«, sagt Disco.

»Die SOS versucht, deine tote Nutte aus K-Town zu identifizieren. Einer von denen ist noch mal zu dem Haus gefahren, vor dem die Schießerei stattfand, um nach Anhaltspunkten zu suchen.«

»Und, hat er was gefunden?«

»Wie es scheint, nicht. Er musste seine Suche abbrechen, wie ich hörte. Gäbe es denn dort etwas zu finden?«

»Woher soll ich das wissen«, sagt Disco. »Haben deine Leute denn hinterher nicht aufgeräumt? Das ist dein Job, oder?«

Totenstille. Einen Moment glaubt Disco, die Verbindung sei abgebrochen. Erneut späht er durch das Fenster. Charlottes Körper ist erschlafft, Nicolas liegt auf ihr, hat beide Hände um ihre Gurgel gelegt und gibt ihr den Rest.

»Erstens«, sagt Porter, »wusste ich nicht, dass du dieses Haus als verdammte Schießbude benutzen würdest. Das hätte ich nicht gutgeheißen.«

Und deswegen habe ich es dir auch nicht erzählt, denkt Disco.

»Und zweitens wurde das Haus bislang nicht gründlich durchsucht. Nicht danach, jedenfalls. Die Unbekannte hatte nicht oberste Priorität.«

»Dann lass es jetzt gründlich durchsuchen.«

»Nein. Meine Leute haben sich schon viel zu weit aus dem Fenster gelehnt. Mein Mann hat für dich einen Zeugen aus dem Weg geräumt. Hast du eine Ahnung, was das für ein Risiko für ihn bedeutet?«

»Ist mir scheißegal. Du bist nicht der Einzige, der Risiken eingeht.«

»Wenn du meinst, dass das Haus durchsucht werden sollte«, sagt Porter, »dann tu es verdammt noch mal selber. Und schiebe es lieber nicht auf die lange Bank.«

55

Der Laden heißt Briona, was in irgendeiner Sprache wahrscheinlich irgendwas bedeutet, aber hier ist es die Bezeichnung für ein piekfeines Restaurant, in dem zu dinieren ich mir nie leisten könnte. Die Vorspeisen kosten so viel wie das Sportsakko, das ich trage. Selbst die Kellner sind besser gekleidet als ich.

Glaswände, Glasdecke. Blick auf die Skyline der Stadt. Der Duft teurer Parfüms, plastische Chirurgie, Manschettenknöpfe, Diamanten. Und auch Viagra-Pillen würde ich wahrscheinlich finden, hätte ich einen Durchsuchungsbefehl mitgebracht.

An einem der Tische sitzt ein Mann in Leinenhose und cremefarbenen Halbschuhen ohne Socken. Abendschuhe, aber keine Socken? Ist das jetzt der letzte Schrei? Mein Gott, ernsthaft? Ich glaube, das könnte das vierte Zeichen der Apokalypse sein.

Sie sitzt an einem Ecktisch, nippt an einem Glas Burgunder und schaut dabei eindringlich ihren Begleiter an: ein breitschultriger Kerl mit vollem Haar und einem kantigen Kinn. Ich sitze an der Bar, von wo aus ich sie im Auge habe. Ich halte mich an einem Glas Bourbon fest – zwei Fingerbreit Angel's Envy mit Eis –, für das ich hier einen Betrag hinblättern musste, der mir im Spirituosenladen meines

Vertrauens wahrscheinlich eine ganze Flasche eingebracht hätte.

Ich warte etwa zwanzig Minuten. Dann erhebt sich ihr Begleiter von seinem Stuhl, lässt seine Serviette auf den Tisch fallen und macht sich auf den Weg zum Klo. Er hat noch keine fünf Schritte getan, als auch schon ein Kellner die Serviette faltet, damit sie bei seiner Rückkehr wieder ordentlich vor ihm liegt. Ich schiebe mich auf den noch warmen Stuhl des Kerls, vor mir auf dem Teller liegt ein Stück Fisch in grüner Sauce.

»Hi«, sage ich zu Angela Dupree. »Was dagegen, wenn ich mich kurz setze?«

Sie schaut mich mit einer Mischung aus Überraschung und Belustigung an. Sie nimmt sich Zeit, mich zu inspizieren. Sie ist zweiundfünfzig Jahre alt, in zweiter Ehe verheiratet und stinkreich. Nach zweiundfünfzig sieht sie nicht aus, wohl aber nach stinkreich. Dafür spricht der exquisite Schmuck an ihren Ohren, um ihren Hals und ihre Handgelenke, das smaragdgrüne Kleid mit tiefem Ausschnitt und eine ausgefallene Frisur, die es einigen Strähnen ihres zimtfarbenen Haares erlaubt, ihre hohen Wangen zu umschmeicheln. Und sie hat bei sich was machen lassen.

»Es stört mich nicht im Geringsten«, säuselt sie augenzwinkernd und unterdrückt dabei ein Lächeln. »Aber ich bin in Begleitung hier.«

»Ich weiß.« Ich lasse meine Marke gerade lange genug hervorblitzen, dass sie sie erkennen kann, was ihre Gelassenheit kurzzeitig ins Wanken bringt. »Sie sind nicht in Schwierigkeiten, Mrs Dupree. Nichts dergleichen. Ich habe bloß ein paar Fragen an Sie bezüglich des Mordes an Ihrem verstorbenen Ehemann, Nathan.«

Sie ist peinlich berührt, dass sie mich für einen Schäker gehalten hat, fängt sich dann aber wieder, bevor ihre Verlegenheit in Verärgerung umschlägt. »Und dafür kommen Sie *hierher*?«, sagt sie und spricht das letzte Wort so schneidend aus, dass sie damit einen Stahlträger durchtrennen könnte.

»Sie haben recht«, räume ich ein. »Es ist wahrscheinlich ein unpassender Zeitpunkt. Sie und Mr Dupree« – ich deute mit dem Kopf hinter mich – »haben ein Recht auf einen schönen Abend. Wie wäre es ... Ist es okay, wenn ich warte, bis er von der Toilette zurückkommt? Dann holen wir unsere Kalender heraus, um einen passenden Zeitpunkt zum Reden auszumachen?«

Würde ich jetzt Angela Duprees Gesicht berühren, würde es sich kalt wie Marmor anfühlen. Sie wirft mir einen vernichtenden Blick zu. »Mein Mann«, sagt sie, »weiß überhaupt nichts von Nathans Ermordung. Ich kannte ihn noch nicht einmal, als Nathan ... starb.«

»Ich verstehe. Aber das ist Vorschrift. Ich muss mit allen Beteiligten reden.«

Sie mahlt mit dem Kiefer und trommelt mit den Fingern auf dem weißen Tischtuch herum. »Warten Sie doch dort drüben«, sagt sie schließlich und deutet dabei auf eine Ecke des Raums. »Ich komme dann gleich auf Sie zu. Ich möchte meinen Mann deswegen lieber nicht beunruhigen. Ich kann Ihnen versichern, dass er nichts über Nathans Tod weiß.«

»Abgemacht«, erwidere ich und erhebe mich von meinem Stuhl. Sie gibt immer noch vor, der Mann, mit dem sie zu Abend isst, wäre ihr Ehemann, Matthew Dupree – der allerdings mindestens zwanzig Jahre älter ist als ihr gutaussehender Tischgefährte heute Abend. Und ich gebe immer noch vor, nicht darüber Bescheid zu wissen.

Ich steuere auf die Toiletten zu, die sich eine Etage tiefer befinden, und gehe die Stufen bis zu einem Treppenabsatz auf halber Höhe hinunter. Angela Dupree lässt mich eine gute Viertelstunde schmoren. Wahrscheinlich, um mich zu bestrafen.

Als sie herunterkommt, mache ich es mir zur Aufgabe, ihren Anblick zu genießen, da sie empfänglich für diese Art falscher Schmeicheleien zu sein scheint. Ich schüttele den Kopf. »Glauben Sie mir, ich wünschte, dies wäre ein privates Treffen. Ihr Mann ist ein Glückspilz.«

Es scheint, als hätte ich damit ihre Gunst einigermaßen wiedererlangt, aber sie ist immer noch ziemlich unter Strom. Genau so will ich sie auch haben.

Ich verschaffe ihr einen kurzen Überblick. Ein paar Nachforschungen zu einem abgeschlossenen Fall, dem Mord an Nathan Stofer. Sie antwortet ohne Umschweife – man habe seinen Mörder doch gefunden, ihn verurteilt. Er sitze immer noch im Gefängnis, richtig?

Dieser verurteilte Mörder ist Antoine Stonewald, Valeries letzter Mandant vor ihrem Tod.

»Er hat gestanden«, erklärt sie mir. »Er hat auf schuldig plädiert.«

»Richtig. Sagen Sie, Mrs Dupree …«

»Angela.«

»Angela, können Sie sich einen Grund vorstellen, warum jemand Nathan nach dem Leben trachtete?«

Sie kneift die Augen zusammen. »Es hieß, es war ein Raubüberfall. Es sei nichts Persönliches gewesen.« Sie ist immer noch verwirrt, warum ich hier mit einem Thema ankomme, von dem sie annahm, es sei längst vom Tisch.

»Tun Sie mir den Gefallen.«

»Ich ...« Sie legt die Hand an die Stirn. »Ich hatte nicht damit gerechnet, heute Abend *darüber* nachdenken zu müssen«, murmelt sie. Sie hat die Augen mittlerweile geschlossen, schüttelt den Kopf und sagt: »Nathan hat große Geschäfte eingefädelt. Millionenschwer. Also ... ich vermute, Geld ist immer ein Motiv. Heißt es nicht so?«

»Hat er vor seinem Tod irgendwelche außergewöhnlichen Geschäfte getätigt?«

Sie nickt, erinnert sich. »Nun, den Stratton Tower, natürlich.«

Stratton. Eines der Worte, die Valerie auf ihren Notizzetteln vermerkt hatte. »Der Stratton Tower?«

»Das, Sie wissen schon, das Stratton International Hotel. Unten am Fluss.«

Oh. Richtig. Dieser neue Wolkenkratzer, der gleich nördlich des Chicago River erbaut wurde.

»Jedes Mal, wenn ich an diesem gigantischen Stahlklotz vorbeifahre, muss ich an ihn denken«, sagt sie. »Er wäre so gern bei seiner Einweihung dabei gewesen. Er hat Jahre daran gearbeitet.«

»Er war was, ein Investor?«

Sie seufzt, so als spräche sie mit einem ungebildeten Kind. »Er war Mitglied einer Investorengruppe. Sie wollten noch mehr Investoren ins Boot holen, und ihm unterlag die Sorgfaltspflicht.«

Meine Kenntnis der Hochfinanz beginnt und endet mit *Spare, was du kannst, bezahle deine Rechnungen pünktlich und kümmere dich um deine Altersvorsorge.* Aber sogar ich weiß, was Sorgfaltspflicht bedeutet.

»Sind Nathan denn irgendwelche Unregelmäßigkeiten aufgefallen?«, frage ich.

Damit führe ich sie mehr als fünf Jahre in die Vergangenheit, und das ist für sie keine angenehme Erinnerung. Vielleicht habe ich sie von oben herab behandelt, als ich sie dabei ertappte, ihren zweiten Ehemann mit einem jungen Schönling zu betrügen, aber wer weiß schon, wie sehr Menschen sich verändern? Soweit ich weiß, wurde ihr Leben auf den Kopf gestellt, nachdem sie Nathan verloren hatte.

Der nachdenkliche Gesichtsausdruck, der Tränenglanz in ihren Augen spricht dafür. Und ich fühle mich jetzt schuldig, ihr den Abend versaut zu haben. Aber es ist nun zu spät, um es rückgängig zu machen, und ich brauche diese Information. Und sie hat genau wie ich ein Recht darauf zu erfahren, was passiert ist.

»Da war … vielleicht eine Sache«, beginnt sie.

56

Nachdem mir ein verheißungsvoller Name genannt wurde, verlasse ich das Restaurant. Im Gegenzug gab ich Angela Dupree, während sie meinen Arm umklammert hielt, das Versprechen, sie zu informieren, falls ich mehr über den Tod ihres Mannes in Erfahrung bringe.

Stratton, sagte sie mir.

Stratton, hatte Valerie sich notiert.

Das Stratton International Hotel and Tower ist nur einen Katzensprung von dem Restaurant auf der Michigan Avenue entfernt, in dem ich mit Angela Dupree gesprochen habe. Heute Abend wimmelt es nur so von Fußgängern auf der Mag Mile. Die Chicagoer gieren nach gutem Wetter, als wäre es knapp gewordener Sauerstoff.

Und da erhebt es sich auch schon, das gewaltige Bauwerk aus Stahl und Glas, das am nördlichen Ufer des Chicago River aufragt, mit goldfarbenen Markisen und einer halbkreisförmigen Auffahrt, auf der Hoteldiener Jaguars und Mercedes rangieren und aus Limousinen wunderschöne Menschen in wunderschönen Kleidern steigen.

»Schätze mal, die haben es ohne dich hochgezogen, Nathan«, murmele ich.

Darüber werde ich später mehr in Erfahrung bringen. Im Moment muss ich woanders hin, auf eine Mission, die ich nicht beenden konnte, weil Carla mich dabei unterbrochen hat. Es ist Zeit, nach K-Town zurückzukehren.

Es gibt keine gefährlichere Zeit in der West Side von Chicago als Sommernächte. Wenn sich die Leute im Freien herumtreiben, steigt die Zahl der Schießereien sprunghaft an. Wir haben noch nicht Hochsommer, aber sicher siebenundzwanzig Grad, und dabei ist es schon fast zweiundzwanzig Uhr.

Trauben von Menschen, die meisten jung, die meisten männlich, bevölkern die Straßenecken, sitzen auf Treppenstufen und rauchen, trinken, lachen, hängen ab. Sie alle registrieren meinen Wagen und, wenn sie genau hinschauen, auch meine Hautfarbe. Ist das etwa ein Cop? Wenn man in der West Side wohnt, braucht man nicht unbedingt ein Verbrechen begangen zu haben, um die Polizei zu fürchten.

Ich stoße auf die Kilbourn und fahre auf ihr Richtung Expressway, Richtung Tatort, zu dem von Kugeln durchsiebten Haus, wo erst vor wenigen Tagen vier Menschen ums Leben kamen, darunter meine Unbekannte, die Evie genannt wurde. Direkt gegenüber, auf der anderen Straßenseite, liegen Blumensträuße vor einer Haustür. Ist hier vor Kurzem noch jemand gestorben, in der gleichen Häuserzeile?

Ich stelle meinen Wagen ab und werfe einen Blick auf das Haus. Alles dunkel, natürlich. Seit der Schießerei wohnt dort niemand mehr. Während ich zur Veranda hinaufgehe, mir Gummihandschuhe anziehe und den Schlüssel ins Schlüsselloch stecke, behalte ich die Umgebung im Auge.

Als ich die Tür öffne, höre ich drinnen etwas. Weniger eine Bewegung als vielmehr ein … abruptes Innehalten während einer Bewegung.

Oder spielen mir meine Sinne bloß einen Streich?

Stille.

Dann das unverkennbare Geräusch von etwas, das auf den Boden fällt und zerbricht.

Meine Sinne spielen mir keinen Streich. Jemand befindet sich in diesem Haus. Und hat gerade gehört, dass ich eintrete.

57

Von einem Augenblick auf den anderen schießen mir alle möglichen Szenarien durch den Kopf. Obdachlose, die Schutz suchen. Crackabhängige, die sich in leerstehendem Eigentum einnisten. Kleinkriminelle, die in ihrer frischen Beute herumpicken, um herauszufischen, was immer sie an sich reißen und verhökern können, um sich Geld für ihre Drogen zu beschaffen. Oder Schlimmeres. Viel, viel Schlimmeres.

»Polizei!«, rufe ich und greife nach der Waffe an meiner Hüfte. »Wer ist da?«

Da das vordere Fenster mit Brettern vernagelt und die Eingangstür geschlossen ist, hilft mir der Lichtschein der Straßenlaternen draußen nicht weiter. Ich bin von Dunkelheit umhüllt. Ich schleiche an der Couch entlang, jener Couch, auf der LaTisha Moreland ihr Leben aushauchte, doch noch bevor ich den Flur erreiche, vernehme ich wuchtige Schritte – jemand muss den Entschluss gefasst haben, die Beine in die Hand zu nehmen.

Ich wende mich nach links, Richtung Küche, in der Hoffnung, demjenigen den Weg abzuschneiden, der mir entgegenkommt. Dabei fahre ich mit der Hand an der Wand entlang, taste nach einem Schalter der Flurlampe, erwische ihn über dem Thermostat und renne in den Raum hinein. Ein schmaler gelber Lichtstrahl fällt auf die Wand vor mir …

Ich stolpere über etwas, einen Stuhl am Küchentisch, und stürze, mit dem Kopf voran. Im selben Moment zersplittert über mir Holz durch mehrere Einschläge. Ich drehe mich zum Hinterzimmer um, in die Richtung, aus der die Schüsse kamen. Eine Taschenlampe rollt über die Fliesen, ein flackernder Lichtstrahl nur wenige Zentimeter über dem Boden.

Aber es ist genug, um den Raum ein wenig zu erhellen. Genug, um einen Mann sehen zu können, groß und schlank, mit Kurzhaarschnitt, der zur Hintertür hinausrennt.

Er ist schon verschwunden, bevor ich meine Waffe anlegen, geschweige denn das Feuer erwidern kann.

Ich springe auf und hechte in Richtung Hintertür. Neben ihr befindet sich ein Fenster, durch das ich zwei Gestalten ausmachen kann, die in südliche Richtung über den Rasen sprinten. Ich bleibe in Deckung, für den Fall, dass sie auf die Idee kommen, durch das Fenster auf mich zu schießen. Aber sie befinden sich jetzt definitiv auf der Flucht. Ich laufe zur Hintertür hinaus und folge ihnen in Richtung der Gasse, wo dank einer Straßenlaterne und der Tatsache, dass jemand ein paar Stockwerke über mir im Nachbargebäude ein Licht einschaltet, immerhin die Beleuchtung besser ist.

Am Ende des Grundstücks bleibe ich stehen und ducke mich. Dann wirbele ich herum und wende mich mit der Waffe im Anschlag zu meiner Rechten – nach Westen. Sie sind schneller als ich, sind mir weit voraus, haben fast schon das Ende der Gasse erreicht. Der erste Flüchtige biegt nach links ab, in die erste Straße parallel zur Kilbourn Avenue. Der zweite, nicht weit hinter ihm, macht eine rasche halbe Drehung und gibt aufs Geratewohl einen einzelnen Schuss in meine Richtung ab, ohne zu zielen, einzig mit dem Ziel, mich aufzuhalten. Aber ich bin mittlerweile ganz im Verfolgermodus, und er läuft seinem Kumpel in die nächste Straße hinterher, welche dieser K Streets es auch immer sein mag – ich kann sie nicht auseinanderhalten.

Während ich renne, fällt es mir wieder ein. Ich weiß, welche Straße es ist. Es handelt sich um die Kolmar Avenue.

Als ich an der Ecke bin, haben die beiden Männer bereits die nächste Straße erreicht, die Van Buren, und biegen dort rechts ab, um ihren Vorsprung auszubauen. Als ich bei der Kreuzung ankomme, ist der Vorsprung der beiden schon so groß, dass ich keine Chance mehr habe, sie einzuholen.

Ich stütze mich mit den Händen auf die Knie und atme durch. Meine verletzten Rippen schmerzen wie verrückt. Das Knie habe ich mir vorhin auch angeschlagen, was mir während der Verfolgungsjagd und des damit verbundenen Adrenalinstoßes gar nicht aufgefallen war. Immerhin hat mir der Sturz, nachdem ich über den Küchenstuhl gestolpert war, wahrscheinlich das Leben gerettet, denn dadurch schlugen die Kugeln der Einbrecher in die Wand ein und nicht irgendwo oberhalb meines Halses.

Ich melde den Vorfall nicht. Es wäre zu spät. Und ich würde zu viele Fragen beantworten müssen.

Ich habe selbst jede Menge Fragen. Aber womöglich habe ich auch schon die eine oder andere Antwort.

Ich schaue an der Kreuzung hoch zu der polizeilichen Überwachungskamera an der Ecke von Van Buren und Kolmar Avenue.

»Ich krieg euch, ihr Dreckskerle!«, flüstere ich.

58

Ich gehe zurück zu Shivs Haus, noch zittrig vom Adrenalin und ein wenig humpelnd, aber ich werde es überleben.

Die Taschenlampe, die der Schütze fallen ließ, liegt nach wie vor auf dem Boden in der Nähe der Hintertür. Ich schalte das Licht an und betrete die Küche. In einem Schrank finde ich eine braune Butterbrottüte und benutze sie vorsichtig dazu, die Taschenlampe aufzuheben, nur für den Fall, dass er blöd genug war, Fingerabdrücke zu hinterlassen. Ich will den Ein-Aus-Schalter der Taschenlampe nicht berühren und dadurch einen möglichen Daumenabdruck verwischen, also trage ich sie, obwohl ich Gummihandschuhe anhabe, mit der Tüte drum herum, so als wäre sie eine Kerze am Weihnachtsbaum.

Wenig überraschend sind es die Schlafzimmer, die durchwühlt wurden. In dem ersten, das ich betrete, sind sämtliche Schubladen aus der Kommode herausgezogen. Auch das Bett wurde zur Seite gerückt, was an den deutlichen Vertiefungen im Teppichflor zu erkennen ist.

Aber sie haben nicht wahllos alles aus den Schubladen gezerrt oder das Bett umgekippt. Sie haben die Wohnung nicht geplündert. Sie haben sie durchsucht und hatten offenbar vor, sie hinterher wieder aufzuräumen. Sie hofften, rein- und wieder rauszukommen, ohne Spuren zu hinterlassen.

Sie gingen umsichtig vor.

Auf dem Boden liegt ein Müllsack mit Kleidern, Papieren und persönlicher Habe. Ich krame die Sachen durch. Es sind Frauenkleider.

Ich gehe rasch vor, durchkämme das Schlafzimmer und suche nach irgendetwas, das meiner Unbekannten gehört haben könnte und die Einbrecher noch nicht in den Müllsack geworfen haben.

Nein, halte ich mir vor Augen, eine Unbekannte ist sie nicht. Evie, sagte LaTishas Mutter. Sie nannte sie Evie. Evie reimt sich auf Chevy.

Danach knöpfe ich mir das zweite Schlafzimmer vor, in dem ebenfalls ein Müllsack liegt. Dieser ist jedoch leer. Offenbar haben sie in diesem Raum nichts gefunden. Ich schaue mich selbst um, werde aber auch nicht fündig. Das hier war offenkundig Shivs Schlafzimmer.

Also kehre ich wieder ins erste Schlafzimmer zurück, hebe den Müllsack auf und schaue den Inhalt noch einmal durch. Zettel mit Notizen darauf, Kleider, eine Flasche Damenparfüm, eine Haarbürste.

Das waren keine Obdachlosen oder Cracksüchtige. Das waren auch keine gewöhnlichen Einbrecher. Sie suchten das Gleiche wie ich.

Um jeden Hinweis auf Evie aus diesem Haus zu tilgen.

59

Es ist ein Anfang. Mal sehen, was sich daraus entwickelt.

Die Nacht bei der SOS verläuft ruhig. Die Räume hier sind nicht rund um die Uhr besetzt, weil wir kein 0815-Polizeirevier sind. Bei uns gibt es keine Stechuhr, und unser Einsatzbereich beschränkt sich nicht auf ein bestimmtes Viertel. Wir gehen dorthin, wo etwas passiert ist, und wir arbeiten so lange, wie es notwendig ist. Als ich eintrete, sind nur einige wenige Detectives und Officers zugegen.

Ich steuere den Raum an, in dem man das Bildmaterial der polizeilichen Überwachungsgeräte anschauen kann, und suche auf dem Desktop die Verkehrskamera an der Ecke Van Buren und Kolmar. Ich kenne mich nicht wirklich gut aus mit diesem Elektronikkram, aber die Techniker haben für heute längst Feierabend gemacht.

Es dauert eine Weile, aber dann finde ich die Aufzeichnungen der entsprechenden Kamera. Ich klicke auf das heutige Videomaterial. Im schnellen Suchlauf sehe ich lange gar nichts, bloß ein paar Leute, die auf den Bürgersteigen entlangflanieren, ein Pärchen, das rummacht und sich dabei fast die Kleider vom Leib reißt. Autoverkehr. Es ist eine mehr oder weniger verwaiste Kreuzung zu dieser nächtlichen Stunde und in diesem Teil der Stadt.

Da! Die beiden Männer kommen die Kolmar Avenue in

südlicher Richtung herunter und biegen dann in die Van Buren ein, wo sie direkt auf die Kamera zulaufen.

Ich beuge mich vor und kneife die Augen zusammen. Schwarz-weiß, körnig, das Übliche.

Aber ich sehe ihre Gesichter. Vielleicht nicht gut genug für eine Gesichtserkennung. Aber ich sehe sie.

Der Erste ist ein Weißer, kleine Statur, dichtes, dunkel wirkendes Haar. Jung, würde ich sagen, vielleicht Anfang oder Mitte zwanzig. Der zweite, derjenige, der auf mich geschossen hat, ebenfalls ein Weißer, ist wesentlich größer, etwas dicker, aber gut in Form, die Haare kurz geschoren. Er schaut sich um, um einzuschätzen, wie nah ich ihnen auf den Fersen bin, läuft mit einer Handfeuerwaffe in der linken Hand.

Hier drücke ich auf Pause, damit ich nicht ansehen muss, wie ich einige Momente später auftauche und völlig außer Atem an der Ecke stehen bleibe und nach Luft ringe.

Stattdessen spule ich zurück und spiele die Aufnahme erneut ab. Sind das Russen? Schon möglich. Als Osteuropäer könnten sie auf jeden Fall durchgehen. Schwer zu sagen. Wahrscheinlich zu unscharf, um mithilfe der Gesichtserkennung mehr rauszuholen.

Aber wenn ich ihnen noch einmal begegne, werde ich sie wiedererkennen.

Ich öffne den Müllsack, den ich aus dem Haus mitgenommen habe. Die Kleidung verrät mir nicht viel, auch wenn hier und da noch Preisschilder dranhängen, was mich vermuten lässt, dass Shiv Evie wahrscheinlich ein paar Kleider zum Anziehen gekauft hat. Das leuchtet ein. Wenn ich recht habe und sie vor den Menschenhändlern geflohen ist, dann dürfte sie wohl kaum die Zeit gehabt haben, einen Koffer zu packen.

Das Einzige in dem Müllsack, was mir womöglich helfen könnte, sie zu identifizieren, ist ein Zettel mit einer Notiz darauf.

A fost eliberat acum trei luni.

Locatia lui e necunoscuta.

Ich habe keine Ahnung, um welche Sprache es sich handelt, und noch weniger, was es bedeutet.

Auf dem Desktop schiebe ich das Fenster mit dem Material der Überwachungskamera kleiner und rufe das Internet auf. Ich gebe die Worte, die auf diesem Zettel stehen, ein. Auf dem Bildschirm werden mehrere Websites angezeigt, alle in einer Fremdsprache, die meisten beginnen mit dem gewohnten www., enden jedoch nicht mit »gov« oder »com«, sondern mit »ro«, woraus ich nicht schlau werden. Es dauert aber nicht lange, bis ich es spitzgekriegt habe. Es sind rumänische Webseiten.

Ein Adrenalinstoß durchflutet mich: Evie stammte aus Rumänien.

Ich rufe einen Online-Übersetzer Rumänisch-Englisch auf und gebe die Worte ein, die auf dem Zettel notiert waren. Die Übersetzung lautet:

Vor drei Monaten wurde er entlassen. Sein Aufenthaltsort ist unbekannt.

Das notiere ich mir auf einem Notizblock. Okay. Jetzt muss ich bloß noch ausbaldowern, wer »er« ist und woraus er entlassen wurde. Aus dem Gefängnis? Aus irgendeiner anderen staatlichen Einrichtung?

Da der Inhalt des Müllsacks nichts weiter hergibt, gehe ich zur Asservatenkammer, die zu dieser nächtlichen Stunde geschlossen ist. Ich komme nicht hinein, ohne dass ein Officer mir eine Eingangs- und Ausgangsbescheinigung ausstellt. Ich werde mich bis morgen gedulden müssen.

Mein Telefon summt. Die im Display angezeigte Nummer kenne ich nicht.

»Officer Harney?«

Passt schon. »Das bin ich.«

»Tut mir leid, dass ich so spät noch anrufe. Hier ist Angela Dupree.«

»Oh, Sie sind aber schnell.« Seit unserer Unterhaltung sind erst vier Stunden vergangen.

»Nun, nachdem wir geredet hatten, konnte ich an nichts anderes mehr denken.«

»Das tut mir leid.«

»Ich habe ein paar alte Dokumente durchgesehen. Ich glaube, ich habe den Namen der Firma gefunden, wegen der sich mein verstorbener Ehemann Sorgen gemacht hatte. Sie hieß KB Investors Group. Er nannte sie KBIG. Er wollte nicht, dass sie in das Stratton-Projekt investierten. Er hat sein Veto dagegen eingelegt.«

»Ein Veto?«

»Er war wie schon erwähnt für Due Diligence verantwortlich, also die Sorgfaltspflicht. Er musste Ja oder Nein sagen. Ich wusste nicht viel darüber, was er so machte, aber so viel habe ich schon verstanden. Er sagte Nein zu KBIG, und seine Partner waren deshalb verärgert.«

Und da dürften sie nicht die Einzigen gewesen sein. Auch die Leute von KBIG, die Nathan Stofer bei dem großen Deal ausgebootet hatte, waren darüber wohl nicht besonders glücklich.

60

Ich breite die Früchte einer ertragreichen nächtlichen Ernte im Wohnzimmer aus.

- Name: Evie
- Wahrscheinlich aus Rumänien
- Geliebter/Freund kürzlich entlassen – aus dem Gefängnis?
- Stratton International Hotel and Tower
- KB Investors Group (KBIG)
- Nathan Stofer, ermordet
- Antoine Stonewald, verurteilt wegen des Mordes an ihm

Derart zusammengefasst, klingt das nicht nach viel. Immerhin habe ich aber den Heuhaufen, den ich durchsuchen muss, heute erheblich verkleinert.

»Tja, da hattest du ja viel am Hals«, spricht mir Patti in die Ohrhörer, während ich im Wohnzimmer auf und ab gehe und sie, was meinen Abend betrifft, auf den neusten Stand bringe. »Worüber du dir Gedanken machen solltest, ist, wie diese Typen spitzgekriegt haben, dass du dieses Haus nach Informationen über die Unbekannte durchsuchen würdest.«

»Evie«, sage ich. »Sie hat einen Namen.«

»Evie. Schön und gut. Aber jetzt hör mir mal zu. Jemand

hat denen einen Tipp gegeben, Billy. Du hast das Haus heute Morgen gecheckt, und noch am gleichen Tag sind die da drin und wollen jede Spur von ihr beseitigen? Das ist kein Zufall.«

»Du meinst, es war Carla«, mutmaße ich.

»Natürlich. Wer denn sonst?«

»Jede Menge andere. Ich habe den Schlüssel aus der Asservatenkammer geholt, um das Haus zu durchsuchen. Jeder Cop hätte das herausbekommen können. Aber in jedem Fall würde das voraussetzen, dass ein Cop diesen Kerlen einen Tipp gegeben hat. Und dessen bin ich mir ganz und gar nicht sicher.«

»Wer denn sonst?«, wiederholt sie.

»Wenn ich richtigliege«, sage ich, »und es bei dieser Schießerei nur um Evie ging, nicht um Shiv, dann muss sie vor denen geflohen sein. Sie haben sie gefunden und ermordet, bevor das Mädchen zur Polizei gehen konnte oder zum FBI oder was weiß ich. Aber sie wissen nicht, was Evie mitgenommen hat, Patti. Soweit sie wissen, hatte sie Informationen, die deren gesamte Organisation zu Fall bringen könnte. Darauf hatten sie es abgesehen. Sie könnten das Haus überwacht und auf ihre Chance gewartet haben. Sie könnten gesehen haben, wie ich heute Morgen da reinspaziert bin, und auf die Dämmerung gewartet haben, um ihrerseits reinzugehen und sich umzuschauen.«

»Mag sein, Bruderherz, aber die naheliegende Antwort liegt direkt vor deiner Nase. Carla Griffin.«

Carla soll mit Menschenhändlern unter einer Decke stecken? Das kann ich mir nicht vorstellen. Erst recht nicht nach dem, was ich heute über sie erfahren habe. Sie hat im

Moment vieles andere im Kopf, zieht Samuel allein auf und kämpft gegen Krebs.

»Wie auch immer«, sage ich, »es ist nicht so, dass ich auf der Arbeit darüber plaudern würde.«

»Schon gar nicht mit Carla.«

»Mit keinem.«

Ich gehe rüber zu dem Schreibtisch in der Ecke und fahre meinen Laptop hoch. Es ist Zeit, über die »KB Investors Group« zu recherchieren. Es kann nicht so schwer sein, diejenigen ausfindig zu machen, die dahinterstecken.

»Dieses Mädchen, Evie, war wahrscheinlich das Opfer von Menschenhändlern, damit hast du wohl recht«, sagt Patti. »Und sich Menschenhändlern an die Fersen zu heften, das kann jeden Tag dazu führen, dass du deinem Schöpfer gegenübertrittst.«

»Ein Hoch auf mich.«

»Aber tu mir einen Gefallen und denk immer an eines«, mahnt sie. »Nur weil sie der letzte Abschaum sind, heißt das nicht, dass es sie waren, die deine Frau ermordet haben.«

61

Patti lehnt sich mit der Stirn gegen die Fensterscheibe und schaut hinunter auf die State Street, auf der schon dichter Verkehr herrscht; frühmorgendliche Fußgänger drängen sich an den Kreuzungen oder zwängen sich ohne Rücksicht auf Verluste zwischen den Autos hindurch.

»Sie haben meine Frage nicht beantwortet«, sagt sie.

»Das liegt daran, dass wir hier eigentlich über Sie sprechen sollten. Nicht über Ihren Bruder.«

Ihr wird ein wenig schwindelig, und sie schließt die Augen. Sie hat die ganze Nacht keinen Schlaf gefunden. Warum, ist unschwer zu erraten.

»Wir haben nie darüber gesprochen«, sagt sie. »Nach Vals Tod. Ich meine, rückblickend haben wir alle versucht, Billy klarzumachen, dass es nicht seine Schuld war. Wir haben alle mögliche Literatur über Depression und das Fehlen von Warnzeichen und über Selbstmord in Zeiten der Trauer und was sonst noch zu Rate gezogen.«

»Klingt so, als *hätten* Sie darüber geredet.«

»Nein, das ist es ja gerade: Es war keine Unterhaltung. *Wir* haben geredet. Billy nie. Wir haben ihm gesagt, er soll eine Therapie machen. Wir haben ihm gesagt, er soll nicht sich die Schuld geben. Aber ich kann mich an kein einziges Mal erinnern, dass Billy darauf etwas erwidert hätte. Ich meine, er hat dann gesagt ›Mir geht es gut‹ oder ›Ich verstehe‹, so was in der Art.«

»Er wollte mit Ihnen nicht über seine Gefühle sprechen.«

»Tja, so ist Billy eben – er behält seine Gefühle für sich. Was ich sagen will, ist, dass er mit uns nie darüber gesprochen hat, was *passiert* ist. Niemals.«

»Er muss doch bei der Polizei ausgesagt haben.«

Patti stößt schroff den Atem aus. Dann öffnet sie die Augen wieder und beobachtet die Passanten unten auf der Straße. Normale Menschen mit einem normalen Leben, normalen Sorgen – sie bezahlen ihre Hypothek ab, sorgen dafür, dass ihre Kinder auf dem Pfad der Tugend wandeln, legen ein bisschen was für den Ruhestand beiseite.

»Wir sind keine normalen Menschen«, erklärt Patti. »Wir sind bei der Polizei. Ich wollte nicht, dass er auch nur annähernd so etwas wie eine Aussage macht.«

»Sie hatten Angst vor dem, was er sagen könnte.«

»Offensichtlich. Also mischten wir uns in die Ermittlung ein und sorgten dafür, dass sie ein und nur ein mögliches Ergebnis hervorbrachte – Selbstmord. Wir brachten sogar den Gerichtsmediziner dazu, mitzuspielen.«

»Also hat Billy Ihnen nie erzählt, was sich in diesem Badezimmer mit Val zugetragen hat?«

»Nicht ein einziges Mal. Mir war, als hielte ich den Atem an, und das … mein Gott, mindestens ein Jahr lang. Ich wartete auf die nächste Hiobsbotschaft. Die kam aber nicht. Schlussendlich ging es ihm besser, und er fand wieder ins normale Leben zurück.«

»Wie es scheint, halten Sie jetzt gerade wieder den Atem an, Patti.«

Sie dreht sich um. »Sie haben immer noch nicht auf meine Frage geantwortet. Ist das möglich?«

Dr. Francis Almond, wie üblich in seinem Button-down-Hemd aus Oxford-Stoff, sitzt mit übergeschlagenen Beinen auf einem Ledersessel und richtet sich mit seinen knochigen Fingern die Brille, während die Deckenlampe in seinem Praxisraum Licht auf seine hohe Stirn wirft. »Erwarten Sie wirklich von mir, dass ich sage, es sei unmöglich?«, erwidert er. »Ist denn irgendetwas *unmöglich*, wenn es um das menschliche Gehirn geht?«

Sie mustert ihn, denkt darüber nach. »Aber wir können doch darüber sprechen, oder?«

»Wir können über die Vergangenheit sprechen, Patti. Das sagte ich Ihnen bereits.«

Sie muss es aber noch einmal hören. »Selbst wenn es sich um ein Verbrechen handelt«, sagt sie.

»Selbst wenn es sich um ein Verbrechen handelt. Ein Verbrechen in der Vergangenheit. Derlei Informationen darf ich nicht weitergeben. Ich bin verpflichtet, es zu melden, wenn eine Patientin mir sagt, sie werde in der Zukunft ein Verbrechen begehen. Und bitte sagen Sie mir jetzt nicht, Sie hätten vor, das zu tun.«

Während er dies sagt, lächelt er und stößt schließlich, sie im Auge behaltend, ein nervöses Glucksen aus.

Sie gibt keine Antwort, tritt vom Fenster zurück und setzt sich in den Ledersessel ihm gegenüber. Der ist unglaublich komfortabel, wie eine weiche, warme Decke. Es steckt Absicht dahinter. Es ist schwer, sich in einer solchen Wohligkeit aus Rindsleder nicht zu entspannen.

»Nun, es klingt, als wollten Sie eine ausführlichere Antwort«, sagt Dr. Almond. »Es ist zwar nicht mein Fachgebiet, aber ich will es mal versuchen.« Er nimmt seine Brille ab und reibt sich die Augen. »Patti, je mehr wir über das Gedächtnis lernen, desto mehr lernen wir darüber, wie unzuverlässig es arbeitet. Mit dieser Geschichte von Billy und dem Weihnachtsmann haben Sie selbst ein Beispiel dafür geliefert.«

Sie nickt. »Er beharrt bis heute darauf, es sei unser Vater und nicht Onkel Mikey gewesen, den er in unserer Kindheit dabei ertappte, wie er das Weihnachtsmannkostüm anzog. Er schwört, es sei so gewesen.«

»Genau. Er lässt die Szene noch einmal in seinem Kopf ablaufen und nimmt, aus welchem Grund auch immer, eine Anpassung vor. Und diese Anpassung *wird* am Ende die Erinnerung. Die angepasste Version ruft er immer wieder ab, und auf diese Weise wird sie in sein Gehirn einzementiert. Er würde auf die Bibel schwören, dass es so war, wie er es in Erinnerung hat. Auch wenn es in Wirklichkeit nicht so war.«

»Aber das hier ist jetzt ein bisschen anders, als ein Kind zu sein und zu sehen, wie sich der Onkel als Weihnachtsmann verkleidet«, wirft sie ein. »Billy war erwachsen. Und es war der Tod seiner *Frau*.«

»Selbstverständlich. Aber berücksichtigen Sie auch das Trauma. Jetzt geht es nicht mehr bloß darum, dass einem die Illusionen über den Weihnachtsmann zunichtegemacht werden. Nun reden wir vom Tod seiner Frau. Dem auch noch unmittelbar der Tod seiner *Tochter* vorausging.«

Sie löst ihren Blick von ihm und schaut auf die Dr.-Almond-Wand hinüber, an der seine Diplome, Zertifikate und Fotografien hängen. Sie spürt, wie sich der Knoten in ihrem Magen zusammenzieht.

»Billy war wie ein Gespenst, als er an jenem Tag sein Haus betrat«, sagt sie. »Sie hätten ihn sehen sollen. Ich fuhr ihn vom Krankenhaus nach Hause. Das war so etwa eine Stunde, nachdem er Janey verloren hatte. Er saß einfach nur apathisch auf dem Beifahrersitz und schüttelte die ganze Zeit den Kopf. Er sagte bloß einen Satz: ›Valerie hätte dort sein sollen.‹ Das flüsterte er so leise, dass ich ihn fast nicht verstehen konnte. Es war, als hätte er das nicht laut aussprechen wollen. So, als meinte er, er sollte nicht so über Val denken, täte es aber trotzdem.«

Sie senkt den Blick und sieht, dass ihre Hände zittern.

»Wir tasten uns erst noch an die Auswirkungen eines Traumas auf das Gedächtnis heran, Patti. Und vergessen Sie auch nicht Billys Hirnverletzung infolge der Schusswunde im vergangenen Jahr. Wie sich *diese* Verletzung auf sein Langzeitgedächtnis auswirkt, werden wir wahrscheinlich nie ganz herausfinden. Aber wenn man das alles zusammennimmt …«

»Das stimmt«, sagt sie mit nun rauer Stimme.

»Sie fragen mich also, Patti, ob es, Stand jetzt, heute, möglich wäre, dass er sich nicht mehr erinnert, was mit Val an jenem Tag passiert ist? Meine Antwort kann nur Ja lauten. Es ist durchaus möglich, dass er sich nicht erinnert.«

»Es scheint mir nicht so, als täte er es«, sagt sie. »Bei ihm dreht sich alles um diese russischen Sexhändler. Es ist lächerlich, aber er hat es sich in den Kopf gesetzt. Projiziert er da etwas oder so?«

Ihre Nerven liegen blank. Sie wartet eine Antwort gar nicht erst ab, sondern springt von ihrem Stuhl hoch und fängt an, auf und ab zu gehen, während sie sich die Haare rauft. »Haben Sie irgendeine Vorstellung davon, wie es ist, dazusitzen und ihm zuzuhören, wie er darüber spekuliert, Val könne ermordet worden sein, und nichts dazu zu sagen? Es ihm nicht zu sagen?«

»Das ist sehr schwer, kann ich mir vorstellen. Haben Sie das Gefühl, Sie können es nicht?«

Sie starrt ihn an. »*Natürlich* kann ich das nicht.«

»Haben Sie die Möglichkeit in Betracht gezogen, dass er ein Recht darauf hat, es zu erfahren?«

»Haben Sie die Möglichkeit in Betracht gezogen, dass er dann nie wieder ein Wort mit mir wechselt? Dass ich ihn für immer verliere?«

Diese Worte laut auszusprechen, lässt ihr einen Schauer über den Rücken laufen.

»Also geht es hier womöglich doch nicht um Billy«, schließt Dr. Almond. »Es geht hier um Sie.«

62

Es ist zwanzig nach sieben, hell und noch früher Morgen. Sal Argurito schließt gerade die Asservatenkammer auf. Dass ich schon dort stehe und warte, scheint ihn zu nerven. Wie die Bundesbediensteten im Postamt, die immer im hinteren Bereich herumhängen, Kundenschalter unbesetzt lassen und den zornigen Blicken der Schlange stehenden Kunden ausweichen, ignoriert er mich.

»Morgen, Sal«, sage ich. Er gibt keine Antwort beziehungsweise antwortet auf seine Art – indem er auf die Uhr schaut, die noch nicht halb acht geschlagen hat.

Ich kenne Sal schon, seit ich als Grünschnabel ins Department kam. Schon damals hatte er zwanzig Dienstjahre auf dem Buckel. Kein Mensch weiß, warum er immer noch hier in diesem Hinterstübchen arbeitet, statt auf seiner Veranda zu sitzen und mit seiner Frau Eistee zu trinken. Der einzige Grund, den wir uns vorstellen können, ist der, dass er nicht den ganzen Tag auf der Veranda sitzen und mit seiner Frau Eistee trinken will.

»Schönes Wetter heute«, sage ich.

Nichts. Er legt ein paar Formulare auf den Tisch und beschäftigt sich mit irgendetwas außer Sichtweite von mir.

»Ich brauche die persönliche Habe von Dwayne Sears«, sage ich. »Der Moreland-Mord.«

Gebückt und mürrisch schlurft er an mir vorbei, ohne mich auch nur eines Blickes zu würdigen.

»Komm schon, Sal. Ich bin da gerade dran. Ich spendiere dir auch ein neues Körperwachs.«

»Halt die Hufe still, verdammt«, murmelt er.

»Ich kann mich nicht mehr an deinen Lieblingsduft erinnern. War es Lavendel oder Apricot Morning?«

Das findet er nicht witzig. »Moreland?«, bellt er.

»Ja, der Mehrfachmord. K-Town.«

Ein paar Minuten später kehrt er mit einer großen Kiste zurück. »Der Fall, der deinen Namen in die Schlagzeilen brachte, den meinst du.«

»Die haben meinen Namen richtig geschrieben«, sage ich.

»Als wenn das ein Kunststück wäre. Stell dir vor, du hättest meinen Nachnamen.«

»Ich habe mal versucht, einen auf Italiener zu machen, Sal. Ich verspürte ein überwältigendes Verlangen, Spaghetti zu fressen und einen Krieg zu verlieren.«

»Unterschreib die Quittung, du irische Schnapsdrossel. Falls du nüchtern genug bist, einen Kuli zu halten.«

Ich trage die Kiste aus einer Liste aus und nehme sie in einen der Vernehmungsräume mit. Die Kiste ist halbvoll, aber ich habe es bloß auf Shivs Handy abgesehen. Es ist ein iPhone wie das meine, also gehe ich davon aus, dass ich es mit meinem Ladegerät aufladen kann. Auf einem Schildchen neben dem Telefon steht das Passwort, das irgendein einfallsreicher Officer in weiser Voraussicht von jemandem besorgt haben muss, wahrscheinlich von LaTishas Mutter. Das Passwort lautet 8474, und nach einem kurzen Blick auf die virtuelle Telefontastatur erkenne ich, dass es »Tish« bedeutet.

Das Telefon hat keinen Saft mehr, aber mit meinem Ladegerät dauert es nur wenige Minuten, bis das weiße Apple-Symbol auf dem Display auftaucht. Ich gehe die Anrufliste durch, um nach den Telefonnummern zu suchen, die Shiv zuletzt angerufen hat. So dumm, Drogengeschäfte mit diesem Telefon zu organisieren, kann er nicht gewesen sein. Dafür benutzte er ein Wegwerfhandy, falls er überhaupt ein Telefon dafür verwendet hat, aber sein normales Telefon ist die beste Wahl für das, was ich suche.

Den meisten Anrufen der letzten Zeit sind Kontaktdaten zugeordnet – **Mo, Eddie, KJ, Sheila** –, der neunte und der zehnte Anruf jedoch stechen hervor, sie wurden zwei Tage vor der Schießerei getätigt und haben längere Rufnummern, die beide mit 01140256 beginnen, gefolgt von verschiedenen sechsstelligen Nummern.

Internationale Anrufe.

Ich nehme Telefon und Ladegerät mit zu meinem Schreibtisch, wo ich das Ladegerät erneut anschließe und mit meinem Desktop online gehe. Ich brauche zwei Minuten, um mittels Suchmaschine bestätigt zu bekommen, dass 011 die US-Vorwahl für internationale Anrufe ist und 40 die Landesvorwahl für Rumänien.

Evie hat Shivs Handy dazu benutzt, um nach Hause zu telefonieren.

63

Zurück an meinem Schreibtisch, google ich auf dem Desktop den aktuellen Zeitunterschied. Rumänien ist acht Stunden voraus, also ist es dort jetzt kurz vor vier Uhr nachmittags. Dann rufe ich erneut den Online-Übersetzer Englisch-Rumänisch auf und gebe dort ein: »Hallo, ich bin ein Polizeibeamter aus Chicago, Vereinigte Staaten. Es tut mir leid, aber ich spreche nur Englisch.« Gepriesen sei die Technologie: Es wird eine Übersetzung ausgespuckt, daneben erscheint ein Icon, das auf Mausklick die Worte für mich in roboterhaftem Rumänisch ausspricht. Mit dieser phonetischen Umsetzung müsste ich durchkommen.

Schließlich rufe ich die erste der beiden Nummern in Rumänien an, die Evie gewählt hatte.

Eine Frau nimmt den Anruf entgegen, spricht schnell, vermutlich auf Rumänisch.

»Bună ziua«, begrüßt sie mein Übersetzungsprogramm. *»Sunt ofițer de poliție în Chicago, Statele Unite. Îmi pare rău, dar vorbesc doar engleză.«*

»Chicago, American?«, erwidert die Frau in passablem Englisch.

»Ja«, sage ich erleichtert.

»Sie suchen … Gefangenen?«

»Gefangenen? Habe ich ein Gefängnis angerufen?«

»Gefängnis Timisoara«, erwidert sie.

Ich schaue auf meinen Notizblock, auf die Übersetzung dessen, was Evie auf den Zettel gekritzelt hatte. **Vor drei Monaten wurde er entlassen.**

»Ja«, erwidere ich. »Ich suche einen Häftling, der vor drei Monaten entlassen wurde.«

»Ich Ihnen gebe Nummer zum Anrufen ... auf Englisch?«

Sie gibt sie mir durch, und ich lese sie zur Sicherheit noch einmal laut vor.

Gut. Ein gelungener Anfang. Jetzt wähle ich die zweite Nummer, die Evie angerufen hatte.

Ein Mann geht ans Telefon – erneut in der für mich völlig unverständlichen Sprache. Ich lese ihm meine Begrüßungsfloskel vor. *Ich bin ein Cop aus Chicago, spricht bei euch irgendwer Englisch?*

Er sagt etwas Unverständliches und dann: *»Warten.«*

Dreißig Sekunden, die sich anfühlen wie eine Stunde, vergehen. Dann erklingt erneut eine Männerstimme in der Leitung. *»Hallo? Sind Sie aus Amerika? Sind Sie Polizei?«*

»Ja. Ich rufe vom Police Department in Chicago an. Wie heißen Sie, Sir?«

»Mein Name ist Peter Dobrescu. Ich bin der Direktor.«

»Der Direktor von was?«

»Ich bin der Direktor der ... Einrichtung.« Er nennt den Namen auf Rumänisch und wird sich dann bewusst, dass ich ihn nicht verstehen kann. *»Timis Kinder«*, sagt er. *»Wir sind ... Waisenhaus.«*

»Ein Waisenhaus?«

Stimmt, das würde passen. Evie könnte aus einem Waisenhaus gekommen sein.

»Ich versuche eine junge Frau zu identifizieren, die ums Leben gekommen ist«, sage ich langsam. »Ich frage mich, ob sie vielleicht aus Ihrem Waisenhaus kam.«

»Wann war sie hier?«

Das weiß ich nicht. Aber ich kann mir nicht vorstellen, dass die Menschenhändler Evie von klein auf großgezogen haben. Wahrscheinlich haben sie sie vor ein paar Jahren herübergeholt. Ich teile ihm meine beste Vermutung mit.

»Haben Sie ihren Namen? Eine Fotografie?«

»Ich weiß nur, dass ihr Vorname womöglich Evie war«, antworte ich. »Und ja, ich habe Fotos.«

Er sagt, ich solle ihm eine E-Mail schicken. Er gibt mir die Adresse durch.

Gut, das ist gut. Das grenzt die Sache ein.

»Unsere Unbekannte? Sie kam aus einem Waisenhaus?«

Ich schaue auf und drehe mich um. Carla steht an ihrem Schreibtisch, ihre Tasche hängt noch über ihrer Schulter. Ich habe sie nicht reinkommen sehen. Und Carla, so scheint es, hat nicht einmal ihre Tasche abgestellt, um mich nicht auf sich aufmerksam zu machen.

Sie muss gesehen haben, dass ich telefoniere, und beschlossen haben herauszufinden, woran ich arbeite. Sie ist wohl an mir vorbeigeschlichen, während ich – der Blödmann, der ich nun mal bin – mich nur auf mein Telefonat mit Übersee konzentrierte.

Ich muss vorsichtiger sein. Carla ist früher dran als sonst, noch vor acht, aber ich hätte die Augen offen halten, darauf vorbereitet sein sollen. Das war dumm, dumm, dumm.

»Oh, das hörte sich leider nach einer Sackgasse an«,

unternehme ich einen lahmen Versuch, die ganze Sache herunterzuspielen.

»Was hast du denn bis jetzt?« Sie lässt ihre Tasche fallen und schaut zu meinem Schreibtisch herüber. Was dort herumliegt, kann ich jetzt nicht wegräumen, damit würde ich mich verraten.

Vor allem, wenn Pattis Vermutung stimmt und Carla mich auf dem Kieker hat.

Was kann ich tun? Ich habe ein Handy-Ladegerät auf meinem Schreibtisch liegen, das mit einem Handy aus einem Beweismittelbeutel verbunden ist, daneben liegt ein Block voller Notizen.

»Ich werde dir helfen«, bietet sie an. »Du hast recht, wir sollten sie identifizieren.«

»Sollten wir. Aber ich mache das ja bloß in meiner Freizeit. Hat keine hohe Priorität.«

Sie wirft mir einen Blick zu. Was will ich ihr da weismachen? Ganz offenkundig hat die Sache für mich Priorität.

Und nun will sie mir auch noch helfen!

»Hey, wir sind heute Morgen mit den Befragungen dran.« Soscia kommt herein und bringt ein neues Thema auf. »Heute Abend werden wir den Durchsuchungsbefehl vollstrecken.«

Es geht um einen Fall, an dem Soscia arbeitet. Wir hatten angeboten, ihn zu unterstützen.

»Genau, genau, genau.«

Wo ich doch in Wirklichkeit sagen wollte: *Scheiße, Scheiße, Scheiße.*

64

»An diesem Fall arbeiten wir schon seit einem Monat«, erklärt Sosh vom Beifahrersitz aus. Mat Rodriguez sitzt am Steuer. Er ist ein helles Bürschchen. Wer schon einmal in einem Auto gesessen hat, das von Lanny Soscia gesteuert wurde, setzt sich in der Regel zur eigenen Sicherheit lieber selbst hinters Steuer. Für Sosh sind Stoppschilder, Fahrspuren und rote Ampeln eine rein freiwillige Angelegenheit, und er hat die Aufmerksamkeitsspanne eines Kleinkinds. Es gibt Crashtest-Dummies, die in weniger Auffahrunfälle verwickelt worden sind.

Wir befinden uns hier im Revier der Preds in der Southwest Side, Little Village. Los Depradadores Latinos, die Latino-Raubtiere, tragen diesen Namen seit einer Pressekonferenz, die Bürgermeister Daley – Richie, nicht sein alter Herr – einmal im Stadtteil Pilsen abhielt und dabei über Straßengangs sprach, die sich Jugendliche als Opfer aussuchen. Eine der Gangs beschloss offenkundig, das mit den Raubtieren als Kompliment aufzufassen.

Wir fahren die 26th entlang, auf der wir im dichten Verkehr nicht weiter auffallen. Dabei passieren wir bunte Wandmalereien, *Panaderías* und mexikanische Lebensmittelläden, kommen an Straßenhändlern vorbei, die auf ihren Handkarren Fruchteis oder in Butter gebratene Maiskolben verkaufen.

»Ich könnte ein Häppchen vertragen«, erklärt Sosh. Das ist schon mal eine Ansage: Sosh hat Hunger.

Carla, die hinter Sosh und neben mir sitzt, stupst mich mit dem Ellbogen an und deutet aus dem Fenster. »Siehst du diese Wäscherei?«, sagt sie und weist auf einen Laden, auf dessen großer grüner Markise das Wort *Lavandería* prangt. »Die hat mal meinem Großvater gehört.«

»Ohne Scheiß?«, frage ich. Abgesehen davon, dass ich ihren Sohn Samuel getroffen habe und weiß, dass sie nicht verheiratet ist, habe ich nicht allzu viel Einblick in Carlas Leben. Ist man automatisch mexikanischer Abstammung, wenn man einen Großvater in Litte Village hat? Ich tippe darauf, dass sie gemischtrassig ist, während Sosh glaubt, sie ist zu 100 Prozent Puerto Ricanerin. Keiner von uns hat den Mumm, sie danach zu fragen. »Bist du hier aufgewachsen?«

»Ich bin mehrmals umgezogen. Nach der Scheidung meiner Eltern habe ich einige Zeit am Marshall Square gewohnt.«

Rodriguez sagt etwas auf Spanisch zu ihr, so schnell, dass ich es nicht verstehen kann, und sie entgegnet daraufhin fließend und noch schneller. Sie lachen.

Das bestätigt dann wohl das mit dem Latina-Anteil. Die meisten Cops verstehen ein wenig Spanisch – ich auch –, aber sie spricht es so, als täte sie das schon ihr ganzes Leben lang.

»Hey, nix sprechen Spraken, die ich nix verstehen«, kauderwelscht Sosh.

»Das schließt Englisch aus«, sage ich und wende mich Carla zu. »Zweisprachig?«, frage ich, darauf hoffend, dass sie vielleicht näher darauf eingeht und ihre Antwort mir weitere Erkenntnisse verschafft.

»Drei, eigentlich«, erwidert sie. »Französisch auch.«

»Französisch?« Das macht es wieder undurchsichtig.

»Okay, da wären wir.« Rodriguez biegt rechts ab, und nun befinden wir uns in einem Wohngebiet, zu unserer Linken erstreckt sich ein großer Park, zu unserer Rechten stehen Backsteinhäuser. Rodriguez hält sich links und fährt an der gegenüberliegenden Seite des Parks entlang. »An der nächsten Ecke ist es«, teilt er uns mit. »Das gelbe Backsteinhaus.«

Direkt daran vorbeifahren wird er nicht. Das wäre zu auffällig. Aber Mat hält kurz am Stoppschild, sodass wir uns das Haus genauer anschauen können. Es ist unauffällig, einfach nur ein Backsteinhaus mit drei Etagen, dahinter eine schmale Straße. Auf der Eingangstreppe steht ein Teenager in Bermudashorts und einem T-Shirt. Er hat sich ein orangefarbenes Kopftuch umgebunden und stiert auf sein Handy.

»Das ist Ausguck Nummer eins«, erklärt Sosh. »Unbewaffnet.«

»Wo ist Nummer zwei?«, will ich wissen. Wir fahren weiter.

»Auf dem Dach«, sagt Carla. Ich schaue sie an – wir haben an diesem Fall nicht mitgearbeitet, helfen bloß bei der Vollstreckung eines Durchsuchungsbefehls.

»Guck nicht so überrascht, Harney. Ich habe mir meine ersten Sporen bei der Drogenfahndung verdient.«

Dass Carla mehrere Jahre bei der Drogenfahndung war, teilweise als verdeckte Ermittlerin, wusste ich.

»Sie vermutet richtig«, bestätigt Rodriguez. »Auf dem Dach. Im Moment ist er gerade nicht oben, weil die Lieferung noch nicht eingetroffen ist. Sie kommt heute Abend. Luftbilder haben wir keine, aber wir glauben, dass er dort oben eine Kaliber 12 oder eine Tec-9 hat. Beide Waffen haben wir gesehen.«

»Wahrscheinlich hat er beide«, sagt Sosh.

»Was ist mit dem Hintereingang?«, fragt Carla.

»Fehlanzeige«, erwidert Sosh. »Na ja, fast. Es gibt eine Hintertür, die sich aber nur von innen öffnen lässt. Stahlverstärkt, vermuten wir. Unseren Informationen zufolge ist sie mit einem Alarmsystem ausgestattet. Aber egal, die Preds parken immer einen Lastwagen direkt davor. Den fahren sie nur weg, wenn eine Lieferung ansteht. Sie bringen das Heroin durch die Hintertür rein und stellen den Lastwagen anschließend wieder direkt davor ab.«

»Und wir können die Alarmanlage nicht ausschalten«, fügt Rodriguez hinzu. »Nicht, ohne dass der Alarm ausgelöst wird. Da könnten wir sie auch gleich anrufen und ihnen Bescheid geben, dass wir im Anmarsch sind.«

»Zugang zum Dach?«, frage ich.

»Der einzige Weg zum Dach hinauf führt über die hintere Feuerleiter.«

»Hört sich nach Spaß an«, sage ich. »Lenkt ihr irgendwie ab?«

»Wir haben zwei Ablenkungsmanöver«, erwidert Sosh. »Wir lassen seit drei Wochen eine verdeckte Ermittlerin hier vorbeiflanieren. Sie ist aus dem Fünfzehnten. Sie führt kurz nach halb neun ein kleines Hündchen Gassi, bleibt dabei stehen und flirtet herum. Dieses junge Fohlen in ihrem Top und engen kleinen Shorts solltest du mal sehen.«

Carla verdreht die Augen. Sie versteht es, aber trotzdem.

»Und die andere Ablenkung?«, frage ich, um das Thema zu wechseln.

»Heute Abend um halb neun schießen sie im Park Feuerwerkskörper ab«, sagt Rodriguez. »Irgendein Frühlingsfest oder so was.«

Was erklärt, warum wir genau heute Abend zuschlagen.

Also werden Carla und ich den Ausguck auf dem Dach ausschalten, während die Verdeckte den Burschen auf der Veranda überwältigt. Sobald die beiden Späher aus dem Verkehr gezogen sind, können die Einsatzkräfte mit dem Mannschaftswagen anrücken, und Sosh und Rodriguez werden zwanzig Cops ins zweite Obergeschoss führen, um unseren freundlichen Heroinhändlern aus der Nachbarschaft einen Besuch abzustatten.

Mat hat recht, Feuerwerk ist eine gute Ablenkung. Aber wenn wir das hier nicht richtig hinbekommen, wird es noch viel mehr Knallerei geben.

65

Die Einsatzkräfte sind in voller Montur und startbereit – Helme, Westen, Handfeuerwaffen und Gewehre. Sosh spendet ihnen, während er vor ihrem Wagen steht, ein paar aufmunternde Worte und schließt dann die Fahrzeugtür.

»Verdammt schwül hier draußen«, schimpft Carla flüsternd, richtet sich ihre Weste und überprüft ihre Waffe.

»Bist du bereit?«, raune ich ihr zu, abseits der anderen und nur für ihre Ohren bestimmt. Meine Mutter bekam vor ihrem Tod Chemotherapie, und die saugte ihr die Lebensenergie aus. Aber sie war auch fast doppelt so alt wie Carla. Carla sieht im Grunde genommen okay aus, wenn dunkle Augenringe und ein abgehärmter Gesichtsausdruck als okay durchgehen. So sieht sie immer aus.

Sie schneidet eine Grimasse. »Wir werden so was hier ja nicht jeden Tag machen, oder? Geh einfach davon aus, dass es mir gut geht, es sei denn, ich teile dir mit, dass es nicht so ist. Lass mich nicht bereuen, dass ich es dir erzählt habe.«

»Du hast recht. Hab's kapiert. Ich werde es nicht noch einmal ansprechen.«

Sie steckt ihre Waffe ins Holster, und wir steigen in unseren Wagen.

Zwanzig Uhr fünfundzwanzig. Die Sonne ist untergegangen, und es ist fast dunkel, als Carla und ich auf der schmalen Straße hinter dem Parkplatz des Hauses stehen. Ich sehe die Verdeckte, die mit dem Hund wie jeden Abend Gassi geht. Selbst aus der Entfernung erkenne ich, was Sosh gemeint hat. Lange Beine, eine enge Jeansshorts, die so klein ist, dass sie wie Unterwäsche aussieht, rückenfreies Oberteil. Der Ausguck auf der vorderen Veranda dürfte Stielaugen bekommen und abgelenkt sein.

Und der Typ oben auf dem Dach auch, wenn wir Glück haben.

»Verdeckte ist in Position«, brummt mir Sosh ins Ohr. *»Vom Dach aus wird sie gecheckt.«*

»Wir gehen rauf«, sage ich.

»Grün bedeutet, alles gut. Orange bedeutet, wir sind im Arsch.«

Orange ist die Farbe der Preds.

Carla und ich schleichen die Gasse entlang und halten uns dabei dicht an der Wand, um so lange wie möglich vom Dach aus nicht gesehen werden zu können. Carla hat die Führung übernommen. Wir haben nicht wirklich über eine Reihenfolge gesprochen. Vielleicht hat sie das Gefühl, sie müsse mir etwas beweisen.

An der Einfahrt zum Parkplatz hinter dem Gebäude bleiben wir stehen und stecken die Köpfe hervor. Und tatsächlich parkt da ein blauer Lastwagen quer vor der Hintertür. Oben auf dem Dach sehen wir niemanden, der nach unten schaut. Wir müssen bloß unentdeckt bis zur Feuerleiter gelangen.

Ich höre die Stimme des Mannes oben auf dem Dach etwas rufen. Ich verstehe nicht jedes Wort, aber ich schnappe *chiquita* auf, was mir sagt, dass er etwas zu unserer Undercover-Frau hinunterruft, mit ihr flirtet.

Auf Zehenspitzen rennen Carla und ich zur Feuerleiter.

Als wir zwei rasch aufeinander folgende Knallgeräusche hören, erstarren wir und schauen einander an, bis wir davon überzeugt sind, dass es der Beginn des Feuerwerks war und keine Schüsse. Der Lärm wird die Geräusche übertönen, die wir verursachen, aber wir müssen diese Feuertreppe trotzdem so leise wie nur möglich hochklettern.

Und auch schnell.

»Bereit?«, flüstert sie.

Ich nicke ihr zu. »Vergiss nicht das erste Gebot.«

Du sollst dich nicht töten lassen.

Ich will mich an Carla vorbeischieben, doch sie flüstert »Ladys first« und klettert die ersten Sprossen hinauf, erneut auf Zehenspitzen. Sie ist leichter und behänder als ich, und mir bleibt nichts anderes übrig, als ihr zu folgen, ohne dabei die Leiter raufzupoltern und damit zu riskieren, dass wir unsere Anwesenheit verraten.

Als wir rasch drei Etagen erklommen haben, bleibt uns beiden die Puste weg, aber das Adrenalin verleiht uns neuen Auftrieb.

Aus dem Park auf der gegenüberliegenden Straßenseite dringt das Knallen weiterer Feuerwerkskörper, und zudem brüllt der Kerl oben auf dem Dach etwas, das ich nicht verstehen kann.

Das Hämmern meines Pulsschlags übertönt die Geräusche weitgehend.

In geduckter Körperhaltung klettert Carla das letzte Stück der Leiter hinauf. Sie schaut zu mir hinunter und nickt.

Dann späht sie kurz über die Betonbrüstung des Gebäudes, zieht den Kopf wieder ein und nickt mir erneut zu. Es ist sauber. Er schaut nicht in unsere Richtung.

Wieder krachen Feuerwerkskörper.

Carla zieht ihre Waffe, schaut wieder nach oben, hievt ihr Bein über die Brüstung und verschwindet außer Sichtweite auf dem Dach. Eine schöne, flüssige Bewegung, besser, als ich sie hinbekommen hätte.

Als ich ihr die letzten Sprossen hinauf folge, die Waffe im Anschlag, höre ich einen lauten, dumpfen Schlag.

»Motherfuck! *Loco, loco!*«, brüllt eine Männerstimme.

Und mir ist klar, dass die Kacke am Dampfen ist.

66

»Orange auf dem Dach! Orange!«, schreie ich, während ich Kopf und Glock über die Betonbrüstung schiebe. Vom anderen Ende des Dachs rennt der Ausguck auf mich zu, eine Tec-9 in der einen Hand, ein Handy in der anderen, während er dabei ist, eine Nummer zu wählen, um seine Kollegen im Haus zu warnen. Als er mich sieht, lässt er das Telefon fallen und bleibt stehen. Seine frei gewordene Hand benutzt er nun dafür, das nach unten ragende Magazin seiner halbautomatischen Waffe zu umklammern.

Ich jage ihm zwei Kugeln mitten in die Brust, worauf er zu Boden fällt und dabei aus dem Lauf seiner Waffe einen Kugelhagel gen Himmel jagt. Dann ziehe ich ein Bein hinterher und springe über die Brüstung, ein Sturz von fast anderthalb Metern, mehr, als ich erwartet hatte. Die Landung ist heftig, ein jäher Schmerz schießt mir in die Schulter, aber ich schnelle wieder hoch und drehe mich um die eigene Achse.

In meinem Ohr ertönt es: *»Einheit 4 zum Dach! Alle anderen Einheiten, wir sind grün! Wir sind grün! Wir sind grün!«*

Vor mir erblicke ich das Ende eines Kampfs zwischen Carla und einem weiteren Beobachtungsposten – einem zweiten Mann auf dem Dach, einem, mit dem wir verdammt noch mal nicht gerechnet hatten. Der Mann, ein hünenhafter Bodybuildertyp, hat seinen fleischigen Bizeps um Carlas Hals geschlungen und sie von den Füßen gehoben, während er ihr den Lauf seiner Waffe gegen die Schläfe drückt. Carla ist halb benommen und hat auf der linken Wange eine offene Wunde, aus der ihr Blut über das Gesicht läuft.

»Fallen lassen!«, rufe ich und richte mich auf. »Du kannst nirgendwohin!«

»Lass die Waffe fallen, oder ich knall sie ab!« Er hat Angst, blickt sich fieberhaft um und erkennt, dass es keinen anderen Fluchtweg von diesem Dach gibt als die Feuerleiter runter, an der ich Position bezogen habe. Verängstigt und in die Enge getrieben, das kann dazu führen, dass die Situation eskaliert.

Und ich weiß nicht, ob dieser Kerl clean ist oder mit irgendwelcher Chemie vollgepumpt. Es ist zu dunkel, als dass ich seine Augen gut sehen könnte.

Die beste Möglichkeit, die er hätte: Auf mich schießen, wohl wissend, wie schwer es mir fallen würde, das Feuer zu erwidern, solange sich Carla in der Schusslinie befindet.

Aber ich könnte einen Kopfschuss versuchen. Er ist ein ganzes Stück größer als Carla. Bin ich zuversichtlich genug, um einen Schuss im Halbdunkel zu wagen?

Mein Puls hämmert heftig. Der Lichtschein der am Himmel explodierenden Feuerwerkskörper ermöglicht es mir, eine Sekunde lang gerade eben sein Gesicht zu erkennen, verängstigt und beängstigend, und Carlas intensiven Blick, während sie sich ihm zu entwinden versucht.

»Lass deine verdammte Waffe fallen, oder ich leg sie um!«, stößt er hervor.

»Es gibt keinen Weg runter von diesem Dach!«, schreie ich. »Schau dich um. Wo willst du hin?«

»Du willst, dass ich die Schlampe umniete? Hä? *Willst* du, dass ich es tue?«

Unten auf der Straße quietschen Reifen, die Lichtbalken der Einsatzfahrzeuge blinken. Falls er vorhin ahnte, dass er in der Falle sitzt, weiß er es jetzt sicher. Er wird nicht von diesem Dach herunterkommen. Er könnte sich ergeben, oder er könnte versuchen, sich seinen Weg freizuschießen.

Ergib dich. Gib auf.

In Panik geraten, schaut er über die Brüstung hinunter auf den Parkplatz, der Lauf seiner Waffe bewegt sich an Carlas Schläfe hin und her …

Carlas linke Hand fliegt nach oben, prallt gegen seinen Unterarm, sodass sich die Waffe weg von ihrem Kopf bewegt. Ein Schuss löst sich, Mündungsfeuer blitzt auf, eine Kugel zischt an mir vorbei.

Ich feuere einmal, ein zweites Mal und schieße ihm die Schädeldecke weg.

67

Der Rettungssanitäter schließt die hintere Tür des Fahrzeugs. Der Krankenwagen fährt los.

Carla liegt auf der Liege, hat sich aber aufgerichtet und presst sich mit einer Hand den Verbandsmull auf das Gesicht, obwohl er mit Heftpflaster befestigt wurde. Im Stroger Hospital, wohin wir gerade fahren, werden sie ihr die Wunde nähen.

»Wie geht's dir?«, frage ich.

Sie schließt die Augen und legt den Kopf schief. »Die Kehle tut mir mehr weh als das Gesicht.«

Mit plärrender Sirene fahren wir weiter, ab und zu tritt der Fahrer auf die Bremse, hält aber nie an.

»Das ist gegen die Schmerzen«, sagt der Sanitäter und hält dabei eine Spritze in der Hand.

»Nein«, protestiert Carla. »Keine Schmerzmittel.«

»Nicht?«

»Nein. Ich komme zurecht.«

Vielleicht hat das mit der Krebsmedikation zu tun, und sie hat Bedenken wegen möglicher Wechselwirkungen. Vielleicht spielt sie aber auch nur die Harte. An ihrer Stelle wäre ich für alles Demerol, das sie mir geben, dankbar.

»Sosh spricht von sechzehn Verhaftungen«, informiere ich sie. »Mehr als acht Kilo. So um die sechshunderttausend in bar.«

»Sosh hat auch von nur einem Ausguck auf dem Dach gesprochen.«

Als Carla über die Brüstung schaute, hat sie offenkundig, wie uns gesagt worden war, nur den einen Beobachtungsposten gesehen, der am anderen Ende des Dachs stand und unseren Augenschmaus von verdeckter Ermittlerin unten auf dem Bürgersteig anglotzte. Was sie nicht sehen konnte und über das uns niemand informiert hatte: Da hockte noch ein zweiter Typ, gegen die Dachbrüstung gelehnt. Um ein Haar wäre sie der Länge nach auf ihn gestürzt, als sie hinübersprang. Er schlug mit seiner Ruger nach ihr, brachte ihr damit eine große, heftig blutende Wunde auf der Wange bei und hätte sie fast bewusstlos geschlagen.

Ich bin beeindruckt, dass sie ihn überhaupt abwehren, ihn davon abhalten konnte, sie zu erschießen. Sie hat da mit einem Kerl gerungen, der beim Bankdrücken ihr vierfaches Körpergewicht stemmen könnte, und das alles nach einem heftigen Schlag auf den Kopf.

»Der Typ wollte mich tatsächlich kaltmachen«, sagt sie. Mit einem Mal hebt und senkt sich ihre Brust in Panik. »Heilige Scheiße, ich dachte schon, das wär's für mich gewesen.«

»Es ist okay, es ist alles okay.« Beruhigend tätschele ich ihr das Bein. »Entspann dich. Wir hatten ein Happy End.«

Hat sie recht? Schwer zu sagen. Der Kerl wäre nicht vom Dach runtergekommen, das muss er gewusst haben. Hätte er aufgegeben und sich entwaffnen lassen? In so einer Situation würden das viele tun. Aber diese Möglichkeit habe ich ihm nicht gegeben. Carla nutzte ihre Chance, den Lauf der Waffe von ihrer Schläfe wegzuschlagen, und ich zögerte nicht zu feuern. Bei der Überprüfung wird es als gerechtfertigt durchgehen, davon bin ich überzeugt, vor allem, da er seine Waffe in meine Richtung abfeuerte. Aber ich werde mir ewig die Frage stellen, ob ich ihn nicht vielleicht doch hätte überreden können, vom Dach herunterzukommen.

»Da gibt es kein Vielleicht, Harney.« Ihre vorübergehende Panikattacke verebbt. »Ich habe keine Luft mehr bekommen. Er hat mir die Kehle zugeschnürt. Meine Füße haben in der Luft gezappelt. Sein Arm war wie eine Schlinge um meinen Hals. Mir blieben vielleicht noch dreißig Sekunden.«

»Das war mir nicht klar. Konnte ich nicht erkennen.«

Sie streckt ihre Hand nach mir aus. Zuerst kapiere ich es nicht, glaube, sie wolle mir etwas signalisieren oder so.

Dann begreife ich. Ich reiche ihr meine Hand, und sie hält sie fest.

Ich schaue sie an. Ihr Blick verschleiert sich, ihre Lippen beben.

»Ich musste ständig an …«

»… Samuel denken«, beende ich den Satz für sie.

»Wer sich um ihn kümmert, wenn ich sterbe.«

Ich dachte, sie hätte etwas von einer Großmutter gesagt. »Nicht sein Vater?«

Sie gibt ein Geräusch von sich. Kein freundliches. »Er ist nicht so der Typ, der Kinder großzieht.«

»Verstehe.«

»Er ist ein Arschloch«, setzt sie hinzu. »Verschwendet an niemanden außer sich selbst einen Gedanken. Geschenke an Samuels Geburtstag gibt es nur, wenn er zufällig dran denkt. Manchmal zu Weihnachten. Er würde ihn nicht zu sich nehmen. Nie im Leben. Ich weiß, dass er's nicht tun würde.«

»Nun …«

»Seine Mutter, meine Schwiegermutter, Ex-Schwiegermutter, schätze ich mal – sie wohnt bei uns. Aber sie ist neunundsiebzig. Wenn ich dran glauben müsste …«

Mit meiner freien Hand tätschele ich unsere beiden verschränkten Hände. »Aber das musst du nicht. Stimmt's? Das musst du nicht.«

Sie blinzelt die Tränen weg und nickt. »Stimmt.«

Ich greife nach dem Handy in meiner Tasche. »Ruf deinen Jungen an«, sage ich. »Hör seine Stimme.«

»Es geht schon wieder.«

»Nein, komm schon.« Ich entsperre mein Telefon und reiche es ihr. Sie wählt und hält sich das Handy dann ans Ohr.

»*Niño,* ich bin's. Wie geht's dir? Wie war dein Tag?« Während sie zuhört, füllen sich ihre Augen mit Tränen, und sie zieht alle möglichen Grimassen, um nicht in lautes Weinen auszubrechen.

Es ist, als hätte ich sie noch nie gesehen, so als wäre sie ein anderer Mensch, nicht zurückhaltend und hart, sondern völlig unverstellt, emotional und verletzlich.

Der Krankenwagen fährt langsam über eine Bodenschwelle, wir sind jetzt unmittelbar vor dem Stroger, in dem Carla untersucht und genäht werden wird. Derweil werde ich auf ganz andere Art und Weise untersucht werden, nämlich von COPA und IAB, und zwar bezüglich der Schießerei mit Beteiligung von Officers heute Abend.

»Danke, Partner.« Carla reicht mir das Telefon zurück. Sie macht den Eindruck, als wolle sie noch etwas hinzufügen. »Danke, Billy«, wiederholt sie schließlich nur.

68

Wir stranden im Salem's Inn. Heute Abend ist niemandem danach zumute, im Hole aufzuschlagen. Die Einsatzkräfte sind dort und feiern den Triumph, aber die vier Detectives scheinen sich allesamt einig zu sein, dass Saufen in Ordnung ist, großes Gedränge aber nicht.

Sogar Carla kommt mit, trinkt aber nur Sodawasser. Ihre linke Gesichtshälfte ist bandagiert, grün und blau und geschwollen. Man hat ihr im Stroger mit zwanzig Stichen die Wange genäht.

»Nur ein einziger Ausguck auf dem Dach«, sage ich wehmütig etwa zum zehnten Mal, bevor ich meinen Bourbon hinunterkippe. Ein guter Tropfen, der Beste, den sie im Salem's ausschenken, Four Roses Single Barrel, denn Soscia wird den Deckel bezahlen, ob er das nun schon ahnt oder nicht.

Er ahnt es. Er fühlt sich gut und schlecht zugleich. Gut, weil die Razzia ein Erfolg war. Wegen des Feuerwerks und weil die ganzen Mixer und Kaffeemühlen, mit denen das Heroin gemahlen und gemischt wurde, einen Heidenlärm veranstaltet haben, hörte uns kein Mensch kommen. Den Ausguck auf dem Dach mit der Tec-9 und dem Handy habe ich erschossen, bevor er seine Leute telefonisch warnen konnte. Der unbewaffnete Kerl auf der vorderen Veranda wusste offenkundig nicht, wie ihm geschah, als die verdeckte Ermittlerin, die mit ihm flirtete, eine kleinkalibrige Pistole aus einer Tüte zog, in der eigentlich das Kacka ihres Hündchens sein sollte.

Das Endergebnis: 8,4 Kilogramm Heroin und sechshundertfünfundzwanzigtausend Dollar in bar. Das ist eine reiche Beute. Es bedeutet, dass Sosh morgen eine Pressekonferenz abhalten wird.

Aber Sosh hat uns auf dem Dach ins offene Messer laufen lassen, und das weiß er auch. Das Gepolter, das wir auf der Feuerleiter hörten, die Verstärkung, die uns zu Hilfe kam – als erster Cop war Sosh oben. Er hatte wochenlang an dieser Sache gearbeitet, diese Heroinrazzia war sein Baby. Aber im selben Moment, als er meinen Notruf hörte, rannte er zur Feuerleiter. Die Einsatzkräfte erzählten mir, sie hätten noch nie einen so dicken Kerl so schnell klettern sehen. So ist Sosh eben. Er wird versuchen, sich nichts anmerken zu lassen, aber die falsche Info, die er uns gegeben hat, die wird ihm noch lange im Gedächtnis haften bleiben.

Rodriguez macht sich als Erster aus dem Staub, aber wir sind zu erschöpft, um ihn wegen seiner Frau zu hänseln. Sosh geht an die Bar. Ich schaue Carla an.

»Frag mich jetzt nicht, wie's mir geht«, warnt sie mich. »Du kannst nicht ständig diese Mein-armer-kranker-Partner-Nummer bringen.«

»Schon, aber heute Abend ist das anders.«

»Sei's drum. Mir geht's gut, Detective. Dank dir.«

Sie versucht zu lächeln, doch das schmerzt sie zu sehr.

Sosh kommt mit ein paar Gläsern Jägermeister zurück, was eine furchtbare Idee ist. »Also schön, Griffin, jetzt, da du mit uns eine Nahtoderfahrung geteilt hast …«

»Nicht ich mit dir. *Du* hast mich in eine Nahtoderfahrung *gebracht.*«

»Ah, ein Wortspiel«, sagt er. »Es wird allmählich Zeit, dass du uns verrätst, ob du schwarz, Latina, Asiatin oder was auch immer bist.«

Fast spuckt sie die Club Soda wieder aus, die sie gerade im Mund hat. Es gelingt ihr, sie hinunterzuschlucken, dann bricht sie in Lachen aus und fährt sich prompt mit der Hand an die Wange. »Autsch.«

Ich werfe Soscia einen Blick zu, worauf er meinen Blick so erwidert, als könne er nicht begreifen, warum ich ihm einen Blick zuwerfe.

»Also ... Was tippst du denn?«, fragt sie Sosh.

»Ich habe auf durch und durch Puerto Ricanerin gesetzt. Harney tippt auf halb schwarz, halb Latina.«

Mittlerweile schirme ich mein Gesicht mit der Hand ab. Soscia hat es schon an seinen besten Tagen nicht so mit politischer Korrektheit, und heute Abend hat er sich jede Menge Whisky hinter die Binde gekippt.

»Wieso Puerto Ricanerin?«, will sie wissen.

»Antworte nicht darauf, Sosh. Antworte. Nicht. Darauf.« Ich habe keine Ahnung, was Soscia sagen wird. Ich weiß nur, es wird peinlich sein.

»Mein Vater stammte aus Jakarta«, sagt Carla. »Meine Mutter war Kolumbianerin. Sie lernten sich an der University of Chicago kennen, wo er gerade in Luftfahrttechnik promovierte und sie im Grundstudium war. Okay?«

Sosh schaut mich an. »Ich weiß nicht einmal, wie ich mich darüber lustig machen könnte. Wo zur Hölle liegt Jakarta?«

»Indonesien«, erwidert sie.

»Und wo zur Hölle ist Indonesien?«

Sie lacht erneut. »Südostasien, du Dummbeutel.«

»Okay, also bist du halb Asiatin, halb Latina?«

»Wenn es das für dich einfacher macht, Soscia, nur zu.« Sie schaut zu mir herüber. »Sind jetzt alle zufrieden?«

»Und du wurdest eine Chicagoer Polizistin.«

»Was hätte ich deiner Erwartung nach tun sollen? Eine Reinigung eröffnen, in der Salsa getanzt wird?«

Das gefällt Sosh. Er deutet mit dem Finger auf sie. »Du wirst lockerer, Griffin. Ich wusste, dass wir dich knacken würden.«

»Nee.« Sie rührt in ihrem Glas herum. »Mein Großvater mütterlicherseits war Cop in Kolumbien. Bogotá. Er wurde umgebracht. Von den Narcos, um genau zu sein. Er war einer der ersten Cops, die damals in den Siebzigern wirklich versucht haben, dem Medellín-Kartell das Handwerk zu legen, bevor das in Mode kam. Also hatte ich das Ding mit dem Cop-Sein irgendwie schon immer im Blut.«

»Dann muss deine Mom stolz auf dich sein«, werfe ich ein.

Darüber denkt sie nach, und der Ausdruck in ihrem Gesicht verändert sich, was nicht so einfach zu deuten ist bei all den Schwellungen und Verbänden. Aber etwas ist anders, so als hätte sie etwas in sich eingeschlossen, und mein harmloser Kommentar hätte die Tür entriegelt. Ihre Augen glänzen erneut vor Tränen, wie vorhin im Krankenwagen.

Sie murmelt etwas davon, sie müsse auf die Toilette gehen, und eilt davon.

69

Wenn er kann, schaut sich Porter die Sox gern von den vereinseigenen Sitzplätzen aus an. Meist ist es angebracht, sich unauffällig zu verhalten, aber von Zeit zu Zeit ist es auch gut, wenn seine Pilze ihn in einem Anzug von Boss oder auf Zweihundert-Dollar-Plätzen sitzen sehen, damit ihnen klar wird, dass er ein paar Dollar in der Hinterhand hat, was ihnen wiederum deutlich macht, dass er schon weiß, was er tut.

Das jetzt ist einer dieser Momente.

Giolito wird von den Astros abgeschossen, und Anderson scheint der Einzige aus der Startaufstellung zu sein, der in der Lage ist, eine konstante Offensivleistung abzurufen. Aber wen schert's? Es ist ein milder, windiger Abend, der Jameson verschafft ihm einen wohligen Schwips, und es ist doch nur ein Ballspiel, verdammt noch mal.

»Probleme gehabt, reinzukommen?«, fragt er, als Carla Griffin neben ihm Platz nimmt. Mein Gott, sieht die Frau furchtbar aus. Als hätte sie gerade einen Kampf über fünfzehn Runden verloren.

»Nein. Aber ich weiß eigentlich nicht so recht, warum ich ins Cell kommen muss, um mich mit Ihnen zu treffen.«

»Das Stadion heißt nicht mehr Cell, Schätzchen. Und Sie müssen hier herkommen, weil ich hier bin. Also reden Sie. Was treibt er so?«

Tilson schlägt einen Ball hoch ins kurze Centerfield und beendet damit das vierte Inning, wobei er zwei Läufer auf den Bases stranden lässt. Ist einem schlechten Wurf hinterhergejagt, keine Frage.

»Bestimmt haben Sie von letzter Nacht gehört«, sagt Carla.

»Habe ich«, erwidert er, ohne sie anzuschauen. »Wie es scheint, können Sie von Glück reden, dass Sie noch unter den Lebenden weilen. Harney hat den Idioten niedergeschossen, oder? Wird Ihnen jetzt warm ums Herz, wenn Sie an ihn denken?«

Das ist eine einfache Frage, aber offenbar nicht so einfach zu beantworten. »Harney scheint schon ein guter Cop zu sein«, sagt Carla schließlich.

»Dann erzählen Sie mir mal von diesem guten Cop. Versucht er immer noch, die Identität dieser Unbekannten herauszufinden?«

»Ja. Er glaubt, er hat ihre Spur bis zu einem Waisenhaus in Rumänien zurückverfolgt.«

Ach, du heilige Scheiße!, denkt Porter. *Erst hatte ich kein Glück, und jetzt kommt auch noch Pech dazu.* Er nippt an seinem Whisky und zählt innerlich bis zehn. Disco wird nicht glücklich darüber sein.

»Das Wegwerf-Handy, das ich Ihnen gegeben hatte, haben Sie noch, oder?«, fragt er. »Ich will jetzt täglich über die Entwicklung auf dem Laufenden gehalten werden. Sich jeden Tag zu treffen, ist wahrscheinlich keine so gute Idee. Ich will alles wissen, was er wegen dieses Mädchens unternimmt.«

»Warum, Porter? Ich meine, Scheiße, was ist denn so falsch an dem, was er macht?«

Vielleicht sollte er ihr einen Vorgeschmack auf das geben, worum es hier geht. Sie mag seine Sorge wegen einer toten Prostituierten nicht einleuchtend finden, aber dass sie sich deswegen in irgendwas reinsteigert, kann er nicht brauchen.

Vielleicht wird er sie eines Tages einweihen. Aber heute noch nicht.

»Sie sind meine Augen und meine Ohren, Lady. Mehr aber auch nicht. Es sei denn, unsere Abmachung schmeckt Ihnen nicht mehr.« Er wendet sich ihr zu und schaut sie an. »Ist es das? Ihnen schmeckt unsere Abmachung nicht mehr?«

Sie verbeißt sich eine Antwort. »Geben Sie's mir einfach.«

»Verschweigen Sie mir was?«

»Ich habe Ihnen gesagt ... »Sie fängt sich und senkt ihre Stimme. »Ich habe Ihnen alles gesagt. Er glaubt, sie stammt aus Rumänien. Er schickt denen Fotos. Das ist alles.«

»Er hat nichts davon gesagt, dass er das Haus noch einmal durchsuchen will?«

»Was? Nein.«

»Sicher?«

»Davon weiß ich nichts.«

Tja, Porter hat es aber todsicher von Disco gehört. Disco ist mehr oder weniger aus der Haut gefahren, als er erfuhr, dass Harney seine Jungs um ein Haar in diesem Haus erwischt hätte. »Officer unter Beschuss!« und das ganze Programm – aber Harney hat die Sache überhaupt nicht gemeldet. Und offenkundig hat er es auch gegenüber seinem Partner nicht angesprochen.

Das ist übel.

Porter greift zwischen seine Füße und reicht ihr eine Papiertüte. »Eine Wochenration«, sagt er.

»Eine Woche?« Sie langt in den Beutel. »Was denn, ziehen Sie jetzt die Daumenschrauben an?«

»Vielleicht. Was zum Teufel tun Sie da?«

Was sie da tut? Sie öffnet die Flasche, indem sie den Deckel abschraubt, holt eine Pille heraus, legt sie auf ihre Handfläche und betrachtet sie. Mein Gott, warum überträgt sie es nicht gleich auf den Großbildschirm, damit die ganze verdammte Meute hier es sehen kann?

»Dieselben wie immer«, bestätigt Porter. »Gleiche Farbe, gleicher Name. Vit-a-gin. Warum diese Paranoia?«

Carla nimmt das zur Kenntnis, steckt sich eine Tablette in den Mund und schluckt sie trocken herunter. »Harney hat eine davon gefunden«, sagt sie.

»Er hat eine dieser Pillen gefunden?«

»Offenbar hatte ich eine auf meinem Schreibtischstuhl verloren. Vielleicht hat er auch herumgeschnüffelt. Ich weiß es nicht.«

»Was hat er gesagt? *Weiß* er etwa …«?

»Nein, weiß er nicht. Er glaubt, es sind Ingwertabletten.« Sie reibt sich den Hals. »Seine Frau hat Ingwer eingenommen, als sie schwanger war, gegen die Übelkeit. Er dachte, *ich* sei schwanger.«

»Was ihm zu bestätigen auch großartig wäre«, sagt Porter, »wäre da nicht die Tatsache, dass Sie dann bald einen dicken Bauch und danach ein Baby haben müssten. Daher nehme ich an, dass Sie ihm das nicht aufgetischt haben.«

»Danke, aber ich bin keine Vollidiotin.«

»Sie haben die Krebsnummer abgezogen?«

»Ja.« Sie zuckt mit den Schultern, wendet den Blick von ihm ab und schüttelt den Kopf.

»Ich wusste nicht, wie ich es ihm sonst hätte erklären sollen. Ich war in Zugzwang. Und vorher hat das ja auch schon funktioniert, oder?«

»Sie müssen sich jetzt also so verhalten, als hätten Sie eine Krebserkrankung.«

»Entspannen Sie sich«, versucht ihn Carla zu beruhigen. »Ich habe ihm erzählt, ich wäre in Remission, würde aber als Nachbehandlung regelmäßig Chemo bekommen. Er wird mir deswegen keine weiteren Fragen stellen. Ich meine, in der Sekunde, als ich das K-Wort ausgesprochen hatte, faselte er nur noch so etwas wie *Geht mich nichts an, tut mir leid, dass ich so aufdringlich war*, solche Sachen. Er wird es nicht mehr ansprechen, außer ich fange selber wieder davon an. Und das werde ich nicht.«

»Gott noch mal, Detective Griffin, die Geschichte wird immer komplizierter.«

»Ich hab's unter Kontrolle.«

Nein, hat sie nicht.

Er deutet auf das Feld, wo der Manager, Renteria, gerade mit Gio spricht. Zwei Astros sind auf den Bases, und ein weiteres großes Inning nimmt Gestalt an.

»Der Pitcher da draußen, Giolito? Der hat seinen Fastball verloren. Er ist über seinem Pitchcount. Der Coach will ihn abziehen, aber das kann er nicht. Und wollen Sie auch wissen, warum? Weil er keinen Bullpen hat, der einen Scheiß wert wäre. Also muss er bei einem Kerl bleiben, der kaum 85 werfen kann.«

»Ja, das ist interessant. Wollen Sie damit sagen, ich hätte meinen Fastball verloren?«

Porter beugt sich zur Seite, die Ellbogen auf den Knien,

und sein Kopf berührt fast den von Carla. »Ich hingegen habe einen Bullpen. Einen guten. Ich habe jede Menge Cops wie Sie. Also hoffe ich verdammt noch mal, dass Sie Ihren Wert für mich nicht verlieren.«

»Ich bin nicht …«

»Ich meine, Sie vermasseln das mit den Pillen und lassen es zu, dass Ihr Partner sie findet. Und ständig hinterfragen Sie meine Motive, löchern mich mit Fragen, die ich Ihnen wirklich nicht beantworten muss. Das lässt mich glauben, dass Sie nicht mehr in meinem Team spielen. Wissen Sie, worüber ich mir Sorgen mache? Ich mache mir Sorgen um Samuel, der im Heim aufwachsen müsste, wegen der Scheiße, die an solchen Orten passiert …«

»Das müssen Sie mir nicht sagen«, blafft sie ihn an. Aber er hört die Anspannung heraus, die in ihrer Stimme mitschwingt, die Angst. Er kann ihre Angst riechen.

Er legt ihr eine Hand aufs Knie und drückt es. »Ich brauche womöglich bald Ihre Hilfe bei Harney. Sehr bald schon vielleicht. Sie werden mich nicht fragen, warum. Sie werden einfach tun, was ich verlange. Sonst wandert Ihr Junkie-Arsch hinter Gitter. Dann verlieren Sie Ihre Marke, Ihre Rente, einfach alles. Und wenn Sie Samuel eines Tages wiedersehen, Schätzchen, dann werden Sie Ihren süßen, kleinen Jungen gar nicht mehr wiedererkennen.«

Er tätschelt ihr Knie, lehnt sich in seinem Sitz zurück und nippt am letzten Schluck seines Jameson.

»Sind wir uns einig, Detective?«

Carla steckt das Fläschchen mit den Pillen in ihre Handtasche und steht auf, um zu gehen. »Wir sind uns einig, Captain.«

70

»Na, wie geht's uns heute Abend denn so?«, quake ich ins Mikro. Das Hole ist gerammelt voll wie üblich. Sosh hält wie immer Hof mit all den Uniformierten und Kadetten, die ihn für einen tollen Hecht halten.

Vor einer Stunde, so gegen zehn Uhr, fing es an zu regnen, und später goss es in Strömen. Die Sox hatten ihr Spiel kaum begonnen, als wie aus heiterem Himmel ein Sturm losbrach. Wäre er früher ausgebrochen, wäre Gio vielleicht die Abreibung erspart geblieben, die ihm die Astros verpassten.

Die Cops, die auf dem Weg zum Hole vom Regen überrascht wurden, schütteln sich jetzt wie nasse Hunde und genehmigen sich an der Bar ein paar Gläschen.

Neben der Bühne haben sie unterhalb des riesigen feuchten Flecks an der Decke einen Eimer aufgestellt, der Tropfen auffängt. Ich zeige mit dem Finger darauf. »Sieht aus, als hätte das Hole in the Wall ein Loch im Dach.«

Der Spruch gefällt ihnen, das war einer zum Aufwärmen.

»Hey, Morty, ich würde dir ja gerne beim Reparieren helfen, aber in letzter Zeit war mir das Glück auf Dächern nicht hold.«

Auch der sitzt. Die meisten hier wissen von Prince Valentine aus K-Town. Und über mein und Carlas Erlebnis mit den Beobachtungsposten auf dem Dach in Little Village vor kaum mehr als vierundzwanzig Stunden zerreißen sich hier immer noch alle das Maul.

»Die meisten Leute, die auf ein Dach klettern, denken: Bloß nicht runterfallen. Ich hingegen denke: Bloß nicht den Kopf oben lassen!«

Sosh prostet mir zu und gibt gegenüber seinen Freunden einen Kommentar ab.

»Hey, Sosh, schau mal her, halte ich hier gerade einen oder zwei Finger hoch?«

Er streckt mir daraufhin nur einen entgegen, nämlich seinen Mittelfinger.

»Lanny hat's nicht so mit Zahlen«, sage ich. »War bloß ein Scherz, Sosh. Deine Quelle kann halt nicht bis zwei zählen. Dasselbe haben die Nonnen auf der Highschool ja auch schon immer über dich gesagt.

Beim nächsten Mal bau dir einfach eine Eselsbrücke, Sosh: Die Zahl der Beobachtungsposten auf dem Dach entspricht der Zahl deiner monatlichen Unterhaltszahlungen.«

Dem Publikum gefällt das. Soscia ist leichte Beute.

»Ich weiß, was ihr jetzt denkt – ihr könnt nicht glauben, dass Sosh es mit seinen Frauen nicht hingekriegt hat. Als er zum ersten Mal geheiratet hat, sagte er zu mir, er hätte gar nicht gewusst, was Glück ist, bis er in den Hafen der Ehe einlief – aber da war es schon zu spät.

Und bei seiner zweiten Ehe – man hätte meinen sollen, er hätte es jetzt besser gewusst. Als der Pfarrer sie um ein paar Worte über ihn bat, sagte sie: ›Übergewichtig und knauserig.‹

Was nicht fair ist!«, füge ich hinzu und hebe eine Hand. »Wenn der Gehaltsscheck gekommen ist, ist Sosh der Erste, der in die Tasche greift. Das Problem ist nur, die Hand kommt nie wieder heraus.

Nein, jetzt mal im Ernst. Sosh ist einer, der die Rechnung übernimmt. Er nimmt sie und reicht sie dann einem anderen weiter.«

Wir lachen über etwas, das uns allen bekannt ist.

»Sosh ist so knauserig, dass er, als seine zweite Frau sich eine Perlenkette wünschte, ihr ein Stück Schnur gab und ihr vorschlug, sie solle eine Sammlung beginnen. Er ist so knauserig, dass er nicht einmal Trost spendet.«

Ich könnte den ganzen Abend so weitermachen.

»Er hat sich mal ein Freilandhuhn frei Haus bestellt, weil er glaubte, dann sei es kostenfrei.

Fragt Sosh doch mal, ob er einen Zwanziger kleinmachen kann. Er wird euch einen Fünfer zurückgeben.«

Als ich fertig bin, schlage ich an der Theke auf. Der Barkeeper hat mir schon einen Bourbon eingeschenkt. Er sagt immer, die Cops mögen es, wenn ich ein paar Minuten auftrete, also geht der hier aufs Haus.

Das bin ich also, der lustige Kerl, der Komiker. Der Komiker, der in Ausübung seines Dienstes in der letzten Woche drei Straftäter getötet hat. Ha, ha, ha.

»Ich hatte gar nicht mehr auf dem Schirm, dass du Sinn für Humor hast.« Marsha Flager setzt sich auf den Barhocker neben mir.

»Wirklich? Das ist meine liebenswerteste Eigenschaft.«

Beschwichtigend hebt sie die Hände. »Ich wollte dich nicht beleidigen. Erschieß mich jetzt bloß nicht oder so.«

»Du bist in Sicherheit; wir sind hier ja nicht auf einem Dach.«

Sie wirft mir einen langen, strengen Blick zu, zieht dann einen braunen Umschlag aus ihrer Tasche und drückt ihn mir in die Hand.

»Meinst du denn, dass *du* in Sicherheit bist, Billy?«, fragt sie. »Denn nachdem ich das hier gelesen habe, bin ich mir nicht mehr so sicher.«

71

Auch wenn es mir vorkommt, als wäre es eine Ewigkeit her, Marsha Flager und ich haben mal zusammen Spritztouren unternommen, damals, als ich noch Streifenpolizist war. Das war, bevor ich Valerie kennenlernte und Marsha ihren späteren Mann, mit dem sie drei Kinder in die Welt setzte. Ich glaube, es war irgendwann zwischen dem ersten und dem zweiten Wonneproppen, dass sie die Lust verlor, auf der Straße zu arbeiten.

»Was möchtest du trinken?«, frage ich sie.

»Lass mal, ich bin schon am Limit. Muss morgen früh raus.«

»Was denn, hat etwa jemand eine Kreditkarte geklaut?« Ich zwinkere ihr zu. Ich verstehe gut, dass sie zur Finanzpolizei gewechselt ist. Sie hatte auf dem College Finanzwissenschaft als Hauptfach und plante, irgendwas in diesem Bereich zu machen, bis sie dann Lust auf Polizeiarbeit bekam und sich dachte, was soll's, dann melde ich mich eben an der Akademie an. Danach stellte sich raus, dass sie die Arbeit auf der Straße mochte, ein echtes Talent dafür hatte. Sie vermisst sie sogar heute noch, aber jedes Mal, wenn sie zu einer Schicht rausfuhr – das erzählte sie mir neulich, als ich sie das erste Mal um Hilfe bat –, konnte sie immer nur daran denken, was wäre, wenn ihre Kinder ohne Mutter aufwachsen müssten.

Das ist mehr oder weniger genau das, was Carla gestern Abend im Krankenwagen zu mir sagte.

»Es war schön, von dir zu hören«, sagt sie. »Auch wenn es nur um Arbeit ging. Muss aber eigentlich gar nicht bloß wegen Arbeit sein.«

Ich schaue sie an. Sie erwidert meinen Blick. An diesen einladenden Ausdruck in ihrem Gesicht erinnere ich mich. Das war es, was mich beim ersten Mal umgehauen hat. Es war vier- oder fünfmal, um genau zu sein, bevor ich versetzt wurde und die Sache im Sande verlief. Sie trieb es gerne auf dem Rücksitz eines Streifenwagens, geil und verschwitzt, die Beine nach oben gestreckt.

»Geschieden«, sagt sie und zeigt mir ihren ringlosen Finger.

»Oh, das wusste ich nicht. Tut mir leid, das zu hören.«

»Schon okay. Er ist gut zu den Kindern. Wir haben uns organisiert. Wenn du ... du weißt schon, irgendwann mal einen trinken gehen willst, gehe ich vielleicht ans Telefon.« Damit eröffnet sie mir einen Ausweg, falls ich nicht interessiert sein sollte. Vielleicht bin ich es, aber nicht im Moment.

»Okay, dann hör jetzt mal zu«, sagt Marsha schließlich zu mir. »Dieser Kerl ist keine Witzfigur. Allzu tief habe ich nicht gegraben, abgesehen von den Finanzunterlagen, um die du mich gebeten hattest. Aber ich habe genug gefunden. Und das, was ich entdeckt habe, tja ...« Sie deutet mit dem Kopf auf den braunen Umschlag in meiner Hand. »Das KB in KB Investor Group steht für einen Ukrainer namens Kostyantin Boholyubov.«

»Ein Zungenbrecher.«

»Ja, das kann kein Mensch aussprechen. Sie nennen ihn kurz Boho.«

So nannte ihn Valerie auch in ihren anwaltlichen Notizen. *Boho.*

»Dieser Kerl leitete nach dem Zusammenbruch der Sowjetunion ein Jahrzehnt lang die ukrainische Geheimpolizei«, fährt sie fort. »Unterstützte die Regierung und unterdrückte die Opposition. Überwachung, Verhöre, Folter, Vergewaltigungen. Ihm unterstand eine Miliz, die das Land in Angst und Schrecken versetzte. Typen, die nicht erst anklopfen, bevor sie eintreten. Typen, die Leute verschwinden lassen, und kein Mensch fragt, warum, weil man sonst selbst der Nächste ist. Amnesty International hat praktisch allein seinetwegen ein Büro in Kiew eröffnet.«

»Und ich schätze mal, sie konnten ihn nicht festnageln.«

»Nicht wirklich, nein. Und jetzt wandelt er auf dem Pfad der Tugend. Auf dem Papier zumindest. Er hat seine Finger in allen möglichen Geschäften. Immobilien, zum Beispiel. Und er leitet eine Stahlexportfirma. Verschifft überall hin, auch nach Amerika.«

Ich frage mich, ob er wohl noch mehr als Stahl auf diesen Schiffen herschippert. »Das muss der Grund sein, weshalb Nathan Stofer ihn aus dem Stratton-Tower-Projekt rausgehalten hat«, sinniere ich.

Sie wirft mir einen Blick zu. »Er hat niemanden aus irgendwas herausgehalten.«

»Nicht?«

»KB Investors war einer der größten Investoren beim Stratton Towers Projekt«, sagt sie. »Boho hat Millionen damit gemacht.«

»Sag bloß. Also war der vorzeitige Tod von Mr Stofer …«

»… ein verdammt gutes Timing für General Boholyubov«, vollendet sie den Satz.

»Okay, danke, Marsh.«

Sie berührt mich am Arm. »Dieser Typ unterhält einen privaten Sicherheitsdienst, Billy. Als die Geheimpolizei aufgelöst wurde, hat er die meisten von ihnen angeheuert. Der Kerl hat keinen Sinn für Humor. Du willst in seine Welt eindringen? Dann würde ich vollständige Körperpanzerung anlegen und ein SWAT-Team mitnehmen.«

72

Valerie hat den Lauf der Waffe unter ihrem Kinn.

Komm nicht näher, warnt sie mich.

Was machst du denn da? Nicht! Leg die Waffe weg, Liebling. Bitte, bitte leg sie weg …

Sie ist tot, nicht wahr? Sonst wärst du nicht mitten am Tag nach Hause gekommen – du hättest das Krankenhaus nicht verlass…

Ja, sie ist tot. Sie ist vorhin für immer eingeschlafen.

Und ich war nicht bei ihr.

Gib mir die Waffe, Valerie. Gib sie mir.

Ich halte das nicht mehr aus.

Doch, das tust du. Weißt du was? Du kannst mir dabei helfen, die Beerdigung zu planen. Damit wir ihr die letzte Ehre erweisen können, wir beide. Das ist es, was wir tun sollten.

Ich … kann nicht.

Doch, das kannst du. Gib mir die Waffe.

Nicht … Komm nicht näher.

Gib mir die Waffe, Valerie. Wir werden das gemeinsam durchstehen. Das verspreche ich dir. Jetzt …

Was willst du … nein, komm nicht …

Gib sie mir!

»Nein!« Ich stürze aus dem Bett und falle auf den Bettvorleger. Ich reiße die Decke vom Bett herunter und wickele mich darin ein, bemüht, ein unkontrollierbares Zittern zu unterdrücken, während der Nebel des Traums verblasst.

Nein. So ist das nicht passiert. Ich war nicht dort.

Nein, sie haben dich ermordet, Valerie. Sie haben dich ermordet.

Sie haben dich ermordet, und ich werde es beweisen.

73

Irgendwann verebbt die Eiseskälte in mir, und mein Pulsschlag normalisiert sich. Meine Haut ist von einer getrockneten Schweißschicht bedeckt. Ich greife nach meinem Telefon auf dem Nachttisch. Schon acht Uhr. Scheiße.

Ich taumele zur Dusche, drehe das heiße Wasser voll auf, fahre mir mit einem Trockenrasierer über die Stoppeln am Kinn, lasse mich vom Wasser verbrühen, wasche alles ab.

IAB, die Interne, und das verdammte COPA – das Civilian Office of Police Accountability – sind inzwischen mit meiner Befragung fertig. Ich kann mir nicht vorstellen, dass mir vorgeworfen werden wird, die beiden Männer auf dem Dach willkürlich erschossen zu haben, Typen, die im Begriff waren, entweder mich oder Carla zu erschießen, und das, während sie eine größere Heroinfabrik bewachen. Aber bei Zivilisten und den Schlipsträgern vom IAB, von denen wahrscheinlich keiner jemals in den Lauf einer Waffe gestarrt hat, kann man nie wissen.

Ich komme um Viertel nach neun an.

»Was ist denn mit dir passiert?«, fragt der Sergeant in der Aufnahme, Vitrullo. All diese Italiener hinter ihren Schreibtischen, während die Kartoffelfresser rausgehen und sich Kugeln einfangen.

»Du solltest erst mal den anderen sehen.«

»Da ist ein Päckchen für dich abgegeben worden«, sagt er. »Dein Partner hat es angenommen.«

Sie ist nicht an ihrem Schreibtisch. Ich finde sie in einem Vernehmungsraum, wo sie sich …

Auf dem Flachbildschirm ein Video anschaut.

Ein Kurier nähert sich einem SUV am Straßenrand. Aus dem hinteren Wagenfenster werden Schüsse abgefeuert, die Kamera zoomt auf Weitwinkel und nimmt ein Massaker auf.

Ich sehe die Schießerei in K-Town.

Carla hört mich und dreht sich um. »Scheiße, kannst du das fassen?«

»Was …«, sage ich. »Wie …«

Sie zeigt mir einen großen braunen Umschlag, auf dem mit schwarzem Marker geschrieben steht: **Detectives Harney und Griffin**.

»Jemand hat das vorn am Schalter abgegeben«, sagt sie. »Er muss unsere Namen in der Zeitung gelesen und gewusst haben, dass wir diesen Fall bearbeiten.« Sie hält die Fernbedienung hoch und spult zurück. »Das musst du dir von Anfang an anschauen.«

Sie spult die Aufnahme ganz zurück. Ein 4Runner biegt von der Van Buren in die Kilbourn ein und fährt in nördliche Richtung. Er hält vor dem Haus von Shiv an der Bordsteinkante an, worauf Frisk, der Kurier in dem Trikot der Bears, sich dem Fahrzeug nähert. Die Kamera zoomt auf das Nummernschild, das uns verrät, was wir schon wussten. Dann schwenkt die Kamera hoch und verrät uns etwas, das wir noch nicht wussten.

Sie zoomt auf die Fahrzeuginsassen auf der Vorderbank. Die Scheiben sind zwar leicht getönt, doch die Videoqualität übertrifft bei Weitem alles, was uns eine polizeiliche Überwachungskamera liefern könnte. Sie ist so gut, dass man zwei Männer erkennt, die Baseball-Caps tragen.

Zwei Weiße.

»Sehen die für dich nach Mitgliedern der Imperial Gangster Nation aus?«, fragt sie. »So, als wären sie Partner von Prince Valentine und Junior Peppers?«

Nein, tun sie nicht.

Dafür sehen sie nach den Kerlen aus, die vorgestern Abend im Haus von Shiv auf mich geschossen haben.

Sie lässt das Video weiterlaufen. Von der Rückbank aus werden jetzt Schüsse abgefeuert. Frisk wird in den Rücken getroffen, als er zu fliehen versucht, Shiv und Evie auf der Veranda werden von Kugeln durchsiebt.

»Den Schützen auf der Rückbank kann man nicht erkennen«, konstatiert sie. »Aber das war nicht die Nation, Harney.«

Ich lasse mich auf einen Stuhl fallen.

»Irgendjemand muss die Videokamera bedient haben«, sagt sie. »Er muss Einstellungen vorgenommen haben. Nah rangezoomt und dann wieder weitgezogen haben.«

Sie nimmt einen Bleistift, Radiergummiende nach unten, und benutzt ihn dazu, um mir ein Stück Papier herüberzuschieben, bemüht, es nicht zu berühren oder zu kontaminieren.

Ich schaue es an. Es handelt sich um einen Computerausdruck, nicht handgeschrieben:

Latham hat das aufgenommen. Ich will nicht so enden wie er. Er würde wollen, dass Sie sich das ansehen.

»Latham«, sage ich. »Irgendeine Idee?«

Carla schüttelt den Kopf. Sie lehnt sich in ihrem Stuhl zurück und schaut zur Decke hoch. »Du weißt, was das bedeutet. Du weißt, was das bedeutet.«

Ja, ich weiß, was das bedeutet. Ich habe mir das schon seit Längerem gedacht. Ich habe es ihr bloß nicht gesagt. Weil ich die Sache allein in die Hand nehmen wollte.

Aber jetzt weiß sie es auch.

»Es bedeutet, dass wir den Fall in K-Town nicht gelöst haben«, sagt sie.

74

Es dauert nicht lange.

Eine Stunde, höchstens, um herauszufinden, dass es sich bei dem Latham auf dem Zettel um Latham Jackson handelt, der schräg gegenüber von Shiv wohnte. Laut den Notizen der Befragung sagte seine Mutter aus, er sei während der Schießerei nicht zu Hause gewesen, und bei der erneuten Befragung gab Latham an, er hätte nichts gesehen.

Es dauert nicht einmal eine Stunde, um herauszufinden, dass Latham an dem Tag starb, an dem die Nachbefragung eines unserer Streifenpolizisten stattfand. Nur wenige Stunden später wurde er tot aufgefunden. Die verdammten Detectives im Elften hatten sich nicht die Mühe gemacht, uns darüber zu informieren, da sie es für einen stinknormalen Einbruch in K-Town hielten, von dem die SOS nichts zu erfahren brauchte. Latham überraschte den Einbrecher offenbar, und der jagte ihm zwei Kugeln in die Brust und machte sich mit dessen Videoausrüstung aus dem Staub.

Das ergibt Sinn. Es könnte der Wahrheit entsprechen. Aber mir gefällt das nicht. Und Carla auch nicht.

Es dauert auch nicht lange, bis wir mit freundlicher Genehmigung seiner Mutter Lathams E-Mail-Account durchforsten. Latham hat dieses Video von der Schießerei in K-Town seinem Cousin Renfro gesendet, der bei der Zulassungsstelle arbeitet. Renfro ist offenbar derjenige, der es bei uns auf dem Revier abgegeben hat.

Wir suchen ihn an seinem Arbeitsplatz in der Innenstadt auf, im Büro des Secretary of State. Besonders begeistert ist er nicht, uns zu sehen, aber wir halten den Ball flach, zücken nicht unsere Marken oder dergleichen, sondern treffen uns mit ihm während seiner Mittagspause draußen auf der 69 West. Er gibt zu, dass er es war, der uns das Videoband zugespielt hat, schwört aber hoch und heilig, Latham sei an der Schießerei nicht beteiligt gewesen, sondern habe nur gefilmt, sodass wir alles, was er selber darüber sagen kann, bereits wissen. Carla klopft ihn ein wenig weich, erwähnt die Möglichkeit, es könne eine Erpressung im Spiel sein, und es wäre doch eine Schande, wenn er uns nicht hier und jetzt helfen würde. Renfro erweckt den Eindruck, als würde er gleich aus den Latschen kippen, schwört aber, mehr könne er uns nicht erzählen. Wir beschließen, ihm zu glauben.

»Was nun?«, fragt Carla. »Den Fall in K-Town so schnell zu lösen hat einen Aufruhr verhindert. Wenn wir jetzt preisgeben, dass wir uns geirrt haben, wird dieser Aufruhr ausbrechen. Aber totschweigen können wir die Angelegenheit auch nicht.«

»Apropos Aufruhr«, sage ich. »Stell dir mal vor, es käme raus, dass uns zwar ein Video vorliegt, wie Weiße dieses Haus durchsiebt haben, wir es aber verheimlichen und stattdessen ein paar Schwarze dafür büßen lassen.«

»Ich wollte nicht vorschlagen, dass wir es verheimlichen«, wendet sie ein. »Ich wollte nur vorschlagen, dass wir unauffällig ermitteln. Wirklich unauffällig. Sosh und Rodriguez müssen nichts davon wissen. Wir können das erst dann bekanntgeben, wenn wir sicher sind, diese weißen Typen hinter Gitter bringen zu können, wer immer die auch sein mögen.«

Mat und Sosh im Dunkeln zu lassen geht für mich in Ordnung. Allerdings hatte ich auch Carla im Dunkeln lassen wollen.

Ich ertappe Carla dabei, wie sie mich anstarrt, die Augen im Sonnenlicht zusammengekniffen. Genauer gesagt ein Auge, denn das andere ist fast ganz zugeschwollen, ihre linke Gesichtshälfte violett verfärbt, Heftpflaster und Mull bedecken immer noch die Wange.

»Du denkst schon eine Weile darüber nach, nicht wahr?«, fragt sie mich. »Deshalb interessierst du dich so für die Identität unserer Unbekannten. Du glaubst, bei den Morden ging es um *sie*, nicht um Drogen oder Revierkämpfe.«

»Ich? Nein. Das glaube ich nicht.«

»Doch«, beharrt sie. »Deshalb hast du so geheimniskrämerisch getan. Hast das Haus hinter meinem Rücken durchsucht. Hast auf Shivs Handy die Anruflisten durchgeschaut, diese Anrufe nach Rumänien entdeckt …«

»In meiner Freizeit, das war nicht der Rede wert«, wiegele ich ab.

Sie erwärmt sich trotzdem für ihre Idee. »Dieses Mädchen – Evie, nicht wahr? Sie war das Opfer von Schleppern. Das denkst du doch, nicht wahr?«

»Ja.«

»Du denkst, die Schlepper haben sie getötet? Diese weißen Typen in dem Auto sind im Sexhandel tätig?«

»Jetzt greifen wir aber vor, Detective.«

»Ja, okay.« Überzeugt wirkt sie nicht. »Mir scheint es aber so, als würdest *du* vorgreifen. Was ist aus unserer Abmachung geworden, keine Geheimnisse mehr voreinander zu haben?«

Ich mache eine hilflose Geste. »Was willst du von mir hören? Ich kriege das alles zur selben Zeit zu sehen wie du.«

Im Laufe der Jahre habe ich festgestellt, dass ich bei der Arbeit allen und jedem etwas vormachen kann, vor allem, wenn ich einen Verdächtigen in einem Verhörraum sitzen oder irgendeinen Penner auf der Straße vor mir habe.

Aber bei Begegnungen, die so nahe und persönlich sind, kann ich kein Pokerface aufziehen. Valerie konnte in mir lesen wie in einem aufgeschlagenen Buch. Patti kann es auch.

»Schenk mir reinen Wein ein, Harney«, fordert Carla mich auf.

»Tu ich doch. Habe ich doch.«

»Wenn du Bauchschmerzen wegen Prince Valentine hast – hör zu, er hat Dope verkauft«, sagt sie. »Er hat gegen seine Bewährungsauflagen verstoßen. Er ist stiften gegangen, als wir an seine Tür geklopft haben. Und er hat als Erster auf dich geschossen. Auch wenn er das in K-Town nicht gewesen ist, waren die Schüsse auf ihn doch berechtigt …«

»Was denn, glaubst du etwa, ich will hier etwas vertuschen? Einen Fehler vertuschen? Meine Güte, vielen Dank auch, Carla. Wenn ich so etwas wollte, wäre es doch das *Letzte*, den Fall wieder aufzurollen und Evies Hintergrund zu untersuchen. Ich würde diesen Fall abhaken und hinter zehn verrammelten Türen wegschließen.«

Das war die volle Wahrheit und gar keine schlechte Retourkutsche. Bis sich ein Anflug von Triumph auf Carlas Gesicht zeigt und ich kapiere, dass sie mich ausgetrickst hat.

»Das ist ja genau der Punkt«, sagt sie. »Du schließt ihn

nicht hinter zehn verrammelten Türen weg. Du rollst ihn wieder auf und untersuchst das mit Evie. Also wird es vielleicht Zeit, dass du mir erklärst, warum.«

»Himmel noch mal, du hast echt deine Berufung verfehlt!«, stoße ich wütend hervor. »Du hättest Anwältin werden sollen.«

Das lässt sie gelten. Sie hat mich zu einem Geständnis verleitet.

»Nun, dann habe ich nur noch eine weitere Frage an den Zeugen«, sagt sie. »Sag mir, Harney, ein für alle Mal: Was zum Teufel geht hier vor?«

75

Ich habe es ihr erzählt, aber ich habe ihr nicht alles erzählt.

Ich erzählte ihr, was sie bereits spitzbekommen hat, nämlich dass ich den Verdacht hege, dass allein Evie Ziel der Schießerei in K-Town war und nicht die Drogendealer.

Sonst habe ich ihr aber nichts erzählt. Ich habe ihr nicht berichtet, dass derselbe menschliche Abschaum, der Evie getötet hat, auch meine Frau umgebracht haben könnte. Das braucht sie nicht zu wissen.

Um diesen Part werde ich mich selbst kümmern.

»Ja«, sagt Carla, das Gesicht dicht vor dem Bildschirm mit den Aufnahmen von vor zwei Tagen, der polizeilichen Überwachungskamera an der Ecke Van Buren und Kolmar. »Ja, ich finde auch, die sehen aus wie die beiden Kerle auf der Vorderbank des 4Runner.« Sie lehnt sich in ihrem Stuhl zurück. »Also sind diese Typen aus dem Auto des Schützen wieder zum Haus zurückgekehrt und wollten alles, was auf Evie hinweisen könnte, vor uns in Sicherheit bringen. Ich meine, Scheiße, Harney.« Sie hebt die Hand. »Diese Sache hat überhaupt nichts mit Drogen oder Revierkämpfen zu tun. Es dreht sich alles um ein Mädchen mit einer am Fußknöchel eintätowierten schwarzen Lilie.«

»Jetzt weißt du alles«, sage ich.

Außer, inwiefern das hier etwas mit Valerie zu tun hat. Oder mit General Boholyubov.

Aber sie weiß genug. Genug, um die Ermittlungen im Fall K-Town unauffällig wieder aufzurollen.

»Warum hast du es mir nicht erzählt?«, fragt sie.

Weil ich diese Arschlöcher selbst aufspüren wollte. Vielleicht, weil ich kein Interesse daran habe, sie auf herkömmliche Art und Weise zur Rechenschaft zu ziehen, mit Verhaftungen, Anklagen und Gefängnisstrafen.

Nichts davon klingt besonders gut.

Stattdessen antworte ich: »Wie du schon sagtest, dies ist ein Fall, der viel öffentliche Aufmerksamkeit auf sich zieht. Seine Aufklärung hat einen Aufruhr verhindert. Bevor der Fall offiziell wieder aufgerollt wird, wollte ich auf Nummer sicher gehen.«

»Schon, aber *mir* hättest du es sagen können. Du hättest mich einweihen sollen.«

Ein Grinsen huscht über ihr Gesicht.

»Du hast mir nicht getraut«, trifft sie den Nagel auf den Kopf.

Ich habe niemandem getraut. Aber jetzt weiß sie Bescheid. Ich habe keine Wahl.

»Ziehen wir das FBI hinzu«, schlägt sie vor. »Clara Foster, die Agentin, die in dieser gemeinsamen Task Force gegen Menschenhandel tätig ist. Sie schien mir in Ordnung zu sein.«

»Das FBI? Nein«, widerspreche ich.

»Warum nicht? Evie stammte aus Rumänien, nicht wahr? Zumindest sieht es so aus, oder? Es handelt sich also um einen internationalen Menschenhändlerring, Harney. Das

FBI könnte uns alle möglichen Ressourcen zur Verfügung stellen, die wir nicht haben.«

Aber sicher doch, noch mehr Leute, die mich davon abhalten werden, die Dinge auf meine Art und Weise zu regeln.

»Wir brauchen keine Fuck Buddies Incorporated, die uns ausbremsen und den Fall an sich reißen«, sage ich. »Das hier ist unser Fall. Wenn wir einen Fehler gemacht haben, werden wir ihn korrigieren.«

Das schmeckt ihr nicht, aber immerhin hinterfragt sie meine Motive nicht. Ich plappere das nach, was die meisten Cops in meiner Lage sagen würden. Niemand im Department traut dem FBI, und diese Einstellung beruht auf Gegenseitigkeit.

»Na schön«, gibt sie nach. »Dann ziehen eben wir beide das durch. Nur wir beide.«

76

Der Flugplatz liegt gleich außerhalb von Plainfield. Disco braucht GPS, um ihn zu finden.

Der schnittige metallic-blaue Jet ist bereits gelandet und steht in der spätnachmittäglichen Sonne glänzend allein auf der Rollbahn.

»Er ist schon da«, sagt Disco ins Handy.

»Er hat nicht gesagt, warum?«, fragt Augustina.

Nein, das hat er nicht. Er hat Disco bloß angewiesen, er solle allein kommen. Disco stellt seinen Wagen ab und geht hinüber auf das Rollfeld.

Die Tür des Jets geht auf. Eine Treppe wird ausgefahren. Sein Herzschlag beschleunigt sich.

Er hat keine Waffe dabei. Kurz überlegt hatte er, aber sie hätten sie ihm so oder so abgenommen.

Seinen besten Anzug hat er aber angezogen.

In dem Jet sitzt General Kostyantin Boholyubov mit übergeschlagenen Beinen in einem feudalen Ledersessel. Er trägt einen silbernen Zweireiher mit perfekt geknoteter karmesinroter Krawatte, silberne Manschettenknöpfe und Ferragamo-Mokassins, die glänzen wie Spiegel.

Disco steht stramm und salutiert. »General.«

»Rühren, Colonel.« Der General schaut zur Seite, als wäre ihm die militärische Ehrerbietung peinlich. Das ist jetzt schon mehr als zehn Jahre her. Aber der General ist immer noch derselbe, geht mit denselben Methoden vor, ist jetzt jedoch tadellos frisiert.

Hätte Disco *nicht* salutiert, wäre der General stinksauer geworden.

Hinter dem General sitzen drei Mitglieder seines privaten Sicherheitsdienstes. Zwei von ihnen, die Disco nicht kennt, haben sich Kalaschnikows über die Schultern gehängt. Der dritte, Milton, war Bohos Stellvertreter, als der General die Berkut-Einheiten leitete, die Geheimpolizei.

Ein weiterer Mann steht in Habachtstellung an der Cockpittür. Er ist größer als die anderen, breitschultrig und hünenhaft, hat einen Nacken wie ein Baumstumpf, und sein roter Haarschopf ist an den Seiten kurz geschoren. Um sich dem General zuzuwenden, muss Disco diesem rothaarigen Schlägertypen den Rücken zukehren.

Drei vor ihm, einer hinter ihm.

»Ich habe eine Frage an Sie, Colonel«, beginnt Boho. »Aber zuerst will ich, dass Sie etwas für mich tun.«

»Was immer Sie wünschen, General.«

»Ich will, dass Sie Ihre Kleidung ablegen.«

Ein Schauer durchfährt Disco. »Meine … Kleidung?«

»Ja.« Der General hebt das Glas von der Armlehne seines Sessels und nimmt einen Schluck Scotch Whiskey. Er war immer schon ein großer Fan von Single Malt.

»General …«

»Sie haben Ihre Kleidung noch an, Colonel. Vielleicht habe ich mich nicht deutlich genug ausgedrückt.«

Zwei der Schlägertypen hinter Boho stehen auf. Den Rothaarigen hinter sich mitgezählt, stehen sie damit zu dritt.

Disco lockert seine Krawatte, knöpft sein Hemd auf. »General, wenn ich etwas falsch gemacht habe …« Er versucht, ein Zittern in seiner Stimme zu unterdrücken.

Boho lächelt ihn an, wendet den Blick nicht von ihm ab, rührt sich nicht.

Disco zieht sich Jackett, Krawatte, Hemd und Unterhemd aus.

»Alles«, befiehlt Milton, sein Stellvertreter, dessen rabenschwarze Augen glitzern.

Disco zieht sich bis auf die Unterwäsche aus. Er schaut Milton nicht in die Augen, doch der sagt es trotzdem noch einmal: »Alles.«

Um Gnade heischend, sieht Disco den General an. Doch Boho erwidert seinen Blick mit versteinerter Miene, während seine blauen Augen funkeln.

Disco schlüpft aus seiner Unterwäsche.

Vielleicht wollen sie bloß feststellen, ob er verkabelt ist. Jetzt, da sie sehen können, dass er es nicht ist, werden sie ihn seine Sachen wieder anziehen lassen.

Der General dreht sich zu den Männern hinter ihm um und nickt ihnen kurz zu. Einer von ihnen greift unter seinen Sitz und zieht eine Heckenschere mit schwarz-orangen Ledergriffen hervor – lang und scharf.

»General, *bitte.*« Disco hält die Hände schützend vor seine Geschlechtsteile, während ihm das Herz in der Brust hämmert.

»Ich habe meine Frage noch nicht gestellt, Colonel. Wollen Sie meine Frage hören?«

»Jawohl, Sir«, flüstert er, leicht vorgebeugt. »Jawohl, General.«

»Meine Frage lautet«, beginnt Boho, »warum mein Cousin – derjenige, der das Waisenhaus in Timisoara leitet – einen Anruf von einem Chicagoer Polizisten bekam, der die Identität eines toten Mädchens herausfinden wollte. Ein Mädchen, das in Chicago erschossen wurde.« Der General hebt fragend die Hände. »Wie konnte das passieren?«

»General, ich ...« Unwillkürlich schnürt es Disco die Kehle zu. Schweiß brennt ihm in den Augen.

»Also«, fährt Boho fort. »Ich versuche gerade zu entscheiden, ob eine Antwort wie ›Ich weiß es nicht‹ besser ist als ›Ich weiß es sehr wohl, General, aber ich vergaß, das Problem Ihnen gegenüber anzusprechen‹. Ich bin mir wirklich nicht sicher, welche Antwort mich mehr verärgern würde.«

»General ...«

»Denn falls Sie nicht wissen, dass da etwas mit einem unserer Mädchen aus einem unserer Waisenhäuser vor sich ging, dann muss ich mich fragen, warum das so ist. Warum geschehen Dinge ohne Ihr Wissen? Dann muss ich mich fragen, ob Sie der Richtige sind, um dieses Unternehmen in Chicago zu leiten.«

»Ich ...«

»Falls Sie hingegen von einem bestimmten Problem wissen, Colonel, es aber versäumt haben, mir davon zu berichten, dann müsste ich mich fragen, weshalb Sie mich nicht auf dieses Problem aufmerksam gemacht haben.« Der General streckt die Hand mit dem Glas aus. Einer der Männer schenkt ihm aus einer Karaffe Scotch nach.

»General, ich kann es erklären.«

»Ah, er kann es erklären«, sagt er zu Milton. »Dann erklären Sie es, Colonel.«

»Ich … ich wollte Sie nicht mit einem Problem behelligen, um das ich … mich selber kümmern kann.«

»Sie wollten … wie heißt noch das amerikanische Wort? Initiative. Ja, das ist es. Sie wollten Initiative beweisen, Colonel, ist das korrekt?«

»Ja, General. Ich wollte mich darum kümmern und Sie nicht damit belästigen, Sir.«

»Und doch werde ich belästigt. Ich bekomme Anrufe aus rumänischen Waisenhäusern. Chicagoer Polizisten schicken *Fotos eines toten Mädchens* an ein Waisenhaus. Meinen Sie nicht, dass mir das Ärger bereitet?«

»Es … tut mir leid, General.«

»Wissen Sie, warum sich diese Polizisten für dieses Mädchen interessieren?«

»Wir … mussten sie töten, Sir. Sie war ge…« Erneut ist seine Kehle wie zugeschnürt. Das jetzt zu sagen, wird nicht leicht.

In gespielter Neugier weitet Boho die Augen. »Sie war *geflohen*? Ist es das?«

Bemüht, nicht auf dem Teppich zusammenzubrechen, nickt Disco nur.

»Sie haben es zugelassen, dass ein Mädchen flieht, und dann mussten Sie die Kleine töten? Ja?«

»Ja.«

»Aber Sie haben die Leiche nicht verschwinden lassen?«

»Das konnten wir nicht, Sir.«

»Sie haben die Leiche nicht verschwinden lassen! Sie haben sie liegen gelassen, damit die Polizei sie findet. Und jetzt fragt die bei einem unserer gewinnträchtigsten Waisenhäuser an!«

Er erhebt sich aus seinem Sessel. »Das alles haben Sie so geschehen lassen.«

»Sir, ich …«

Ein Arm legt sich ihm um den Hals, hebt ihn von den Füßen und zerrt ihn nach hinten. Die beiden Schläger hinter Boho machen einen Satz nach vorn und packen jeweils eines seiner Beine. Disco kann sich winden und um sich treten, so viel er will, binnen kürzester Zeit haben sie ihn fixiert, und er hängt mit gespreizten Beinen in der Luft.

Disco zittert so heftig, dass er keinen Ton hervorbringen könnte, selbst wenn er es wollte. Tief in seinem Inneren baut sich ein gellender, animalischer Schrei auf.

Nein, nein, bitte, mein Gott, nein.

Boho hält die Heckenschere in der Hand, probiert sie aus, öffnet und schließt sie, wobei die rasiermesserscharfen Klingen zuschnappen.

Disco, seine Arme und Beine ausgestreckt, ist wehrlos.

»Wie kann ich meiner Enttäuschung Ausdruck verleihen?«, fragt Boho. »Was sollen wir jetzt tun?«

77

Porter sitzt in seinem Büro an der Ecke 35th und Michigan, lehnt sich in seinem Schreibtischstuhl zurück und steckt sich ein Bonbon in den Mund. »Sagen Sie ihm, er muss sich verkabeln lassen, wenn er die Sache wieder in Ordnung bringen will.«

»Darauf lässt er sich nicht ein, Captain. Er sagt, er wird Informationen liefern, aber verkabeln lassen will er sich nicht.«

Das sagt Garcia, ein Frischling, der gerade zum Sergeant befördert wurde und jetzt seine ersten Schritte bei der Internen macht. Er ist clever und ehrgeizig, wie die meisten, die hier arbeiten. Porter kennt ihn noch nicht gut genug, traut ihm also noch nicht über den Weg.

»Sagen Sie ihm, wenn er nicht bereit ist, eine Wanze zu tragen, führen wir ihn in Handschellen aus dem Zehnten.«

»Aber dann bauen wir keinen Fall auf, Captain. Dann kriegen wir die Rädelsführer nicht.«

»Dann kriegen wir die Rädelsführer eben nicht«, erwidert Porter. »Aber wir senden eine Botschaft. Keiner schreibt der Internen Dienstaufsicht irgendetwas vor. Wir haben diesen Kerl an den Eiern, doch *er* will *uns* sagen, was er tun und was er nicht tun wird? Verdammt, so läuft das nicht. Sagen Sie ihm, er hat vierundzwanzig Stunden Bedenkzeit. Übermorgen klebt er sich ein Mikro auf die Brust, oder wir führen ihn vor aller Augen aus dem Einsatzraum ab. Vielleicht sind dann zufällig auch ein Reporter und ein Kameramann von Channel 7 anwesend, ganz zufällig, damit seine Frau und seine Kinder es in den Nachrichten mitverfolgen können.«

»Was, wenn wir ihn zu stark unter Druck setzen? Was, wenn er sich den Kopf wegschießt?«

»Nun kommen Sie schon, das ist ein Klischee.«

Es ist ein Klischee, weil es manchmal passiert.

»Seit vier Generationen gibt es Cops in dieser Familie«, sagt Garcia. »Sie hätten ihn sehen sollen. Er hat geflennt wie ein kleines Mädchen, hat mich um Gnade angefleht. Ich traue es ihm durchaus zu, dass er keinen anderen Ausweg mehr sieht.«

»Dann schießt er sich eben den Kopf weg. Seine Entscheidung.«

»Mein Gott, Cap. Erinnern Sie mich daran, Sie nicht zu verärgern.«

Porters Handy summt in seiner Hosentasche. Seiner linken Hosentasche. Das Wegwerfhandy. Er kauft sich jeden Monat ein neues, was nervig ist, da er seinen Pilzen dann immer eine neue Nummer mitteilen und selbst sämtliche Nummern neu eingeben muss. Aber das ist immer noch besser, als berechenbar zu sein.

»Mach dich vom Acker, ja, Garcia?«

Laut Anruferkennung ist es Carla Griffin. Vereinbart war, dass er sie heute anruft, nicht umgekehrt.

Er nimmt den Anruf an. »Ich rufe in zwei Minuten zurück.«

So lange braucht er, um das Präsidium an der Ecke 35th und Michigan Avenue zu verlassen und auf die Straße zu treten. Er durchsucht sein Büro jede Woche nach Wanzen, aber man weiß ja nie.

Er tritt auf den Bürgersteig hinaus. Heute war es wieder glühend heiß, doch jetzt, da die Sonne untergeht und sich der Arbeitstag seinem Ende zuneigt, ist es angenehmer.

Er ruft Carla an.

»Wir müssen uns treffen«, sagt sie, klug genug, seinen Namen nicht zu nennen.

»Geben Sie mir einen kleinen Anhaltspunkt.«

»K-Town«, sagt sie. »Vier Tote. Es ging da um die Junkienutte, nicht wahr? Nicht um einen Revierkampf. Nicht um Gangrivalitäten, sondern um ein Mädchen. Das Mädchen, um das sich Har…, um das er sich so Sorgen macht. Das, um das *Sie* sich auch so viele Sorgen zu machen scheinen.«

Porter schaut sich um. In seinem Inneren herrscht Chaos. Mein Gott, was ist denn da jetzt passiert?

»Immer mit der Ruhe«, sagt er. »Okay, wir treffen uns. Sagen wir um zehn.«

»Wo?«

Tja, wo.

Er sagt: »Erinnern Sie sich an den Ort, an dem wir uns das erste Mal begegnet sind?«

78

Porter fährt durch das Parkhaus. Auf dem vierten Parkdeck steht kein einziges Auto, was gut ist, denn das bedeutet, dass wahrscheinlich auch niemand oben auf dem Dach geparkt hat.

Diese Scheiße gerät außer Kontrolle, denkt er. Zuerst Carla, dann Disco, der ihn verzweifelt anruft. Der Topf ist dermaßen unter Druck, dass sich der Deckel hebt, und Porter wird all seine Kräfte aufbieten müssen, um ihn wieder zu schließen und festzuschrauben.

Er fährt die letzte Rampe zum Deck auf dem Dach hinauf. Dort steht nur ein einziges Fahrzeug.

Er fährt darauf zu, im Begriff, direkt daneben zu parken, jedoch mit Blick in die entgegengesetzte Richtung, also Fahrerseite an Fahrerseite.

Aber Disco sitzt gar nicht auf dem Fahrersitz. Der Fahrersitz ist leer. Disco hockt auf dem Beifahrersitz.

Porter zieht die Beretta aus seinem Schulterhalfter. Dann fährt er auf herkömmliche Art und Weise neben Discos Wagen, sodass er neben der Beifahrertür zum Stehen kommt. Sie sind keinen Meter mehr voneinander entfernt, als Porter die Fensterscheibe summend heruntergleiten lässt.

»Wo zum Teufel ist der Fahrer?«

Disco hat die Zähne zusammengebissen, seine Augen sind

zu Schlitzen verengt, das Blut ist ihm ins Gesicht geschossen. Er leidet unter Schmerzen. »Unten.«

»Bist du sicher?« Porter schaut sich um, blickt in den Rückspiegel. Aber da ist niemand. Hier oben auf dem Dach kann sich niemand verstecken. Porter wirft einen prüfenden Blick auf den Sitz hinter Disco – niemand.

»Unten«, wiederholt Disco.

»Ja? Hat er mich gesehen?« Wir haben eine strikte Abmachung – Treffen immer nur unter vier Augen. Keine Freunde oder Bekannten.

»Nein«, versichert Disco.

»Warum ist er dann hier? Was denn, kannst du auf einmal nicht mehr selber Auto fahren?«

Disco beugt sich vor und greift in den Fußraum.

»Keine Bewegung, verflucht!« Porter legt seine Beretta beidhändig an, bereit zu feuern.

Disco schüttelt nur den Kopf, so als hätte er keine Zeit für Theatralik. Er zieht sein Bein hoch und präsentiert seinen rechten Fuß, an dem er keinen Schuh trägt, stattdessen einen dicken Verband. »Deshalb kann ich nicht fahren«, erklärt er.

»Was zum Teufel ist mit dir passiert?«

Disco wendet sich ihm zu. Seine Augen flackern ein wenig umher, so als stimmte etwas nicht. Als stünde er unter Drogen. Er leidet unter Schmerzen und nimmt Drogen. »Du kennst den Mann, für den ich arbeite.«

»Ja, dieser General, Boho irgendwas.«

»Er ist in die Stadt eingeflogen, um mich zu treffen.«

Das sind keine guten Nachrichten.

»Er weiß von dem Mädchen.«

Das ist noch übler. Diese Sache entwickelt sich zu einer verdammten Horrorshow.

»Er hat dich in die Finger bekommen«, sagt Porter.

»Um Finger ging's nicht.« Mit zitternder Hand führt sich Disco eine Zigarette zum Mund und entzündet sie mühsam. Er stößt den Rauch aus. »Er hat mir die Wahl gelassen – mein großer Zeh oder meine Eier.«

»Herrgott noch mal. Er hat dir den verdammten Zeh abgeschnitten?«

Disco nickt. »Er nannte es ›Tür Nummer zwei‹. Er meinte, in vierundzwanzig Stunden macht er mit ›Tür Nummer eins‹ weiter. Es sei denn, Harney ist tot.«

Porter gefriert das Blut in den Adern. »Warte … Harney? Wer hat denn irgendwas von Harney gesagt? Ich habe dir nie Namen von Cops gegeben, die in der SOS arbeiten.«

Darauf hat er Wert gelegt. Sag ihnen immer nur das, was sie unbedingt wissen müssen.

Vielleicht hat Disco den Namen in einer Zeitung gelesen. So könnte es gewesen sein. Es gab jede Menge Artikel über die Schießerei in K-Town und die Aufklärung des Falls.

»Der General hat mir seinen Namen gegeben«, erklärt Disco. »Harney versucht, mehr über das Mädchen herauszufinden. Er muss ausgeschaltet werden, sagt der General.«

»Es gibt noch andere Wege, jemanden auszuschalten. Ich bin vom IAB. Lass mich das machen.«

Nun tritt wieder Leben in Discos Augen, der drogenbedingte Schleier verflüchtigt sich. »Ich habe meine Befehle. Er muss jetzt sterben. Du musst mir helfen.«

»Sachte, sachte, sachte.« Porter hebt eine Hand. »Nun mal langsam, mein Freund. Wir töten keine Cops.«

»Wir töten aber *diesen* Cop«, fordert Disco mit zusammengebissenen Zähnen und tränenden Augen. »Er stirbt, oder ich sterbe.«

»Da kann ich nicht mitmachen. Da kann ich auf keinen Fall mitmachen.«

Disco bleckt die Zähne. Sein Gesicht hat einen animalischen Gesichtsausdruck angenommen, eine Mischung aus Angst und Verzweiflung, wie Porter sie bei ihm noch nie wahrgenommen hat. Man kann über Disco sagen, was man will, aber er war immer ein cooler Typ. Jetzt hingegen sieht er so aus, als würde er gleich ausflippen.

»Ich werde es so oder so tun, Denny. Mit dir oder ohne dich. Aber wenn ich es ohne dich durchziehe, wird es hässlicher werden. Wenn ich es mit deiner Hilfe tue, dann können wir ...«

Es eindämmen, denkt Porter. Es kontrollieren.

Es nach etwas anderem aussehen lassen als nach einer Exekution.

»Lass mich darüber nachdenken«, lenkt Porter ein. »Gib mir Zeit bis heute Abend.«

Er hatte ohnehin schon eine Idee, die in diese Richtung ging. Er hatte gehofft, es würde nicht mit Harneys Tod enden, aber das lässt sich unter diesen Umständen wahrscheinlich nicht mehr verhindern. Wenn er jetzt darüber nachdenkt, ist diese Idee vielleicht die perfekte Lösung.

Sehen wir doch mal, was Carla so darüber denkt.

79

Porter hat zwei Optionen. Die harte Tour oder die sanfte.

Er hat über nichts anderes nachgedacht, seit er sich vor zwei Stunden von Disco getrennt hat.

Er hat seine Entscheidung getroffen. Er ist als Erster vor Ort und parkt so nah an der Startbahn des Midway-Airports, wie es erlaubt ist, auf einem kleinen Parkplatz neben dem der allgemeinen Luftfahrt.

Gangster unterhalten sich gern auf Flughäfen, weil Abhören dort fast unmöglich ist und oftmals nach Bundesgesetz auch illegal. Aber das ist nicht der Grund, warum Porter den Flughafen gewählt hat.

Er hat ihn gewählt, weil er ein Ort der Erinnerung ist. Hier hat er sich mit Carla Griffin zum ersten Mal getroffen.

Fünf Minuten später kommt sie vorgefahren, steigt aus dem Wagen und schaut sich um. »Ist das Ihre Vorstellung von Scherz, sich hier zu treffen?«

»Wir sind über Scherze hinaus, *chica*.«

Sie bleibt dicht vor ihm stehen. Die Parkplatzbeleuchtung spendet genug Licht und ermöglicht es ihm, das Funkeln in ihren Augen zu sehen, genauer gesagt das in dem nicht geschwollenen Auge. Davon abgesehen kann er kaum etwas von ihrem Gesichtsausdruck erkennen.

»Warum kommt es mir so vor, als wäre ich die Einzige, die nicht weiß, was zum Teufel vor sich geht?«

»Wahrscheinlich, weil es so ist«, erwidert Porter. »Das wird sich gleich ändern. Aber erzählen Sie mir erst einmal, was heute vorgefallen ist.«

Das tut sie nun auch. Sie berichtet von der anonymen Übergabe einer Videoaufnahme von der Schießerei in K-Town, auf der zwei Weiße auf den Vordersitzen auszumachen sind *(Scheiße, und das nach all diesem Aufwand, Latham Jackson ins Jenseits zu befördern)*; dass es dieselben Weißen sind, die man auf den Aufzeichnungen der polizeilichen Überwachungskamera sieht, nachdem Harney ihnen aus Shivs Haus hinterhergejagt ist *(Idioten)*; dass Harney ihr reinen Wein eingeschenkt hat – mehr oder weniger jedenfalls –, was seinen Verdacht angeht, und dass ihm die Vorstellung widerstrebt, dass das FBI hinzugezogen wird.

So übel es auch ist, sich das anzuhören, hat Porter doch ein gutes Gefühl, denn er weiß nun, dass seine Idee, sein Plan, den er geschmiedet hat, richtig ist. Er hat alles im Griff.

Okay, also los. Er sollte seinen Lügen besser treu bleiben; das ist das Problem mit Lügen – sie sind viel schwieriger in Erinnerung zu behalten als die Wahrheit.

»Harney hat Dreck am Stecken«, eröffnet er ihr. »Er ist ein Cop auf Abwegen.«

Carla tritt einen Schritt zurück. »Blödsinn.«

»Er macht nicht den Eindruck, als wäre er auf die schiefe Bahn geraten, nicht wahr?«

»Nein«, sagt sie. »Tut er nicht.«

»Stimmt, denn er ist ein *schlauer* Cop, der auf die schiefe Bahn geraten ist. Aber er ist es eben doch.«

»Dann reden Sie Klartext mit mir«, fordert sie ihn auf. »Erzählen Sie mir alles.«

Porter will sie packen, besinnt sich dann aber eines Besseren. Er hat sich für die sanfte Tour entschieden, nicht für die harte, will Griffin aber andererseits auch nicht *zu* sehr mit Samthandschuhen anfassen.

»Harney schützt einen Sexhändlerring«, beginnt er.

Er kann Carlas Gesichtsausdruck nicht sehen. Er wünschte, er könnte es.

»Mein Gott!«, flüstert sie. »Echt jetzt? Ohne Scheiß?«

»Definitiv ohne Scheiß. Könnte ich es heute vor Gericht beweisen? Nein. Aber bin ich mir sicher? So wahr ich hier stehe.«

»Also … beschützt er diesen Ring, der seinen Mädchen schwarze Lilien auf die Fußknöchel tätowiert?«

»Nein, nein. Nein, nein.« Obwohl er sich gerade geschworen hatte, es nicht zu tun, berührt er sie am Arm. »Nein, er schützt eine rivalisierende Bande. Eine Bande, die keine Konkurrenz will. Das alles ist ein Revierkampf, das schon. Aber eben keiner, bei dem es um Drogen geht. Es geht um *Mädchen*.«

»Also hat die Bande, die Harney beschützt, Evie getötet. Weil sie für die Konkurrenz gearbeitet hat.«

»So ist es.«

»Und was macht Harney? Was soll es bringen, Evies Spur dorthin zurückzuverfolgen und herauszufinden, von wo sie gekommen ist?«

»Kapieren Sie es denn nicht?«, sagt Porter. »Die Bande, die er schützt, will die Quellen der Schwarze-Lilien-Bande übernehmen. Harney will ihre Nachschubwege aus anderen

Ländern in Erfahrung bringen. Er will alles über sie herausfinden, was er nur kann. Um an diese Informationen zu gelangen, benutzt er als Vorwand diesen Fall.«

»Aber ohne meine Hilfe«, erklärt sie. »Und ohne die Hilfe des FBI.«

»Genau. Sie würden ihm in die Quere kommen. Der Ring, den er schützt, will die Nachschublinien seiner Rivalen übernehmen, deren Kundenlisten in die Finger kriegen, sich deren Mädchen schnappen und dann die Leute aus der Schwarze-Lilien-Bande umlegen. Sie, Carla, würden so etwas nicht zulassen, das FBI ebenso wenig. Sie würden wollen, dass sie verhaftet und strafrechtlich verfolgt werden. Er und seine Bande wollen sie töten und sich ihr Geschäft einverleiben.«

»Wow. Das ... passt dann wohl alles zusammen.«

Klar passt das alles zusammen. Ich wäre nicht dorthin gekommen, wo ich bin, wenn ich keine Phantasie hätte.

»Und Junior Peppers?«, fragt sie. »Wir haben die AR-15 in seinem Wagen gefunden. Die Mordwaffe.«

»Ja. Der Typ ballert in K-Town herum, die Presse dreht völlig durch, er steht mordsmäßig unter Ermittlungsdruck, und dann lässt er das Sturmgewehr einfach so hinten im Kofferraum seines *Wagens* liegen? Ist Ihnen das nie komisch vorgekommen?«

Das lässt sie gelten. »Also hat Harney sie dort deponiert«, sagt sie.

Tatsächlich hat Porter das organisiert und dafür einen seiner Pilze eingesetzt. Aber, ja, Carla hat angebissen und den Köder geschluckt.

»Und Harney hat auch die Sig in Prince Valentines Wohnung deponiert, um die ganze Sache wasserdicht aussehen zu lassen.«

»Jetzt haben Sie es geschnallt.« Auch das mit der Sig hat Porter veranlasst, aber Carla hat sich jetzt eingeschossen. »Harney hat sich Prince gut ausgewählt«, sagt er. »Ein geeigneter Sündenbock. Ein Killer für die Nation, auf Bewährung draußen – keine Überraschung, dass er Drogen vertickt, um über die Runden zu kommen. Kein Wunder, dass er türmte, als ihr an seine Tür geklopft habt. Und wie passend, dass Harney ihn einsargte, damit er sich nicht rechtfertigen konnte.«

»Nein, Valentine hat das Feuer eröffnet«, wendet sie ein. »Das habe ich mit eigenen Augen gesehen.«

»Mag sein. So mag es sich abgespielt haben. Aber Harney hätte Valentine auf keinen Fall lebend vom Dach gelassen.«

»Wow. Wow, wirklich?« Sie dreht sich einmal im Kreis herum. Sie wird dies alles gründlich durchdenken. Aber es scheint wirklich alles zu passen. »Harney wusste also die ganze Zeit, dass K-Town nichts mit Drogen zu tun hatte. Er hat mir die ganze Zeit etwas vorgespielt.«

»Er hat allen etwas vorgespielt. Der Saubermann in Person.«

»Mein Gott« Sie fasst sich an die Brust. »Mir ist, als müsste ich mich übergeben.«

»Tja, was das angeht – besonders gesund sehen Sie wirklich nicht aus, Lady«, sagt er. »Vielleicht ist es an der Zeit, sich krankschreiben zu lassen.«

Sie schaut zu ihm hoch. »Ja?«

»Sie haben da eine mordsmäßige Verletzung im Gesicht. Und dann ist da ja natürlich noch der ›Krebs‹. Vielleicht leiden Sie ja unter schwerer Übelkeit.«

»Warum?«, fragt sie.

»Ich glaube, es passiert schon sehr bald etwas«, deutet Porter an. »In den nächsten vierundzwanzig Stunden. Er steht dicht davor, die Identitäten dieser Typen herauszubekommen.«

»Wirklich? Davon hat er mir gar nichts erzählt.«

»Scheiße, nein, das hat er Ihnen nicht erzählt. Aber er hat sie aufs Korn genommen. Er steht dicht davor, seinen Zug zu machen. Und das IAB wird zugegen sein.«

»Das sollte ich ebenfalls.«

»Und damit riskieren, in die Sache verwickelt zu werden? Das ist das *Letzte,* was Sie brauchen, Mädchen. Glauben Sie mir, ein korrupter Cop sondert Stinktiersekret ab. Sie würden noch jahrelang stinken, selbst wenn Sie nichts Falsches getan haben.«

Das scheint ihr einzuleuchten. »Stimmt, dann würde mir auch noch der Anstrich einer Verräterin anhaften.«

»Genau. Aber wenn Sie wegen Krankheit nicht im Dienst waren, können Sie hinterher genauso überrascht sein wie alle anderen. Und wirklich, kein Mensch wird auf komische Gedanken kommen, wenn Sie sich nach dieser Nummer auf dem Dach einen Tag freinehmen. Also verdünnisieren Sie sich morgen, okay? Das ist ein Befehl.«

Sie hebt die Hände. »Ich hab's verstanden. Verstanden.«

»Vielleicht gönnen Sie sich ein langes Wochenende. Sie und Samuel und Ihre Schwiegermutter fahren weg, besuchen ein Erlebnisbad oder so etwas. Vielleicht die Dells. Wissen Sie was? Das geht auf mich.«

»Kommen Sie, Porter, das brauchen Sie nicht zu tun. Ich komme mir jetzt vor wie eine Idiotin, weil ich an Ihnen gezweifelt habe.«

»Unsinn.« Er blättert fünfzehn Scheine hin, fünfzehnhundert Dollar. »Das haben Sie sich mehr als verdient, Kleine. Wir haben Harney schon lange im Visier. Sie haben großartige Arbeit geleistet.«

Sie nimmt das Geld und nickt.

»Mein Gott«, sagt sie. »Und das, als ich gerade anfing, den Kerl zu mögen.«

80

Valerie hat den Lauf der Waffe unter ihrem Kinn.

Komm nicht näher, warnt sie mich.

Werde ich nicht. Sie ist tot. Sie ist vorhin für immer eingeschlafen. Ich komme gerade aus dem Kranken…

Und ich war nicht bei ihr.

Ich habe versucht, dich zu erreichen, zigmal.

Aber ich bin nicht rangegangen.

Nein – du warst beschäftigt, wie es aussieht.

Es tut mir leid, Billy, es tut mir wirklich leid.

Ich bin es nicht, der eine Entschuldigung verdient hat.

Billy …

Kann es heute mal um sie gehen? Kann es wenigstens einen Tag mal um unser kleines Mädchen gehen und nicht um deine Traurigkeit oder um deine ach so wichtigen Fälle?

Es tut mir … so leid …

Mein Kopf schnellt vom Schreibtisch in meinem Wohnzimmer hoch, mein Arm schwingt zur Seite und reißt ein Glas Wasser um, während sich meine andere Hand an Dokumenten festkrallt – Recherchen, die ich über Nathan Stofer, Antoine Stonewald und General Boholyubov zusammengestellt habe.

»Nein!«, stoße ich keuchend hervor und wische mir den Schweiß von der Stirn.

Nein. Das ist nicht geschehen. Nichts davon ist geschehen. Ich habe diese Dinge nicht gesagt, und ich habe diese Dinge nicht *gedacht*, und du hast dich nicht umgebracht.

Ich habe diese Dinge nie zu dir gesagt.

Du hast nicht Selbstmord begangen.

Sie haben dich umgebracht. *Die* haben dich ermordet.

Sonnenlicht fällt ins Wohnzimmer. Die Morgendämmerung ist längst vorbei. Ich bin während meiner Recherchen am Schreibtisch eingeschlafen. Ein Traum von Valerie hat mich wieder einmal aus dem Schlaf gerissen.

Ich greife nach meinem Handy. Die Uhr zeigt halb acht.

Wie auf Kommando summt es in meiner Hand, worauf ich zusammenschrecke. Laut Anrufer-ID ist es Griffin, Carla.

»Harney«, meldet sie sich. »Ich hasse es, das jetzt zu tun, aber mir ist sterbenselend zumute. Ich habe die halbe Nacht über gereihert.«

Ich schüttele mich, um einen klaren Kopf zu bekommen, und versuche mich so weit zusammenzureißen, dass ich zu dem Telefongespräch fähig bin.

»Die Übelkeit«, bringe ich hervor.

»Ja. Ich muss mir heute Morgen sowieso den Verband im Gesicht wechseln lassen, und da dachte ich mir, ich nehme vielleicht heute frei und mache ein langes Wochenende daraus.«

Ich stehe auf. »Kein Problem.«

»Na ja, ich weiß ja, dass wir kurz davor sind, den K-Town-Fall wieder aufzurollen, also ist das Timing nicht gerade toll.«

Es ist mehr als toll. Das Timing ist eigentlich perfekt. Jetzt wird sie mir nicht in die Quere kommen.

Die nächsten vierundzwanzig Stunden habe ich für mich.

81

Ein Gefühl der Angst durchströmt mich, als ich auf das Gelände des Stateville-Gefängnisses in der Nähe von Joliet fahre. Ich bin hier oft genug gewesen, normalerweise, um Hintergrundinformationen von Häftlingen einzuholen, zuweilen noch wichtigere Informationen von Spitzeln. Dann und wann habe ich dabei einen Typen umgedreht, der sich geweigert hatte zu kooperieren, sich dies jedoch nach seiner anfänglichen Zeit in diesem Drecksloch anders überlegte. Eine Vergnügungstour ist es nie, diese heruntergekommene, überfüllte und überlastete Einrichtung zu besuchen, deren Insassen verängstigt, verbittert, hoffnungslos, psychisch gestört oder eine Kombination aus allem sind.

Aber heute verspüre ich zum ersten Mal Angst dabei.

Antoine Stonewald sieht anders aus als auf seinem Fahndungsfoto. Zum einen hat er sich den Kopf rasiert, was sehr viele Insassen tun. Einige aus hygienischen Gründen: Es ist besser, keine Haare zu haben als schmuddelige Haare. Andere aus Sicherheitsgründen: eine Sache weniger, an der jemand dich packen kann.

Der Mann ist auch dicker – muskulös, nicht fett, was auf das Gewichtheben zurückgeht, eines der wenigen Dinge, die man hier tun kann. Und er sieht älter aus. Nicht, weil vier

Jahre vergangen sind, sondern weil für ihn vier Jahre im Stateville vergangen sind.

»Was wills-tu, Po-li-zist.« Er spricht das nicht als Frage aus. Das ist erlerntes Verhalten. Emotionen werden hier drinnen als Schwäche ausgelegt. Wenn du schwach bist, hast du automatisch eine Zielscheibe auf dem Rücken.

»Ich will wissen, ob du Nathan Stofer getötet hast.«

Er fixiert mich, als säßen wir uns an einem Pokertisch gegenüber, als versuchte er, meine Mimik zu deuten, und wollte nicht, dass ich ihn durchschaue. »Was zum Teufel faseln Sie da? Hab ich doch zugegeben. Hab mich schuldig bekannt.«

»Ja, das weiß ich.«

»Ja, das wissen Sie. Kennen Sie viele Knastbrüder, die sich für einen Scheiß schuldig bekennen, den sie gar nicht verbrochen haben?«

»Wahrscheinlich schon«, sage ich. »Vorsätzlicher Mord mit einer Schusswaffe? Dir hätten Minimum fünfundvierzig Jahre geblüht, jedenfalls wenn die Anklage wegen Tötung infolge eines damit verbundenen Verbrechens nicht noch dazukommt. Dann hättest du sechzig oder siebzig gekriegt – Schwarzer tötet reichen Weißen. Also ja, du hast gestanden und zwanzig auf dich genommen. Das heißt aber nicht, dass du es auch getan hast.«

Antoine mahlt mit dem Kiefer, hält seine Emotionen im Zaum, dreht Däumchen. Seine Beinschellen scheppern gegen die Tischbeine zwischen uns.

»Zieh verdammt noch mal Leine, Bulle.«

»Hey, Antoine, kommst du jetzt mal runter von deinem Gangsta-Getue? Du warst Examensstudent an der UIC, warst auf dem Weg zu einem Abschluss in Rechnungswesen, verlobt mit einer netten Braut, hast auf die Anzahlung für eine Eigentumswohnung angespart. Du bist hier jetzt nicht in Trakt B, brauchst dir hier im Raum nicht über die Schulter zu schauen. Hier sind jetzt nur du und ich. Also hör auf damit, den harten Kerl zu mimen, und rede mit mir.«

Er kaut auf seiner Lippe herum, lehnt sich zurück, und sein Gesichtsausdruck entspannt sich.

»Ich versuche dir zu helfen, Junge.«

Er stößt ein humorloses Grunzen aus. »Ein Cop will mir helfen. Das wäre das erste Mal.«

Okay, wenigstens redet er jetzt mit mir.

»Hilf mir zu verstehen, warum ein Junge, der so hart daran gearbeitet hat, etwas aus sich zu machen, etwas so Dummes tun sollte wie einen Kerl in einem Parkhaus zu erschießen.«

Er zuckt mit den Schultern, aber nicht auf eine beiläufige, gleichgültige Art und Weise, sondern aggressiv. Ich führe ihm alles wieder vor Augen. Er hat seine Situation aufgearbeitet, beschäftigt sich nun schon seit Jahren damit, sagt sich, dass er seine Zeit absitzen muss, ohne aufzufallen, damit er sie um fünfzehn Prozent verkürzt bekommt.

»Du hast dich gleich nach dem Tod deiner ersten Anwältin schuldig bekannt«, sage ich.

Er schaut beiseite, erinnert sich. Ich versuche, es ihm nicht nachzutun.

»*Direkt*, nachdem sie starb«, füge ich hinzu. »Vier Tage danach.«

»Na und?«

»Na und? Jeder Richter würde jemandem, dessen Anwalt

so kurz vor der Verhandlung stirbt, Aufschub gewähren. Es gab keinen Grund zur Eile. Warum hast du dich so schnell schuldig bekannt?«

Antoine beugt sich vor, als wäre er nun endlich dazu bereit, sich auf ein Gespräch einzulassen. Als er seine Hände öffnet, scharren seine Handschellen über den Tisch. »Vielleicht hatte ich schon vor, mich schuldig zu bekennen, bevor sie starb.«

»Das ist nicht das, was mir zu Ohren gekommen ist, mein Junge. Ich habe gehört, dass sie sich für dich einsetzen wollte. Sie hatte da so eine Theorie, dass jemand anderes Nathan Stofer getötet haben könnte. Wie hieß diese Anwältin noch? War es nicht ... Valerie?«

»Val«, erwidert er. »Val Blinderman. Sie sagte, nur ihr Mann nenne sie Valerie.«

Ich wende meinen Blick ab und schließe die Augen. Ich darf ihm meine Verbindung zu ihr nicht preisgeben. Ich lange in meine Tasche, ziehe mein Handy hervor, schaue auf das Display, alles nur, um mich zu beschäftigen, damit er nicht begreift, dass er mir gerade einen Pfahl ins Herz gerammt hat.

Denk nicht an sie. Denk an ihn.

Da gibt es noch einen weiteren Grund. Ich möchte ihm die Chance lassen, weiterzureden. Fragt man einen Häftling danach, was das Schlimmste für ihn ist, nennt er für gewöhnlich weder die Gewalt noch das beschissene Essen. Das Erste, was er für gewöhnlich anspricht, ist die Einsamkeit. Steckt man jemanden in einen netten Befragungsraum wie diesen hier und gibt ihm die Chance, ein Gespräch zu führen, dann ergreift er sie für gewöhnlich.

Er benötigt eine Minute, während ich Zeit schinde, aber dann fährt er fort.

»Ja, sie war eine nette Lady«, sagt er. »Ich meine, sie kam natürlich ganz geschäftsmäßig daher, aber wissen Sie ... Sie hat mit mir geredet. Wie ein Mensch. So etwas macht im Bezirksgericht kein Mensch. Hier drinnen auch nicht. Aber sie hat es getan. Bei ihr hatte man das Gefühl ... dass man ihr etwas bedeutet.«

Ich sage kein Wort. Die Emotionen schnüren mir die Kehle zu.

»Manchmal haben wir bloß geredet. Zum Beispiel hatte sie ein krankes Kind. Ein kleines Mädchen, das einen Schlaganfall bekommen hatte. Sie lag wohl im Koma und wachte nicht mehr auf. Deshalb hat sie die Nächte im Krankenhaus verbracht, während sie tagsüber an meinem Fall gearbeitet hat. Man sah ihr an, wie übernächtigt sie war. Ich sagte ihr, sie solle doch lieber bei ihrer Kleinen sein und jemand anderen mit meiner Vertretung beauftragen. Ich meine, sie war toll, und ich brauchte sie, aber ... das ist Familie, Mann. Das ist wichtiger.«

Meine Augen bohren sich in das schwarze Display meines Handys, während ich am ganzen Körper zu zittern beginne.

»Und was ... was hat sie darauf geantwortet?«, bringe ich hervor, kaum lauter als ein Flüstern.

»Sie sagte, ich würde mich anhören wie ihr Mann.«

Ich nicke, starre in die Schwärze hinein und fokussiere mich auf alles, auf wirklich alles außer auf meine Erinnerung. *Drifte nicht dorthin ab! Bleib hier, in diesem Raum, konzentriere dich auf deinen Job!*

»Sie antwortete: ›Meine Tochter ist nicht zu retten. Ich

kann sie nicht retten. Aber vielleicht kann ich Sie retten.‹ Sie meinte, ihre Tochter würde das so wollen.«

Ich kneife die Augen zusammen. Meine Hand fährt zu meinem tränennassen Gesicht hoch, meine Schultern beben, meine Atmung geht stoßweise.

Sie hatte recht. Unsere Kleine *würde* das gewollt haben.

»Hey, Mann, ich wollte jetzt nicht …«

Ich brauche eine ganze Weile, bemühe mich um Fassung. Denn ich bin aus einem bestimmten Grund hier, nicht, um zu flennen wie ein Kind, erst recht nicht vor einem Mann, dem sein Leben wegen eines Verbrechens entrissen wurde, das er so gut wie sicher nicht begangen hat.

Und nun ist jede Chance, meine Verbindung zu Val zu verbergen, längst im Eimer.

»Oh, Scheiße!«, entfährt es Antoine. »Ihr Mann war Cop. Sie sind … Billy.«

Ich wische mir ein letztes Mal über das Gesicht, hole tief Luft, räuspere mich und nicke. »Ich war derjenige, der sie Valerie nannte, ja«, sage ich.

»Tja, Sie müssen gehen, Billy«, sagt er. Seine Stimme klingt jetzt anders. Härter, feindselig. »Tut mir leid, aber Sie müssen jetzt sofort gehen.«

82

»Ich gehe nirgendwohin«, eröffne ich Antoine. »Du weißt besser als ich, was sie getan hat. Sie hat andere mögliche Verdächtige für den Mord an Nathan Stofer unter die Lupe genommen.«

»Nein«, gibt er zurück, doch er meint damit nicht, dass ich mich irre.

»Der Sexhändlerring«, sage ich. »Du weißt, dass sie den ins Visier genommen hatte, nicht wahr?«

Er wendet den Kopf ab.

»Die Firma des ukrainischen Generals, KB Investors Group. Diejenige, die Nathan Stofer als Investor für das Stratton Tower Projekt abgelehnt hat. Komm schon, Antoine, das weißt du doch alles! Du weißt mehr darüber als ich …«

»Mann, ich *kann* nicht.« Er schlägt mit beiden Fäusten auf den Tisch, wobei die Handschellen laut klirren. Seine Worte klingen wie ein Flehen. Plötzlich kommen ihm die Tränen, jetzt ist er an der Reihe zu weinen. »Sie bringen schon jetzt meine Familie in Gefahr, allein dadurch, dass Sie hier sind.«

»Die haben dich bedroht«, sage ich ihm auf den Kopf zu. Das hatte ich mir schon gedacht. Er bekennt sich vier Tage nach Valeries Tod schuldig. Jemand muss ihn unter Druck gesetzt haben.

Er beugt sich zu mir vor, hält in der Bewegung inne, schaut durch die Glastür zum Gefängniswärter, beugt sich noch ein Stück weiter vor, das Kinn nur wenige Zentimeter über dem Tisch. Schließlich sprudeln seine Worte im rauen Flüsterton nur so hervor. »Meinen Sie vielleicht, ich sitze *gerne* hier in diesem Drecksloch für etwas, das ich nicht getan habe? Aber nur so bleibt meine Familie am Leben.«

»Deine Verlobte, Cassietta. Deine Mutter und deine Schwester. Jemand hat sie bedroht.«

Er schaut mich trotzig an, aber da schwingt noch etwas anderes mit in seinem Blick, etwas Mitfühlendes. »Woher soll ich wissen, dass Sie sie allein durch Ihr Erscheinen hier nicht schon zum Tode verurteilt haben?«

»Niemand weiß, dass ich hier bin«, erwidere ich.

Er lacht, schüttelt den Kopf, als ob er mich wegen meiner Unwissenheit bemitleide. Dann wird er nüchtern. »Die können die Frau eines Cops umbringen und es wie Selbstmord aussehen lassen«, flüstert er. »Die können ganz offiziell und fein rausgeputzt ins County-Gefängnis reinmarschieren, als wäre es gar nichts, und es mir unter die Nase reiben. Die haben Cassies Privatadresse, wissen, wo sie arbeitet. Brüsten sich damit, wie sie sich auf ihr abwechseln werden, bevor sie ihr die Kehle durchschneiden. Wie sie vor den Augen meiner Mama meine Schwester mit Benzin übergießen und dann ein Streichholz anzünden. Und danach spaziert dieser Wichser wieder raus, als wäre nichts gewesen. Die haben ihre Leute überall, Mann.«

»Ich habe das nicht von dir«, versichere ich ihm. »Ich würde dich nie verraten.«

»Das haben Sie wahrscheinlich schon, allein, weil Sie hier aufgetaucht sind.«

»Ich werde die zur Strecke bringen, Antoine. Jeden Einzelnen. Die werden gar nicht in der Lage sein, dir oder deiner Familie etwas anzutun.«

Er hält inne, denkt darüber nach. Da gibt es etwas, das er unterdrückt hat, was ihn insgeheim seit dem ersten Tag plagt, an dem sie ihn hier weggesperrt haben – Hoffnung.

»Willst du denn nicht hier raus, Antoine? Willst du denn nicht frei sein? Cassie heiraten? Deine Mutter und deine Schwester besuchen? Dein *Leben* zurückbekommen?«

Er droht mir mit dem Finger, legt den Kopf schief. »Kommen Sie mir nicht auf diese Tour, Mann.«

»Ich kann das hinbiegen, Antoine. Alles, was ich brauche ...«

»Verschwinden Sie jetzt, sofort!«, ruft er, stößt sich vom Tisch ab, und seine Handschellen klirren über die Tischplatte, als er aufspringt. »Ich habe Ihnen nichts zu sagen, weißer Bulle! Ich habe meine zwanzig Jahre gekriegt, weil ich diesen verdammten Idioten erschossen habe. Ich mochte seinen selbstgefälligen Gesichtsausdruck nicht, kapiert?«

»Bloß ein Name, Antoine«, sage ich. »Bloß ein Ort.«

Er hämmert gegen die Glasscheibe. »Mann, ich habe dem Kerl nichts zu sagen!«, ruft er nach draußen. »Lasst mich hier raus, verdammte Scheiße!«

Ich lasse den Kopf sinken. Es ist vorbei.

Zwei Justizvollzugsbeamte betreten den Raum. »Tut uns leid, Detective. Wenn er nicht mit Ihnen reden will ...«

... dann muss er es auch nicht. Weiß ich.

»Was für ein verschwendeter Morgen«, sage ich, laut genug, dass es die Wärter im Raum und wahrscheinlich auch die draußen hören können. »Da komme ich den ganzen Weg hierher, und dieser Kerl gibt überhaupt keinen Ton von sich!«

Antoine, jetzt wieder in seiner großspurigen Gefängnishof-Rolle, fängt meinen Blick auf. Er weiß, dass mein letzter Kommentar für ihn bestimmt war.

Aber um ehrlich zu sein, hat mir Antoine durchaus ein paar Dinge verraten.

Erstens: Diese Träume, die ich habe, entsprechen nicht der Wahrheit. Valerie hat sich nicht umgebracht. Ich war nicht dort, als sie es getan hat. Die haben sie getötet. *Die* haben das getan.

Und zweitens: Die Person, die Antoine die Drohung übermittelt hat? Der Mann, der in einem schicken Anzug in den County-Knast reinspaziert kam?

Das kann nur ein Anwalt gewesen sein.

83

Das Letzte, worauf Patti heute Lust hat, ist ein Besuch im Gefängnis.

Sie nimmt sich einen Tag frei. Diesen Besuch kann sie unmöglich als offizielle polizeiliche Untersuchung rechtfertigen.

Sie kann ihn überhaupt nicht rechtfertigen, Punkt.

Die letzte Nacht war wieder einmal unruhig, voller Alpträume und, schlimmer noch, vermischt mit Erinnerungen an das, was vor vier Jahren geschehen ist.

Sie kann nicht schlafen, kann ihre Trainingsläufe nicht absolvieren, bekommt keinen Bissen herunter. Kann sich bei der Arbeit nicht konzentrieren.

Alles, woran sie denken kann, ist Val. Und Billy.

Und eine Waffe, Billys Dienstwaffe.

Die Fahrt zum Gefängnis fühlt sich selbst schon wie eine lebenslange Haftstrafe an. Irgendwann fährt Patti vom Highway ab und übergibt sich am Straßenrand. Aber in ihrem Magen ist nichts, was sie erbrechen könnte. Ihr Körper fühlt sich fiebrig an, obwohl sie nicht glaubt, dass sie krank ist.

Ihre Hände zittern auf dem Lenkrad. Aber sie fokussiert sich auf Billy.

Sie tut das hier Billy zuliebe.

Sie stellt ihren Wagen auf dem Parkplatz ab und blickt an dem imposanten Bau hinauf. »Ich schaffe das nicht«, murmelt sie. Aber sie weiß nicht, an wen sie sich sonst wenden soll.

Sie zeigt beim Einlass ihren Ausweis vor, gibt ihre Waffe und ihr Handy ab, erträgt das Abtasten und die Ermahnungen, die sogar Cops über sich ergehen lassen müssen.

Man führt sie in einen nicht öffentlichen Befragungsraum. Sie ertappt sich dabei, wie sie hofft, ja inständig fleht, dass der Wärter ihr gleich mitteilen wird, es habe da eine Verwechslung gegeben und Insasse Nummer 28507–024 sei nicht verfügbar.

Schließlich geht die Tür auf. Sie hört Fußschellen über den Boden scheppern, hört die ruhigen, aber strengen Anweisungen des Wärters. Das Schnappen des Verschlusses, als die Fußschellen an den Tischbeinen befestigt werden.

Sie weint. Sie hatte sich geschworen, es nicht zu tun. Aber es bringt nichts, dagegen anzukämpfen. Sie vergräbt das Gesicht in den Händen und zittert so heftig, dass sie sich kaum auf dem Stuhl halten kann.

Sie bringt es nicht über sich, aufzuschauen.

Aber sie tut das hier Billy zuliebe.

»Willst du mich irgendwann mal anschauen oder mir etwas mitteilen?«, fragt der Gefangene.

Die Stimme jagt ihr einen Schauer über den Rücken. Es ist die Stimme, der sie einst vertraut hat, die Stimme, die sie getröstet und gelenkt hat.

Sie schaut zum ehemaligen Chief of Detectives Daniel Harney hoch.

»Hi, Daddy«, sagt sie.

84

Patti hatte versucht, sich alles von der Seele zu reden, bevor sie herkam. Sie hatte im Auto sogar laute Selbstgespräche geführt, während sie von Chicago nach Terre Haute, Indiana, fuhr, zum bundesstaatlichen Hochsicherheitsgefängnis.

Wie konntest du uns das antun?

Wie konntest du uns betrügen?

Wir haben dir vertraut.

Ich habe dir vertraut.

Variationen davon, immer und immer wieder während der dreistündigen Fahrt. Der Mann, den sie abgöttisch geliebt hatte, der Mann, der immer alles in Ordnung brachte, war in Wirklichkeit ein korrupter Bulle.

Sie hatte gehofft, sich auf der Fahrt hierher diesbezüglich erschöpft zu haben, um sich dann bei ihrem ersten – und sicherlich letzten – Besuch auf Billy konzentrieren zu können.

Aber es überwältigt sie wieder, ihre große Verletzung, die Beleidigungen, die sie ausstoßen will, der Schmerz, den sie ihm zufügen will.

»Es ist schön, dich zu sehen, Schatz. Ich war mir nicht sicher, ob du jemals kommen würdest.«

Sein Kopfhaar ist viel weißer als früher. Er hat erheblich an Gewicht verloren, seine Augen liegen tief in den Höhlen, sein Hals ist dünn wie ein Besenstiel, die Schultern sind hochgezogen. So, als wäre er um zwei Größen geschrumpft.

Für sie war er immer überlebensgroß gewesen, der stolze, Achtung gebietende Chief of Detectives mit seiner Baritonstimme und seiner aufrechten Haltung, der Mann, der jeden Raum, den er betrat, durch sein Auftreten in Beschlag nahm. Jetzt ist er ein leise sprechender, gebeugter, gebrochener Mann.

»Du hast abgenommen«, sagt er. »Du läufst wieder.«

»Nein«, hört sie sich antworten und wappnet sich. »Komm mir jetzt nicht so.«

Sie schaut ihn an. Er hebt und senkt die Augenbrauen. »Okay«, sagt er zaghaft. »Dann verrate mir wenigstens, wie es dir …«

»Nein.«

»Schon gut, schon gut, ich verstehe. Patti, hör zu, es gibt da so vieles, was ich dir sagen will …«

»Nein!« Sie schlägt mit der Faust auf den Tisch. »Das hier ist kein Versöhnungstreffen, okay? Du kannst nicht einfach …« Ihre Kehle ist wie zugeschnürt.

Ihr Vater gibt auf, verschränkt die Arme und wartet, bis sie sich beruhigt hat. Die Kränkung in seinem Gesicht … Es ist so ungerecht, dass er gekränkt aussieht, dass *er* das Opfer sein darf.

Er hustet in seine Faust, ein hässliches Geräusch, tief und feucht, und die Handschellen, die er trägt, klappern. Er sieht nicht gut aus. Wahrscheinlich geht es ihm auch nicht gut.

Aber ihr Mitleid bekommt er nicht.

»Ich bin wegen Billy hier«, eröffnet sie ihm.

Er räuspert sich und legt den Kopf schief. »Ist er okay?«

»Er redet in letzter Zeit viel von Val. Er ist davon überzeugt, dass sie nicht Selbstmord begangen hat.«

Er fährt sich mit der Hand an die Stirn. »Oh, Gott, nein. Und das trotz des Obduktionsberichts.«

»Trotzdem, ja.«

»Den *Original*bericht hat er doch nie zu Gesicht bekommen, oder?«

»Nein«, erwidert Patti. »Die Kopie, die ich besaß, habe ich verbrannt.«

»Gott sei Dank.« Ihr Vater öffnet die Hände. »Du sagtest, er ist ›davon überzeugt‹. Also *weiß* er es nicht?«

Sie schüttelt den Kopf. »Er kann sich nicht erinnern. Er sagt, es sei alles wie im Nebel.«

Ihr Vater nickt, atmet tief durch. »Er hat ja nie darüber gesprochen, was passiert ist. Kein einziges Mal. So habe ich es mir deshalb auch vorgestellt. Dass die ganzen Erlebnisse für ihn im Nebel liegen. Vielleicht hat er sich aber auch deutlich erinnert und wollte … uns bloß nichts davon erzählen.«

Patti hatte schon den gleichen Gedanken. Sie und ihr Vater hatten damals viel darüber geredet. »Aber selbst wenn er sich erinnert hat«, sagt sie, »tut er es jetzt womöglich nicht mehr. Nach all dem, du weißt schon, diese Gedächtnisprobleme nach dem Schuss in den Kopf letztes Jahr. Kommt dir das bekannt vor? Gedächtnisprobleme?«

Er wirft ihr einen Blick zu. »*Darum* soll es jetzt hier gehen? Wollen wir nicht lieber über Billy reden?«

Er hat recht. Sie muss fokussiert bleiben. »Also, egal ob das Trauma damals sein Gedächtnis beeinträchtigt hat oder ob er im Lauf der Zeit verdrängt oder ob diese Schussverletzung vor einem Jahr das bewirkt hat – jedenfalls Stand heute kann er sich eindeutig nicht erinnern, was passiert ist.«

»Okay, tja, *das* ist ein Segen«, sagt er. »Wieso also die plötzlichen Zweifel?«

»Er … er hat sich in den Kopf gesetzt, dass irgendwelche Mädchenhändler sie umgebracht hätten, dass Val an einem Fall gearbeitet hat und die sie deswegen zum Schweigen bringen mussten. Der totale Blödsinn.«

»Besser als die Wahrheit«, erwidert er.

»Nicht, wenn er sich den Schleppern an die Fersen heftet und sie umbringen will.«

Ihr Vater stößt den Atem aus. »Das hat er vor?«

»Das sagt er. Hast du schon mal erlebt, dass Billy nicht Wort hält?«

»Mein Gott.« Sein Kopf sinkt nach hinten. »Erzähl mir von diesen Menschenhändlern.«

»Er sagt, sie kommen aus der Ukraine. Ein ehemaliger General mit einer Bande ehemaliger Elitesoldaten.«

Er schüttelt den Kopf. »Er wird dabei draufgehen.« Er beugt sich vor und schaut ihr in die Augen. »Es gibt nur eine Möglichkeit. Du musst ihm die Wahrheit sagen.«

Das war ihr klar. Tief in ihrem Inneren war ihr das schon lange klar. Aber ganz gleich, was sie sonst von Daniel Collins Harney hält, er ist ihr Vater, und vielleicht musste sie es einfach aus seinem Mund hören.

»Aber wie zur Hölle soll ich das anstellen?«, fragt sie. »Wie bringe ich meinem Bruder bei, dass er seine eigene Frau getötet hat?«

BUCH III

85

Vier Jahre zuvor. Patti entfernte sich an jenem Nachmittag nicht weit vom Haus.

Warum, das wusste sie selbst nicht so genau. Nachdem es vorbei war, nachdem sie Janey für tot erklärt hatten und Billy ein Dutzend Mal versucht hatte, Val telefonisch zu erreichen, hatte sie noch mehr als eine Stunde lang neben ihm im Krankenhaus gesessen.

Als sie ihn dann vor seinem Haus absetzte, sagte er, er wolle Val die Nachricht allein überbringen.

Aber Patti fuhr nicht weit. Sie hielt gleich beim Coffee-Shop ein paar Blocks weiter an.

Und machte sich Sorgen.

Während der Autofahrt nach Hause hatte Billy bloß vor sich hingestarrt, in den Nebelschwaden seiner überwältigend tiefen Trauer herumirrend, obwohl er doch gewusst hatte, dass dieser Tag kommen würde. Aber er empfand mehr als nur Trauer. Auch Wut. Nein – Wut wurde dem nicht annähernd gerecht.

Verrat – das traf es. Billy hatte seiner Tochter die Hand gehalten, als sie starb, hatte ihr zugeflüstert, wie sehr er sie liebte. Val hätte ihre andere Hand halten sollen, hätte Janey in das andere Ohr flüstern sollen.

»Sie hätte bei ihr sein sollen«, sagte er auf der Fahrt vom Krankenhaus nach Hause.

»Menschen gehen mit so etwas auf unterschiedliche Art und Weise um«, erwiderte Patti. Das klang in ihren eigenen Ohren wie die Worthülsen eines Seelenklempners in einer Fernsehsendung, was es jedoch nicht weniger wahr machte.

»Sie hätte bei ihr sein sollen.«

An einer roten Ampel langte Patti auf den Rücksitz nach einer Flasche Jameson Whisky, die sie irgendwann einmal ins Krankenhaus hatte schmuggeln wollen, um es Billy bei einer seiner Nachtwachen erträglicher zu machen. »Nimm mal einen Schluck«, riet sie ihm.

Billy starrte die Flasche an, als hätte er noch nie eine gesehen. Er hatte während der ganzen Zeit, in der er am Krankenbett Wache gehalten hatte, keinen Tropfen Alkohol angerührt, insgesamt länger als einen Monat.

Schließlich riss er sie ihr aus der Hand, schraubte wie ein geübter Trinker den Deckel ab, führte den Flaschenhals zum Mund und lehnte sich zurück.

Bevor Patti sie ihm wieder entreißen konnte, war mindestens die halbe Flasche geleert. »Hey, sachte, sachte! Du bist aus der Übung.«

Billy wischte sich den Mund ab und stierte aus dem Fenster. »Hätte sie nicht wenigstens das Telefon bei sich behalten können, für den Fall, dass ich sie anrufe? Ist *das* etwa zu viel verlangt?«

Sie schaute ihn an, wusste nicht, was sie darauf erwidern sollte. »Das hier ist für sie auch heftig, Billy. Sie leidet schon an ihren besten Tagen unter Depressionen. Jetzt, bei allem, was passiert ist … Sie geht damit einfach so gut um, wie sie kann.« Patti konnte nicht fassen, dass ausgerechnet sie Vals Verhalten entschuldigte. Ihrer beider Rollen waren während dieses letzten Monats entgegengesetzt gewesen. Patti und ihre unverblümte Kritik, Billy, der Entschuldigungen für Vals Verhalten vorbrachte. Aber Billy war jetzt zu betrunken für Diplomatie.

»Lass mich mit reinkommen«, bot sie an, als sie an der Bordsteinkante vor Billys Haus anhielt.

»Nein.«

»Glaubst du, Val ist zu Hause? Oder bei der Arbeit?«

»Woher zum Teufel soll ich das wissen? Wenn sie an ihr Telefon ginge, wüsste ich es vielleicht.«

»Lass mich mit dir hineingehen.«

»Nein.« Billy öffnete die Wagentür, drehte sich dann aber noch einmal zu Patti um. Wie sehr er doch in diesem letzten Monat abgebaut hatte, welche Qualen er erlitten hatte; seine leblos blickenden, blutunterlaufenen Augen waren von dunklen Ringen umgeben, die Falten an seinen Mundwinkeln hatten sich tief eingegraben. Seine ganze Welt war in die Brüche gegangen.

»Ich komme später noch einmal vorbei«, versprach sie.

Und sie fuhr nicht weit. Dazu war sie nicht in der Lage. Sie musste in der Nähe bleiben, auf Abruf bereitstehen. Sie fuhr zu einem Coffee-House am Ende der Straße, trank einen Cappuccino mit Schuss, spürte die Wirkung des Koffeins. Und machte sich Sorgen um ihren Bruder.

Eine halbe Stunde später klingelte ihr Handy. Es war Billy. Sie verspürte Erleichterung.

Dann begriff sie, was er ihr mitteilte, rannte aus dem Coffee-Shop und sprang in den Wagen.

Seine Haustür war nicht verschlossen. Sie hetzte die Stufen hinauf und bis ins Badezimmer.

Sie spürte, wie sich ihre Schritte verlangsamten. Vernahm schwaches Atmen.

»Billy«, sagte sie aus irgendeinem Grund, aus einem instinktiven Bedürfnis, ihr Kommen anzukündigen. Sie griff nach der Waffe an ihrer Hüfte, besann sich dann eines Besseren.

Sie konnte es riechen, hatte es schon hundertmal gerochen.

Sie beugte sich vor und lugte ins Badezimmer.

Große Blutspritzer prangten an der Wand und in der freistehenden Wanne, eine Blutlache war auf dem Fußboden.

Billy saß im Schneidersitz auf den Fliesen.

Auf Billys Schoß ruhte Valeries Kopf, mit weit aufgerissenen, leeren Augen und offenem Mund. Eine Eintrittswunde war unter ihrem Kinn, eine saubere Kontaktwunde.

Billy, dessen Schoß und Hemd blutverschmiert waren, wiegte Valerie.

Seine Glock, seine Dienstwaffe, schlaff in der Hand haltend.

»Oh, nein!«, hörte sie sich sagen.

»Ich … habe das getan.« Seine Stimme war kaum lauter als ein Windhauch.

Sie wusste nicht, was sie tun, was sie sagen sollte. Ihre Beine versagten ihr den Dienst.

Ihr Kopf jedoch nicht. Sie wandte sich ab und schaute auf den Schlafzimmerschrank. Die Tür stand offen. An der Rückwand war der Waffensafe zu sehen. Auch seine Tür stand offen.

Dann schaute sie wieder Billy an. »Sie hat sich umgebracht«, hörte sie sich sagen. »Sie konnte nicht … Es war zu hart für sie. Sie hat sich umgebracht.«

Billy starrte auf den Boden und schüttelte den Kopf. »Ich habe das getan«, flüsterte er.

Patti schaute erneut auf den Waffenschrank, dessen Tür offen stand.

Und wusste, dass er recht hatte.

86

Es ist später Vormittag. Carla Griffin schließt die Eingangstür ihres Hauses ab. Sie trägt Sonnenbrille, T-Shirt und Shorts und sieht selbst mit Mullbinde und Pflaster im Gesicht nach Sommerurlauberin aus. Sie wuchtet den Koffer auf den Rücksitz ihres Hondas und schlägt die Tür zu. Ihre Schwiegermutter, silberhaarig und gebeugt, watschelt zur Beifahrertür hinüber und steigt ein.

Der Junge, Samuel, sitzt angeschnallt hinter seiner Großmutter.

Carla springt hinters Steuer, startet den Motor, setzt rückwärts aus der Einfahrt und fährt los in Richtung Norden. *Wisconsin Dells, wir kommen!*

Das hier ist das Allerletzte, was Porter tun sollte – mit einem Fernglas vor den Augen am Rand eines Baseballfeldes in South Deering stehen. Aber diese Observation kann er nicht delegieren, dazu müsste er jemand anderen einweihen, und eine andere Person, die von dem hier weiß, ist für ihn so überflüssig wie ein Kropf.

Er lässt das Fernglas sinken.

Es wird Zeit. Carla ist jetzt aus dem Weg, folgt Porters Vorschlag, ein Erlebnisbad in Wisconsin zu besuchen. Fürs Erste arbeitet Harney also allein an dieser Sache.

Okay, Harney. Du wolltest einen Ein-Mann-Kreuzzug?

Du wolltest das hier leise, still und heimlich erledigen, ganz auf dich allein gestellt?

Hier ist deine Chance, Kumpel.

Er zieht sein Wegwerfhandy heraus und wählt eine Nummer.

»Bringen wir diesen Scheiß zu Ende«, sagt er zu Disco.

87

Nach dem Gespräch mit Antoine Stonewald im Stateville biege ich auf den Stevenson Expressway ein und fahre zur Arbeit. Ich drücke mir meine Ohrstöpsel in die Ohren, suche in der Kontaktliste auf meinem Handy die Nummer von J Crew und wähle sie.

»Jo jo jo. Wem oder was verdanke ich diese große Ehre und dieses Privileg?«

Jay Herlihy wuchs in unserer Straße auf, ein Polizistenkind wie ich auch. Er hatte die Statur eines Linebackers und in etwa den Intelligenzquotienten eines Footballs, war aber unter dem Strich ein guter Kerl. Nur dass er mal in der zweiten Klasse den Fehler machte, Patti eins auf die Nase zu geben. Das fanden die drei Brüder Harney gar nicht lustig. Nach der Schule knöpften wir ihn uns vor und gestalteten sein Gesicht um. Meine Mutter war stinksauer auf uns, delegierte die Bestrafung jedoch wie immer an Pop. Pop zerrte uns drei ins Arbeitszimmer und hörte sich unsere Version an. Man konnte sehen, wie sich seine Gesichtsfarbe veränderte, als er erfuhr, dass Jay seinem allergrößten Schatz Patti eine blutige Lippe verpasst hatte.

Ihr Jungs habt es vermasselt, sagte er. *Ihr hättet ihm den Arm brechen sollen.*

Das ist alles Schnee von gestern. Aus Jay wurde ein guter

Kerl. Er hing mit meiner Clique ab, betrank sich mit uns auf den Friedhöfen, wurde aber auf dem College ein wenig ausschweifend und schaffte es nicht auf die Akademie.

Also wurde er Strafvollzugsbeamter.

Als wir den Smalltalk hinter uns haben, komme ich zur Sache.

»Dieser Antoine Stonewald«, vermutet J., »der ist wegen Mordes eingefahren, dann sitzt er wohl in Trakt 9, stimmt's?«

»Stimmt«, bestätige ich. »Seit etwa vier Jahren.«

»Tja, also, ich meine – ja, du hast recht, wenn da so ein Anzugträger unangemeldet auftaucht und mit einem Häftling quasseln will, dann teilen wir ihm mit, er soll wieder abzischen. Man muss vorab einen Termin ausmachen, man muss auf einer Liste stehen, und diese Liste ist kurz – enger Familienkreis oder der Anwalt. Aber du sagst ja, seine Anwältin war gerade gestorben.«

»Richtig.«

»Gut. Also ja, wenn uns dieser Kerl einen Anwaltsausweis unter die Nase hält, dann können wir davon ausgehen, dass er der neue Anwalt ist, also ja, wir tragen ihn dann ein und lassen ihn mit dem Häftling reden.«

»Aber er würde sich in die Besucherliste eintragen müssen«, sage ich.

»Unbedingt.«

»Sonst kommt er nicht rein, J? Aber vielleicht will er ja unbemerkt rein. Vielleicht hilft ihm ein Wärter dabei, sich reinzuschleichen, seinen Namen aus den Büchern herauszuhalten.«

»Fick dich ins Knie, Harney.«

»Dich meinte ich jetzt nicht, J. Aber du weißt, worauf ich hinauswill.«

»Ja, klar. Aber die Sache ist die: Wenn jemand einem Häftling eine Nachricht zukommen lassen will, könnte er versuchen, ihn über einen Mithäftling zu kontaktieren. Im Hof oder in der Kantine. Aber ein Besuch? Keine Chance. Da gibt es zu viele Sicherheitsvorkehrungen. Man kann in so einem Fall nicht einfach einen Wärter bestechen. Man müsste da schon ein Dutzend von ihnen bestechen.«

»Unter dem Strich müsste also ein Anzugträger, der sich mit einem Häftling treffen will«, resümiere ich, »durch die Vordertür reingehen.«

»Auf jeden Fall. Er müsste sich eintragen.«

»Gut. Also: Kannst du mir helfen?«

Er seufzt. »Trakt 9? Hast du ein ungefähres Datum?«

Besser noch als nur ungefähr, das Datum von Valeries und Janeys Tod hat sich mir ins Gehirn eingebrannt. Und ich kann gut mit Zahlen umgehen, also kann ich auch vier Tage weiterzählen, bis zu dem Tag, als Antoine sich formell schuldig bekannte. In dieser kurzen Zeitspanne muss jemand ins Gefängnis von Cook County reinspaziert sein und Antoine damit gedroht haben, seine gesamte Familie auszulöschen.

»Könnte ein Weilchen dauern«, sagt er.

»Ich brauche das sozusagen bis gestern, J. Keine Verarsche, verdammt. Besteht die Möglichkeit, dass du für einen alten Freund aufs Gaspedal trittst?«

Ich beende das Telefonat. Der Verkehr wird endlich schwächer, und ich drücke auf die Tube. Jetzt, wo ich Carla nicht mehr an der Backe habe, muss ich das Beste aus meiner Zeit machen.

Ich schaffe es in weniger als einer Stunde bis zum Präsidium. Vitrullo am Empfang nickt mir zu. »Da ist jemand, der dich oder Griffin sprechen will«, verkündet er. »Griffin hat sich für heute krankgemeldet, das weißt du wahrscheinlich schon.«

»Stimmt. Wo?«

Er deutet mit dem Kinn. »Dort drüben. Das Mädchen.«

Ich drehe mich in die von ihm angezeigte Richtung. Eine junge Frau, wahrscheinlich gerade noch im Teenageralter, schmutzig blondes, zu einem Pferdeschwanz zurückgebundenes Haar. Trägerhemd, Shorts, Sandalen.

Und auf ihrem Fußknöchel trägt sie das Tattoo einer schwarzen Lilie.

88

Ich führe das Mädchen in einen Verhörraum. Mädchen nenne ich die Kleine deswegen, weil ich schätze, dass sie noch im Teenageralter ist, auch wenn sie eher nach Anfang zwanzig aussieht. Heroin verändert deine äußere Erscheinung, lässt dich altern, macht dich fertig, prügelt dir die Scheiße aus dem Leib, während es dich gleichzeitig liebkost.

Diesem Mädchen steht die Drogensucht ins Gesicht geschrieben. Sie ist unterernährt, hat dunkel umrandete, tote Augen und eine ungesunde Hautfarbe.

Aber schöne Gesichtszüge hat sie, ist eigentlich ein hübsches Ding. Ein Partygirl, wenn man ihr das Haar hochsteckt, sie etwas Make-up auftragen lässt und ihr ein schönes Kleid überzieht. Bestimmt ist sie aufgedonnert ein heißer Feger, eine Edelhure.

Sie hat keine Einstichstellen an den Armen, was bedeutet, dass sie wahrscheinlich raucht und nicht drückt. Das ergibt Sinn, wenn man Glamour vermitteln soll. Evie hatte Einstichstellen an den Armen, aber sie war ja auch den Fängen ihrer Menschenhändler entkommen, zumindest für die eine Woche, die sie bei Shiv verbrachte, vielleicht auch länger, und es ist einfacher zu spritzen, als zu rauchen.

Ich setze mich neben sie, nicht ihr gegenüber, denn in diesen Verhörräumen herrscht keine anheimelnde Atmosphäre.

Wir wollen, dass unsere Verdächtigen eingeschüchtert sind, was wir dann auf zwei Arten ausnutzen können – ihnen mit unserer Vorgehensweise einen Schrecken einjagen oder zuckersüß daherkommen und uns bei ihnen einschmeicheln.

Ich habe immer schon gewusst, wie ich es anstellen muss. Menschen zu deuten, gehört zu meinen Stärken.

Aber in diesem Moment weiß ich nicht, was ich tun soll. Also lasse ich es einfach auf mich zukommen.

»Ich heiße Sadie«, beginnt sie. Kräftiger Akzent, osteuropäisch.

Das mit dem Namen ist eher unwahrscheinlich, macht aber nichts. »Nachname?«

»Muss ich sagen?« Sie ist nervös, zappelt herum, verängstigt oder wütend oder beides.

»Nein. Schon gut.« Ich lege die Hände auf den Tisch. »Sag mir einfach, warum du hergekommen bist, ja?«

Sag mir einfach, wer dir diese schwarze Lilie eintätowiert hat.

»Meine ... Freundin«, druckst sie herum. »Meine Mitbewohnerin. Sie ...«

»Einer Freundin von dir ist etwas zugestoßen?«

Sie nickt, kaut an ihren Nägeln, die lang, manikürt und dunkelviolett sind.

»Okay, und wie heißt deine Freundin?«

»Evie«, sagt sie. Genau so, wie ich es gehört hatte. Evie reimt sich auf Chevy.

Ich beherrsche mich, so gut ich kann. »Hat *sie* einen Nachnamen?«

Das Mädchen nickt. »Evalina Vacaru«, sagt sie.

Ich schreibe den Namen nicht auf. Ich habe keinen Notizblock vor mir liegen, wollte das Mädchen nicht vergraulen, indem ich das hier allzu offiziell wirken lasse.

Evalina Vacaru. Evalina Vacaru.

Unsere Unbekannte hat jetzt einen Namen.

»Kommt aus Rumänien«, fügt sie hinzu. »Aus Timisoara.«

Und dieses Mädchen hier auch, Sadie – jedenfalls nicht weit davon entfernt. Sie hat den Namen der Stadt ausgesprochen wie eine Ortskundige.

»Ich glaube … ist tot.«

»Warum glaubst du das, Sadie?«

Sie nickt, schluckt heftig, schaut beiseite. »Ich habe gesehen … da ist Website für vermisste und nicht ifendizi… identifizier…«

»Eine Website, auf der vermisste Personen und nicht identifizierte Leichen gezeigt werden?«

»Ja, ja.«

Das stimmt. Wenn das County eine Leiche nicht identifizieren kann, veröffentlicht es alle verfügbaren Informationen – Rasse, Geschlecht, Größe, Gewicht. Für die Fotos muss man dann eine andere Webseite besuchen, nach einem Warnhinweis, dass das, was man gleich zu sehen bekommt, grausam und schockierend sein wird. Üblicherweise sind dort Fotos des oder der Toten zu sehen.

Auch mein Name müsste auf der Website gepostet sein, als der des leitenden Detectives. *Wenn Sie irgendwelche Informationen haben, die zur Identifizierung dieser Person führen können …*

»Evie war auf …« Ihre Stimme bebt. Sie wischt sich eine Träne weg.

Eine Gefühlsregung. Aber dieses Mädchen ist gut geübt

darin, eine steinerne Miene aufzusetzen, geübt darin, ihre Verletzungen, ihre Angst und ihre Traurigkeit zu überspielen.

»Du hast Fotos von Evie auf dieser Website entdeckt? Fotos?«

Sie schließt die Augen und nickt.

Das County muss auch die Tätowierung auf Evies Fußknöchel erwähnt, vielleicht sogar ein Foto davon ins Internet gestellt haben. Da wäre es Sadie nicht schwergefallen zu erkennen, dass es sich um ihre Freundin handelte.

Ich hole ein Taschentuch, einen Stift und einen Notizblock vom Tresen, der an einer Wand des Raums steht. Ich reiche ihr das Taschentuch und schiebe ihr das Papier zu. »Kannst du mir ihren Namen aufschreiben?«

Sie tut es.

Es würde nichts bringen, wenn ich mich hier völlig dumm stelle. Sie hat auf der Website gelesen, dass ich der leitende Cop bin und dass Evie ermordet wurde. Aber ich muss ihr auch nicht alles unter die Nase reiben, was ich weiß.

»Evie wurde erschossen, als … kleines Mädchen getötet wurde?«, fragt Sadie.

»Ja, so ist es. Weißt du, warum sich Evie in K-Town aufgehalten hat?«

Sie schüttelt den Kopf. »Nein. Ist weggegangen und nicht zurückgekommen. Wir wussten nichts davon.«

»*Wir*«, wiederhole ich. »Wer ist wir?«

»Wir … wohnen mit zwei anderen.«

»Mit wem?«

»Freunde«, sagt sie. »Es sind Freunde. Männer, aber … nicht Boyfriends.«

Zwei Männer. Sie und Evie wohnen mit zwei Männern zusammen. Die Nutten und ihre Zuhälter.

Dieser Prostitutionsring besteht aus mehr als nur zwei Mädchen. Vielleicht bringen sie sie also getrennt unter. So hatte ich mir das nicht vorgestellt, aber es spricht nichts dagegen, dass es so sein könnte.

»Wo wohnst du, Sadie?«

»Ich ...« Sie seufzt erneut. »Ich bloß wollte, dass Sie wissen ihre Name. Damit Evie ... damit bei Beerdigung ...«

»Ich verstehe, Sadie. Ich verstehe. Würdest du mir verraten, wo du wohnst?«

»Ich will nicht ... ist das ... muss ich das sagen?«

»Nein.« Ich ringe mir ein Lächeln ab. »Nein, das ist okay.«

Sadie. Kein Nachname. Keine bekannte Adresse.

»Wie kann ich dich erreichen?«, frage ich. »Falls ich weitere Fragen zu deiner Freundin habe?«

Sie zieht einen Zettel aus ihrer Tasche und reicht ihn mir. Eine mit Kugelschreiber geschriebene Telefonnummer. Erfunden, zweifellos, sie war auf diese Frage vorbereitet. Sie will nicht, dass ich sie anrufe.

»Sadie, kann ich dir irgendwie helfen?«

»Helfen? Nein, alles okay.«

»Du bist drogenabhängig«, sage ich ihr auf den Kopf zu.

»Nein«, erwidert sie, so als hätte sie auch diese Frage erwartet.

»Schon in Ordnung. Du steckst nicht in Schwierigkeiten. Aber ich könnte dir dabei behilflich sein, dich behandeln zu lassen.«

»Nein, bin nicht ab... abhängig.«

Und ob sie das ist. Und damit fangen ihre Probleme erst

an. Wenn ihre »Freunde«, wie sie sie nannte, herausbekommen, dass sie hier war, werden sie alles andere als erfreut sein. Indem sie hergekommen ist, hat sie eine Menge riskiert.

Aber ich darf mich nicht verraten. Ich darf von dem allen nichts wissen. »Okay. Kann ich dir helfen, nach Hause zu kommen?«

»Nein, ist okay. Ich nehmen Bus.«

»In Ordnung. Ich begleite dich hinaus.«

Wir gehen die Treppe runter zum Empfang. »Warte bitte einen Moment«, sage ich.

Ich gehe zu Vitrullo am Empfang. »Vin«, flüstere ich, »lass dir ein paar Minuten Zeit, bis du das Mädchen hier austrägst. Ich brauche fünf Minuten. Tu mal so, als würdest du hier wirklich deine Brötchen verdienen.«

Er schaut zu ihr hinüber und nickt dann. »Ich kann einen TV-Polizisten mimen.«

»Fünf Minuten, mehr brauche ich nicht.«

Sieben Minuten später verlässt Sadie das Revier, biegt rechts ab, geht zu Fuß Richtung Süden und überquert die North Avenue.

Mittlerweile sitze ich in meinem Wagen auf der Pulaski Road und bewege mich im Schneckentempo voran.

Sadie wird mich gleich dorthin führen, wo sie wohnt.

89

Gute Nachricht. Sadie nimmt einen Bus, den 53er an der Ecke Pulaski und Division. Hätte sie einen Zug genommen, hätte ich meinen Wagen stehen lassen und ihr zu Fuß in die Bahn folgen müssen. Dann wäre ich gestrandet, wo auch immer sie ausgestiegen wäre, und ihr wahrscheinlich aufgefallen.

Das ist das Problem bei einer Soloüberwachung. Für gewöhnlich übernimmt so etwas ein Team – man wechselt sich ab, man kommuniziert untereinander, man muss sich nicht exponieren. So etwas allein zu machen, ist kein Kinderspiel.

Aber einem Bus hinterherzufahren ist es wohl. Man verliert ihn nie aus den Augen, und Sadies Blick dürfte aller Wahrscheinlichkeit nach vorn gerichtet sein. Nur die vielen Haltestellen sind schwierig, ich muss aufpassen wie ein Luchs, ob sie aussteigt.

Zum Glück bekomme ich das mit; sie geht zwei Blocks zu Fuß und steigt dann in einen anderen Bus Richtung Südwesten.

Vor einer roten Ampel checke ich meine E-Mails. Von dem rumänischen Waisenhaus habe ich noch immer keine Rückmeldung bekommen, aber in meinem Posteingang liegt eine E-Mail aus dem Gefängnis, das ich angerufen hatte. Es ist eine Liste von Insassen, die während der vergangenen drei Monate entlassen wurden.

Namen und eine Menge sonstiger Informationen – wahrscheinlich begangene Delikte, Strafen, verbüßte Haftzeiten – Informationen auf Rumänisch, die ich nicht lesen kann.

Aber die Namen kann ich sehr wohl lesen.

Einer davon lautet Rudolf Vacaru.

Evie – Evalina Vacaru – hat auf der Suche nach ihrem Bruder in diesem Gefängnis angerufen. Sie hat ihn um drei Monate verpasst. Sie war ihren Schleppern entwischt und hat versucht, wieder nach Hause zu kommen.

Die Busfahrt zieht sich insgesamt knapp eine Stunde hin und endet schließlich in einem Viertel, das eher ein Gewerbe- als ein Wohngebiet ist.

Sadie steigt aus dem Bus und geht zu Fuß weiter. Der Autoverkehr hat nachgelassen, und es wird schwieriger, ihr zu folgen, ohne aufzufallen.

Ich stelle den Wagen auf der 122nd ab und folge ihr. Ich halte einen Block Abstand und gehe auf der gegenüberliegenden Straßenseite, was mir einen besseren Blickwinkel verschafft. Früher oder später wird sie abbiegen, und …

Sie biegt nach links ab und verschwindet durch eine große Durchfahrt mit einem bogenförmigen Schild, das seitlich von zwei Pfosten gehalten wird. Es sieht nach einem alten, stillgelegten, längst vergessenen und dem Verfall preisgegebenen Gewerbepark aus. Sobald sie aus meinem Blickfeld verschwunden ist und ich damit auch aus dem ihrem, sprinte ich los, überquere die Straße und verkürze den Abstand zu ihr in wenigen Sekunden. Ich komme an der Stelle an, wo sie abgebogen ist, und spähe um die Ecke, die Hand an meiner Waffe.

Sadie geht immer noch im gleichen Tempo weiter, benutzt nicht ihr Telefon, geht einfach weiter.

Ihr in dieser schmalen Durchfahrt zu folgen ist ein Risiko, denn hier ist sonst weit und breit kein Mensch. Keine Menschenmenge, in der ich untertauchen könnte, es gibt keinen Grund, warum irgendwer hier herumspazieren sollte. Wenn sie mich sieht, werden bei ihr sämtliche Alarmglocken schrillen.

Ich bleibe ihr trotzdem auf den Fersen. Ich muss wissen, wo genau sie wohnt.

Bei diesem Komplex handelt es sich um eine alte Fabrikanlage. Die meisten Bauten sehen aus wie überdimensionale Garagen, verschlossen und verriegelt, eingestaubt und verrostet, andere dagegen sehen aus wie Fabrikhallen.

Nach etwa vier Minuten Fußmarsch bleibt Sadie vor einem Tor stehen und wendet sich halb um. Für den Bruchteil einer Sekunde bin ich davon überzeugt, dass sie sich weiter umdrehen und mich direkt ansehen wird. Stattdessen öffnet sie den Riegel des Tors, geht hindurch und schließt es wieder.

Sobald Sadie außer Sichtweite ist, haste ich vorwärts. Ich beuge mich vor und spähe durch das Gitter. Ich erblicke eine Laderampe mit Betonstufen, die zu einer Tür hinaufführen. Keine Autos, keine Anzeichen von anderen Menschen.

Sadie geht die Betonstufen hinauf, öffnet eine große Metalltür und verschwindet dahinter.

Ich schaue mich noch einmal sorgfältig um. Ich spiele mit dem Gedanken, mit meinem Handy ein paar Videoaufnahmen zu machen, aber eigentlich lohnt sich das nicht.

Ich halte Ausschau nach einem Eingang auf der gegenüberliegenden Seite, kann aber keinen entdecken. Was nicht heißt, dass es keinen gibt. Das hier war mal das kleine Industriedorf eines Unternehmens, und es könnte hier alle möglichen miteinander verbundenen Gebäudeteile, Tunnel und Ein- und Ausgänge geben. Das kann man nicht wissen.

Aber immerhin weiß ich jetzt, wo sie wohnt.

»Bis bald, Leute!«, murmele ich vor mich hin.

90

Ich sitze im Auto, eine Viertelmeile vom Gewerbepark entfernt, und schlage mir den Nachmittag um die Ohren, indem ich die Augen aufhalte. Darauf warte, dass Limousinen mit bildhübschen, blutjungen Prostituierten eintreffen oder abfahren. Darauf, dass osteuropäische Gangster kommen oder gehen.

Fehlanzeige. Keine Menschenseele betritt den Gewerbepark oder verlässt ihn.

Eigentlich ist das keine Überraschung. Ich hatte auf einen Glückstreffer gehofft, aber Prostituierte haben tagsüber nicht allzu viel zu tun. Sie arbeiten nachts.

Was sowieso besser ist. Ich will das hier lieber im Dunkeln erledigen.

Ich fahre zurück zum Revier, arbeite ein wenig Papierkram ab, plaudere mit den Kollegen, lasse die Zeit verstreichen. Um etwas über den Grundriss des Gewerbeparks zu erfahren, gehe ich online. Viel finde ich nicht, nur dass dort früher mal eine Privatschule mit Internat war und dann, vor Jahrzehnten, eine Autoteilefirma den Gewerbepark eingerichtet hat. Noch später, in den 1990ern, zog das Unternehmen aus der Stadt weg. Baupläne finde ich keine. Um sie mir auf offiziellem Weg zu beschaffen, fehlt mir die Zeit, und ich will diese Sache ja auch gar nicht offiziell angehen.

Ich muss an diesen Jungen denken, Rudolf Vacaru, wie er aus dem Gefängnis kommt und sich auf die Suche nach seiner Schwester macht. An Evie, die vor ihren Entführern geflohen war und versuchte, mit ihrem Bruder in Kontakt zu kommen.

An Antoine Stonewald, der im Knast verrottet für ein Verbrechen, das er gar nicht begangen hat.

An Valerie, der es das Herz zerriss, als Janey den Schlaganfall erlitt, die aber am Ball blieb und versuchte, Antoine freizubekommen und die entführten und zur sexuellen Sklaverei gezwungenen Mädchen zu befreien.

Als der Zeiger der Uhr endlich auf sieben vorrückt und kaum noch ein Kollege zugegen ist, mache ich mich fertig.

Eine Weste. Meine Glock an der Hüfte, eine weitere am Fußknöchel, eine Sig im Kreuz. Ersatzmagazine, falls mir die Munition ausgeht.

Und noch ein paar andere Spielsachen.

Dann werfe ich mir ein Sakko über und ziehe los.

Als ich auf dem Parkplatz ankomme, steht dort Patti gegen mein Auto gelehnt.

91

Patti löst sich von meinem Wagen, mustert mich mit verschränkten Armen von oben bis unten, sieht meinen Waffengürtel, sieht die Ausbuchtung an meinem Fußknöchel. »Sieht aus, als hättest du etwas vor«, konstatiert sie.

»Was geht dich das an?«

»Mich? Ach, gar nichts. Du bist ja bloß mein Bruder.«

»Ich fahre nach Hause.«

»Super. Zischen wir erst noch ein Bier. Geht auf mich.«

»Bin nicht in Stimmung«, entgegne ich.

»Dann koche ich dir Abendessen.«

»Patti, komm mir nicht blöd.«

Sie senkt den Kopf und zieht die Augenbrauen hoch. »Dann komm du *mir* nicht blöd und tu so, als würdest du nach Hause fahren, wenn du dich bewaffnet hast, als würdest du gleich Bin Ladens Versteck stürmen.«

Ich bleibe stumm. Aber ich versuche auch nicht, mich an ihr vorbeischieben, um in meinen Wagen zu steigen. Was immer hier das Problem ist, ich muss es lösen. Ich kann Patti nicht die ganze Nacht über im Nacken sitzen haben.

»Du willst eine Bande von Sexhändlern hochgehen lassen«, trifft sie den Nagel auf den Kopf. »Super. Ich werde dir helfen. Die Polizei wird dir helfen. Trommele Sosh und alle anderen zusammen, die du brauchst, mich selbst eingeschlossen, dann nehmen wir sie hops. Aber im Alleingang losziehen, um es mit wem auch immer aufzunehmen, ohne genau zu wissen, was dich dabei erwartet, ist ein erbärmlicher Versuch der Rache …«

»Erbärmlich? Die haben Valerie ermordet, Patti. Soll ich denen das einfach so durchgehen lassen?«

Sie schaut mich intensiv an, forscht in meinen Augen. »Das weißt du doch gar nicht sicher, oder? Höchstens, dass sie ihren Tod für sich beansprucht haben. An ihrer Stelle würde ich das auch tun. Du hast Fragen? Prima, dann lass sie uns verhaften und verhören. Aber dieses Selbstmordkommando hier …«

»Für so was habe ich keine Zeit.« Ich winde mich an ihr vorbei, doch sie schubst mich so heftig, dass ich fast das Gleichgewicht verliere, und baut sich dann zwischen mir und der Wagentür auf.

»Die haben Val nicht ermordet«, sagt sie.

»Sie hat sich nicht umgebracht. Das glaube ich nicht. Das glaube ich einfach nicht.«

Ihr Blick verengt sich, ihr Kopf neigt sich zur Seite. »Du erinnerst dich echt nicht, was? Du erinnerst dich nicht daran, was passiert ist.«

»Ich …«

Ein Nebel. Mehr ist es nicht, ein Nebel. Ein Nebel, der sich nur in meinen Träumen auflöst, in denen mir alles mit lebendiger, furchtbarer Klarheit wieder vor Augen tritt. Aber sie sind nicht wahr. Meine Träume sind nicht wahr. Es sind bloß Träume.

Patti antwortet für mich, wiederholt sich. »Du erinnerst dich nicht an das, was geschehen ist.«

»Okay, dann war es vielleicht ein klein wenig traumatisch, ja? Ist doch verständlich, oder? Und vielleicht war diese Scheißkugel, die ich letztes Jahr in den Kopf bekommen habe, auch nicht gerade hilfreich ...«

»*Natürlich* ist es verständlich«, sagt sie mit Tränen in den Augen. »Natürlich ist es verständlich. Aber Billy, kannst du dich an die Zeit kurz danach erinnern? Weißt du noch, ob du dir jemals Fragen gestellt hast?«

»Ob ich ... ob ich mir Fragen gestellt habe? Du meinst Fragen wie die, warum sich meine Frau eine Kugel in den Kopf jagen sollte? Meine Güte, Schwester, diese Frage ist mir hunderttausendmal durch den Kopf gegangen. Und jedes Mal habe ich darauf die gleiche Antwort gefunden. Sie hat sich umgebracht, weil sie von Kummer überwältigt war und weil ich ihr das Gefühl gab, ein mieses Stück Scheiße zu sein, weil sie nicht jede Sekunde jedes Tages im Krankenhaus verbracht hat. Sie hat sich bei dem Versuch aufgerieben, für unsere Tochter *und* für ihre Mandanten da zu sein, und ich habe ihr das größtmögliche aller Schuldgefühle eingetrichtert. Gab es da noch andere Fragen, die ich hätte stellen sollen?«

»Billy ...«

»Oh, eine hätte ich da noch. Vielleicht hätte ich fragen sollen, ob jemand ein Motiv hatte, sie zu töten. Vielleicht hätte ich ihre Fallordner durchforsten und erkennen müssen, dass sie kurz davorstand, einen größeren Sexhandelsring auffliegen zu lassen. Wenn ich vielleicht ein bisschen mehr *Detective* und weniger ein Trauerkloß aus Schuldgefühl und Selbstmitleid gewesen wäre, dann hätte ich das schon vor vier Jahren herausbekommen und hätte jetzt nicht so einen großen Nachholbedarf.« Ich mache eine ausladende Geste. »Hattest du noch andere Fragen im Sinn?«

Patti schließt die Augen und faltet wie zum Gebet die Hände vor dem Mund.

»Du bist hier hergekommen, um mir etwas zu sagen, Patti. Nun spuck es auch aus.«

Sie hält mir ihre gefalteten Hände entgegen, so als wolle sie mir ein Gebet widmen.

»Welche Frage habe ich mir nicht gestellt?«, beharre ich.

Sie öffnet die Augen und räuspert sich.

Schließlich sagt sie: »Wie deine Glock aus dem Waffenschrank gekommen ist.«

92

Ich weiche zurück. »Die – was? Die Waffe? Valerie hat sie aus dem Safe genommen.«

Noch während ich die Worte ausspreche, fühlt es sich so an, als würde der Boden unter meinen Füßen plötzlich schwanken.

»Was denn, diese Sexhändler sind in dein Haus eingedrungen und haben Val dazu gezwungen, den Waffenschrank zu öffnen? Damit sie sie töten, es aber so aussehen lassen konnten wie einen Selbstmord, weil sie deine Waffe benutzt hat?«, sagt sie. »So lautet deine Theorie?«

»Warum nicht?«

»Billy.« Ihre Stimme bebt. Sie macht einen Schritt auf mich zu, doch ich weiche zurück. Eine Träne rinnt ihr die Wange hinab. »Billy, Bruderherz, Val kannte die Kombination für den Waffenschrank gar nicht.«

»Nun, sie hat …«

»Sie hat was? Sie kannte sie nicht, Billy. Sie *wollte* sie gar nicht wissen. Weißt du das nicht mehr? Sie wollte nichts mit Schusswaffen zu tun haben. Sie hat sie gehasst.«

»Tja, dann habe ich ihn wohl versehentlich offen stehen lassen«, erwidere ich. »Es war für mich auch nicht gerade die beste Zeit meines Lebens, Patti. Alles, woran ich gedacht habe, Tag und Nacht, war Janey, die im Krankenhaus lag. Ich stand neben mir. Vielleicht habe ich … ihn … offen gelassen.«

Noch während ich diese Worte ausspreche, schüttelt ein Beben meinen Körper durch.

»Deine Frau kämpfte mit Depressionen, das war schon ihr Normalzustand«, sagt Patti. »Und dann muss sie das Qualvollste durchleben, was ein Mensch durchleben kann. Und du hast den Safe offen stehen lassen, sodass sie an die Waffe herankommen konnte? Also wirklich, Billy.«

Ich taumele rückwärts und strecke die Hand nach einem Streifenwagen aus, um das Gleichgewicht nicht zu verlieren. Ich schließe die Augen und halte mich dermaßen fest, als hinge mein Leben davon ab.

»Was willst du … was willst du mir damit sagen?«

»Ich will dir damit sagen, dass Val den Code für den Waffenschrank nicht kannte. Sie kann ihn nicht geöffnet haben, auch nicht für einen Einbrecher, der sie dazu gezwungen hätte. Du hast den Code ja nicht einmal irgendwo aufgeschrieben, nicht wahr? Das hat uns Dad beigebracht. Benutze eine Zahlenkombination, die du niemals vergisst, dann brauchst du sie nicht aufzuschreiben, also gibt es sie nirgendwo schriftlich, damit kein Kind oder Ehepartner jemals diesen Schrank öffnen kann. Wir benutzen den gleichen Code, nicht wahr? Moms Geburtstag. Zehn, zwölf, neunundvierzig.«

Ich wende mich von ihr ab und vergrabe das Gesicht in den Händen.

Das ist doch nicht …

Nein.

Das kann nicht sein …

Nein.

»Und auf gar keinen Fall hast du diesen Schrank offen stehen lassen, Junge. Komm schon – du hast mir mehr als einmal gesagt, es sei das Letzte, was du jemals wolltest: deine Frau, mit ihrer Krankengeschichte von Depressionen, mit einer Schusswaffe allein zu Hause lassen. Dieser Schrank war geschlossen und verriegelt.«

Ich muss es getan haben. Ich muss ihn versehentlich offen gelassen haben.

Mein Körper zittert so heftig, dass ich kaum ein Wort hervorbringe. »Du willst damit andeuten, dass ich sie getötet habe. Dass ich meine eigene Frau getötet habe.«

Noch immer habe ich ihr den Rücken zugewandt. Ich höre am Geräusch ihrer Schritte, dass sie näher kommt.

»Ich will damit sagen, dass die Person, die an diesem Tag in dieses Schlafzimmer ging, körperlich du gewesen sein könntest. Aber das warst nicht du. Das war ein Mann, der am Boden zerstört und von Kummer gepeinigt war, umnebelt und wahrscheinlich von dem Jameson, den er auf der Fahrt nach Hause in sich hineingekippt hatte, mit einer Menge Alkohol im Blut. Und ob richtig oder falsch, ganz egal, wie sehr du dich deswegen geißelst, es war ein Familienvater, verletzt und wütend darüber, dass seine Frau nicht für ihr Kind da gewesen war, als es starb. Das alles zusammengenommen …«

»Nein.« Das ist das einzige Wort, das mir durch den Kopf schießt.

»Ich weiß nicht, wie es geschehen ist«, fährt sie fort. »Und du weißt es auch nicht. Vielleicht, nur vielleicht, hast du dir womöglich gesagt, okay, du bist dermaßen deprimiert, du willst sterben, Val, hier ist die Waffe …«

»Nein. Nein. Sie war schon tot, als ich kam.«

»Das ist schlichtweg nicht möglich, Bruderherz.«

Ich wirbele herum und pralle beinahe gegen sie, so dicht steht sie hinter mir. Ich packe sie an den Armen. »Wie kannst du so etwas von mir denken?«

Sie hat nun vollkommen die Fassung verloren, ihr Gesicht ist tränenüberströmt, ihre Worte kommen abgehackt hervor. »Meinst du vielleicht, ich *will* es?«

»Glaubst du, ich hätte vergessen können, dass ich sie *getötet* habe? Vielleicht habe ich das eine oder andere Detail vergessen, aber du glaubst, ich hätte aus meiner Erinnerung verdrängt, dass ich die Glock aus dem Schrank geholt und meine eigene Frau damit getötet habe?«

»Das wäre *ganz genau* das, was du verdrängen würdest!«, schluchzt sie. »Weil es zu furchtbar ist, um sich daran zu erinnern!«

»Nein. Sie war schon tot.« Ich schubse sie zur Seite und öffne die Fahrertür. »Sie war schon tot, weil die sie umgebracht haben. Die haben sie umgebracht! Kapierst du?« Ich deute mit dem Finger auf sie. »Folge mir nicht! Rede nie wieder mit mir!«

Patti sinkt in sich zusammen. Tränen laufen ihr über das qualvoll verzerrte Gesicht.

Ich lege den Gang ein und fahre los.

93

Meine Frau war bereits tot, als ich sie fand.

Es ist jetzt kurz vor acht. Die Sonne ist untergegangen, jedenfalls ist sie schon hinter den Gebäuden verschwunden.

Ich parke an der gleichen Stelle wie zuvor, etwa eine Viertelmeile von Gewerbepark entfernt.

Sie war bereits tot. Die haben sie ermordet.

Das hätte ich nicht vergessen. Keine Kugel im Kopf hätte mich das vergessen lassen.

Keine noch so große traumatische Belastung für mein Gehirn hätte mich *das* vergessen lassen.

Ich trommele mit den Fäusten auf das Lenkrad. Sie haben sie getötet.

Die Straße ist so gut wie verwaist. Keine Fußgänger und kaum Verkehr.

Schließlich nähert sich ein Wagen aus der entgegengesetzten Richtung, fährt direkt auf mich zu.

Auf Höhe des Gewerbeparks bremst er ab.

Ich halte mir das Fernglas vor die Augen und erhasche einen Blick auf den einzigen Insassen des Wagens, den Fahrer.

Das ist einer von ihnen. Der Kleinere, Stämmigere der beiden. Der Beifahrer des 4Runner in K-Town. Der Erste, der von der Überwachungskamera erfasst wurde, als ich ihnen aus Shivs Haus kommend hinterherjagte.

Er biegt in den Gewerbepark ein. Ich ziehe mir mein Sakko aus, steige aus dem Wagen, eile über die Straße und stehe kurz darauf neben der Einfahrt. Von dort werfe ich einen Blick um die Ecke. Der Fahrer hat seinen Wagen vor dem Tor geparkt, dem gleichen, das Sadie geöffnet hatte. Der Mann steigt aus, um es zu entriegeln, und schiebt die Flügel dann weit genug auseinander, dass ein Auto hindurchpasst.

Diese stämmige Statur ist unverkennbar – das ist eindeutig einer der beiden Kerle.

Er steigt wieder ein und fährt durch das Tor, steigt aus, kehrt zu diesem zurück und schiebt es hinter sich zu.

Augenblicklich sprinte ich los, obwohl ich das zusätzliche Gewicht des doppelten Halfters, der drei Waffen und der anderen Ausstattungsgegenstände mit mir herumschleppe. Aber ich renne, so schnell ich kann, und da ich es wirklich darauf abgesehen habe, heißt das, ziemlich schnell.

Ich erreiche den Gitterzaun und werfe einen Blick hindurch.

Der Mann verschließt gerade die Autotür, während er einen Pizzakarton balanciert.

Ein Karton. Eine Pizza. Genug für ein paar Leute, aber nicht für eine größere Gruppe.

Vier Personen. Sadie zufolge wohnen vier Personen hier, falls sie die Wahrheit gesagt hat. Evie abgezogen noch drei.

Wenn sie die Wahrheit gesagt hat, sind zwei davon Männer.

Und das hier ist einer von ihnen.

Ich gehe zum Riegel und öffne ihn behutsam, während der Mann die Betonstufen zur Eingangstür hinaufgeht.

Ich schiebe das Tor nur ein kleines Stück auf, um hindurchschlüpfen zu können – je weniger Lärm ich veranstalte, desto besser –, und ziehe meine Glock.

Der Mann drückt mit einer Hand die Türklinke herunter und hält mit der anderen die Pizzaschachtel, während ich auf die Betonstufen zusprinte.

»Polizei, keine Bewegung!«, rufe ich gerade so laut und deutlich, dass er mich hören kann, nicht aber gleich die ganze Nachbarschaft.

Er erstarrt. Ich springe die Stufen hinauf und halte ihm den Lauf meiner Waffe an den Kopf.

»Wie heißt du?«

»Sergio.«

»Wer ist da drinnen, Sergio?«, frage ich.

»Hier drinnen?« Es spricht mit schwerem, ausgeprägtem Akzent. So ausgeprägt wie sein Nacken und seine Schultern.

»Du hast zwei Sekunden, um mir zu antworten.«

»Nur ich und ein Mädchen.«

»Was für ein Mädchen?«

»Sadie.«

»Wenn du mich anlügst, bist du tot. Das ist dir doch klar, oder?«

»Ich lüge nicht.«

Mit meiner freien Hand, also der, mit der ich nicht den Lauf meiner Glock an seinen Schädel presse, schnappe ich mir die Pizzaschachtel und schleudere sie durch die Luft wie eine Frisbeescheibe. Dann umklammere ich seine Schulter.

»Geh!«, befehle ich ihm. »Aber schön langsam.«

Sergio öffnet die Tür, wir betreten einen Vorraum und stehen vor einer Halbtür mit Fenster wie früher bei einer

Kinokasse, mit Brettern vernagelt. Hier bleibt einem nichts anderes übrig, als eine zweite Tür zu öffnen, eine massive Holztür ohne Fenster darin.

»Aufmachen!«, befehle ich, während mein Puls hämmert.

Er öffnet sie. Ich schiebe ihn vorwärts, halte ihn an der Schulter fest und drücke ihm die Glock gegen den Schädel.

Drinnen ist es stockdunkel. Irgendwie herrscht eine luftige Atmosphäre, so als wäre die Decke sehr hoch; es ist ein voluminöser Raum, aber pechschwarz.

So schwarz, dass man nicht die Hand vor Augen sehen kann.

Sergio geht weiter. Nach zwei, drei Schritten halte ich ihn zurück.

»Mach das Licht an.«

»Keine Lampen hier drin.«

»Was? Blödsinn.«

»Nicht Blödsinn.«

»Ihr geht hier durch einen stockdunklen Raum?«

»Ja. Keine Wahl.«

Möglich wäre das schon. Das hier wäre ein gutes Versteck, ein guter Ort, um seine Sexsklavinnen zu verbergen, einen Raum wie diesen hier zur Verfügung zu haben, den niemand im Dunkeln durchqueren will.

Aber bei seinen letzten Worten vernehme ich ein leichtes Beben in seiner Stimme.

Hier ist etwas faul.

Ich lege ihm meinen Arm um den Hals, ein Würgegriff, worauf er versucht, sich aus meiner Umklammerung zu winden.

In diesem Moment zischt die erste Kugel an meinem Ohr vorbei.

94

Ich verstärke den Würgegriff um Sergios Hals, während ein Kugelhagel auf uns niedergeht und seinen Körper durchschüttelt, mein menschlicher Schutzschild. Es dauert nur Sekunden, bis er erschlafft, während Kugeln auch hinter uns im Boden einschlagen, und das aus verschiedenen Winkeln.

Ich sehe Mündungsfeuer hoch oben aufblitzen, auf zehn Uhr und auf zwei Uhr.

Zwei Schützen, vielleicht dreißig Meter voneinander entfernt. Auf einem hohen Stand. Mit Nachtsichtgeräten.

Sie haben alle Vorteile auf ihrer Seite.

Ich kann Sergio nicht ewig festhalten. Also lasse ich mich rückwärtsfallen, ziehe ihn dabei auf mich und feuere eine Kugel nach der anderen aus der Glock, die ich in meiner rechten Hand halte. Angesichts der Dunkelheit habe ich keinen Schimmer, wohin ich schieße, ich ziele, so gut ich kann, Richtung Mündungsfeuer und hoffe, dem Schützen wenigstens so nahe zu kommen, dass ich ihn dazu bewege, das Feuer vorübergehend einzustellen und in Deckung zu gehen.

Auch von der anderen Seite wird fortwährend auf mich geschossen, aus einer automatischen Waffe, AR-15 oder etwas Ähnlichem. Die Kugeln perforieren Sergios Leiche, eine trifft mich am Unterarm, den ich ihm um den Hals gelegt habe, und löst einen brennenden Schmerz aus, aber wenn ich Sergio loslasse, bin ich ebenfalls ein toter Mann.

Ein Moment der Stille tritt ein. Nur das Nachhallen der Schüsse ist zu vernehmen, sonst nichts. Sie laden nach.

Ich richte den Lauf meiner Glock in Richtung des anderen Schützen, den auf zehn Uhr, und gebe einige Schüsse ab. Dann feuere ich mehrmals nach rechts, auf zwei Uhr.

Und schon ist mein Magazin leer.

Mit meiner freien Hand greife ich an meinen Gürtel. Dabei erinnert mich jede Bewegung meiner Finger an die Kugel, die gerade meinen Unterarm getroffen hat.

Ich greife nicht nach einem neuen Magazin für die Glock.

Stattdessen lange ich nach der Blendgranate und werfe sie irgendwo in die Mitte des Raums.

Ich schließe die Augen, halte mir mit der freien Hand ein Ohr zu und presse das andere Ohr gegen meine Schulter. Gleichzeitig ziehe ich meinen Kopf hinter Sergios Leiche ein. Die Granate poltert über den Boden und explodiert. Ein donnernder Knall ertönt, gleißendes Licht taucht meine Lider in Farbe, obwohl ich mein Gesicht gegen Sergios Rücken gedrückt halte.

Die beiden Männer mit ihren Nachtsichtgeräten sind geblendet und durch die Detonation zumindest für einen Moment desorientiert.

Das ist meine einzige Chance. Ich rolle Sergios Leiche von mir herunter und stolpere rückwärts, schaue mit zusammengekniffenen Augen auf die Tür, durch die ich gerade hereingekommen bin.

Plötzlich erlischt das gleißende Licht, und es herrscht erneut Dunkelheit. Die Blendgranate hat auch mir zugesetzt, ganz gleich, wie gut ich darauf vorbereitet war, also mache ich keine ganz so koordinierten Bewegungen. Ich taumele in der Dunkelheit voran, bis ich mit dem Kinn gegen harte Fliesen pralle und meine Glock zu Boden fällt.

Kugeln beharken die Wand in meiner Nähe. Die beiden Männer geben ihr Bestes, sind aber durch die Detonation doch einigermaßen von der Rolle.

Das wird nicht lange so bleiben. Sie werden sich berappeln, und wenn ich es bis dahin nicht durch diese Tür geschafft habe, können sie mich als Schießbudenfigur benutzen.

Mit dröhnendem Kopf versuche ich mich in völliger Finsternis wieder aufzurichten.

Erneut wird eine Salve abgefeuert und schlägt, wie es sich anhört, in der Tür ein, auf die ich gerade zuhalte.

Dann ertönt irgendwo hinter mir ein Krachen, gefolgt von einem lauten, lang anhaltenden Brummen, und plötzlich umgibt mich helles Licht. Nicht gerade Granatenlicht, aber das von Leuchtstoffröhren. Jemand hat die Deckenbeleuchtung eingeschaltet.

Instinktiv schließe ich die Augen, während erneut Schüsse fallen. Aber jetzt handelt es sich um Schüsse aus einer anderen Richtung. Einige hören sich an wie schweres Gewehrfeuer, andere wie Schüsse aus einer Pistole.

Schüsse aus einer Handfeuerwaffe.

Ich zwinge mich dazu, die Augen zu öffnen, und blinzele zur Deckenbeleuchtung hinauf. Ich sehe Dachsparren wie in einer Turnhalle, mit auf halber Höhe verlaufenden Balken, auf denen gerade ein Mann mit aufgerissener Kehle sein Gewehr fallen lässt und hintenüberstürzt.

Das ist der andere Kerl, der größere, derjenige, der in

Shivs Haus auf mich geschossen hat, der Fahrer des 4Runner in K-Town.

Ich greife nach der Waffe an meinem Fußknöchel, drehe mich um und schaue mit zusammengekniffenen Augen zu den Dachbalken an der gegenüberliegenden Seite hinauf, von mir aus gesehen auf zwei Uhr. Dort hält gerade ein Mann auf eine Ausstiegsluke zwischen den Sparren zu. Einen Blick in sein Gesicht werfen kann ich nicht, sehe nur seinen Rücken, während er deutlich humpelnd hinausschlüpft.

Was denn, hat etwa der eine Kerl auf den anderen geschossen? Mit einer Handfeuerwaffe?

Nein, natürlich nicht.

Ich schüttele den Kopf, reiße mich zusammen, hebe meine Ersatzwaffe für den Fall der Fälle und konzentriere mich. Ich befinde mich in einer alten Turnhalle, und auf der gegenüberliegenden Seite steht eine Tür offen.

Im Türrahmen lehnt jemand. Eine Frau. Sie bewegt sich noch, ist aber verletzt – an der Tür, die sie aufgestoßen hat, prangt eine Blutspur.

Ich springe über Sergios Leiche und renne durch die Turnhalle auf sie zu.

Obwohl sie getroffen wurde, ist sie dabei, ihr Blut wegzuwischen, den Tatort zu reinigen.

»Oh, nein!«, flüstere ich.

Die Wunde befindet sich an ihrer linken Schulter, oben und zum Glück weit vom Herz entfernt, doch es besteht trotzdem die Gefahr, dass sie verblutet.

Ich ziehe mein Handy heraus.

»Melde es nicht!«, stößt Carla mit schmerzverzerrtem Gesicht hervor. »Keiner von uns beiden will das hier erklären.«

95

»Es geht mir … gut«, presst Carla mit zusammengebissenen Zähnen hervor.

»Es geht dir nicht gut.«

»Du blutest auch. Dein Arm.«

Ich zerre mir das Hemd vom Leib, wobei Knöpfe in alle Richtungen fliegen, und reiße es grob in zwei Teile. Die eine Hälfte binde ich um Carlas Schulter und Achselhöhle, um, so gut ich kann, Druck auf ihre Wunde auszuüben. Während ich den provisorischen Verband anlege, schreit Carla vor Schmerz auf.

Aus ihrem Gesicht weicht die Farbe. Angesichts ihres Blutverlustes besteht die reale Möglichkeit, dass sie einen Schock erleidet.

Die andere Hälfte meines Hemds binde ich, soweit ich das mit nur einer Hand hinbekomme, um meinen linken Unterarm, an dem sich eine Ein- und eine Austrittswunde befinden, ein sauberer Durchschuss.

Ich hebe Carla hoch und trage sie wie eine frischgebackene Braut quer durch die Turnhalle. Dabei umklammert sie ihre Waffe schussbereit, für den Fall, dass der überlebende Schütze beschließen sollte, noch einmal aus der Versenkung aufzutauchen.

Sie steht es durch, leidet aber unter Schmerzen und zuckt

bei jeder meiner Bewegungen zusammen, während ich so schnell laufe, wie ich es mit hundert Pfund in den Armen hinbekomme.

Der erste Kerl, der sich Sergio nannte, wurde so oft getroffen, dass er eher wie eine zerfetzte Piñata aussieht und nicht wie ein Mensch. Der Typ vom Dachbalken hat sich nicht mehr gerührt, seit Carla ihm eine Kugel durch die Kehle gejagt hat. Ich habe keine Zeit, um mich davon zu überzeugen, aber er scheint außer Gefecht gesetzt.

Ich hebe meine erste Glock wieder auf. Die kann ich nicht hier zurücklassen. Dieser Ort wurde bewusst ausgewählt, weil er so abgelegen ist. Hier würde niemand etwas hören, hier würde sich niemand umschauen. Es handelt sich um den perfekten Ort für einen Hinterhalt. In diesem Moment gut für mich, denn so gewinne ich Zeit, bevor irgendwer mitbekommt, was hier geschehen ist.

Kurz bevor wir die Turnhalle verlassen, hören wir beide hinter uns ein Geräusch. Am Eingang auf der anderen Seite, dort, wo ich Carla aufgelesen habe, schlägt die Turnhallentür erneut auf, und Schritte auf dem Turnhallenboden nähern sich uns.

»Keine Bewegung!«, ruft Carla mit matter Stimme, bevor ich herumwirbele und die Frau sehe.

Es ist Sadie, in Tanktop und Shorts, Sandalen trägt sie keine mehr, sie geht barfuß.

Das Mädchen, das uns in die Falle gelockt hat. Als sie Sergio sieht, bleibt sie stehen, kriegt die Krise, stolpert rückwärts. Dann blickt sie hinauf zu dem anderen Kerl auf dem Dachbalken.

»Sadie!«, rufe ich. »Schau mich an! Bleib ganz ruhig und schau mich an!«

Das tut sie, erweckt dabei jedoch den Eindruck, als stünde sie kurz davor, sich in die andere Richtung davonzumachen.

»Komm mit uns. Wir können dir helfen.«

Langsam schüttelt sie den Kopf.

»Du brauchst keine Angst mehr zu haben«, beruhige ich sie. »Wir können dir helfen. Vertrau mir und komm mit, ja?«

Sie ist unsicher, starrt uns aus aufgerissenen Augen an.

»Du kannst so auch deinen Freundinnen helfen, Sadie. Evie ist tot, aber den anderen kannst du noch helfen. Sie brauchen deine Hilfe!«

Nun fängt sie an zu schluchzen.

»Meine Freundin ist verletzt«, sage ich. »Ich muss sie ins Krankenhaus bringen. Du musst dich jetzt sofort entscheiden. Kommst du mit uns?«

Ich kann nicht länger warten. Ich drehe mich um und verschwinde mit Carla durch die Tür. Bis zum Auto ist es ein weiter Weg, aber ich gebe alles, um so schnell wie möglich mit ihr dorthin zu kommen, trotz der Schmerzen, die ihr das bereitet. Ihr Stöhnen und ihre Schreie werden leiser. Sie verliert Blut.

Schließlich brennt mir der Schweiß in den Augen, und ich bin fast am Ende meiner Kräfte, als wir unten an der Straße meinen Wagen erreichen. Ich setze Carla auf den Rücksitz.

»Billy«, sagt sie mit schwächer werdender Stimme, während ich über sie lange, um ihr den Sicherheitsgurt anzulegen. »Billy, es tut mir leid.«

»Es tut dir leid, mir das Leben gerettet zu haben? Ich verzeihe dir.« Ich schließe die hintere Tür und gehe um den Wagen herum. Ich weiß, dass an dieser Entschuldigung mehr dran ist, viel mehr sogar, aber dafür ist jetzt nicht die Zeit.

Ich lege den Gang ein, nehme mein Handy und wähle eine Nummer. Beim ersten Klingelton nimmt Patti ab.

»Wir treffen uns in der Notaufnahme des Little Company of Mary, Evergreen Park«, sage ich.

Dann beende ich das Gespräch und rase los.

Genau in diesem Moment kommt Sadie aus dem Gewerbepark auf meinen Wagen zugelaufen.

96

Disco hat es durch die Ausstiegsluke am Ende der Dachsparren geschafft und klettert die hintere Treppe hinunter. Der Schmerz in seinem Fuß ist höllisch, jeder Schritt eine Tortur.

Sie werden ihn schnappen. So langsam, wie er sich vorwärtsbewegt, so behindert, wie er ist, nicht imstande, auch nur einen Schritt zu machen, ohne dabei Höllenqualen zu leiden. Wenn sie zum Dach hochklettern, durch die Ausstiegsluke schlüpfen und die Treppe hinuntersteigen, dann werden sie ihn in kürzester Zeit kriegen.

Das Adrenalin pulsiert in ihm. Das Blut dringt mit solcher Wucht durch den Verband, dass sein verletzter Fuß beim Auftreten ein quatschendes Geräusch im Stiefel verursacht.

Er erreicht das Ende der Treppe und öffnet die Tür zu einem unterirdischen Tunnel, der zum Nachbargebäude führt.

Das ist sein Fluchtweg, Teil seines Plans. Der Tunnel führt unterirdisch durch die gesamte Länge des Gewerbeparks; mit allen Kurven und Ecken ist er fast eine halbe Meile lang, und an seinem Ende muss Disco auch noch die Stufen zum Ausgang hinauf und zu seinem Wagen gelangen.

Eine halbe Meile nichts als quälende Schmerzen. Vor ihm erstreckt sich völlige Finsternis.

Sein Nachtsichtgerät baumelt immer noch an seinem Hals. Er setzt es auf. Der Tunnel erstrahlt in grünem Licht.

Er lauscht. Es sind keine Schritte zu vernehmen, die hinter ihm die Treppe herunterpoltern. Sie sind nicht hinter ihm her. Sie sind verletzt; Harney hat sich eine Kugel in den Unterarm eingefangen, während er Trev als Schutzschild benutzte. Die andere Person, die Frau, wurde von Nicolas angeschossen.

Sie sind verletzt und wahrscheinlich gerade auf dem Weg ins Krankenhaus. Das verschafft ihm ein wenig Zeit.

Er zieht den verletzten Fuß hinter sich her und schlurft vorwärts. Mein Gott, er kann sich kaum noch bewegen.

Die ganze Angelegenheit hätte eigentlich kein Problem sein dürfen. Trev und Nicolas hätten ihn nach einer erfolgreichen Aktion durch diesen Tunnel tragen sollen wie einen König.

Stattdessen sind Trev und Nicolas jetzt tot. Und Harney ist es nicht.

Harney hatte allein kommen sollen.

Porter hatte ihm versichert, er würde allein kommen.

Disco ist jetzt im Arsch – das ist ihm klar. Der General spricht keine leeren Drohungen aus. Nach dieser Nummer ist Discos Leben keinen Pfifferling mehr wert.

Er muss Chicago auf der Stelle hinter sich lassen. Er muss sich aus dem Staub machen, und das mit einer Verletzung durch den abgetrennten Zeh, die ihn fast außer Gefecht setzt, mit einem Stiefel, in dem das Blut steht, mit Schmerzen, die so quälend sind, dass ihm die Tränen in die Augen schießen und vom Zusammenbeißen der Zähne sein Kiefer schmerzt.

Er muss zu seinem Wagen gelangen. Er muss sein Geld holen.

Während er vorwärtsstolpert, die Schusswaffe in einer Hand, zieht er sein Wegwerfhandy hervor, worauf das Display aufleuchtet. Er sucht und findet die Anrufer-ID für Porter. Wählt die Nummer …

Kein Empfang hier unter der Erde.

Er steckt das Handy wieder ein und schleppt sich weiter.

97

Porter hockt in seinem Wagen, der Polizeifunk plärrt, und starrt auf das Wegwerfhandy in seiner Hand.

Vor einundzwanzig Minuten hat Disco ihm eine SMS gesendet. Darin schrieb er, Harney sei auf dem Weg ins Gebäude, genau wie sie es geplant hatten.

Einundzwanzig Minuten. Und seitdem keinerlei Nachricht mehr.

Nichts von Disco. Nichts im Polizeifunk über eine Schießerei mit Beteiligung von Polizisten oder die Anforderung eines Krankenwagens.

Er schickt eine Textnachricht an Disco. Sie besteht einzig und allein aus einem Fragezeichen.

Hat Harney etwa Lunte gerochen? War ihm klar, dass er in einen Hinterhalt gelockt wurde?

Überraschen würde das Porter nicht. Aber es spielt eigentlich keine Rolle. Harney war auf sich gestellt und hat es mit schwer bewaffneten Männern zu tun bekommen, die eine Spezialausbildung durchlaufen haben.

Nervös und unruhig geht er das kurze Dossier durch, das er über Harney zusammengestellt hat und in dem er ihn als schmutzigen, korrupten Polizisten bezeichnet, der Mädchenhändler schützt.

Zusammengestellt ist vielleicht ein wenig übertrieben ausgedrückt. Porter hat sich das Ganze aus den Fingern gesogen. Reine Phantasie. Aber wer wird dem widersprechen, wenn Harney tot ist oder »verschwunden«?

Und sollte Harney irgendwie überleben, tja, dann hat Porter auch für *diesen* Fall vorgesorgt. Das ist Plan B.

Porter hat immer einen Plan B.

98

Ich lege das rotierende Rotlicht auf das Armaturenbrett und rase Richtung Krankenhaus.

»Drück weiter fest drauf!«, weise ich Sadie an, die neben Carla auf der Rückbank sitzt. Carla lehnt mit dem Kopf gegen das Sitzpolster, die Augen geschlossen, das Gesicht verzerrt, als würde sie gefoltert, während Sadie Druck auf die Wunde an ihrer linken Schulter ausübt.

»Wer waren die, Sadie?«, frage ich. »Diese Männer, die dich festgehalten haben?«

»Trev, Nicolas und Disco«, antwortet sie, während sie auf dem Rücksitz ihren ganzen Mut zusammennimmt.

»Wer von denen ist tot?«

»Trev lag auf Boden. Nicolas war … oben.«

»Also ist Disco entkommen? Wie heißt er mit richtigem Namen?«

»Ich weiß nicht.«

»Wo wohnt er?«

»Ich weiß nicht.«

»Die haben dich zu mir geschickt. Das war eine Falle.«

»Haben mich geschickt, ja. Sie … wussten?«

Nicht sicher, nein. Aber es kam mir alles ein wenig zu einfach vor. Sei's drum, es spielte keine Rolle. Ob Hinterhalt oder nicht, ich wollte sie treffen.

Wir fahren die Einfahrt der Notaufnahme hinauf. Ich springe aus dem Wagen, wedele drinnen mit meiner Marke herum, und binnen weniger Sekunden sind Sanitäter mit einer Rolltrage an meinem Wagen.

Während sie Carla auf die Trage betten, lege ich ihr eine Hand auf die Stirn. »Ich bleibe bei dir«, versichere ich ihr.

»Fahr los.« Sie bringt kaum mehr ein Wort heraus. »Tu, was du tun musst.«

Sie rollen sie hinein, schieben sie durch ein paar Türen und lassen uns im Wartebereich zurück.

»Um Sie muss sich auch jemand kümmern, Officer«, bemerkt eine Schwester.

Mein blutiger Unterarm tut höllisch weh. »Geben Sie mir noch einen Moment.«

Ich ziehe Sadie beiseite und flüstere ihr ins Ohr. »Wann hast du das letzte Mal Stoff genommen?«

Sie schüttelt den Kopf, leugnet es.

»Sadie, ich habe nicht vor, dich in die Pfanne zu hauen. Ich bin hier, um dir zu helfen. Vertraust du mir?«

Sie schaut mich an. Ich kann mir vorstellen, was ihr durch den Kopf geht. Wahrscheinlich hat sie in ihrem ganzen Leben noch keinem Mann vertrauen können.

Sie trifft eine Entscheidung. Die gleiche, die sie getroffen hat, als sie zu mir ins Auto gestiegen ist.

»Wie ist dein richtiger Name?«, will ich von ihr wissen.

»Viviana.«

»Viviana, wann hast du zum letzten Mal etwas genommen?«

»Vor drei Stunden. Ist okay. Für eine Weile okay.«

Für eine Weile. Später wird sie an nichts anderes mehr

denken können. Ihre Haut wird anfangen zu kribbeln, während sie wie verrückt nach der nächsten Dosis ist.

Ich wähle eine Nummer auf meinem Handy. »Sosh, bist du nüchtern?«

»Leider ja. Bin gerade beim Baseballspiel meines Neffen.«

»Ich benötige ein Einsatzteam. Noch heute Abend. Ich habe keine Zeit, um es lang und breit zu erklären. Du musst für mich mobilisieren. Einzelheiten gebe ich dir später durch.«

Ich drücke auf Beenden.

»Officer, wir müssen Ihren Arm versorgen.«

»Gut. Sie begleitet mich.«

Ich nehme Viviana an die Hand, und sie bringen mich in einen Raum hinter einem Vorhang. »Du musst mir alles erzählen«, sage ich zu ihr.

99

Der Arzt untersucht meinen Unterarm. Keine schlechte Stelle, um angeschossen zu werden, wenn man denn angeschossen wird. Die Kugel ist glatt durchgegangen, also sind die Nerven geschädigt worden, und es stehen wahrscheinlich Physiotherapie und vielleicht eine OP an. Aber es geht mir gut. Der Arzt behandelt die Wunde, um eine Infektion zu verhindern, und verbindet sie zum Schluss.

Viviana – »Sadie« – redet mit mir, während ich ihre Hand halte. Sie stottert in ihrem gebrochenen Englisch herum, weint und schluchzt dabei. Sie berichtet mir von den unterschiedlichen Arten, wie die Mädchen rekrutiert werden. Sie werden entführt, unter falschem Vorwand aus Waisenhäusern weggelockt oder auf der Straße aufgegriffen. Es sind alles blutjunge Mädchen, die keiner vermissen wird – Ausreißerinnen oder Junkies ohne Familien, die nach ihnen suchen.

Und sie erzählt von den Schlägen, den Vergewaltigungen, von den Männern, an die sie verkauft werden, Nacht für Nacht, aber vor allem von den Drogen.

Mit den Drogen werden sie bei der Stange gehalten. Oxycodon, wie sich herausstellt, nicht Heroin, verabreicht in Pillenform, damit diese Mädchen sich nicht die Arme mit Einstichen verschandeln. Sobald sie süchtig sind, ist das alles, was zählt. Für mehr Stoff würden sie alles tun. Du brauchst keine

Armada von Männern, um sie in irgendeinem Versteck gefangen zu halten. Scheiße, du musst wahrscheinlich nicht einmal die Tür verschließen. Du hast das Einzige, was sie wollen, das Einzige, was sie brauchen, das Einzige auf der ganzen Welt, das ihnen etwas bedeutet: die nächste Dosis. Solange sie sich von dir schick machen lassen, solange sie Nacht für Nacht bei irgendwelchen Widerlingen für Sexspielchen zur Verfügung stehen, kriegen sie anstandslos weiter ihre Dosis.

Wenn man schon so lange Cop ist wie ich, sollte man eigentlich meinen, dass einem nichts mehr unter die Haut gehen könnte.

Ich rufe erneut Sosh an. »Wie sieht's aus, Junge?«

»Ich stelle gerade ein Team zusammen. Mittlerweile habe ich auch einen nicht gekennzeichneten Wagen.«

»Gut. Warte auf mich, wenn es möglich ist. Nur wenn es geht.«

Ich beende das Gespräch und höre eine Frauenstimme.

»Ich bin auch Cop. Und ich bin seine Schwester. Gehen Sie mir jetzt lieber aus dem Weg.«

Patti bahnt sich einen Weg vorbei an dem medizinischen Personal, um zu mir zu gelangen. Falls sie versuchen, sie aufzuhalten, werden auch sie medizinische Hilfe benötigen.

Sie reißt den Vorhang beiseite und mustert mich von Kopf bis Fuß, berührt meinen Arm, legt mir eine Hand auf die Wange und fixiert mich. »Nur der Arm?«

»Ja, und der kommt in Ordnung.«

»Ja?«

»Ja.«

»Oh, Gott sei Dank.« Sie nickt, atmet erleichtert auf, während ihr Tränen in die Augen treten.

Ich stehe auf und strecke meinen gesunden Arm aus. »Komm her.«

Sie umarmt mich und bricht dabei in hemmungsloses Schluchzen aus.

»Es tut mir leid, Patti. Es … tut mir leid.«

Der Arzt, der mit seiner Arbeit fertig ist und nicht Teil dieser emotionalen Familienzusammenführung sein möchte, reicht mir ein Rezept und brabbelt etwas davon, ich solle für einen Folgetermin meinen Hausarzt konsultieren. Ich nicke ihm zu und bedanke mich.

»Ich brauche deine Hilfe«, sage ich zu Patti, als sie sich wieder beruhigt hat. »Carla hat sich eine Kugel in der Schulter eingefangen. Ich glaube, es geht ihr gut. Aber damit sind wir schon zwei. Zwei Schussverletzungen.«

»Zwei obligatorische Berichte«, sagt sie und wischt sich die Tränen ab. »Und du willst, dass ich der diensthabende Officer bin.«

»Ja. Wir klären das morgen. Dann können wir den Papierkram fertig machen …«

»Scheiß auf den Papierkram. Erzähl mir, was passiert ist.«

Ich tische ihr die *Reader's-Digest*-Version auf. Der Hinterhalt. Zwei Tote, ein Mann entkommen, einzig bekannter Name Disco. Sosh stellt in diesem Moment ein Einsatzteam zusammen.

»Und wenn ich Ihnen raten würde, es für heute gut sein zu lassen, Detective, nach Hause zu fahren und sich zu schonen? Nein? Hätte ich mir denken können«, versetzt sie.

»Die Nacht ist noch nicht vorbei«, sage ich. »Bleib du hier bei Viviana. Wir brauchen einen Streifenbeamten, der dafür sorgt, dass sie hierbleibt. Sie wird eine Entgiftung benötigen, sonst kratzt sie sich in ein paar Stunden die Haut vom Leib.«

»Ich kümmere mich darum. Wohin gehst du?«

Ich werde Carla besuchen, falls sie Besuch bekommen darf.

Es dauert eine Minute, dann finde ich die Unfallchirurgin, eine Inderin namens Siddiqui. »Es ist ein glatter Durchschuss«, erklärt sie. »Wir haben die Blutung gestoppt. Sie wird nicht operiert werden müssen.«

»Ich muss sie sehen.«

»Sie dürfte benommen sein. Vielleicht schläft sie schon.« Die Ärztin führt mich einen Flur entlang und zieht einen Vorhang auf.

Carla sitzt aufrecht im Bett, den Kopf nach rechts geneigt, die Augen geschlossen. Friedlich. Ein dickes Bündel Mull und Pflaster an der Schulter, und auch der Verband auf ihrem Gesicht ist noch dran. Sie ist übel zugerichtet. Aber sie spürt keine Schmerzen mehr.

Als ich hereinkomme, schlägt sie die Augen auf. »Hey.«

»Das wird alles wieder, sagen sie.« Ich nehme ihre Hand und drücke sie.

»Du musst Bescheid wissen«, sagt sie. »Du musst auf ihn vorbereitet sein.«

»Okay. Kriegst du es jetzt sofort hin?«

Sie nickt kaum merklich.

»Dann leg los«, sage ich. »Wir haben keine Zeit.«

»Erinnerst du dich an einen Penner namens Trino DeJesus?«

»Trino«, wiederhole ich. »Hat in den südlichen Vororten Meth vertrieben. Der Meth-King. Hat von Cal City aus operiert.«

Sie nickt.

»Das Rauschgiftdezernat hat ihn – wann etwa, vor drei Jahren? – Hops genommen«, sage ich. »War eine mordsmäßige Razzia. Sein gesamtes Unternehmen wurde ausgelöscht.«

Jetzt geht mir ein Licht auf. Sie war undercover als Drogenfahnderin tätig.

»Also hast du an Trinos Fall gearbeitet«, sage ich. »Warst du einer der verdeckten Ermittler?«

Ein Lächeln huscht über ihr Gesicht, wenn auch nur kurz. »Ich war *die* verdeckte Ermittlerin. Ich war Trinos Mädchen.«

»Boah! Du bist an Trino rangekommen?«

»Ja«, sagt sie. »Und dann ging alles in die Binsen.«

100

Es war eine Beförderung, mit der nicht zu rechnen gewesen war. Carla arbeitete undercover und mimte einen Junkie, mit der Aufgabe, sich bei einem von Trinos Lieutenants einzuschmeicheln und jedes Quäntchen Information aufzusaugen, das sie bekommen konnte. Dann aber fällt sie Trino selbst in einem Nachtclub auf, er findet Gefallen an ihr und beschließt, dass sie zu ihm gehört. Er tötet sogar den Mann, mit dem sie zusammen war, einen seiner eigenen, gewinnbringenden Lieutenants, um sicherzugehen, dass ihre Loyalität uneingeschränkt ist.

Da lebt sie nun also urplötzlich mit dem Kerl zusammen, der ein zwanzig Millionen Dollar schweres Meth-Unternehmen leitet – näher an die Wurzeln kann ein Undercover-Einsatz nicht gehen.

Die gute Nachricht: Sie bekommt eine Menge mit.

Die schlechte Nachricht: Sie spielt eine Rolle, und wenn du einen Meth-Junkie spielst, dann musst du so tun, als ob du dir Meth reinziehst. Für einen verdeckten Ermittler ist das ein alter Hut. Du kaufst den Stoff und schmeißt ihn dann weg oder lässt ihn deinem Kontaktmann als Beweismittel zukommen. Du nimmst das Zeug nicht wirklich. Das Department hat Regeln.

Es gibt Regeln – aber es gibt auch die Realität. Vor allem,

wenn dein Freund das Meth liefert und er der beschützende, eifersüchtige Typ Mann ist, der dich praktisch rund um die Uhr im Auge behält.

»Ich fing an, das Meth zu nehmen«, gesteht sie. »Es war mir nicht möglich, das nur vorzutäuschen. Und was passiert als Nächstes? Der Junkie, den ich spiele? Ich spielte ihn gar nicht mehr.«

Man hat schon häufiger von verdeckten Ermittlern gehört, die für das Rauschgiftdezernat arbeiten und am Ende selbst Suchtprobleme haben. Das Department heuchelt Mitgefühl und steckt dich in eine Reha-Klinik, aber das Stigma bleibt an dir hängen. Du bist beschädigte Ware. Deine Karriere ist wie eine bleierne Ente.

Dass du den Stoff nehmen musstest, um deine Tarnung aufrechtzuerhalten, spielt keine Rolle. Dass du dich in das Unternehmen einschmuggeln konntest, was ein Riesenerfolg für das Department war, spielt keine Rolle. Dass du Tag für Tag jede Sekunde jeder Minute jeder Stunde dein Leben riskiert hast, um Informationen an deine Leute rauszuschmuggeln, spielt keine Rolle. Dass du fast im Alleingang die Zerschlagung eines der berüchtigtsten Drogenimperien des vergangenen Jahrzehnts verantwortest, spielt keine Rolle.

Nein – wenn die Leute rauskriegen, dass du ein Junkie bist, dann meiden dich deine Kollegen, als wärst du ein Pestkranker.

»Und was hast du getan, als es vorbei war?«, frage ich. »Nach der Razzia?«

»Weiter Stoff genommen. Ich war ein drogenabhängiger Cop. Es dauerte nicht lange, bis ich erwischt wurde. Die hatten mich auf Video, wie ich es kaufte und nahm.«

»Das FBI?«

»Die Interne Dienstaufsicht«, erwidert sie. »Denny Porter.«

Porter. Ich kenne ihn nicht. Aber seinen Namen habe ich schon gehört, und ein paar schlimme Dinge dazu.

»Er stellte mich vor die Wahl. Option Nummer eins, ich gehe unter. Sitze vielleicht eine Zeitlang im Gefängnis, aber so oder so verliere ich meine Marke, meine Pension, meine Zusatzleistungen. Aber vor allem ...« Sie kann den Satz nicht einmal beenden.

»Vor allem Samuel«, beende ich ihn für sie. »Und Option Nummer zwei?« Als ob ich das nicht schon wüsste.

»Er stellt mich ein. Ich soll Augen und Ohren für ihn offen halten. Aber erst musste ich wieder gesund werden. Drei Monate Reha, wie sich herausstellte. Porter hat das persönlich arrangiert.«

»Reizend von ihm.«

»Stimmt, aber mit dem Aufkleber ›Entzug‹ auf meiner Akte wäre ich wertlos für ihn gewesen. Also nennen wir es Krebs. Ich lasse mich für eine Chemotherapie beurlauben, komme dann wieder zurück und behaupte, ich sei in Remission. Porter hatte einen Arzt an der Hand, der mitgespielt und den ganzen Papierkram unterzeichnet hat.« Sie grinst. »Alles, was der Arzt wirklich getan hat, war, mich von einer anderen Droge abhängig zu machen.«

Ah. Okay. »Also sind die Pillen, die du da nimmst, gar keine Ingwertabletten. Es gibt keinen Krebs und keine Chemotherapie.«

»Es gibt keinen besseren Lügner auf der ganzen Welt als einen Junkie«, erklärt sie. »Aber ich bin jetzt vom Meth runter. Seit diesem Entzug habe ich nichts mehr genommen. Bin seit drei Jahren clean.«

»Gut. Das ist super.«

»Die Pillen sind Dextroamphetamin.«

»Dex«, sage ich. Speed. Aufputschmittel. Das ergibt Sinn. Man kann davon abhängig werden, aber man ist wesentlich funktionstüchtiger, als es ein Meth-Junkie jemals wäre.

»Porter ist mein Lieferant. Er lässt sie sogar wie Ingwertabletten *aussehen*. Wahrscheinlich organisiert er das über denselben Arzt, der den Papierkram gefakt hat. Er muss etwas gegen den Kerl in der Hand haben.«

»Helfen diese Pillen denn?«

»Sie helfen gegen die Entzugserscheinungen, ja«, bestätigt sie.

»Du hast immer noch Schmacht auf Meth?«

Sie lacht beinah. »Harney, ich schmachte jede wache Stunde jeden Tages nach Meth«, bekennt sie. »Nur dass ich jetzt zusätzlich auch noch Schmacht auf Dex habe.«

»Mein Gott, Kleines. Mein Gott, das tut mir leid.«

»Nein, *ich* bin diejenige, der es leidtut.« Sie bricht den Augenkontakt ab und blinzelt ihre Tränen weg. »Porter hat dich auf dem Kieker. Dein Interesse an Evie hat ihm echt Kopfschmerzen bereitet. Ich habe ihn auf dem Laufenden gehalten. Ich habe mir dabei nicht viel gedacht. Ich meine, die Schießerei in K-Town war ein Revierkampf, oder? Evie war bloß ein Kollateralschaden. Das dachte ich zumindest. Bis ich dieses Video von Latham Jackson gesehen habe.«

»Also ging ich auf Porter zu und erklärte ihm, das sei alles Blödsinn, es sähe nun vielmehr so aus, als wäre es bei der

Sache in K-Town nur um das tote Mädchen gegangen, nicht um einen Drogenkrieg.«

»Und ich wette, er hatte darauf eine gute Antwort parat«, sage ich. »Lass mich raten. Ich sei ein korrupter Bulle.«

»Der als Strohmann für einen rivalisierenden Sexhändlerring fungiert«, fügt sie hinzu. »Er sagte, er stünde dicht davor, dich hochgehen zu lassen, und ich solle mich von dir fernhalten. Er schlug vor, ich solle mich krankmelden. Dann gab er mir Geld und meinte, ich solle für ein langes Wochenende in einen Aquapark in Wisconsin fahren. Und bei meiner Rückkehr wäre alles vorbei.«

»Aber du bist nicht gefahren.«

»Ich tat so, als ob. Ich fuhr meine Schwiegermutter und Samuel nach Rockford und brachte sie für ein paar Tage in einem Hotel unter, damit ich mir einen Reim auf diese Sache machen konnte.« Sie hebt ihre gesunde Schulter. »Ich traute Porter nicht. Aber ich traute dir.«

Und sie hat mir den Arsch gerettet. Ohne sie läge ich jetzt von Kugeln durchsiebt auf dem Boden dieser Turnhalle.

Aber sich selbst hat sie's versaut. Sie hat jetzt gerade Porter verraten. Da gibt es kein Zurück mehr.

»Dann müssen wir Porter ausschalten«, sage ich.

Sie verzieht das Gesicht. »Scheint so, ja.«

»Allzu glücklich scheinst du damit nicht zu sein.«

»Du kapierst es nicht, Harney«, sagt sie. »Wenn Porter untergeht, reißt er mich mit sich.«

101

»Porter hat mich in der Hand«, erklärt Carla. »Wenn wir ihn hochgehen lassen, lässt er mich fallen wie eine heiße Kartoffel. Wahrscheinlich noch ein paar andere Leute mehr, um ehrlich zu sein. Aber mich eingeschlossen. Wenn er dieses Video postet, bin ich geliefert.«

»Er hat dich auf Video, wie du vor drei Jahren Meth rauchst? Carla, das ist nicht das Ende vom L…«

»Nein, Harney, du denkst das nicht bis zu Ende. Sobald Porter mich verpfeift, werden sie mich zu einem Urintest verdonnern. Und dann ist kein Porter mehr für mich da, der schützend die Hand über mich hält mit einem falschen Pinkelergebnis. Ich bin positiv auf Dex. Also wird es da ein Video geben, auf dem ich Meth rauche, *und* einen positiven, *aktuellen* Drogentest auf Amphetamine. Im Lauf der Jahre hat Porter mir das Dex ein paarmal von jemand anderem liefern lassen, statt es selbst zu übergeben. Von irgendeinem Penner, den er ebenfalls in der Hand haben dürfte. Ich wette zehn zu eins, dass er diese Übergaben auch gefilmt hat. Diese Videos hat er dann zusammen mit dem, auf dem ich Meth rauche, versteckt.«

Ihr Kopf sinkt zurück auf das Kissen. Ihre Scham hat sie gestanden, ihre Geheimnisse hat sie offengelegt. Vor allem aber ihre Angst vor den Konsequenzen.

»Die Geschichte wird lauten, dass ich schon die ganze Zeit Junkie bin. Seit Jahren. Oh, er wird eine Story auftischen, in der er der Held ist und eine größere Ermittlung in Bezug auf Drogenkonsum bei Cops oder so etwas durchgeführt hat. Er wird mich vernichten und sich selbst absichern. Er hat einen langen Atem, glaub mir. Er hat die ganze Sache von langer Hand geplant.«

»Uns wird schon was einfallen. Vielleicht kommst du aus der Sache irgendwie wieder raus.«

»Harney.« Das sagt sie so, als ob mir schon wieder etwas entginge. »Um mich mache ich mir keine Sorgen.«

Sie meint Samuel, der Grund, warum ihr jetzt erneut die Tränen kommen.

»Selbst wenn du einsitzen musst«, sage ich, »deine Schwiegermutter kann sich um Sam…«

»Meine Schwiegermutter ist eine Illegale«, unterbricht sie mich. »Wenn sie mich schnappen, wird das Jugendamt alles unter die Lupe nehmen und feststellen, dass seine Bezugsperson eine Migrantin ohne Papiere ist. Sie wird abgeschoben. Sein Vater wird ihn auf keinen Fall zu sich nehmen. Samuel wird in die Mühlen der Bürokratie geraten. Er landet in einem Heim.«

Scheiße. Damit hat sie wahrscheinlich recht.

»Und glaube nicht, ich hätte nicht schon darüber nachgedacht, dieses Arschloch von Porter ungespitzt in den Boden zu rammen«, gesteht sie. »Das würde ich. Für Samuel würde ich das tun. Aber dafür ist Porter zu clever. Er hat mir gesagt, und das mehr als einmal, dass er in seiner internen Abteilung eine Akte über mich führt, in der sich Kopien dieser Videos befinden. Wenn ihm also irgendwas zustößt, braucht sein Nachfolger bei der Internen bloß einen Datenträger in seinen Computer zu stecken und sieht dann, wie Detective Carla Griffin in ihrer ganzen Pracht in einer Gasse Meth raucht und von irgendeinem Gangmitglied Dex bekommt. Darauf folgt ein obligatorischer Urintest, und ich bin erledigt.« Sie schließt die Augen. »Ich bin am Arsch, wirklich.«

Ich lege ihr die Hand aufs Bein. »Willst du mir damit sagen, ich soll die Finger von Porter lassen? Ich soll versuchen, das hier durchzuziehen, ohne ihm auf die Füße zu treten?«

Sie versucht sich ein Lächeln abzuringen. »Ich denke, diesen Punkt haben wir bereits überschritten. Ich glaube, ich habe ihn überschritten, als ich nicht nach Wisconsin gefahren bin.«

»Warum erzählst du mir dann das alles über Porter?«

»Weil du es wissen musst«, erwidert sie. »Wenn du hinter diesen Menschenhändlern her bist, bist du auch hinter Porter her. Du kannst da nicht auf einem Auge blind reingehen.«

Als mir das Ausmaß dessen aufgeht, was sie getan hat, lasse ich mich auf einen Stuhl sinken. Carla hätte den einfachen Weg wählen können. Sie hätte tun können, was Porter von ihr verlangte, nach Wisconsin fahren, den Kopf in den Sand stecken und den Status quo nicht anrühren.

Indem sie zurückgekommen ist, um mir die Haut zu retten, hat sie alles aufs Spiel gesetzt.

»Ich werde nicht zulassen, dass Samuel ein Leid zugefügt wird«, beteuere ich. »Das ist ein Versprechen.«

»Oh, nun komm schon, Harney …«

Ich nehme ihre Hand. »Das ist ein Versprechen.«

Sie bedenkt mich mit einem Blick, wie ihn nur eine Mutter jemandem zuwerfen kann. Voller Liebe, voller Furcht und

Sorge um ihren Sohn, wild und beschützend und verletzlich in einem. »Sag so etwas nicht, wenn du …«

»Schau mich an.« Ich beuge mich zu ihr hinunter. »Wenn du eine Zeitlang außer Gefecht gesetzt werden solltest, werde ich mich um ihn kümmern.«

Sie forscht in meinen Augen. »Du würdest … Darum kann ich dich nicht bitten«, flüstert sie.

»Das hast du auch nicht.«

»Du … kennst mich doch kaum.«

»Ich weiß genug. Ich weiß, dass du für mich alles aufs Spiel gesetzt hast.« Ich drücke ihre Hand. »Wir stecken da zusammen drin, Partner. Okay? Außerdem, wer soll dem Kind sonst beibringen, wie man einen Effetball wirft?«

Ich habe im Lauf der Jahre schon viele Frauen weinen sehen, aber nie so, wie Carla es jetzt tut. Erleichterung und Emotionen brechen sich Bahn wie eine Lawine.

Als ich das Wartezimmer erreiche, wartet Patti dort. »Viviana ist in Begleitung eines Streifenbeamten. Sie behandeln sie gerade.«

»Danke.«

»Ich komme mit dir«, sagt sie.

Ich will den Kopf schütteln, besinne mich dann aber eines Besseren.

»Aber wir machen es auf meine Art und Weise, Patti. Oder du fährst jetzt sofort nach Hause.«

Sie nickt. »Wir machen es auf deine Art und Weise«, stimmt sie zu.

102

Patti sitzt hinter dem Steuer, ich auf dem Beifahrersitz. Wir rasen durch die Stadt.

Ich greife zum Handy, um Sosh anzurufen. Erst jetzt sehe ich, dass vor einer halben Stunde eine Sprachnachricht eingegangen ist; ich muss es überhört haben, während ich genäht wurde. Die Nachricht stammt von Jay Herlihy, Cook County Gefängnis.

»J Crew«, sage ich zu Patti.

»Der Arsch, der mich in der zweiten Klasse verprügelt hat?«

»Ja, und es tut ihm heute noch echt leid. Halt die Klappe und hör zu.« Ich spiele die Nachricht auf dem Freisprecher ab.

»Hey, Kumpel, diese Freikarten sollten lieber in der Mitte der Tribüne sein. Von außen konnte ich nicht auf die Informationen zugreifen, deswegen bin ich nach der Schicht zu Trakt 9 rübergefahren. Wie dem auch sei, du hast recht, mein Freund – dein Antoine Stonewald hatte während der besagten Woche einen Besucher. Es war ein Anwalt – das wird dir jetzt gefallen –, ein V-a-s-y-l Vorname, Nachname D-i-s-c-o-v-e-t-s-k-y. Adresse und Telefonnummer habe ich auch.«

»Er heißt Vasyl Discovetsky.«

Ich notiere mir Telefonnummer und Adresse.

»Soll ich da jetzt hinfahren?«, fragt Patti.

»Nein. Fahr einfach weiter, wir machen es wie geplant. Das ist wichtiger.«

»Wichtiger, als Disco zu finden?«

Ich schaue zu ihr hinüber. »Ja«, sage ich. »Wichtiger als Disco.«

Ich suche in der Kontaktliste meines Handys nach der Nummer von Clara Foster.

»Special Agent Foster«, begrüße ich sie, als sie das Gespräch annimmt. »Hier ist Billy Harney, Chicago Police Department. Erinnern Sie sich noch an das Mädchen in K-Town? Tja, ich hoffe, Sie haben heute Abend noch nichts vor, denn ich bin im Begriff, Ihnen den Abend zu versauen.«

103

Disco erreicht das Ende des labyrinthartigen Tunnelsystems und zwängt sich durch die klappernde Schiebetür in das letzte Gebäude am gegenüberliegenden Ende des Gewerbeparks. Der Weg hierher kam ihm schier endlos vor. Dreimal sackte er von Schmerz gepeinigt zu Boden und legte seinen Fuß hoch, um den Druck und die unerträgliche Qual zu lindern.

Er benötigte mehr als eine Stunde und hatte dabei das Gefühl, durch die Hölle zu gehen, aber es verschaffte ihm auch Zeit zum Nachdenken.

Eine Menge Zeit zum Nachdenken.

Er hüpft auf einem Bein die schmale Treppe hinauf und erreicht das Erdgeschoss. Dort schaut er auf sein Handy, das nun wieder Empfang hat.

Eine Textnachricht wird angezeigt, von Porter. Sie besteht nur aus einem Fragezeichen.

Er nimmt sein Nachtsichtgerät ab und stößt die Ausgangstür auf, um endlich wieder frische Luft einzuatmen. Dann schaut er hinüber zu dem kleinen Parkplatz.

Alles ruhig. Mit nach wie vor gezogener Waffe humpelt er zu seinem Wagen, startet den Motor, erleichtert darüber, dass er nun nicht mehr zu Fuß gehen muss und diesen Gewerbepark hinter sich lassen kann.

Er muss eine Möglichkeit finden, den Verband an seinem Fuß zu wechseln, damit die Blutung gestoppt wird.

Und er muss an sein Geld rankommen. Vor allem an das Geld.

Er sendet Porter eine SMS.

Wir sollten uns sofort treffen.

Noch bevor er den nächsten Atemzug macht, kommt die Antwort. Offenkundig hat Porter Discos Update schon sehnlichst erwartet. Erfolg? Misserfolg?

Disco antwortet.

Scheiße, tippt er ein und drückt dann auf Senden.

Abbruch, schreibt er und drückt auf Senden.

Sofort treffen, schreibt er. Gleicher Ort. Er drückt auf Senden.

Die Antwort kommt umgehend.

Wir können das noch hinkriegen, schreibt ihm Porter. Ich habe einen Plan.

Das solltest du auch, schreibt Disco ihm. Dann betätigt er den Wählhebel und fährt los.

104

Das Gebäude befindet sich an der Rockwell, südlich der 26th Street. Groß, zweistöckig, Holzrahmenbau mit rot gestrichener Fassade.

Eine Gasse an einer Seite des Gebäudes ist breit genug für ein Auto und lässt noch etwa drei Meter Spielraum. Diese Gasse habe ich schon einmal gesehen. Ich kenne sie von den Fotos, die Valerie ein paar Tage vor ihrem Tod aufgenommen und mit Büroklammern in Antoine Stonewalds Akte eingeheftet hatte.

Ein schwarzer Lincoln Town Car fährt an dem Gebäude vorbei, hält an, stößt rückwärts in die Gasse und parkt auf Höhe einer Tür an der Seite des Gebäudes. Ein großer, schwarz gekleideter Mann öffnet den hinteren Schlag des Fahrzeugs.

Wie auf ein Stichwort öffnet sich die Tür des Gebäudes, und eine junge Frau in einem langen Kleid, in Schuhen mit hohen Absätzen und mit hochgestecktem Haar tritt auf die Gasse und steigt in die Limousine.

Genau wie auf Valeries Fotos.

»Straftat im Gange«, sage ich in das Mikro an meinem Kragen. »Los geht's. Schnell. Es geht los!«

Reifen quietschen, und ein nicht gekennzeichnetes Fahrzeug rast mit auf dem Armaturenbrett blinkendem Rotlicht in die Gasse und hält Stoßstange an Stoßstange mit der Limousine an, noch bevor der Chauffeur wieder auf dem Fahrersitz Platz genommen hat. Patti fährt mit unserem Wagen von hinten heran und schneidet dem Town Car von der anderen Seite den Weg ab.

In diesem Moment werden Officers die Eingangstür des Gebäudes eintreten, während andere sich Zugang durch den Hintereingang verschaffen. Ich bin der Erste an der Hintertür.

Ich stürme hinein, rufe »Chicago Police!« und erblicke eine ältere Dame mit matronenhafter Figur und leuchtend rotem Haar, die versucht, mit ihren Flip-Flops an den Füßen das Weite zu suchen. Ich packe sie an der Bluse und drücke sie zu Boden.

»Irgendwelche Männer hier drinnen?«, schreie ich. »Irgendwelche Männer?«

»Nein, keine Männer.«

»Sind Sie sicher? Wenn jemand erschossen wird, wird man Sie dafür verantwortlich machen, Lady.«

»Keine Männer.«

»Was ist mit Disco? Ist Disco hier?«

»Nein. Nein!«

Officers, Beamte in Zivil vom Zehnten, stürmen herein. »Nimm sie fest«, weise ich einen der Streifenbeamten an. »Leg ihr Handschellen an und setz sie auf einen Stuhl.«

Ich renne auf die Treppe zu, die in den Keller führt. Es gibt zwar auch ein Obergeschoss, aber mein Fokus richtet sich ganz auf das Untergeschoss.

»Chicago Police!« Ich renne die mit Teppich ausgelegten Stufen hinunter. Dort wirbele ich mit der Waffe im Anschlag nach beiden Seiten herum.

Ich gelange zu einem schummerigen Raum, der nach Körperausdünstungen, Urin und Erbrochenem stinkt. In der Ecke stehen ein Mopp und ein Eimer mit schmutzigem Wasser. An der Wand in der anderen Hälfte stehen reihenweise Klappbetten.

Dutzende Augenpaare starren zu mir auf. Zwanzig, vielleicht dreißig junge Mädchen, einige sind bestenfalls im frühen Teenageralter. In Lumpen gekleidet, sitzen sie auf dem verdreckten, rissigen Betonboden oder liegen auf zerschlissenen Sofas, aus deren billigen Bezügen die Schaumstoffpolsterung herausquillt. Einige Mädchen hocken im Kreis auf dem Boden und spielen Karten. Andere drängen sich vor einem alten Fernsehgerät zusammen und schauen sich einen Tierfilm an. Andere schmiegen sich an zerschlissene alte Teddybären oder in schmuddelige Decken. Ein Mädchen, das noch kein Teenager sein kann, hockt in einer Ecke und starrt mich durch strähnige, ungewaschene Haare an, während sie am Daumen lutscht.

Hier unten schlafen sie. Hier unten leben sie. Wenn sie nicht gerade aufgeputzt und aufgehübscht werden, um Geschlechtsverkehr mit Fremden zu vollziehen, leben sie hier unten wie Tiere in einer verdreckten, widerlichen Höhle.

»Chicago Police!«, rufe ich. »Alle auf den Boden!« Da ich davon ausgehe, dass mich die meisten von ihnen nicht verstehen können, stelle ich die Bewegung pantomimisch dar. »Runter! Runter auf den Boden!«

Ich will nicht, dass einer der Cops, so aufgedreht sie gerade sind, auf falsche Gedanken kommt, wenn er die Treppe herunterstürmt.

Die Mädchen legen sich flach auf den Boden. Begreifen

tun sie es noch nicht, aber sie verstehen, dass sie jetzt lieber das tun sollten, was ein Mann ihnen sagt. Etwas, das sie schon ihr ganzes Leben lang tun.

Ich fange hier und da verstörte Blicke auf. Am Fußknöchel jedes Mädchens prangt die Tätowierung einer schwarzen Lilie.

»Nicht schießen, nicht schießen!«, rufe ich den Officers zu, die jetzt in Scharen die Stufen herunterdrängen. »Sie sind keine Bedrohung. Es sind bloß …«

Die Worte bleiben mir in der Kehle stecken.

Es sind bloß Kinder.

Ich greife zu meinem Handy, auf dem bereits ein Online-Übersetzer Englisch-Rumänisch geöffnet ist. Ich wiederhole die Worte, so gut ich kann. Einige von ihnen bemühen sich, mich zu verstehen, aber wahrscheinlich verpfusche ich es.

Das Übersetzungsprogramm hat eine Audio-Funktion, also regele ich die Lautstärke hoch und lasse die Roboterstimme die rumänischen Worte besser aussprechen, als ich es jemals könnte.

Nu ai probleme. Sunteţi victime. Oamenii ăştia nu te vor mai răni. Suntem aici să te ajutăm să ajungi acasă.

Ihr seid nicht in Schwierigkeiten. Ihr seid Opfer. Diese Männer werden euch nicht wehtun. Wir sind hier, um euch zu helfen, nach Hause zu kommen.

Ich spiele es einmal, zweimal und ein drittes Mal ab.

Einige von ihnen verstehen es und fangen an, mit den anderen zu sprechen. Die Worte sprudeln nur so aus ihnen heraus. Schon bald scheint sich die Nachricht in mehreren

Sprachen im Raum zu verbreiten. Die Mädchen umarmen einander, weinen, einige lächeln sogar.

»Wir … nach Hause kommen?«, fragt mich eine von ihnen.

»Ja«, erwidere ich und gehe in die Hocke. »Wir werden euch helfen.«

Da jetzt auch der letzte Hauch einer Bedrohung verflogen ist, beginnt ein Detective damit, von den Mädchen nacheinander die Daten aufzunehmen. Sie stellen sich hintereinander auf, nicht zum ersten Mal in ihrem Leben, aber wahrscheinlich zum ersten Mal freiwillig und mit Freude.

»Bringt sie zur SOS und gebt dem Jugendamt Bescheid«, sage ich. »Diese Mädchen dürften auch einen Entzug nötig haben.«

Ich schaue zu, wie eine nach der anderen die Treppe hinaufgeht. Die meisten von ihnen sind eindeutig minderjährig, tragen zerrissene, schlechtsitzende Kleidung, sind schmutzig und krank und auf unvorstellbare Weise missbraucht worden.

Manchmal fehlen einem die Worte.

Aber ein paar fallen mir doch ein. Nicht für die Cops und auch nicht für die Mädchen. Sie gelten einer einzigen Person, einer Frau, die nicht mehr unter uns weilt.

Das ist es, was du versuchst hast aufzuhalten.

Endlich haben wir es geschafft. Dank dir.

105

Die matronenhafte Frau mit den feuerroten Haaren und dem pausbäckigen Gesicht heißt offenbar Augustina, Nachname zurzeit unbekannt.

Sie ist die einzige Person, die sich im Erdgeschoss aufgehalten hat. Das Obergeschoss war sauber. Dort befinden sich Toilettentische voller Make-up, Schränke voll mit eleganten Kleidern und perversen Kostümen, sogar eine Sonnenbank steht in einem der Zimmer.

»Sie sind verhaftet«, teile ich ihr mit, »wegen Betreibens eines Bordells. Wahrscheinlich sind auch noch Entführung, Vergewaltigung und vieles andere im Spiel. Wir müssten die ganze Nacht über hierbleiben, nur um die Anklagepunkte aufzulisten.«

Trotzig hebt sie das Kinn. »Ich wollen Anwalt.« Wieder dieser schwere Akzent.

»Ich kenne einen guten«, sage ich. »Er heißt Vasyl Discovetsky. Sagt Ihnen der Name etwas?«

Als ich den Namen ausspreche, stockt sie einen Moment, antwortet jedoch nicht.

»Sie kennen Disco, nicht wahr?«

»Ich kenne diese Person nicht.«

»Und was ist mit Trev? Mit Nicholas? Kennen Sie die?«

»Nein«, stößt sie hervor. Sie ist mit Handschellen an einen

Stuhl fixiert, da sie auf frischer Tat ertappt wurde, aber befindet sich immer noch im Kampfmodus.

»Trev und Nicholas sind tot«, eröffne ich ihr.

Ihre Gesichtszüge entgleisen ihr, aber das bringt mich auch nicht weiter. Disco leitet den Laden, hatte Viviana mir erzählt.

»Disco befindet sich auf der Flucht«, sage ich. »Als ich ihn das letzte Mal gesehen habe, ist er allerdings mehr gekrochen als gelaufen.«

Sie schaut mich an. Damit habe ich bei ihr etwas bewirkt, dieses Detail hat mir eine gewisse Glaubwürdigkeit eingehandelt. Aber sie rührt sich immer noch nicht.

»Sie wirken nicht nervös, Augustina. Aber wissen Sie, wer es ist?« Ich beuge mich näher zu ihr. »General Boholyubov.«

Ich ziehe mich wieder ein Stück zurück. Sie wirkt jetzt nicht mehr so kühl, nicht mehr so ganz gefasst.

»Boho muss jetzt echt nervös sein. Nervös genug, um dafür zu sorgen, dass niemand plaudert. Darüber denken Sie doch gerade nach, nicht wahr? Sie halten den Mund, sitzen vielleicht eine Zeitlang ab, werden vielleicht wieder dorthin abgeschoben, wo Sie herkommen. Aber fragen Sie sich eines, Augustina: Wird er Sie wirklich am Leben lassen? Ich denke, das würde er auf keinen Fall tun.«

»Wir können da helfen«, schaltet sich nun Clara Foster ein und zeigt ihre Marke. »FBI, Augustina. Ich bin Mitglied einer gemeinsamen Task Force von Bundesbehörde und County zur Bekämpfung des Sexhandels. Heute Abend war ein großer Durchbruch für uns« – sie nickt mir dankend zu –, »aber wir wollen das hier mit Stumpf und Stiel ausreißen. Wir wollen General Boholyubov.

Wenn Sie zu Protokoll geben, was Sie wissen, stecken wir Sie ins Zeugenschutzprogramm. Dann bekommen Sie eine neue Identität und ein neues Leben. Wenn« – Foster droht ihr mit dem Finger – »*wenn* Sie uns helfen, den General zur Strecke zu bringen. Wenn Sie uns helfen, diesen Sexhändlerring zu zerschlagen, bekommen Sie ein neues Leben. Wenn Sie aber weiter nur dasitzen und so tun, als hätten Sie die Sprache verloren, dann überlassen wir Sie den Mühlen der Bürokratie, und der General wird sich früher oder später um Sie kümmern.«

»Wollen Sie immer noch einen Anwalt, Augustina?«, frage ich. »Oder wollen Sie uns lieber verraten, wo sich Disco aufhält, und eine Chance bekommen, dem Gefängnis zu entgehen und ein normales Leben zu führen?«

»Sie haben eine Minute, um sich zu entscheiden«, drängt Agent Foster. »Treffen Sie eine kluge Entscheidung.«

Augustina schaut zwischen uns beiden hin und her, wägt das Für und Wider ab. »Ich weiß nicht, wo er ist«, antwortet sie schließlich. »Er hat Angst. Angst vor dem General. Er wird … fliehen.«

»Fliehen wohin?«

»Ich weiß nicht, wohin er fliehen wird.«

Darüber denke ich einen Moment nach. Ihr Instinkt rät ihr, dichtzuhalten, aber wie weit ihre Loyalität gegenüber Disco geht, kann ich nicht erahnen.

»Disco steckt gerade tief in der Scheiße«, halte ich ihr vor. »Um ihn herum geht alles in die Binsen. Ihr Geschäft hier ist den Bach runtergegangen. Und doch hat er sich nicht an Sie gewandt, nicht wahr? Er hat Sie nicht gewarnt. Hat Sie weder angerufen noch Ihnen eine SMS geschickt. Er hat nicht gesagt: ›Verschwinde, Augustina, mach, dass du wegkommst, die Bullen sind im Anmarsch.‹ Nichts dergleichen.«

Ich halte ihr Handy, das ich bereits überprüft habe, in die Höhe – auf dem Display sind keine aktuellen Mitteilungen von Disco oder irgendeinem nicht identifizierten Anrufer.

»Und warum nicht?«, frage ich. »Ich werde Ihnen sagen, warum nicht. Weil er sich nicht um Sie schert. Sie sind ihm scheißegal.«

Sie bricht den Blickkontakt ab. Das sind harte Worte, aber gegen diese Logik kann sie nichts einwenden.

Ich beuge mich zu ihr hinunter und stütze mich mit den Händen auf den Knien ab, sodass wir uns auf Augenhöhe befinden.

»Also, Augustina«, sage ich. »Warum schützen Sie ihn?«

106

Disco fährt auf das Haus an der Mayfield Avenue im Südwesten der Stadt zu. Als er nur noch einen Straßenzug entfernt ist, bremst er ab, lauscht, ob er das Heulen von Sirenen vernehmen kann, schaut zum schwarzen Himmel hinauf, um Hubschrauber oder den Widerschein von Blinklichtern zu erspähen. Nichts. Nur ein schwarzer Himmel.

Er passiert die Mayfield Avenue, in die er normalerweise abbiegen würde, und biegt stattdessen in die Gasse hinter dem nächsten Block ab. Er schaltet die Scheinwerfer aus, lässt den Wagen noch ein Stück weiterrollen und hält dann an.

Er humpelt zwischen zwei Häusern auf der gegenüberliegenden Seite der Mayfield hindurch und späht dann nach links, zu dem Haus, in dem er sein Geld versteckt hat. Es ist ein kleiner Bungalow mit einer freistehenden Garage.

Das Licht auf der vorderen Veranda ist aus.

Das Licht über der Garage ist aus.

Das Haus liegt im Stockdunkeln.

Disco humpelt zu seinem Wagen zurück, setzt rückwärts aus der Gasse und passiert erneut die Mayfield, dieses Mal nach Osten, um in die darauf folgende Gasse einzubiegen.

Wieder keine Spur von Polizei.

Er lässt die Scheinwerfer aus und steigt aus dem Wagen. Dann legt er sein Nachtsichtgerät an und vergewissert sich noch einmal, dass der Schalldämpfer fest auf den Lauf seiner Waffe aufgeschraubt ist.

Er humpelt auf die Mitte der Gasse zu, bis zur Rückseite seines Verstecks. Als er sie erreicht hat, bleibt er stehen, dreht sich um und schaut zu beiden Seiten.

Es gibt einen kleinen Hinterhof am Haus. Mit der Rückseite der freistehenden Garage. Alles liegt wie ausgestorben da.

Er lauscht. Es herrscht Stille, zumindest ist nichts Ungewöhnliches zu vernehmen. Ein Flugzeug hält im Landeanflug auf den Midway Airport zu. Dieses Geräusch macht er sich zunutze, um sich an der Garagenwand entlangzuschieben, sieht dabei alles in fluoreszierendem Grün.

Schweiß tropft von seiner Stirn in die Nachtsichtbrille. Sein Fuß schmerzt wieder wie der Teufel, aber er darf sich jetzt nicht davon beeinflussen lassen.

Er erreicht die Ecke der Garage und erblickt die betonierte Auffahrt, auf der er normalerweise seinen Wagen abstellt, bevor er aussteigt, um die verschlossene Garagentür zu öffnen.

Aber dort steht jetzt natürlich kein Wagen, er ist ja von hinten und zu Fuß auf das Grundstück gekommen.

Nur eine dunkle Auffahrt.

Und ein Mann, der auf der anderen Seite im Gebüsch lauert, einen Revolver in der rechten und eine Taschenlampe in der linken Hand. Ein Cop.

Ein Cop, der nicht damit gerechnet hat, dass Disco ein Nachtsichtgerät tragen würde.

Disco holt tief Luft, wappnet sich und tritt auf die freie Fläche hinaus. Er zielt auf die rechte Schulter des Cops und feuert zweimal, worauf seine Waffe aufgrund des Schalldämpfers *tack-tack* macht.

Dennis Porter schreit vor Schmerz auf und fällt rücklings zu Boden. Es ist unwahrscheinlich, dass er mit zwei Schusswunden in der rechten Schulter den Revolver noch halten kann, aber Disco geht kein Risiko ein. Er humpelt so schnell auf ihn zu, wie sein verletzter Fuß es erlaubt, und schießt Porter dann erst in den linken, dann in den rechten Fuß, *tack-tack,* um ihn außer Gefecht zu setzen.

Porter schreit wieder vor Schmerz auf, als Disco ihn auch schon erreicht hat.

Die Waffe befindet sich nicht mehr in Reichweite von Porters Hand.

»Warte, warte … warte … Wir können das doch hinbiegen.«

Disco sinkt auf die Knie, dankbar dafür, seinen Fuß entlasten zu können, und drückt Porter den Lauf seiner Waffe gegen die Wange.

»Ein paar ungelöste Probleme beseitigen?«, fragt er. »War das die Idee, Denny? Ich fahre mit meinem Wagen vor und gehe dir in die Falle? Das war dein Plan?«

»Nein, nein, das war nicht …«

Disco beugt sich vor. »Diese Garagenlampe ist nie aus, Denny. Hättest du nicht die Birne rausgeschraubt, dann hättest du mich vielleicht überraschen können.«

»Hör mir zu …«

Disco schiebt Porter den Lauf seines Revolvers in den Mund, um ihn zum Schweigen zu bringen. »Ich habe keine

Zeit, Denny. Ich muss weg. Ich will dich nicht töten. Das würde nichts bringen. Es würde mir nicht helfen. Aber eines muss ich wissen. Kennt Harney meinen Namen schon?«

Porter schüttelt den Kopf.

»Hast du ihm von dem Hinterhalt erzählt, Denny? Wusste er, dass wir ihn erwartet haben?«

Erneut schüttelt Porter den Kopf.

»Nein? Er hat nämlich jemanden mitgebracht. Eine Frau. Hattest du mir nicht versichert, Harney käme allein?«

Porter versucht etwas zu sagen, was mit einem Schalldämpfer im Mund nicht so einfach ist. Also zieht Disco die Waffe zurück.

»Ich weiß es nicht. Seine Schwester, vielleicht. Sein Partner hat die Stadt verlassen.«

Schwer zu sagen, ob er ihm glauben kann. Spielt im Moment aber auch keine Rolle.

»Ich bin der Einzige … der dir da raushelfen kann«, keucht Porter. Er hat zwei saubere Einschusslöcher in der Schulter, direkt außerhalb der kugelsicheren Weste. Sein schweißnasses Gesicht ist von Schmerz und Verzweiflung verzerrt. »Ich kann alle auf die falsche Fährte locken, sie von deiner Spur ablenken, sie auch von *meiner* ablenken. Bitte … *bitte* lass mich das tun.«

Disco steckt Porter erneut den Lauf der Waffe in den Mund.

»Denny, ich werde jetzt gehen. Für immer. Aber eines Tages, mein Freund, wenn die Luft wieder rein ist, dann komme ich zurück. Dann werde ich deine Familie ausfindig machen. Deine Frau, deine Tochter, deinen Sohn.«

Porter schüttelt den Kopf, versucht zu schreien und muss

prompt würgen, als Disco ihm die Waffe noch tiefer in den Rachen rammt.

»Deine Frau wird mich anflehen, ihre Kinder zu verschonen. Sie wird alles tun, was ich von ihr verlange. Und ich werde viel verlangen, Denny. Ich werde sie auf jede nur mögliche Art und Weise vergewaltigen. Und wenn ich fertig bin, wenn mein Schwanz so wund ist, dass ich beim besten Willen nicht noch einmal in sie eindringen kann, dann wird sie zuschauen müssen, wie ich eure Kinder in Brand stecke.«

Porter versucht, einen Satz nach vorn zu machen, aber zu mehr, als flehende Laute von sich zu geben, ist er nicht imstande.

»Und während ich ihre Mutter vergewaltige, werde ich euren Kindern sagen, dass sie das alles ihrem Vater zu verdanken haben, Captain Dennis Porter.«

Er beugt sich vor, sodass sie fast Nase an Nase sind.

»Ihrem *verstorbenen* Vater«, fügt er hinzu.

Und drückt ab.

107

Porters Leiche lässt Disco im Gebüsch liegen. Er ist nicht unter dieser Adresse gemeldet. Er hat keine offizielle Verbindung zu diesem Haus.

Er humpelt zum Garagentor. Nun ist er dankbar dafür, dass Porter sich die Mühe gemacht hat, die Birne aus der Lampe oben an der Wand herauszuschrauben. Es ist besser, im Dunkeln zu agieren, sodass er praktisch unsichtbar ist, während er mit seinem Nachtsichtgerät jeden sieht.

Er gibt den Code auf dem Tastenfeld ein und deaktiviert die Alarmanlage. Er hebt das Tor an, betritt die Garage, holt von einem Haken an der Wand die Leiter und stellt sie in der Mitte auf. Er klettert die Sprossen hoch, so schwer ihm das mit seinem verletzten Fuß auch fällt, entsperrt den Riegel und zieht das Tor etwas herunter. Dann greift er hinauf und ertastet eine Sporttasche, die er näher zu sich heranzieht.

In der Tasche befinden sich ein gefälschter Reisepass, eine Baseballkappe, eine Brille und ein Reiseset mit Toilettenartikeln. Und dreißigtausend in bar.

Er steigt wieder hinunter, ohne sich anschließend die Mühe zu machen, die Leiter zur Seite zu schieben. Die Tasche hat er in einer Hand, seine Waffe in der anderen.

Da summt sein Telefon. Nicht sein normales – sein Wegwerfhandy. Eine SMS.

Er wirft sich die Sporttasche über die Schulter. Porter ist tot. Nicolas und Trev ebenfalls. Es gibt nur noch eine einzige andere Person, die diese Telefonnummer kennt.

Er holt das Handy heraus, worauf das Display in der Dunkelheit aufleuchtet, normalerweise gelb, doch durch sein Nachtsichtgerät ist die Farbe grasgrün.

Du hast dich nicht gemeldet, schreibt Augustina. Ist alles in Ordnung?

Disco nimmt sich einen Moment und starrt auf die Nachricht. Wie groß ist das Risiko, dass die Polizei bereits das Haus an der Rockwell eingenommen hat, in dem sie die Mädchen untergebracht haben?, fragt er sich. Wie hoch ist die Wahrscheinlichkeit, dass die Polizei und nicht Augustina diese Textnachricht versendet hat?

Es gibt keinen Grund, alle Vorsicht fahren zu lassen, beschließt er. Vage sein und, wichtiger noch, einen falschen Aufenthaltsort angeben. Seine Anwaltskanzlei, klar, auf der anderen Seite der Stadt.

Fahr sofort los und triff dich mit mir in der Kanzlei, schreibt er. Ich bin in etwa zwanzig Minu

Mehr hat er nicht getippt, als er quietschende Reifen und das Aufheulen eines Motors hört.

Das Telefon fällt ihm aus der Hand, während ein SUV abbiegt und mit eingeschalteten Scheinwerfern auf die Einfahrt rast. Die Scheinwerfer werden auf Fernlicht geschaltet.

Das Licht blendet ihn. Nichtsdestotrotz feuert er, schießt in Richtung des Fahrzeugs, es macht *pling-pling-pling* und *klirr-klirr*, als die Kugeln auf Metall prallen und Glas zersplittert, während das Fahrzeug mit kreischenden Bremsen auf der Einfahrt zum Stehen kommt.

108

Ich schleiche zwischen zwei Häusern hindurch und behalte dabei die gegenüberliegende Straßenseite im Blick. Das Haus liegt im Dunkeln. Kein Wagen parkt auf der Einfahrt. Aber das Garagentor steht auf. Hineinsehen kann ich nicht. Ist da jemand drin? Steht da eine Leiter? Lässt sich nicht genau sagen. Es ist zu dunkel.

Mit meiner Hand schirme ich Augustinas Handy ab, um das leuchtende Display zu verbergen, während ich die SMS versende. Du hast dich nicht gemeldet. Ist alles in Ordnung?

Ich drücke auf Senden, stecke das Handy wieder ein und halte meine Glock schussbereit. Dann nehme ich die Position eines Sprinters ein, bereit loszustürzen.

In der Garage taucht ein kleiner Lichtpunkt auf und beleuchtet einen Mann. Es ist Disco, der nach vorn humpelt und meine Textnachricht liest. Eine Nachtsichtbrille verdeckt seine Augen.

»Das ist er«, sage ich in mein eigenes Handy zu Patti, die sich mit ihrem SUV dem Haus im Schneckentempo genähert hat, aber noch einen halben Block Abstand hält. »Er trägt ein Nachtsichtgerät, also schalte das Fernlicht ein.«

Das hat zwar nicht ganz den Effekt einer Blendgranate, sollte aber wie schon im Gewerbepark dabei helfen, seinen Vorteil in einen Nachteil zu verwandeln.

»Los!«, sage ich zu ihr.

Ich renne zwischen den Häusern hindurch und laufe über die Straße. Patti kommt mir mit ihrem Wagen nur eine Sekunde zuvor.

Ihr Jeep holpert auf die Einfahrt, die Scheinwerfer leuchten in die Garage, und das Fernlicht blendet Disco. Aber er feuert trotzdem blindlings los, Kugeln schlagen in Metall und Glas des Jeeps ein und zwingen mich, in Deckung zu gehen, während das Gefährt mit quietschenden Reifen zum Stehen kommt.

»Bist du okay?«, rufe ich, als Patti die Fahrertür aufmacht.

»Ja, ja.«

Disco ist bereits um die Ecke der Garage verschwunden, wo sich nach meiner Vermutung ein Hinterhof befindet. Wir hatten keine Zeit, diesen Ort auszukundschaften – wir sind erst fünf Minuten hier, nachdem Augustina uns erzählt hat, dass er hierherfahren würde –, daher habe ich keine Ahnung, was uns dort hinten erwartet.

Seine Brille wird sich jeden Moment auf die Lichtverhältnisse einstellen, und in der Dunkelheit wird er dann wieder im Vorteil sein.

Mit der Glock in der einen Hand und meiner Maglite auf Höhe meines Kinns in der anderen, um mir den Weg zu beleuchten, renne ich los.

Als ich um die Ecke biege, erkenne ich sofort, dass er nicht gut laufen kann. Er befindet sich immer noch in Sichtweite und bewegt sich auf der Betoneinfahrt Richtung Gasse.

»Chicago Police, Disco!«

Während er mir nach wie vor den Rücken zuwendet, schwingt er mit einer gekonnten Bewegung den Arm nach hinten und schießt. Ich spüre, wie eine Kugel an mir vorbeizischt, und erwidere instinktiv das Feuer, obwohl ich ihn lebend will, sodass ich, wenn ich überhaupt ziele, tief ziele.

Patti stöhnt auf und fällt mit einem dumpfen Geräusch hinter mir ins Gras.

Ich bleibe stehen und richte den Lichtstrahl auf sie. »Bist du verletzt?«

»Mir geht es gut, ging bloß auf die Weste«, erwidert sie. Ich leuchte mit meiner Maglite auf die Kugel, die mitten auf ihrer Brust in der Weste stecken geblieben ist. Schlimmstenfalls wird sie einen hässlichen blauen Fleck davontragen.

Dann richte ich den Lichtkegel wieder nach vorn. Disco ist verschwunden, doch seitlich an der Garagenwand, wo er in die Gasse abgebogen ist, ist ein verschmierter Blutfleck zu sehen. Ich muss ihn getroffen haben.

Ich renne zu diesem Blutfleck, zu dieser Wand – vorsichtig, falls er irgendwo dahinter lauern und feuern sollte. Dort halte ich inne, gehe in die Hocke und spähe um die Ecke.

Eine Kugel durchschlägt das Holz über mir, genau dort, wo normalerweise mein Kopf gewesen wäre. Dieser Kerl kann schießen. Aber laufen kann er nicht. Er humpelt auf ein Auto zu, aber bis dahin wird er es nicht schaffen.

Ich schieße erneut und treffe ihn, dieses Mal ins rechte Schulterblatt. Dank der Beleuchtung in der Gasse kann ich erkennen, dass er jetzt zwei Schussverletzungen hat, eine in der Nähe der linken Niere, die andere im rechten Schulterblatt.

Da er vorher schon humpelte und jetzt zwei weitere Schussverletzungen hat, wird er sich nicht mehr lange aufrecht halten können. Ich bin überrascht, dass er überhaupt noch steht.

Aber er kann nirgendwo hin.

»Du bist erledigt, Disco!«, schreie ich. »Das weißt du. Lass die Waffe fallen, sonst sorge ich dafür, dass du fällst!«

Was in seiner Welt wahrscheinlich besser wäre, als verhaftet zu werden.

Er bewegt sich weiter vorwärts. Es ist kaum mehr als ein unbeholfenes Schlurfen, doch er feuert nach wie vor mit seiner Waffe nach hinten. Eine Kugel prallt vom Pflaster ab, eine weitere lässt das Holz der Garage zersplittern.

Ich bleibe geduckt, nehme ihn ins Visier und verpasse ihm eine Kugel in die linke Wade.

Er sackt zu Boden. Seine Waffe gleitet ihm aus den Fingern. Er langt mit der Hand danach, doch er wird sie nicht erreichen. Nicht, bevor ich ihn erreicht habe.

Als ich Patti um die Ecke kommen höre, hebe ich eine Hand.

»Er liegt am Boden«, rufe ich ihr zu.

»Tot ist er nicht.«

»Ich weiß. Aber ich habe ihn mehrfach erwischt. Da hinten neben der Einfahrt lag eine Leiche«, sage ich. »Im Gebüsch. Kümmer dich da mal drum. Und melde einen 10–52.«

»Bist du sicher, dass du das tun willst?«, fragt sie.

Ich schaue sie an. Wie ich, behält sie Disco im Auge, doch der geht nirgendwo mehr hin.

»Auf meine Art und Weise, nicht wahr?«, sage ich.

Sie nickt. »Auf deine Art und Weise.«

»Dann mach es«, beharre ich. »Und komm schnell wieder zurück. Ich brauche dich als Zeugin.«

Sie eilt durch den Hinterhof Richtung Einfahrt.

Ich gehe zu Disco hinüber. Der kommt zwar nicht mehr hoch, es ist ihm aber gelungen, sich herumzurollen. Ich behalte ihn gut im Auge, um sicherzugehen, dass er nicht noch eine andere Waffe zieht.

Tut er nicht. Er ist am Ende.

»Ich brauche … Krankenwagen«, keucht er.

»Den brauchst du«, pflichte ich ihm bei. »Daran besteht kein Zweifel.«

Die Schulterverletzung kann er überleben. Die andere Kugel hat wahrscheinlich eine Niere durchschlagen. Also bleibt ihm nicht mehr viel Zeit.

Und vermutlich weiß er das auch.

Seine Atmung wird flacher. Ich bücke mich, ziehe ihm die Nachtsichtbrille vom Gesicht und werfe sie beiseite. »Wer ist der Kerl im Gebüsch?«, will ich wissen. »Porter?«

Er schließt die Augen und nickt kaum merklich. Er verzieht das Gesicht, versucht sich aufzurichten, ist aber nicht mehr in der Lage, sich abzustützen. Sein Kopf fällt zurück auf das Pflaster der Gasse.

In diesem Moment kommt Patti um die Ecke gerannt. »Er ist tot. Es ist Dennis Porter.«

Ich schaue Disco an und stupse mit dem Fuß gegen ihn.

»Okay, Disco, dann sind wir jetzt unter uns«, sage ich. »Sehen wir doch mal, ob du diesen Krankenwagen bekommst.«

109

»Du hast eine Chance, zu überleben«, eröffne ich Disco. »Du hast die Chance, einen Deal abzuschließen, der dir Zeugenschutz gewährt, wenn du uns hilfst, den General zu erwischen. Aber nichts davon wird geschehen – ich rufe nicht einmal einen Krankenwagen –, wenn du mir nicht zuvor ein paar Antworten lieferst.«

Er stiert mich an, verliert allmählich das Bewusstsein. Er hat keine Wahl mehr. Und seine Angst, sich selbst zu belasten, kann nicht allzu groß sein. Er weiß, dass Augustina ihn verraten hat. Ihm muss klar sein, dass wir ihn bereits mit Anklagen wegen Menschenhandels auf Landes- und Bundesebene drankriegen, ganz zu schweigen von einer Anklage wegen Mordes, die ihn für Jahrzehnte hinter Gitter bringen wird. Er wird nie wieder aus dem Gefängnis kommen. Noch ein weiteres Verbrechen einzugestehen macht da auch keinen Unterschied mehr.

Die einzige Frage ist, ob er überleben will. Manch einer in seiner Lage würde lieber hier und jetzt verbluten, als die strafrechtlichen Konsequenzen zu tragen.

»Frag ihn, Billy!«, drängt Patti flüsternd. »Mach schon, die Uhr tickt.«

Ich schalte meinen tragbaren Audiorekorder ein. »Vasyl Discovetsky, kennen Sie einen Mann namens Nathan Stofer?«

»Nathan Stofer?«, sagt Patti. »*Das* ist deine Frage?«

Ich starre sie zornig an. »Auf meine Art und Weise«, erinnere ich sie. »Meine Ansage.«

Disco hustet und gibt ein zischendes Geräusch von sich.

»Disco, woher kennen Sie Nathan Stofer?«

Sein Kopf sinkt zur Seite. »Ich … habe diesen Mann getötet.«

»Wie?«, will ich wissen. »Wo? Und warum?«

»Ich habe ihn erschossen … Parkhaus Innenstadt.«

»Warum?«

»Der General …«

»Nennen Sie mir seinen Namen.«

»Ich brauche … Krank…«

»Nennen Sie mir den Namen des Generals!«

»General … Kostyantin … Boholyubov.«

»Was ist mit ihm?«

»Dieser Sto… Stofer … hat den General daran gehindert, ein … Geschäft zu machen. Das … Stratton Hotel.«

»Und was hat der General daraufhin getan?«

»Er … hat mir befohlen … ihn aus dem Weg zu räumen.«

»Und das haben Sie getan?«

Er nickt. Ich stupse gegen seine Schulter. »Geben Sie eine Antwort für das Aufnahmegerät.«

»Ja«, sagt Disco. »Das habe ich.«

»Billy, was tust du da?«, fragt Patti. »Wir haben keine *Zeit* mehr.«

»Wissen Sie, warum Antoine Stonewald sich des Mordes an Nathan Stofer schuldig bekannte?«, frage ich.

Disco nickt. »Ich bedrohte … seine Familie … wenn er es nicht tut.«

»Hatte Antoine Stonewald etwas mit dem Mord an Nathan Stofer zu tun?«

»Nein.«

Ich schalte das Aufnahmegerät aus.

Das leise Sirenengeräusch eines Krankenwagens, der auf Pattis Meldung eines 10–52 – Anforderung eines Krankenwagens – reagiert hat, wird nun immer lauter.

Disco hört es und richtet mit Mühe seinen Blick auf mich. »Sie … haben schon … Krankenwagen gerufen.« Seine Worte kommen nur noch im Flüsterton über seine Lippen. Der Anflug eines Lächelns huscht über sein Gesicht, so als bewundere er das Täuschungsmanöver, bei dem ein Betrüger den anderen hinters Licht führt.

»Hast du Val getötet?«, schreit Patti Disco an. »Hast du Billys Frau ermordet?«

Sie tritt gegen seinen Fuß, gegen den Stiefel. Disco verzieht kaum merklich das Gesicht und schließt die Augen. Er schafft es womöglich nicht mehr lebend in den Krankenwagen.

Langsam bildet sich eine Blutlache unter seinem Körper.

»Hast du Billys Frau umgebracht?«, schreit Patti erneut.

Die Sanitäter kommen durch den Hinterhof gerannt und kümmern sich um Disco. Patti und ich ziehen uns zurück und lassen sie ihre Arbeit machen.

»Du hast ihn nicht danach gefragt«, sagt sie, halb verwundert, halb vorwurfsvoll.

»Dafür reichte die Zeit nicht«, erwidere ich. »Ich bin in der Reihenfolge der Wichtigkeit vorgegangen.«

»Reihenfolge der *Wichtigkeit*? Ist auf einmal etwas wichtiger, als zu wissen, wie Val ums Leben gekommen ist?«

»In der Tat, ja«, gebe ich zurück.

Weil ich Valerie nicht zurückholen kann. Aber ich kann Antoine retten, genau das also, was Valerie vor ihrem Tod hatte tun wollen.

Das ist es, was sie gewollt hätte.

Diese Tonaufnahme mit Patti und mir als Zeugen wird Antoine Stonewald entlasten und dabei helfen, General Boholyubov zur Strecke zu bringen, falls er nicht schon in ein Land ohne Auslieferungsabkommen geflohen ist. Valerie wollte Antoine freibekommen, diese Mädchen retten und den Menschenhändlern ihre gerechte Strafe zukommen lassen. Ich habe vier Jahre gebraucht, aber letztendlich habe ich ihre Mission erfüllt.

»Du hattest gesagt, du würdest ihn töten.« Sie schnipst mit den Fingern. »Stattdessen besorgst du ihm medizinische Hilfe.«

»Stimmt.«

Patti schaut mich von der Seite an. »Wahrscheinlich sagst du jetzt gleich, Val hätte das so gewollt.«

Stimmt haargenau. Aber plötzlich bekomme ich keinen Ton mehr heraus, bin zu sehr von meinen Gefühlen überwältigt. Patti schaltet ihren Zwillings-Superpower-Detektor ein, kapiert es endlich und zieht mich an sich.

»Sie war ein besserer Mensch als ich«, flüstere ich. »Sie war stärker als ich. Mein Gott, ich vermisse sie so sehr.«

Ich spreche diese Worte aus, ohne zu weinen, schöpfe gewissermaßen Energie aus meiner neu gefundenen Verbindung zu Valerie. Da ist auch Reue, keine Frage, weil ich damals nicht mehr unternommen habe, um zu verstehen, was sie durchmachte. Aber wenn ich jetzt zurückblicke, bin ich objektiver und auch ein wenig gnädiger mit mir selbst – ich war einfach zu sehr auf unsere kleine Janey fokussiert.

Wir haben beide, auf unterschiedliche Art und Weise, alles getan, was wir tun konnten.

Das muss genügen.

Die Sanitäter, die hinter uns tätig sind, heben Disco auf eine Trage und eilen mit ihm zu ihrem Wagen. Vielleicht können sie ihn retten. Mir gefällt es nicht, dass er noch eine Chance hat.

»Vielleicht kommt er durch«, sagt Patti. »Und vielleicht erzählt er dir dann die Wahrheit.«

»Das sind eine Menge Vielleichts«, erwidere ich. »Bis dahin haben wir zu tun. Wir müssen uns um all diese Mädchen kümmern, dafür sorgen, dass sie medizinisch versorgt werden, und ihnen helfen, wieder nach Hause zu kommen. Und«, füge ich hinzu, »morgen besuchen wir Antoine im Gefängnis und überbringen ihm die gute Nachricht.«

Patti zieht die Brauen hoch und schneidet eine Grimasse. »Nach all dem hast du ihm noch nicht einmal die Frage gestellt.«

Ich schaue dem Krankenwagen hinterher. Nun fahren auch Streifenwagen vor. Diese verschlafene kleine Ecke der Stadt wird sich gleich in einen Rummelplatz verwandeln.

»Ich brauchte ihn nicht zu fragen«, sage ich. »Ich weiß schon, was mit Valerie passiert ist.«

110

Das Gefängnis war offenbar bis heute abgeschottet, die meisten Häftlingsbesuche wurden abgesagt. Aber da es sich hier um eine offizielle polizeiliche Angelegenheit handelt und nicht um einen privaten Besuch, haben sie uns reingelassen.

Patti sitzt neben mir im Befragungsraum. Sie wippt nervös mit den Füßen.

Keiner von uns beiden hat geschlafen. Es war eine lange Nacht. Jedes einzelne Mädchen, das wir aus diesem Kellerraum befreit haben – nach offizieller Zählung sind es zweiunddreißig –, ist von Oxycodon abhängig. Daher machen die Leute vom Sozialamt wortwörtlich Überstunden, um die nächsten Angehörigen festzustellen und gleichzeitig dafür zu sorgen, dass die Mädchen alle eine Entziehungskur durchlaufen.

Zur Wahrheit gehört auch, dass der weitere Weg für sie steinig sein wird. Einige werden ihre Sucht vielleicht nie überwinden, ganz zu schweigen vom jahrelangen sexuellen Missbrauch. Und viele haben womöglich gar keine Familie, zu der sie zurückkehren können.

Alles, was wir tun konnten, ist, ihnen eine Chance zu geben.

Als das Department versuchte, Ordnung ins Chaos zu bringen, kamen alle möglichen Fragen auf. Die wichtigsten lauteten, wieso ein hochdekorierter Captain der Polizei wie Dennis Porter tot neben einem Haus aufgefunden wurde, das mit einem Menschenhändler in Verbindung gebracht wird. Und warum die beiden einander offenkundig so viel via Wegwerfhandys mitzuteilen hatten. Aus naheliegendem Grund können sie diese Frage Porter nicht mehr stellen. Und ob Disco die Frage jemals beantworten wird, steht in den Sternen. Er liegt nach der Operation noch immer im Koma.

Heute wird es viel zu besprechen geben bei der SOS – ganz zu schweigen vom Präsidium an der 35th und Michigan. Aber jetzt sind wir erst einmal hier im Gefängnis, wo ich Neuigkeiten zu überbringen habe.

Die Tür geht auf. Seine Fußschellen schleifen über den Boden. Als er erst mich und dann Patti sieht, hält er inne. Dann nimmt er Platz, während der Wärter seine Handschellen am Tisch festmacht.

»Also hast du dich doch nicht umbringen lassen«, sagt mein Vater zu mir.

Es ist das erste Mal, dass ich ihn sehe, seit er in den Knast eingefahren ist. Er sieht aus wie eine geschrumpfte Version seiner selbst, schwach und müde, blass und angeschlagen.

Sein Blick wandert zu dem Buch, das vor mir auf dem Tisch liegt.

»Ich bin gekommen, um dir zu danken«, beginne ich.

111

Da mein Vater ist, wie er ist, und die Umstände sind, wie sie sind, weiß Daniel Collins Harney nicht so recht, wie er darauf reagieren soll. »Mir danken«, wiederholt er.

»Ich will mich bei dir dafür bedanken, dass du vertuscht hast, was wirklich mit Valerie geschehen ist. Du warst besorgt, die Behörden könnten auf den Gedanken kommen, es sei Mord gewesen, also hast du es auf Selbstmord hinauslaufen lassen. Hast einen Gefallen beim Gerichtsmediziner eingefordert, nicht wahr? Er war misstrauisch, aber du hast ihn dazu gedrängt, Valeries Tod als Selbstmord einzustufen.«

Pop sieht Patti an und begreift, dass sie mir diese Information weitergegeben hat.

»Immerhin warst du der Chief of Detectives«, fahre ich fort. »Du konntest alles kontrollieren. Also hast du mehr oder weniger diese ganze Ermittlung an dich gerissen und sie zu einer und nur dieser einen Schlussfolgerung kommen lassen.«

Pop wirft mir einen Blick von der Seite zu. »Wir wollten dich schützen«, sagt er.

»*Patti* wollte mich schützen. Du hattest den Schutz von jemand anderem im Sinn, nicht wahr, Pop?«

Er verschränkt die Arme. »Ich weiß nicht, was du dir da über mich zurechtgebastelt hast, aber was immer es ist …«

»Ich persönlich komme mir irgendwie blöd vor«, falle ich ihm ins Wort, »dass ich nicht weiter darüber nachgedacht habe. Ich meine, echt jetzt, wie wurde dieser Waffenschrank geöffnet? Aber was mich angeht, wäre es mir anfangs nicht im Entferntesten in den Sinn gekommen, dass jemand Valerie ermordet haben könnte. Nie im Leben. Ich kam rein und fand sie tot vor, meine Waffe in der Hand. Bei ihrer Depression und nach allem, was wir durchgemacht hatten, war es ja nicht gerade an den Haaren herbeigezogen zu glauben, dass sie sich die Verletzung selbst zugefügt hatte, nicht wahr? Daher zweifelte ich Selbstmord als Todesursache damals nie an. Was bedeutete, dass ich diesen Waffenschrank offen gelassen haben musste, nicht wahr?«

»Stimmt«, sagt er.

»Klar«, sage ich. »Damals war das die einzig vernünftige Schlussfolgerung. Damals.«

Ein leichtes Zucken macht sich an Pops Mundwinkel bemerkbar, ein Tick, den er schon immer hatte. Wenn ich ihn deuten würde, wäre dies vielleicht ein Zeichen, und ich habe schon eine Menge Menschen gedeutet, aber noch nie meinen Vater. Mein Vater war niemand, den ich gedeutet hätte. Er war einfach nur mein Vater.

»Egal, wie gestresst ich damals war, als ich am Krankenbett Wache hielt«, sage ich. »Ich hätte meine unter Depressionen leidende Frau niemals mit einer verdammten Schusswaffe allein zu Hause gelassen. Jemand hat also diesen Schrank geöffnet. Jemand, der die Kombination kannte. Und nur drei Menschen auf der Welt kannten sie, weil wir alle dieselbe benutzten – Moms Geburtstag. Zehn, zwölf, neunundvierzig.«

Pop schüttelt den Kopf.

»Ich habe sie nicht weitergegeben, und Patti hat sie auch nicht weitergegeben. Bleibst also du, Pop.«

»Nein«, beteuert er.

»Keine Sorge, ich habe nicht vor, dich deswegen vor Gericht zu zerren. Du wirst auch so schon den Rest deines Lebens hinter Gittern verbringen. Du kommst hier nie wieder raus. Mit dir werde ich meine Zeit nicht verschwenden. Ich wollte nur, dass du weißt, dass ich es weiß. Und ich wollte sehen, ob du Manns genug bist, es zuzugeben.«

Mittlerweile in sein Schneckenhaus zurückgezogen, den Blick gesenkt, das Gesicht gerötet, schaut mein Vater zu mir hoch. »Du weißt gar nichts.«

»Ich sag dir was, Pop. Machen wir es uns doch einfach. Mach von deinem Recht auf einen Anwalt Gebrauch.«

»Was?«

»Nur zu. Sag, dass du einen Anwalt willst. Dann ist alles, was du mir danach mitteilst, eine Verletzung deiner Rechte und vor Gericht unzulässig.«

»Billy …«

»Berufe dich darauf, Pop. Schütze dich. Ich werde dich nicht deswegen belangen. Ich will bloß hören, wie du es zugibst.«

»Das ist lächerlich«, sagt er. »Wenn das alles ist, was du …«

»Sieh mal, was mir beim Aufräumen in die Hände gefallen ist, bevor wir das Haus auf dem Immobilienmarkt anbieten können.« Ich hebe das Buch auf, das vor mir liegt. Es ist das rote Buch, das die Leute vom FBI nie gefunden haben und in dem Pop eine Liste der Kriminellen führte, von denen er Schutzgeld kassierte und wie weit sie ihren Zahlungen nachkamen.

»Das habe ich noch nie in meinem Leben gesehen«, behauptet er.

»Natürlich nicht«, erwidere ich. »Jemand *anders* muss es hinter den Boiler in unserem Keller gesteckt und in das kleine Fach gezwängt haben, in dem ich meinen *Playboy* versteckt hatte.«

Wutschäumend mahlt er mit den Zähnen.

»Als ich diese kryptischen Hinweise auf Kunden durchgearbeitet habe«, fahre ich fort, »konnte ich nicht umhin, einen bestimmten Eintrag zu bemerken.« Ich blättere zu der Seite, die ich mit einem Eselsohr markiert habe und auf der unter anderem der folgende Eintrag steht:

- S2607R – V Disc – 300

»Im Laufe meiner jüngsten Ermittlungen konnte es mir nicht entgehen«, fahre ich fort, »dass Vasyl Discovetsky ein Bordell an der 2607 Rockwell betrieb. Und ich schätze mal, das hier bedeutet, dass er dir dreihundert Dollar Schutzgeld im Monat bezahlt hat. Oder waren es dreihundert die Woche?«

»Dieses Gespräch ist beendet.«

»Apropos Gespräch«, fahre ich fort. »Ich hatte gestern Abend nach seiner Verhaftung ein nettes Gespräch mit Mr Discovetsky.«

Pop schließt die Augen.

»Disco hat gestanden, dass er es war, der Valerie getötet hat. Und dass du ihm die Kombination des Waffenschranks verraten hast, damit er meine Waffe benutzen und es wie einen Selbstmord aussehen lassen konnte.«

Dieser letzte Teil ist natürlich gelogen. Disco liegt immer noch im Koma. Also verklag mich.

»Wie konntest du das tun, Daddy?« Pattis Stimme bebt. Sie steht auf. »Du hast Val ... *ermorden* lassen.«

Als Patti diese Anklage vorbringt, entgleitet Pop der Gesichtsausdruck. Für seine Prinzessin hatte er immer schon eine Schwäche.

Wir ziehen hier eine Version von guter Bulle, böser Bulle ab, auch wenn sich Patti dessen nicht bewusst ist.

»Schatz, nein, so war das nicht«, beteuert Pop.

»Wie war es denn dann?«, frage ich.

In die Enge getrieben, bricht Pop den Blickkontakt ab. Er fährt sich mit der Hand über sein schütteres schneeweißes Haar, wobei die Handschellen auf dem Tisch klirren. Dann holt er tief Luft und stößt den Atem aus.

»Ich verlange einen Anwalt«, presst er hervor.

Es ist immer dasselbe Lied: Er sorgt sich mehr um sich als um andere.

Ich stehe auf. »Das reicht«, sage ich. »Mehr wollte ich nicht wissen. Ich will deine Ausreden nicht hören.«

»Mein Sohn ...«

»Ich bin nicht länger dein Sohn. Du bist ein Nichts für mich. Finde dich damit ab.«

Ohne mich umzuschauen, gehe ich durch die Tür.

112

»Detective Billy Harney für den Polizeipräsidenten.«

Die Dame am Empfang winkt mich herein. Polizeipräsident Tristan Driscoll wirkt nicht gerade erfreut, als er meiner ansichtig wird.

»Lange nicht gesehen«, begrüße ich ihn, denn das letzte Mal ist vor einer Woche gewesen, am Tag nach Discos Verhaftung, als der Präsi in seiner ganzen Pracht die Zerschlagung eines internationalen Menschenhändlerrings bekanntgab. Er tischte den Medien irgendeinen Blödsinn von wegen Ermittlungen über einen langen Zeitraum auf, und ich machte mir nicht die Mühe, ihm ins Wort zu fallen. Ich war bei der Pressekonferenz zugegen – hatte keine Wahl –, blieb aber im Hintergrund und hielt die Luft an.

Ich lege ihm die heutige Ausgabe der *Tribune* auf den Schreibtisch. Titelstory: USA KLAGEN UKRAINER WEGEN SEXHANDEL AN. Dazu ein schönes Foto von General Kostyantin Boholyubov in schmucker Uniform, damals, als er noch den Geheimdienst leitete.

»Das Department schneidet gut ab in der Berichterstattung«, sage ich.

»Sie auch, wie ich bemerkt habe«, erwidert er.

»Dennis Porter auch.«

Tristan geht das Grinsen verloren.

»Captain Dennis Porter, getötet in Ausübung seines Dienstes, als er einen Sexhändlerring zerschlagen wollte. Gibt eine schöne Story ab. Erspart Ihnen die Peinlichkeit, zugeben zu müssen, dass es einen weiteren korrupten Cop in unserem wunderschönen Bureau of Internal Affairs gab. Ein weiterer Skandal unter Ihrer Dienstaufsicht. Das wäre dem Bürgermeister gegenüber irgendwie schwer zu erklären.«

Der Polizeipräsident lehnt sich in seinem Stuhl zurück und schlägt die Beine übereinander.

»Ich meine, stellen Sie sich doch mal vor, das käme heraus, Tristan: Einer der leitenden Officers in der IAB hält seine Hand schützend über einen Sexhändlerring. Viele von uns waren überrascht, dass der neue Bürgermeister Sie nach dem letzten Skandal nicht sofort rausgeschmissen hat. Aber wie auch immer Sie es fertiggebracht haben, das zu überleben, einen weiteren Skandal würden Sie nicht überstehen. Also tritt Denny Porter als Held von der Bühne ab.«

»Warum sagen Sie mir nicht, was zum Teufel Sie wollen?«, fährt er mich an.

»Mein Partner, Carla Griffin«, sage ich. »Sie ist ein toller Cop. Hat super Arbeit fürs Department geleistet. Aber sie hat da ein Problem, mit dem sie fertigwerden muss.«

»Davon habe ich gehört. Ich glaube, wir bezeichnen das höflich als ›Drogenmissbrauch‹.« Er genießt es, bleckt die Zähne. »Ich habe da übrigens ein paar höchst unterhaltsame Videos in einer von Porters Dateien gesehen. Auf denen sieht sie aus wie der Junkie, der sie ist.«

»Wie dem auch sei«, sage ich, »sie wird eine Reha machen.«

»Ja.«

»Und wenn sie wieder draußen ist ...«

»Wenn sie wieder draußen ist, wird sie wie jeder andere Cop übergangsweise irgendwohin versetzt und dort beurteilt werden«, unterbricht er mich. Er zuckt mit den Schultern. »Vielleicht lasse ich sie eines Tages wieder ein echter Cop sein. Vielleicht aber auch nicht.«

Ich schnippe mit den Fingern. »Da täuschen Sie sich, Herr Polizeipräsident. Sie wird als mein Partner wieder der SOS zugeteilt werden. Sofort nach der Reha. Ohne Verzögerung.«

Er schüttelt langsam den Kopf, lächelt dabei sogar.

»Sie werden Carlas Karriere nicht in die Tonne treten«, sage ich. »Sie kommt gleich nach der Reha wieder zurück in die SOS. Sonst erfahren die Medien alles über Captain Dennis Porter. Und darüber, wie Sie die Sache vertuscht haben.«

»Ihr Wort gegen meines.«

»Sind Sie sich da sicher?«, sage ich. »Sind Sie sicher, dass ich keine Beweise für Porters Verbrechen habe?«

Er bemüht sich, die Fassung zu bewahren, aber besonders gut gelingt es ihm nicht.

»Carla kommt zur SOS zurück, oder ich sarge Sie verdammt noch mal ein, Tristan. War das deutlich genug?«

»Und ich dachte schon, Sie hätten noch was in der Hinterhand.« Der Polizeipräsident steht auf und richtet sich die Uniform, die er nie verdient hat. »Wollen Sie mich wirklich zu Ihrem Feind machen?«

Ich zwinkere ihm zu. »Ich dachte, das wären Sie schon.«

113

»Also, Tage wie dieser kommen hier bei uns nicht so häufig vor.« Richter Horatio Nunez legt die Dokumente vor sich ab und schaut zum Tisch der Verteidigung hinüber. »Ich denke, wir können dies als einen schrecklichen Augenblick im Rechtssystem bezeichnen, wir können es aber auch einen großartigen Moment nennen. Das kommt wohl auf den Blickwinkel an. Mr Stonewald«, sagt er und nimmt seine Brille ab. »Ich hoffe, Sie können es als einen großartigen Moment betrachten. Ich hoffe, Sie können die Tortur Ihrer Inhaftierung irgendwie hinter sich lassen und mit Ihrem Leben weitermachen.«

Antoine, der am Tisch der Verteidigung sitzt, nickt energisch, bleibt aber stumm.

»Und ich möchte die für Wiederaufnahmebegehren zuständige Stelle der Staatsanwaltschaft dafür loben, dass sie in dieser Angelegenheit so schnell tätig geworden ist. Es gibt keinen Zweifel daran, Mr Stonewald, dass Sie zu Unrecht verurteilt wurden. Normalerweise verwenden wir den Begriff *unschuldig* nicht. Normalerweise sagen wir nur ›schuldig‹ oder, wenn die Beweislast nicht erfüllt ist, ›nicht schuldig‹. Dies ist einer der seltenen Fälle, Sir, in denen wir alle mit Sicherheit sagen können, dass Sie vollkommen unschuldig sind.«

Die Begeisterung im Gerichtssaal ist mit Händen zu greifen. Antoines Familie, seine Verlobte, seine Mutter und seine Schwester, seine Cousinen und Cousins und Tanten und Onkel sitzen allesamt in den Bänken hinter ihm und haben Mühe, sich zu beherrschen.

»Die Verurteilung des Angeklagten wegen Mordes ersten Grades ist aufgehoben. Er ist unverzüglich aus der Haft zu entlassen.«

Der Hammer fährt krachend nieder, der Richter erhebt sich lächelnd – und schon geht es im Saal zu wie in einem Tollhaus. Antoines Familie schart sich um ihn, als wäre er ein Rockstar. Er wird geküsst und umarmt, man streicht ihm über seine Glatze, lacht, weint, schreit, klatscht in die Hände und tanzt.

Ich sitze mit Carla und ihrem Jungen, Samuel, in der letzten Reihe. Er ist erst zehn Jahre alt, und sogar als Sohn einer Polizistin ist er vom Gerichtssaal als solchem eingeschüchtert, ganz zu schweigen von der Tragweite dessen, was er hier gerade miterlebt. Samuel ist, wie sein Vater, zum Teil Afroamerikaner und ähnelt diesem offenkundig auch sehr. Zumindest bei seinen Altersgenossen gilt er im Allgemeinen als Schwarzer. Carla wollte, dass Samuel mit ansieht, wie einem Schwarzen Gerechtigkeit widerfährt.

In der Menge, die ihn geradezu auf ihre Schultern hebt, fängt Antoine meinen Blick auf. In den vergangenen zwei Wochen haben wir viel miteinander geredet. Nachdem ich ihm die Nachricht von Discos Geständnis übermittelt hatte, hielt ich Antoine auf dem Laufenden, während ich mich an die Staatsanwaltschaft wandte, damit sie die Verurteilung einer Revision unterzog und das Unrecht korrigierte.

Ich salutiere vor ihm. Er formt mit den Lippen ein Danke.

Bedanke dich bei Valerie.

Wir verlassen den Gerichtssaal.

»Das war intensiv«, sagt Samuel.

Ich muss kichern. Der Ausdruck »intensiv« scheint mir ein wenig zu erwachsen für einen Jungen seines Alters, aber ich selbst habe ja keine Kinder.

Hätte Janey überlebt, wäre sie jetzt sieben.

»Wann fährst du zurück?«, frage ich Carla.

Sie schaut auf ihre Uhr. Ihr Gesicht ist nicht mehr bandagiert, aber sie hat eine Narbe, die quer über die Wange bis zum Mund verläuft. »Nennt mich einfach … Joker!«, sagt sie immer gern, aber so schlimm sieht es gar nicht aus.

Seit sie vor zehn Tagen aus dem Krankenhaus entlassen wurde, befindet sie sich in der Reha. Heute Morgen musste sie bei Antoines Anhörung als Zeugin aussagen, und nur zu diesem Zweck bekam sie frei. Jetzt heißt es zurück ins »Camp«, wie sie es nennt.

»Mir bleibt noch Zeit für ein Mittagessen, wenn du sie auch hast«, sagt sie. »Meine Schwiegermutter trifft sich in der Stadt mit uns.«

»Das kriege ich nicht hin«, erwidere ich. »Muss zurück an die Arbeit. Irgendwer muss schließlich die bösen Jungs schnappen, während du Gurkenwasser schlürfst und Yoga machst.«

Sie stößt mich mit dem Ellbogen an.

»Aber du«, wende ich mich Samuel zu. »Morgen Abend, ja? Sox gegen die Royals? Detwiler wirft, es sollte also interessant werden.«

Er klatscht mich ab. »Klar doch.«

Vor dem Gerichtsgebäude verabschieden wir uns voneinander.

»Dann sehen wir uns in etwa zwei Monaten?«, sagt Carla und schaut mit zusammengekniffenen Augen in die Sonne.

»Nimm dir so viel Zeit, wie du brauchst«, sage ich. »Dein Schreibtisch wartet auf dich.«

Sie grinst. »Eines Tages musst du mir mal erzählen, wie du den Präsi dazu überredet hast, für meine Rückkehr zur SOS grünes Licht zu geben.«

»Wie sich herausstellte, hatte ich ihn völlig falsch eingeschätzt. Er ist ein Prachtkerl. Und ein großer Fan von dir.«

»Ja, sicher doch.« Sie lacht.

Wenn sie lacht, sieht sie total anders aus.

114

»Tut mir leid, wenn ich deprimiert rüberkomme«, sage ich ins Mikro. »Ich komme gerade vom Sox-Spiel.«

Die Menge im Hole in the Wall stöhnt auf. Wenn Spiele anstehen, werden sie immer auf dem Fernseher an der Wand übertragen. Kansas City Royals 8, gute Jungs 0.

»Wisst ihr, ab wann man sagen kann, dass die Sox auf der Verliererstraße sind? Wenn der Schiedsrichter das Spiel eröffnet.

Ich hätt's schon wissen müssen, als ich den Sox vor dem Spiel beim Schlagen zugeschaut habe. Die Pitching-Machine hat einfach keine Treffer ausgeworfen.

Ich meine, die Royals haben vier Punkte im ersten Inning gemacht und es dann einfach dabei belassen. Ich hab schon Beerdigungen erlebt, die spannender waren.

Der Bierverkäufer hat Zyanid-Tabletten verteilt. Als Werbegeschenke gab's Augenbinden. Statt ›Take Me Out to the Ball Game‹ hat der Organist Trauermärsche gespielt.«

Die Sprüche kommen bei den Gästen hier an. Die meisten dieser Polizisten sind Sox-Fans, und wir lieben es, Dinge, die uns am Herzen liegen, mit Beleidigungen zu bedenken. Und ein paar dieser Nichtsnutze mögen tatsächlich die Cubs, also stören sich die auch nicht daran.

»Wie auch immer, dass ich müde war, hat auch nicht geholfen. Ich hatte schlecht geschlafen. Ich hatte so einen Alptraum, in dem ich mit einem Löwen, einer Klapperschlange und einem Strafverteidiger in einem Raum eingesperrt war und bloß zwei Kugeln in meiner Waffe hatte. Aber der Traum hatte ein Happy End.«

»Du hast zweimal auf den Strafverteidiger geschossen!«, fährt mir Patti aus der Menge heraus in die Parade.

»Hey, nun komm aber! Tut mir leid, Leute, das ist meine Zwillingsschwester Patti. Wisst ihr, es ist nicht leicht, ein Zwilling zu sein. Die kennen deine Gedanken. Die beenden deine Sätze …«

Und manchmal glauben sie, du hättest deine eigene Frau ermordet.

»Klau mir nicht meine Pointen«, sage ich hinterher an der Bar zu ihr, wo ich mir den Bourbon abhole, den ich für meine Stegreifnummer spendiert bekomme. Sie hat sich ein kohlenhydratreduziertes Getränk geordert, einen Wodka Soda oder so etwas.

»Such dir neues Material«, sagt sie.

Sie sieht jetzt besser aus. Wir haben unsere Probleme überwunden.

So unbegreiflich es mir ist, kann ich Patti ehrlich gesagt nicht verübeln, dass sie geglaubt hat, ich hätte Valerie umgebracht. Ich war ein Wrack, als ich damals ins Badezimmer ging. Angesichts des offenen Waffenschranks und der Tatsache, dass ich in meinem zerrütteten Zustand und mit dem Revolver in der Hand Patti gegenüber Bemerkungen machte wie *Ich habe das getan,* und da Pop sie hinterher geschickt beeinflusste, hatte sie jede Menge Gründe, es zu glauben.

Und auch jede Menge Gründe, mir die Frage nicht direkt zu stellen, weil sie Angst vor dem hatte, was ich antworten könnte. Da war es aus ihrer Sicht besser gewesen, mich zu schützen und die Sache zu vertuschen, nur für den Fall, dass es etwas zu vertuschen *gab*. Aus ihrer Perspektive hätte es so oder so keinen Unterschied gemacht. Valerie wäre immer noch tot. Ich wäre immer noch ihr Bruder, für den sie alles tun würde.

Sie war die letzten vier Jahre davon überzeugt gewesen, ich hätte meine eigene Frau getötet. Und trotzdem hat sie zu mir gehalten, durch dick und dünn.

Wie könnte ich mich von ihr abwenden? Dieses Mädchen liebt mich mehr, als ich mich selbst liebe. Dieses Mädchen ist meine Familie.

»Weißt du, das mit Carla hat sich überall herumgesprochen«, erzählt sie mir. »Das mit den Tabletten und der Reha.«

Ich zucke mit den Schultern. »Sollen sie sich doch das Maul zerreißen, damit war ja zu rechnen. Aber Carla hat reinen Tisch gemacht.«

»Ich schätze mal, es ist besser, nichts zu verheimlichen, hä? Eine Art Lebensweisheit.«

Ich stoße mit ihr an. »Jetzt verspreche ich dir mal was«, sage ich. »Sollte ich jemals glauben, du hättest jemanden ermordet, dann wirst du die Erste sein, die es erfährt.«

Autor

James Patterson war lange Kreativdirektor bei einer großen amerikanischen Werbeagentur. Nebenher begann er mit dem Schreiben von Kriminalromanen – und das mit großem Erfolg: Für sein Debüt erhielt er den begehrten Edgar Allan Poe Award. Mittlerweile gilt er als der Mann, der nur Bestseller schreibt.

James Patterson im Goldmann Verlag:

Thriller (auch als E-Book erhältlich)

Zoo · Todesgier · Die Frau des Präsidenten · Stadt der Vergeltung

Thriller (nur als E-Book erhältlich)

Honeymoon · Todesbote · Rachedurst · Lügennetz · Unerbittlich · Im Netz der Schuld · Todesflammen · Ocean Drive 7

Die PRIVATE-Thriller (nur als E-Book erhältlich)

Der Countdown des Todes. Private Games · Der letzte Verdacht. Private Suspect · Falsche Schuld. Private London

Die Thriller mit Detective Michael Bennett (nur als E-Book erhältlich)

Blutstrafe · Sühnetag · Todesstunde

Roman (nur als E-Book erhältlich)

Hochzeit unterm Mistelzweig